한국학과 감성 교육

시각 · 문화 · 현장 **〈〈〈**

KB173335

한국학과 감성 교육

시각·문화·현장 〈〈〈

최기숙

이진형

소영현

서동진

김해옥

조민정

앨피

차례

1부
세계화 시대의 인권과 윤리: 디아스포라 감성

2부

일상과 노동 현장의 감성 경험과 역사·사회적 성찰

이 책은 연세대학교 국학연구원 HK사업단에서 펴내는 '사회인문학' 연구서의 하나로, 그 34번째 책이다. 본 연구원은 사회 변화에 부응하여 인문학의 새로운 길을 여는 사회인문학을 정립하기 위해 한국연구재단 '인문한국(HK)사업'을 수행하고 있다. 사회인문학은 인문학과 사회과학의 학제간 연구를 넘어, 인문학의 사회성 회복을 통해 통합학문으로서의 인문학을 지향하고 그 소임을 창의적으로 수행하려는 것이다.

이런 활동의 일환으로 본 사업단은 '문화팀'을 운영해 왔다. '감성' 연구는 문화팀의 주된 과제의 하나인데, 이 책에서는 감성(교육)이라는 문제가 한국학에서 어떻게 논의되고 탐구될 수 있는지를 시험해 보려 했다. 감성의 분석을 매개로 인문과학과 사회과학을 통섭하는 관점에서 한국학을 재구성해 보려는 시도인 것이다. 그동안 문화팀에서는 감성 연구를 심화하고 확장하는 학술서로《감성사회: 감성은 어떻게 문화 동력이 되었나》(글항아리, 2014)와《집단감성의 계보: 동아시아 집단감성과 문화정치》(앨피, 2017; 이 책은 타이완에서《集體情感的系譜: 東亞集體情感的文化政治》(Taipei: 學生書局, 2018)로 출간될 예정이다)를 펴냈고, 또 대중교양서인《감정의 인문학 – 감정의 프리즘: 열정과 분노, 슬픔과 공포, 위안과 기대, 평온과 광기》(봄아필,

2013)를 출간한 바 있다.

이 책 《한국학과 감성 교육: 시각·문화·현장》은 외국 출간본을 포함하면 문화팀의 네 번째 연구 저서가 되는 셈이다. 이 책의 특징은 감성 교육을 위한 실천적 방안을 이론과 케이스 스터디의 차원에서 다루었다는 데 있다. 더불어 세계화 시대에 인권에 대한 감수성을 진단하는 '디아스포라 감성'의 문제를 다루었다든지, 일상과 노동 현장에서의 감성 경험에 대한 사회적 성찰의 필요를 고민했다는 점도 돋보이는 사항이다.

이 책은 최기숙 교수를 중심으로 하여 감성 연구에 참여했던 한국 고전문학, 한국 현대문학, 사회학, 국어학 분야의 연구자들이 공동작업을 수행한 결과이다. 참여 연구자와 필자들의 노력에 감사드린다.

2018년 6월

연세대학교 국학연구원장 겸 인문한국사업단장

신형기

한국학의 성찰적 재구성과
감성 연구의 교육적 실천을 위하여

> 우리는 원래 말하는 존재가 아니었습니다.
> 말하지 않다가 부수적으로, 부가적으로 말하게 된 것입니다.
> 우리는 '말을 하는' '말하지 않는 자'인 것입니다.
> — 파스칼 키냐르, 《파스칼 키냐르의 말》

'학제간 연구'에 대한 이중의 성찰

이 책은 한국의 인문학이 한국이라는 장소성에 국한되거나 한국의 역사성에 규정되지 않는 보편 인문학으로서의 타당성과 정합성을 가질 수 있는가에 대한 학적 도전이자 실험으로 기획되었다. 이러한 학적 기획은 대학을 중심으로 수행되는 인문학이 이른바 분과학문의 체제에 고착됨으로써 발생하는 여러 문제와 한계에 대한 인식에서 출발하고 있다. 이 책에 참여한 필자들의 전공이 다양하고, 각자가 연구 방법론으로 선택하거나 참조한 학문 영역이 다학제간인 것은 이러한 생각에 공감대를 두고 있다.

최근 들어 학문 분야는 물론이고 사회 일반, 정책, 기관, 문학, 예술 등 각 분야에서 '융합'을 키워드로 삼는 각종 기획이 트렌드를 형성하고 있다. 미술이나 음악 등 예술 분야에는 이미 작가와 장르, 국적, 성별, 브랜드 간의 경계를 넘는 콜라보레이션 작업이 일반화되는 추세다. 상업 분야에서도 장르와 국적, 브랜드의 고유성에 집착했다면 만들어 낼 수 없는 협력 작업으로 창의적 경계를 확장하면서 소비자의 이목을 집중시키며 반향을 이끌어 내고 있다. 공연예술 분야에서도 융합을 키워드로 하는 작업이 활성화되고 있다. 한국의 판소리에서 파생된 창극은 그리스 비극인 〈메디아〉(서재형 연출, 국립창극단, 2012)를 창극화함으로써, 판소리와 창극의 세계화, 대중화, 현대화를 실천했으며, 한국의 소리꾼 이자람은 브레히트의 희곡 〈사천가Sacheon-ga, d'après La bonne âme du Sichuan de Bertolt Brecht〉(Paris, Theater of Abbesses, 2011)를 판소리로 작창하여 세계 무대에서 호평받은 바 있다(이에 관해서는 〈Bonjour Pansori!〉(Choe Keysook, Han Yumi 편, Paris: Imago, 2017)를 참조).

이때 각각의 작업은 한국적인 것을 고정불변의 것으로 주창하기보다, 한국적인 것 안에 포함된 세계적인 것, 보편성의 잠재력을 극대화하는 방향에서 수행되고 있다. 한국의 전통이 언제나 세계의 예술성·창조성·상상력을 흡수, 포용하는 개방성과 유연성, 탄력성을 내재하고 있었음을 재발견하는 관점에서, 새로운 융합과 창조가 이루어지는 것이다. 한국적인 어떤 것에는 이미 세계와의 교섭력과 소통력이 일종의 문화적 역량 강화의 잠재력으로서 내포되어 있다(예컨대 판소리 사설에 수용된 중국과 조선의 역사·문학·문화, 상층과 하층 문화, 젠더, 세대, 지역 정보와 생활 방식 등에 대한 망라). 현재의 판단으로는 장르와 국경을 넘는 작업은 예술과 상업 분야에서 가장 자유롭게 경계 넘기의 창조성을 극대화함으로써, 각 분야의 역량 강화를 현실화하는 듯하다.

학술 분야에서도 학제간 연구, 또는 융합 연구로 호명되는 일련의 학문 영역 간 협력 연구가 수행되고 있다. 인문학과 사회과학의 협력은 물론, 인문학 내부에서도 일종의 장르적 경계를 넘어선 협력 연구가 개인이나 학회, 연구소 차원에서 활성화되는 추세다. 이러한 작업은 인문학 분야의 학술사적 연구의 궤적을 고려하면서, 인문학 자체를 재정의하고, 연구 의제 설정 자체를 혁신하는 방향에 이르기까지 다양하게 수행되고 있다. 그런데 사실 이른바 학제간 연구라는 것은 21세기에 출현한 새로운 방식이라기보다, 본래부터 모든 학문의 내재적인 요소이자 수행성의 요건이었다.

한국 고전문학 분야를 예로 들자면, 특정 주제나 장르를 연구하려면 해당 시기의 역사와 문화, 사회사에 대한 기본 지식이 필요하다. 연구 방법론으로 삼는 분석의 도구는 철학과 사회학, 젠더 스터디, 심리학의 특정 세부 분야에서 활용하는 연구 방법론과 상당수 중복된다. 한국 고전문학 내부의 세부 전공으로 한정하더라도 한글로 적힌 고소설의 문예미학에 대해 연구하려면 그 안에 포함된 상층부의 지식과 문화에 대한 이해가 수반되어야 한다. 한문학과 고소설 연구는 결코 배타적으로 이루어질 수 없고, 상호 참조가 이루어져야 하며, 그 역 또한 마찬가지다.

이때, 각자의 연구 주제와 분야에 따라 이미 존재하는 유력한 방법론적 도구를 그대로 적용하는 것은 적절하지 않기 때문에, 각 연구의 위치성에 맞추어 방법론을 재구성하거나 재조율해야 하는 일이 발생한다. 이는 아날로그 카메라 렌즈의 초점을 맞추는 것처럼, '연구하는 몸'을 매개로 삼아 총체적 수작업이 요청되는 작업이다. 매뉴얼이 따로 있지 않으며, 각 연구 주제나 지향에 따라 아이디어 설계와 방법론적 조율을 동시적으로 수행해야 하는 창의적인 작업이기도 하다. 이는 비단 한국 고전문학 연구에 국한되지 않으며, 현대문학이나 비평, 사회학이나 언어학, 영화 연구나 젠더 스터디 등의 분야도 마찬가지다.

이런 관점에서 보면, 학제간 연구는 융합을 지향하는 21세기적 현상이라기보다는 인문학 전반에 대한 연구의 전제이자 방법론으로 보는 것이 타당하다. 그럼에도 불구하고 '학제간'을 강조하는 것은 영역별 또는 분야별 연구의 배타성과 독립성에 대해 성찰적으로 비평하면서 열린 대화를 지향하고, 실제로 이를 이끌어 내기 위해서다. 또한 각자의 일차적 전공 전문성을 인정하되, 타 학문이나 전공 분야에 대한 이해를 점검하고 비평적으로 확장해 가려는 태도와 방법을 공적으로 성찰하기 위해서다. 이는 학술 연구를 출발점으로 삼아 학문 간 대화와 소통을 경계 없이, 차별 없이 수행함으로써, 열린 소통의 화법과 태도, 행동을 현실화·일상화하는 것을 인문학의 사회적 실천 방안으로 삼았기 때문이다.

이 책의 저자들이 학제간 연구를 통해 이중의 성찰성을 지향하게 된 과정에는 이러한 고민과 사유의 과정이 매개되어 있다. 요약하자면, 첫째, 학제간 연구가 인문학 연구의 보편적 연구 방법론으로서의 전통을 지니고 있음에도 불구하고, 분과학문 체제로 유지되는 대학에서 전통적인 전공 분야를 일종의 학문 '정통성'으로 강조하는 것을 재성찰하려는 데 있다. 둘째, 학제간 연구를 강조함으로써, 개인적 차원의 영역별 참조가 갖는 한계나 문제를 극복하고자 토론과 대화의 공론장을 마련하기 위해서다. 궁극적으로 이는 한국에서 수행되는 인문학이 한국의 역사나 현대문화를 설명하거나 비판하는 지역학으로서의 학적 정체성을 넘어서, 세계화 시대의 보편적 인문성을 성찰하고 제언할 수 있는 보편 인문학으로서의 가능성을 발견하고, 이를 현실화하는 케이스 스터디와 이론을 제출하기 위함이다(이에 관해서는 이 글의 뒷부분에서 상세히 논한다). 학제간 연구를 통해 한국학을 성찰적으로 재구성하려는 것은 이러한 지향성을 함축하고 있다.

'감성 연구'에서 '감성 교육'으로

이 책의 필자들은 보편 한국학을 지향하면서, 이를 실천하기 위한 학제간 연구를 구체화하기 위해 '감성'을 공통분모로 삼았다. 감성이라는 키워드는 이성주의, 문자중심주의를 경계하고, 역사와 문화를 풍부하게 복원하여 재성찰하기 위한 유력한 매개라는 데 주안점을 둔다. 투명하게 존재하지만 한 번도 역사나 문화에서 강조되지 않았던 실재, 주체, 문화를 마치 그림자 읽기처럼 독해하려는 학적 실험과 의제를 공유하면서 감성 연구를 수행하고 있다(최근에 '감정'을 키워드로 하는 작업이 다양하게 수행되고 있는데, 본 연구팀의 감성 연구는 문자로 '기록'되거나 '재현'된 '감정'을 연구하는 작업과는 지향과 목적,

결과가 상이하다는 것을 강조해 두고자 한다. 물론 문자로 재현된 감정 연구를 배제하는 것은 아니지만, 그것은 전체의 일부이다). 이는 연세대 국학연구원 HK사업단에서 감성/문화팀(2단계의 감성팀은 3단계로 이행하면서 사업단 연구 의제를 재구성하는 작업에 따라 문화팀으로 명칭을 바꾸었는데, 사업단 안팎에서는 여전히 감성팀으로 호명되고 있다. 핵심 키워드는 '감성'과 '성찰'이다)으로 구성된 교내외 연구자들이 7년 동안 토론과 대화를 통해 공유한 연구의 결실이기도 하다(이 팀의 구성원에 대한 상세한 소개는 최기숙, 〈그림자 읽기, '비-문자 감성 연구'를 위한 학적 실험과 연대〉,《집단감성의 계보》, 앨피, 2017, 26~27쪽 참조).

이 연구 팀에서는 이 책에 앞서《감정의 인문학》(봄아필, 2013),《감성사회》(글항아리, 2014),《집단감성의 계보》(앨피, 2017)를 출간했고, 세 번째 책은 타이완에서 중국어판 출간을 앞두고 있다(《集體情感的系譜: 東亞集體情感的文化政治》, 學生書局, 2018). 감성/문화팀의 네 번째 책을 기획하면서 '감성 교육'에 방점을 찍은 이유는 그간의 연구가 현대사회에 대한 비판적 성찰을 바탕으로 수행되었던바, 이를 현실적으로 실천 가능하고 응용 가능한 자원으로 삼기 위해서는 대학에서의 교육이 중요하다고 판단했기 때문이다. 이는 인문학 연구의 과정과 결과가 학술장 안의 게토화된 작업으로 한정되지 않고, 사회와 공유할 수 있는 소통적 자산으로 제공되어야 한다는 판단에 근거하고 있다. 이는 감성팀이 소속된 연구원과 사업단의 어젠다인 '사회인문학'의 모토이기도 하다('사회인문학'의 취지 및 수행 과정의 경험에 대한 고백과 제언, 성찰에 대해서는 최기숙, 〈글쓰기의 사회인문학〉, 김성보 외,《사회인문학이란 무엇인가》, 한길사, 2011; 최기숙, 〈글쓰기는 사회 변화를 위한 실천이 될 수 있는가–사회인문학의 도정에서 감성 연구의 길로: 실존적 사유·고백·제언〉, 백영서 외, 《사회인문학 백서》, 새물결, 2018 및 두 책에 수록된 글들을 참조).

사회와 역사를 성찰하기 위해 감성을 키워드로 삼아 연구한 결과가 연구자 간의 공감대에 그치거나 학술적 소통이나 의제의 확장이라는 선에 한정되는 것은 소극적이라고 판단했다. 이 책의 1부에서 다룬 '세계화 시대의 인권과 윤리, 디아스포라 감성', 2부에서 다룬 '일상과 노동 현장의 감성 경험과 역사·사회적 성찰'은 지난 7년간 감성 연구를 수행하면서 다루었던 신자유주의, 자본주의, 세계화, 위계화의 문제를 한국 문제로서가 아니라, 세계 문제로 사유하기 위해 기획되었다. 현대 한국의 각종 사회문제를 야기하는 물질주의와 권위주의, 인권 감수성의 문제를 일상적 삶에서 실천적으로 극복하기 위한 인문학적 차원의 모색이 절실하다고 판단했다. 이 책에서 이러한 저간의 고민과 사유의 과정과 결과를 담아내고자 했다.

세계화 시대, 다문화 공생을 위한 인문학적 제언

이 책의 1부는 세계화 시대를 맞아 점증하는 인구 이동과 이주 경험의 문제에 대해 한국이라는 장소성과 역사성을 고려해 접근하되, 이를 한국 문제로서가 아니라 세계 문제로 사유하기 위한 시각적 전환을 염두에 두고 기획되었다. 각 필자는 한국 고전문학, 한국 현대문학, 현대비평, 사회학 전공자로, 연세대 국학연구원 HK사업단과 대중서사학회의 공동 주최로 마련한 기획 발표를 통해 학제간 토론을 거쳤다. 이에 따라 각자의 원고를 수정하여 학술지《대중서사연구》(23권 2호, 2017)에 기획 특집으로 게재했으며(기획 특집의 제목은 '디아스포라 감성과 서사'), 한국학과 감성 교육에 초점을 맞춘 이 책의 기획 의도에 따라 다시 수정하고 보완하는 과정을 거쳤다.

1부에서의 문제의식은 세계화 시대에 디아스포라를 감성의 차원에서 접근하되, 역사성과 장소성을 고려하는 것이었다. 이주와 이동이 일상화될 때 발생하는 인권 감수성, 젠더, 정체성 위장과 변용, 혐오와 차별의 문제를 어떻게 사유하고 공론화하여, 평화로운 공생의 문화를 창출해 낼 수 있는지를 성찰하고, 그 대안을 제안해 보고자 한 것이다.

최기숙의 글은 17세기에 한문으로 기록된 소설 〈최척전〉을 통해 '이동하는 삶'을 불완전한 삶으로 사유하는 역사화된 사회적 상상력이 갖는 문제를 재점검하고 있다. 이주자는 자국으로 '귀환'해야 안정되게 살고, 정상성도 회복할 수 있다는 발상이 오히려 국경을 넘는 이주자의 삶의 질과 인권 감수성을 저해할 수 있다는 점에 주목했다. 또한 생존을 위해 정체성을 위장하거나 억압하고 은폐하는 다양한 인물의 다기한 삶의 양태를 살펴봄으로써, 재현되지 않은 감성, 드러내지 않은 주체의 정보가 오히려 진정한 정체성일 수 있다는 역설적 문제를 제기했다.

논자는 국경을 넘는 이주자는 국적이나 인종과 무관하게 자기 철학을 지니고 있어야 하며, 이것을 고백하고 공유함으로써 자존감도 확보하고 인륜성도 실천할 수 있다는 것을, 이름조차 주어지지 않은 보조 인물인 호족 출신의 포로수용소 간수의 행동에 주목해 논증했다. 혈연가정을 정상으로 간주하지만 어디에도 그런 형태의 가족이 등장하지 않는, '이주/이산'하는 가족의 서사는 역설적으로, 불완전한 가족 형태, 또는 부유하는 삶이야말로 존중받아야 할 '정상적 삶'의 양태임을 보여 준다는 것이다. 논자는 이에 대한 분석을 통해, 이주/이동이 점증하는 세계화 시대에 평화로운 공생을 위한 주체와 사회의 사유, 태도, 행위를 성찰할 수 있는 방안을 제출하고 있다.

이진형의 글은 김남천의 소설 〈미담〉을 중심으로, 식민지 시대에 모국인 조선의 고향에서 전개된 토착민의 디아스포라화 현상을 다루고 있다. 이 글에서는 토착민이면서도 식민주의적 산업화 과정에서 삶의 기반을 박탈당한 토착민을 '네이티브 디아스포라'로 명명했다. 주인공인 박왈수는 일본의 식민지 제국주의 정책에 따라 농업에서 광업으로 산업구조가 재편되자, 고향에서 살아남기 위해 소작농에서 임금노동자로 직업을 바꾸어 고군분투하다가 죽음을 맞는다. 논자는 박왈수의 비극적 행보를 네이티브 디아스포라의 문제를 사유하는 일종의 상징체로서 조명했다.

네이티브 디아스포라는 '박탈'의 감성이 갖는 문제적 차원을 제기한다. 논자는 개인의 선택으로 보이는 삶의 태도와 방법이 어떻게 강요와 억압, 폭력의 문제를 내재하고 있는가를 문제적으로 포착한다. '근면한 노동자'의 '착실한 태도'가 어떻게 박탈된 삶을 자발적 선택으로 전치시키는 윤리로 재규정될 수 있는지를 규명하는 방식으로, 디아스포라의 자기파괴적 개입의 문제를 공론화한 것이다. 논자는 광산 노동자의 죽음이 파멸이 아니라 오히려 네이티브 디아스포라에 의한 제국주의 체제의 내파 가능성을 함축하는 '탈구'가 될 수 있다는 역설적 독해를 제안한다. 필자는 개인의 삶을 박탈하고 억압한 제국주의가 추문으로 자리바꿈하게 된다는 것을 논증하는 방식으로 서사 미학의 독법을 제시했다.

소영현의 글은 유사 이래 여성혐오가 없었던 시공간을 찾아보기 어렵다는 문제의식으로 디아스포라 감성의 문제에 접근하고 있다. 사회 감정인 혐오는 역사적으로 축적된 집합감정이기에 일상적이고 무의식적으로 발현되지만, 오직 사건화될 때만 포착된다는 것이다. 이 글은 미시적 현상으로서의 여성혐오의 이면에 은폐된 차별적 위계 구조의 중첩성을 한국과 동아시아, 글로벌/글로컬의 문제로 조명함으로써, 한국의 장소성에 대한 사유가 세계의 보편성에 대한 사유로 치환될 수 있다는 가능성을 제시한다. 이를 위해 분석한 텍스트는 소설과 영화, 사건화된 사회문제와 일상 문화 전반을 망라해 있다.

논자가 주목한 것은, 이주가 가속화되면서 탈국경이 일상화되는 과정에서 이주여성에 대한 차별화와 위계화가 중첩적으로 발생한다는 점이다. 특히 탈북자, 중국 국적 조선족 여성을 다룬 소설과 영화에서 '오리지널 한국인'이라는 기준으로 젠더, 계급, 지역이 복합적인 위계적 중층 구조를 형성하면서, 적대와 배제, 거부와 오해, 혐오의 감성이 복합된 갈등 구조가 형성된다는 점에 착목했다. 그럼에도 불구하고 여성 내부에 형성된 위계적 일상의 생태계가 모성의 이름으로 봉합되는 방식을 택함으로써, 텍스트 내부에서 제기된 내부의 불평등을 은폐하는 모순이 생성된다는 것이다. 논자는 탈국경의 일상화는 국경을 무화시키는 것이 아니라 오히려 국경 내부에 복잡한 위계화를 가속화하는 모순을 양산하며, 여성 이주의 가정주부화, 돌봄노동화를 통해 여성성의 권역을 협소화한다는 점을 지적한다. 포스트민주화 시대로 이행하기 위해서는 사회적 타자에 대한 통치술을 해명하기에 앞서, 사회적 타자 간 차이의 봉합술에 대한 철저한 해부가 이루어져야 한다는 것이 논자가 역설하는 핵심적 제언이다.

서동진의 글은 미국의 사드 배치 결정 이후, 중국의 한한령限韓令에 따른 반한 감정과 문화적 파급 효과에 주목하고 있다. '유커游客'로 호명되는 중국 관광객을 한국의 사회적 상상력이 창출한 서사적 인물로 조명하면서, 한국을 관광하는 중국인을 바라보는 집단적 응시에 함축된 감정과 정동적 추이를 해부하고자 한 것이다. 이를 위해 필자는 디아스포라 개념이 수반하는 이동 주체의 궤적과 통로, 수단 등 물질적 제도에 주목했다. 이차적으로는 이동 주체가 소속된 사회의 체제, 이동 주체의 목적과 지향, 행위의 복합체에 대한 구체적인 해명을 시도하고, 그 결과적 산물로서 관광을 목적으로 한국을 방문하는 중국 관광객을 바라보는 시선에 함축된 여행자와 거주자 사이의 권력관계를 해명하고자 했다.

논자는 소비하는 관광객으로서의 유커를 겨냥한 한국적 관점의 시선의 정치성을 비판적으로 독해하기 위해, 여행객의 다중적 이동성, 자율성의 차원에 주목한다. 이때 단체 여행객과 구분되는 부유한 고학력층의 '싼커散客'를 바라보는 시선이 '탈유커화'가 아닌 '재

유커화'로 고착되는 방식에 착목하고, 이는 이주 주체의 이동성과 자율성을 정확히 요해하는 방식이 될 수 없다고 비판한다. 이들은 문화 주체로 조명되거나 이해되기보다 단지 '소비자-관광객-중국인'이라는 정체성 주변을 순환할 뿐이라는 것이다. 변화의 방향에 대한 해석적 상상력과 현상의 중층성을 요해하는 다각적 시선을 유예한 채, 고착된 방식으로 새로운 문화를 읽으려는 시도는 아이러니하고 모순적이다. 이에 대한 비평을 통해 논자는 관광을 매개로 이동하는 주체의 행위성, 문화수행성이 갖는 다양한 서사적 해석의 가능성을 문화적 확장을 위한 정동지리학의 새로운 상상력으로 제안했다.

이상의 글들은 17세기 조선으로부터 식민지 시기, 2000년대 이후 한국에서 발생하고 경험된 디아스포라의 이념·전제·동기·방향 등에 대해, 주체와 타자, 젠더, 지역성, 상상력의 차원에서 접근하고 있다. 한국에서 발생한 현상으로서의 역사성과 장소성에 초점이 맞추어졌지만, 동아시아와 글로벌/글로컬 시각을 함축하고 있다. 단지 한국의 역사와 문화를 해명하기 위한 지역학의 차원에 머물러 있지 않은 것이다.

필자들은 한국이라는 장소성과 역사성를 매개로 세계의 역사와 현재를 비판적으로 성찰하기 위한 보편적 사유의 가능성을 적극적으로 고려하면서, 각자 이주/이동이 일상화된 시대에 평화로운 공생과 존중의 문화 문법을 어떻게 사유하고 실천할 것인지에 대한 해법을 찾아보고자 했다. 한국의 역사와 현장성은 단지 한국이라는 장소성의 문제로 한정되지 않으며, 세계적으로 편재된 현상의 보편성을 파악할 수 있는, 일종의 케이스 스터디로서의 성격을 지니고 있다고 이해할 수 있는 것은 이 때문이다.

일상과 노동 현장에서 감성 경험의 성찰적 전환은 가능한가

이 책의 2부는 일상과 노동 현장에서의 감성 경험을 역사·사회적으로 성찰하고, 지속가능한 감성 교육 방법론을 제출하기 위해 마련되었다. 앞의 두 글에서는 이론적 차원을 고려했으며, 다른 네 편의 글에서는 문화 콘텐츠와 일상적 언어생활과 현상을 중심으로 한 케이스 스터디로 제안되었다.

　2부의 문제의식은 감성에 대한 성찰은 어떻게 가능한가, 일상과 노동의 현장에서 하위주체의 성찰성은 가능한가, 그리고 이들의 성찰 행위는 과연 사회 변화의 실질적인 동력이 될 수 있는가라는 몇 가지 질문을 공유하는 것으로부터 출발했다(이 질문은 연세대 국학연구원 HK사업단의 '영성과 감성 클러스터'에서 기획된, 제57차 사회인문학 포럼 '일상과 노동 현장의 감성 경험과 역사/사회적 성찰'에서 제기되었다 (2017. 12. 8. 연세대 위당관 313호)). 이 문제에 대해 필자들은 각각 이론과 실제의 차원에서 접근함으로써, 교육 현장에서 이 문제를 정면에서 성찰하고 비판하며 실천의 자산으로 삼을 수 있는 구체적인 방법을 제안하고자 했다. 이를 위해 연세대 국학연구원 HK사업단 감성/문화팀에서 3차례의 학술 발표를 거쳤고, 그 결실을 선별해 2부를 구성했다.

최기숙의 글은 감성과 성찰을 매개로 고전과 현대사회를 연계적으로 사유하고 해석하는 이론 연구이자 케이스 스터디로 제안되었다. 논자는 점증하는 자살률, 취업률 저하, 실업률 고조, 빈곤의 증폭, 무시와 혐오, 박탈감과 무기력이 지배하는 현대 한국사회에서 역설적으로 일차원적 쾌락에 대한 대리 감각·모방·전시가 확산되는 점에 주목했다. 특히 대중매체에서 '먹방' 프로그램이 확산되고, 'SNS'를 통해 과시적으로 전시되는 감성의 재현과 소통 방식이 제기하는 곤경과 역설적 지점을 포착하고 있다. 양자는 일시적인 쾌락과 즐거움, 기쁨, 행복감에 대한 감각적 탐닉, 과시적 전시로 점철된 감성 구조를 보여주는데, 역설적으로 미디어는 개인과 사회로 하여금 고통의 감수성을 억압하거나 재현 기회 자체를 박탈함으로써, 현대 한국사회에 심각한 감성적 불균형을 초래한다는 것이다. 논자는 고통의 감수성이란 억압되거나 부정해야 할 대상이 아니라, 개인과 사회의 성찰력을 회복할 수 있는 감성적 근거라고 주장한다.

필자는 억류된 부정적 감성을 재현하고 소통하는 성찰적 힘을 함양하기 위해, 조선 후기의 생애사 기록 양식, 즉 전장류傳狀類, 애제문哀祭文, 비지문碑誌文 등의 양식에 재현된 죽음과 고통의 기록과 재현 방식을 참조하고 있다. 고전의 생애성찰적 글쓰기에 재현된 고통의 감수성과 그것을 통과하는 개인적·사회적·역사적 힘을 참조점으로 삼아, 현대인이 주체적으로 감성을 인지, 표현, 교환, 소통하는 방식을 배울 수 있는 교육적 방안을 제시하고자 했다. 필자는 사회문제를 비판하고 분석하는 것은 인문학의 궁극적 목표가 될 수 없다고 보고, 문제 극복을 위한 대안을 제출하는 것이 인문학의 의

무라고 주장한다. 논자는 좌절과 슬픔, 고통의 대척점에서 희망할 권리를 스스로에게 부여하는 내적 힘에 대한 체험과 공감, 연대의 실질적 힘에 대해 역설하고 있다.

소영현의 글은 최근에 확산되고 있는 감정 연구의 지형을 교양서를 중심으로 한 출판계와 대학의 연구소와 학회를 중심으로 한 학술장, 그 결과물로서의 학술 담론(논문과 저서) 차원에서 일별하고, 감정을 통해 사회문제를 진단하고 대안을 모색하려는 일련의 움직임을 비평적 관점에서 정리했다. 논자는 학제간 연구 방식을 통한 집합감정의 정치성을 해명하는 과정에서, 감성을 매개로 한 성찰의 운동성이 갖는 가능성을 감정 연구의 도전으로 명명했다.

이를 구체화하기 위해 논자는 분노와 모멸감 등, 특정 감정에 주목해 이를 매개로 한 사유와 실천이 모색되는 지점에 착목했다. 저간의 배경으로는 신자유주의적 자율 주체에 대한 과도한 통제와 관리 시스템이 자리하고 있음을 지적하고, 감정에 대한 관심이 개인의 내면 차원이 아니라 사회적 차원의 집합감정 차원에서 다루어지는 이유 및 그 유용성을 점검했다. 감정 연구는 매번 용어에 대한 정의를 요청받으며 공격받거나 오해에 직면했는데, 이는 학술과 교양의 차원에서 이성 중심적 사유의 전면화가 갖는 한계를 인식하면서도, 그것을 인정하기 어려운 학적 딜레마와 연관되어 있다. 논자는 불안과 공포, 혐오의 감정이 사회 통제와 통치성의 매개가 되는 감성 정치의 실재를 분석하면서, 감정/정동이라는 유동하는 운동성이 세계 변화를 추동하는 동력이 될 수 있다는 가능성을 감정 연구의 미래로 제안했다.

위의 두 편이 감성 연구에 대한 이론적 탐색인 동시에 케이스 스터디를 통해 구체적으로 논증하는 연구 방식을 택했다면, 다음의 네 편은 이를 구체적으로 다룬 문화 콘텐츠(드라마, 영화)와 언어생활을 텍스트로 분석한 케이스 스터디에 해당한다.

김해옥의 첫 번째 글에서는 2010년대 텔레비전 드라마 〈미생〉과 〈송곳〉을 대상으로 드라마에 재현된 노동 현장과 비정규직 생존 문제를 비평적으로 독해하고 있다. 이를 통해 한국학 분야에서 문화교육을 수행할 수 있는 구체적인 방법론을 제시하고자 했다.

논자는 홉스테드의 문화 분석 방법론을 참조해, 두 편의 드라마가 잠재적으로 내포하고 있는 가치관과 관행, 노동 현장에 묵시적으로 매개된 의식과 상징을 분석했다. 논자는 각 드라마에 재현된 집단감성을 직장 내 조직문화의 가치관과 관습, 언어 차원에서 분석했다. 이를 통해 한국 문화를 이해하고 비판적으로 성찰하는 구체적인 방법론적 틀을 제시하고자 했다. 이 글의 잠재적 목표는 한국 문화에 관심을 가진 외국인 학습자가 한국 문화의 심층적 양상을 이해하고, 비판적으로 독해할 수 있도록 구체적인 교육 방안을 제시하려는 것으로 모아진다.

김해옥의 두 번째 글은 영화 〈카트〉(감독: 부지영. 2014)를 대상으로 인물의 감성 경험이 어떻게 사회적 성찰로 이어질 수 있는지를 탐색하고 있다. 〈카트〉는 2007년 7월로 예고된 비정규직법 시행을 앞두고 6월에 홈에버와 뉴코아에서 5백 명을 해고하면서 벌어진 노동자 파업 투쟁을 영화로 재구성한 것이다. 필자는 계급과 젠더의 차원에서 이중적으로 차별받는 여성노동자의 노동운동을 장면의 스펙터클로 포착함으로써, 신자유주의와 노동시장의 유연화라는 명목으로 수행되는 자본주의의 문제적 차원과 모순을 해명했다.

이 영화는 노동 현장의 재현이라는 차원에서는 리얼리즘의 서사 분석 방식을 활용하고 있다. 다른 한편으로는 페미니즘의 시각으로 여성노동자의 삶과 투쟁을 영상 미학적으로 접근했다. 특히 관객이 감성적 몰입을 극대화할 수 있도록 구성한 파국적 스펙터클의 장치를 활용함으로써, 여성노동자의 감정의 인지와 체험이 집단감성으로 확산되는 과정을 포착하고, 여성노동자가 연대를 통해 집단의 저항운동을 실천하는 과정을 해명했다. 이 글에서는 영화의 제목이자 주요 소재로 등장하는 '카트'가 어떻게 노동 현장의 도구에서 가부장제 질서를 교란하며 연대하는 매개가 되는지를 분석함으로써, 노동 현장이 문제의 진원인 동시에 해결을 이끌어 내는 실천의 장이 될 수 있다는 이중적 해석 가능성을 제출하고 있다.

조민정의 첫 번째 글은 근대 초기의 텍스트인 《서유견문》(유길준 지음. 1894년 출간)과 1900~1910년대 신소설 총 17편에 서술된 노동과 노동자를 둘러싼 인성명사와 이들의 결합 관계인 '급여 지칭어'를 중심으로, 당시 사람들의 노동과 노동자에 대한 인식의 지형을 그려 내고자 한 작업이다. 연구자는 국어국문학의 언어학 분야 전공자이자 한국어 교육 연구자로서, 일상과 노동 현장에서의 감성과 성찰성에 대한 의제에 공감하여, 새로운 연구 기획과 실험에 동참하게 된 계기를 가지고 있다. 논자는 이 연구를 위해 새롭게 근대 초기의 문헌 자료를 말뭉치로 구성하여 분석하게 되었고, 어휘 분석의 배경을 이해하기 위해 해당 시기에 대한 역사·사회적 탐색을 별도로 시도했으며, 당대에 출간된 각종 사전류(《한불자전》(1880)과 《한영자전》(1897)) 및 네이버 뉴스라이브러리 등을 참조했다. 이는 기존에 문학작품의 사회사적 배경을 이해하기 위해 역사 연구를 참조하는 방식과는 차이가 있다. 새로운 단어의 출현, 기존 언어의 의미 변용의 맥락을 짚어 내기 위해, 당대의 역사적 배경과 사회 변화의 추이를 역추적하여 언어학적으로 해명하는 작업이기 때문이다.

논자는 《서유견문》에서 하층민, 노동자, 동학도가 '무지'하고 '폭력적'이라는 평가로 동궤에서 논의된 현상을 통해, 지식층의 하층민에 대한 인식의 전형을 독해했다. 또한 여러 편의 신소설에서 하층 계급이나 노동자를 지시하는 새로운 어휘가 대거 등장하는 현상을 통해, 당시 노동장의 변화에 따라 직종이 세분화되는 사회사적 현상을 새롭게 해석하고자 했다. 신문이나 《서유견문》 등에서는 노동자라는 어휘가 좀처럼 사용되지 않는 데 비해, 신소설에서는 노동자라는 어휘가 여러 번 등장한다는 것, 노동자를 지칭하기 위한 인성명사 형성접미사로 '민, 인, 자, 군' 등이 활용되는 양상이 매체나 장르에 따라 상이하다는 것, 상층 관리와 하층 노동자의 '급여'를 지시하는 어휘가 배타적으로 사용되었다는 것 등은 본 연구를 통해 새롭게 제출된 연구 결과다. 이는 어휘적 차원에서 노동의 계급화·위계화를 논증하는 사례로서, 근대 초기뿐만 아니라 일상적인 언어생활 전반을 성찰적으로 조명할 수 있는 사례에 속한다.

조민정의 두 번째 글은 감성적 공감을 표현하는 응답표현을 대상으로 상호작용의 기능을 고찰한 국어학 분야의 연구다. 공감을 둘러싼 상호작용성을 표상하는 대표적 어휘는 '그렇지' 또는 '그러게'

인데, 이는 애초에는 선행 발화나 단어를 대용하는 형태로 활용되다가, 현재는 화자의 발화를 들은 청자가 그에 대한 공감의 태도를 표현하는 어휘로 활용되고 있다. 애초의 기능보다는 '예, 아니, 그래' 등 직접적인 반응 표현과 '잘됐네', '글쎄'처럼 화자에 대한 청자의 공감을 표현하는 상호작용의 표현으로 변용된 현상에 주목한 것이다. 논자는 이를 입증하기 위해, '세종말뭉치'와 드라마 총 1,228회본, 영화 대본 총 56편을 포함해, 약 7,013,918어절에 대한 말뭉치 분석을 수행했다. 어휘의 활용 빈도는 프로그램의 통계 분석을 활용했으며, 질적 해석을 위해서는 구체적인 맥락을 고려하는 심층적 분석 방법을 활용했다.

상호작용의 표현은 적극적인 수긍을 표현하는 '그렇지'부터 심리적 거리를 두는 유보적 공감 표현의 어휘인 '잘됐네'와 '그러게', 완전히 동의하지는 않지만 정확한 불일치와 불만족, 거절을 표현하는 데서 오는 관계 위협을 완화하기 위한 어휘로서 '글쎄'에 이르기까지 다양하다. 이 어휘들은 공감을 둘러싼 미세한 심리적 차이와 거리 감각이 언어적 사용 차원에서 고려되고 있음을 입증한다. 친밀감을 유지하면서도 공감의 정도 차이를 통해 인식과 감각에서의 차이를 고려한 의사 전달을 지향하고 있음을 섬세한 차원의 어휘망에 대한 분석을 통해 파악한 것이다. 이러한 언어 현상은 한국사회가 평화롭고 지속적인 관계 형성에 대한 욕구를 담보하면서도, 태도와 시선, 방향에 대한 감각의 정밀도를 단련하고 있다는 의미이기도 하다.

이상에 수록된 글들은 모두 한국의 역사와 문화, 문화 콘텐츠, 언어 차원에서 수행된 연구지만, 감성과 성찰성이라는 키워드를 공유함으로써, 각 영역이나 주제 · 장르를 새롭게 독해할 수 있는 시선과 감각의 쇄신을 지향하고자 한 결과물이다.

'감성-능력', '성찰-윤리', 일상과 관계의 '심미성' 함양을 위하여

물질주의, 경쟁주의, 성과주의 등 현대 한국사회를 지배하는 일련의 경향성은 한국이라는 장소성에 국한되지 않는 범세계적인 현상이다. 자본주의와 신주유주의가 세계화의 물결을 타고 전 지구적 현상으로 자리하면서 발생한 파생물이기 때문이다. 이익에 따라 인간관계가 갈리고, 힘의 장력에 따라 타인의 인권 침해와 인격 훼손을 정당화하며, 극한의 무한경쟁을 일상화하는 방식은 사회 구성원 일부나 특정 세대를 루저로 패킹하는 것이 아니라, 구성원 전체를 루저로 양산해 내는 전면화된 시스템으로 작동하고 있다.

이런 관점에서 보면, 한국사회에 문제로 부각된 이른바 '갑-을' 갈등은 일시적 · 국부적인 것이 아니라, 항시적 · 전면적으로 사회 전반에 영향을 미치는 위험 사회의 징후로 이해할 필요가 있다. 갑-을의 문제는 자본, 신분, 지위 또는 직위, 젠더, 연령 등 권력의 무게중심에 따른 '위계화' 현상에 기인한 것으로, 단지 한국적인 현상으로만은 볼 수 없다. 여기서 비롯된 무시와 혐오의 감성은 인종, 국적, 종교, 젠더, 학력을 둘러싼 각종 차별과 배제, 무시와 박탈의 감성 경험과 유사하다. 최근에 각 분야에서 야기되는 갑-을 갈등의 문제를 단지 한국이라는 지역에 한정된 문제로 간주하기보다, '권력'과 '자본'(여기에는 사회자본, 문화자본도 포함된다)의 보편적 문제로 사유하고자 하는 것은 이러한 맥락성에 대한 이해에 뿌리를 내리고 있다.

문제적 현상에 대해서는 충분한 사회적 공감대가 형성되고 있음에도 불구하고, 이를 해결하거나 극복하고 돌파할 수 있는 아이디어에 대한 탐색은 좀처럼 모색되지 않는 편이다. 사회 비판은 단발적인 고발의 형식으로 쏟아지지만, 장기지속적인 차원에서 책임감 있게 대안을 모색하는 움직임은 찾아보기 어렵다. 이에 대해, 현재로서는 해당 문제를 공론화하고 사례를 수집해 비판하는 단계에 와 있기 때문이라고 판단하는 것도 일면 수긍되는 지점이 있다. 문제의식에는 모두 공감하면서도, 사회나 조직의 톱니바퀴를 굴려야 하는 저마다의 몫을 책임져야 하기에, 지속적으로 시간과 마음, 비용을 투자해 문제 해결에 참여하기란 쉽지 않다.

그러나 절차에 따라 단계적으로, 전문가에게 의뢰해 문제가 해결되기를 기다리는 동안에도 문제적 갈등은 여전히 발생하며, 그에 따른 희생자, 피해자, 상처 입은 자, 자신이 상처 입은 줄도 모른 채 고통받는 자, 그것이 고통인 줄도 모른 채 증상에 시달리는 이들은 여전히 발생하고 있다. 현 단계에서 문제를 직시하고, 각자의 위치에서 문제 해결을 모색하는 자기책임성이 요청되는 이유다. 지속적으로 감성 연구를 해 온 '감성/문화'팀에서 그간의 연구를 '감성 교육'이라는 명제로 재사유하게 된 것은 이러한 맥락에서다.

흔히 감성에 대해서는 '타고난 재능', '예민한 기질' 등의 생래적인 성향이나 기질로 설명하려는 경향이 있다. 그러나 감성은 타고난 자질이라기보다는 배워서 함양해야 하는 '능력'이다(개인에 따른 생래적 차이 자체를 부정하는 것이 아니라, 어떤 요소든 생래적 요소가 있으므로, 감성에 대해서만 유독 강조할 필요가 없다는 뜻이다. 예컨대, 언어, 수학, 음악, 체육 능력은 모두 타고나는 점이 있지만, 교육을 통해 해당 능력을 일정 수준까지 함양할 수 있기에 학교 교육으로 제도화하는 것이다). 역설적으로 감성은 성찰성과 연결된다. 자신에게 주어진 힘(권력)을 성찰하는 것은 이른바 사회적 리더에게 요구되는 자질이 아니라, 사회적 존재로서의 구성원 모두에게 필요한 '윤리'다. 평화로운 공생의 문법을 생각한다면 답은 의외로 쉽게 찾아진다. 평화롭게 잘 살아가기 위해 대화하는 법을 익히고('토론하는 법'이 아니다), 평화의 거리와 친밀한 선에 대해 사유하며('데이트 폭력'이나 '가정 폭력'을 사고해 보면 쉽게 이해할 수 있다), 다양한 배경과 역사, 조건에 놓인 사람들과 함께 살아가는 행동 문법을 익히는 일은 중요하다. 세계는 눈부시게 빠른 속도로 변하고 있는데, 문서화된 양식, 규정, 제도는 좀처럼 변화하지 않는다고 체감하기에, 감성 교육의 시행과 실천은 더더욱 시급하다.

실제로 필자가 최근 7년 여간 참여하고 있는 연세대 대학원 한국학 협동과정의 교실 환경을 고려하면, '세계화'의 현장을 실감할 수 있을 만큼 다양한 국적과 연령의 학생이 참여하고 있다. 이러한 교육적 경험은 한국문학과 문화·역사를 가르칠 때, 한국인의 입장과 관점에서 일방적으로 지식과 정보, 연구 방법론을 제안하는 것을 성찰하는 계기가 되었다. 한국학이라는 학문 분야의 정체성을 고려한다면, 학제간 연구나 비교 연구는 자연스럽게 도출될 수밖에 없다. 한국문학을 깊이 있게 이해하려면 역사와 문화, 사회에 대한 지식과 이해가 필요하다.

이미 학생들은 학제간 연구를 체화하며 왕성하게 자신의 연구 의제로 흡수해 연구 성과를 제출하고 있다. 수강생들은 디아스포라 연구를 수행하는 연구자인 동시에, 그들의 45퍼센트 이상이 학문 목적의 이주자, 즉 유학생이다. 한국 학생의 상당수도 외국에서 취업해 삶의 터전으로 삼으려는 지향을 가지고 있다. 한국학 교실 자체가 유동하는 '액체 근대'의 압축본인 것이다. 이들에게 디아스포라는 연구 주제이기에 앞서, 실존적 의제이기도 했고, 실제로 이 수업의 수강생이 이주 문제를 다룬 학위논문을 제출한 바도 있다. 한국학을 성찰적으로 재구성하되, 보편 인문학의 가능성을 고려해야 하는 적극적이고도 실천적 맥락은 교육 현장에서 활발하게 마련되고 있다.

한국문학 연구는 이제 한국인이 한국에서 수행하는 연구로 한정되지 않는다. 이미 유럽과 미국 등지에서 한국학/아시아/태평양문화권과 관련된 학술대회가 정기적으로 개최되며, 관련 저널도 발행되고 있다. 규모의 차원에서도 상당한 인적 구성을 갖추었을 뿐더러, 한국과 다른 관점에서 의제를 생성하고 있기에 관점과 방법론 차원의 창의성이 생성되어, 상호참조의 가능성이 확장되고 있다. 인터넷 학술 네트워크를 통해 서로의 글도 쉽게 찾아보고 참조할 수 있는 바탕도 마련되었지만, 지리적 거리를 완전히 극복할 수준의 소통성을 갖추고 있지는 않다.

이러한 한계를 극복하기 위해 연세대 국학연구원 HK사업단에서는 지난 6년간 베를린자유대학교 한국학연구소(Lee, Eun-Jeong 소장, Hannes Mosler 교수)와 한국학 커리큘럼과 프로그램의 공동 개발을 수행했으며, 상호 모니터링을 통해 프로그램 개정을 거쳤고, 실제로 그 결과를 교육과정에 반영하고 있다(연세대학교 국학연구원은 인문과학이 중심을 이루고, 베를린자유대학교 한국학연구소는 사회과학이 중심이어서, 사회인문학을 추구하는 본 사업단의 어젠다를 교육적으로 실천하는 데 양자 간 협력이 큰 도움이 되었음을 밝힌다).

한국학의 성찰적 재구성을 통해 보편 인문학의 한국적 발신을 수행하는 작업은 이제 도약 단계에 와 있다. 경험과 성찰, 이론과 케이스 스터디의 병행은 향후 세계화 시대의 한국 인문학의 향방을 사유하고 비전을 모색하는 데 큰 도움이 되었다. 연구의 결실을 교육 현장에서 공유하여, 학문 후속 세대의 가치 있는 연구로 이어지는 것을 경험하는 것은 의미 있고도 즐거운 경험이다. 다양한 문화적, 학문적, 언어적 배경을 지닌 학생들과 학문적으로 대화하는 과정은 '비-문자' 감성 연구가 갖는 성찰적 힘을 체감하는 계기가 되었다. 새로운 학문을 배우는 과정은 새로운 언어를 배우는 과정과 많은 측면에서 유사성을 지닌다. 그것은 진입이라는 일방향의 행위가 아니라 소통이라는 쌍방향 구조로 이루어질 때, 가장 평화롭고도 안정적인 성장을 이끌어 낼 수 있다고 체감한다.

한국학과 감성 교육의 시각, 문화, 현장에 대한 연구는 이로써 첫 번째 결과물을 제출하게 되었다. 여기에 참여한 필자 선생님들과 연세대 국학연구원 HK사업단의 역대 단장님들과 선생님들, 학술대회와 토론에 참여해 주신 청중의 연구자와 학생들, 감성 연구로 협

력 작업을 함께한 대중서사학회, 출판을 위해 애써 주신 국학연구
원의 박은영 실장님과 박재익 조교님, 그리고 이진형 교수님과 앨
피출판사에도 깊은 감사를 전한다. 10년의 사업을 정리하면서, 그
간 HK 사업을 계기로 만났던 국내외 연구자들, 이 책에 참여한 필
자 선생님들과 지속적으로 학문적 대화를 나누며, 앞으로도 함께
성장할 수 있기를 희망한다. 이 책이 한국학을 연구하고 교육하는
현장에서 의미 있는 사유와 질문을 나눌 수 있는 매개가 될 수 있기
를 바란다.

지난 10년간 이 모든 연구의 과정을 지원해 준 한국연구재단에도
감사의 마음을 전하고 싶다.

국학연구원 HK사업단 문화팀을 대신하여

최기숙

1부

세계화 시대의 인권과 윤리
: 디아스포라 감성

귀환의 역설,
〈최척전〉을 통해 본 '귀환 없는 이주' 불능성의 감각

최기숙

* 이 글은 〈'귀환의 역설': 〈최척전〉에 재현된 '귀환 없는 이주' 불능성의 감각〉,《대중
서사연구》23-2, 2017에 수록된 글을 수정, 보완하여 수록한 것이다.

이주와 이산: 상상의 전승과 시선의 정치

세계화 시대에 개인과 집단, 자본과 지식, 사유 구조와 상상력은 빠르게 이동하고 있다. 특정 지역의 문화로 간주되던 요소들은 21세기에 접어들어 인터넷과 SNS의 연결망을 타고 동시간적 화제로 공유된다. 공감대가 형성되는 순간, 한 지역의 문화(말, 지식, 담론, 패션, 음식, 유머 코드 등)는 세계가 공유하는 공통 지식, 감각, 문화로 현실화된다. 공감의 포인트는 각기 다르지만, 특정 지역에서 발생한 사건은 어느 순간 전 지구적인 문제의식으로 부각된다. 국적, 인종, 나와 너의 경계 구분이 무의미해지는 지점이기도 하다.

그럼에도 불구하고 현 시대에 민족주의와 국가주의적 감성은 점차 강화되는 추세다. 세계는 하나라는 감각은 개인을 전 지구적 주체로 자각하게 하기보다 소속감을 상실한 부유하는 주체로 내몰아 불안의 감각을 일상화하도록 추동하는 듯하다. 비가시적 미디어의 연결망은 세계화된 현실을 무의식적으로 일상화하지만, 신체적, 감각적으로 인지되는 현실은 개인을 한 국가의 국민으로 공증하는 각종 등록기제(한국의 경우 주민등록증), 국경을 넘을 때마다 새삼스럽게 인지되는 국민국가의 구성원으로서의 자격(여권), 개인의 안위를 보장하는 각종 국가제도(국민연금, 의료보험 등), 공동체로서의 의무를 요청하는 납세자로서의 역할에 대한 환기를 통해, 세계시민으로서의 자격보다 국민국가의 일원으로서 개인이 정체성을 형성하고 소속감을 인지하도록 하는 기능이 강화되는 추세다. 세계화된 사회는 현실이지만, 세계시민은 부재한다는 모순과 역설에 마주치게 되는 것이다.

이 글은 전 지구적 연결망이 가속화되고 일상화되는 현실과 비대칭적으로, 세계화 시대의 공동체 윤리, 공생의 문화문법이 부재하다는 문제의식에서 출발하고 있다. 그 가운데에서도 세계화 시대에 개인과 집단의 이동과 이주에 대한 개인과 사회, 특정한 지역과 역사의 감각을 토론과 분석의 모델로 삼아, 세계화 시대의 이동하는 주체가 갖추어야 할 인간됨의 덕목, 윤리, 가치, 지향에 대해 사유하는 성찰적 계기를 마련하는 데 목적을 둔다.

이 문제에 대해서는 한국 학계에 이미 상당한 연구가 축적되었으며, '디아스포라' 담론의 지형을 형성하고 있다. 최근 한국이라는 현장에서 수행되는 사회학적, 문화인류학적 시각의 디아스포라[1] 연구를 살펴보면, 대체로 '결혼 이주'와 '노동 이주'에 집중되는 경향이 발견된다. 그러나 전 지구적 차원의 이주와 이동이 일상화되는 세계화 시대에 집을 떠나는 이주 행위는 특정 계층, 인종, 국적, 성별, 세대로 제한되는 것이 아니라 이미 편재된 현상이다.[2] 전 지구적 이주와 이

---

1 '~를 넘어, ~를 지나'는 뜻의 'dia'와 '흩뿌리다'를 뜻하는 'speirein'의 합성어인 디아스포라Diaspora는 유대인의 추방과 이산을 가리키는 특수하고 제한적인 신학적 개념에서 유래했다. 추방을 뜻하는 히브리어 galut와 dispora는 시간이 흐르면서 추방, 고난, 다가올 구원이라는 의미의 diaspora라는 하나의 개념으로 통합되었고, 80년대 이후에는 모든 종류의 이주를 가리키는 말로 폭넓게 수용되었다. 케빈 케니, 《디아스포라 이즈is》, 최영석 옮김, 앨피, 2016, 10~15; 22쪽. 이 글에서는 어원적 의미에 정합된 디아스포라에 한정하지 않고, 세계화 시대에 진행되는 전 지구적 이주와 장/단기 이동을 모두 포함해 논의하되, 특히 이주/이산의 경험을 둘러싼 일상의 감각, 주체와 타자의 경험, 이에 대한 시선과 상상력의 분석에 집중할 것이다.

2 김현미, 《우리는 모두 집을 떠난다: 한국에서 이주자로 살아가기》, 돌베개, 2014.

동을 둘러싼 현상이 '이산'의 의미망과 연결되는 것은, 그것이 자발적 형태를 취할지라도 '부득이함', '불가피한 선택'이라는 강제와 강요의 의미로부터 결코 자유로울 수 없기 때문이다.[3] 이주/이산의 문제는 삶의 불가피성에 대한 이해를 전제로 한 생존 문제와 연결된다. 이와 관련해, 이 글에서 '이주/이산'의 '보편성'을 강조하는 이유는 단지 세계 변화에 대한 일상의 감각을 환기하는 차원이 아니라, 세계 문제를 한국 문제로, 이를 이웃이나 타자의 문제가 아니라 주체와 나 자신의 문제로 사유하는 구체적인 계기를 마련하기 위해서이기도 하다.

이 글이 주목하는 바는 '디아스포라'가 전 지구적 연결망에 따른 세계화가 진행되는 21세기적 흐름에 따른 보편적 현상이며, 이러한 사회 변동이 자연스럽게 그 이면에 국민국가와 가족 개념의 해체가 현실화된 맥락을 전경으로 삼고 있음에도 불구하고, 이주를 통해 오히려 그것이 더욱 강화된다는 역설적 지점이다. 이는 '이주/이산/의 과정을 미완의 생으로 간주하고, '귀환'을 그것의 종착점이자 완성적 귀결로 상상하는 사유구조와 연결되어 있다.

이주가 불가피하게 강요된 부정적 사안이 아니라 적극적이고 자발적으로 선택된 삶의 동력으로 작용한 경우에도, 그 이면에 자본

---

3 결혼과 노동 이주의 대표적 원인이 경제적 빈곤인 점, 이들의 이주로 인해 확보된 재화의 일부가 자국으로 상환되는 점 등은 이들의 이주가 비록 장기적이고 영속적인 정주를 지향하는 것처럼 보일지라도 자국에 있는 가족과의 원치 않는 '이별'을 전제로 성립된 '이산'의 의미를 함축하고 있음을 시사한다. 중국 결혼이주여성에 대한 최근의 사례 연구는 Gan Yue(甘悅), 〈한국 내 중국 결혼이주여성의 초국가적 실천〉, 연세대 석사논문, 2016을 참조.

주의와 세계화의 문제가 연동되면서 발생된 경제적 빈곤 문제가 매개되어 있다면, 이 문제는 개인의 차원이 아니라 집단과 국가·제도적 차원에서 접근하는 과정이 필요하다. 그리고 개인과 집단의 이주 문제가 가족 이산과 연결된다면, 이는 자연스럽게 가족구성원의 분리가 초래한 삶의 형태 변화, 선택적 비혼과 비-가족화 양상, 국적 선택 문제, 또는 탈자국중심주의적 삶의 양태 및 이를 둘러싼 제도화의 재점검을 요청하게 된다.

그러나 역설적으로 세계화의 경향은 오히려 국민국가의 강화(2017년 1월에 미국의 대통령으로 당선된 트럼프가 강조한 자국민주의의 부활, 타국민/타민족 이주자에 대한 혐오 감정을 상기해 볼 것), 혼인가정 중심의 가족제도 공고화로 이주자의 삶을 압박하는 듯하다(합법적 이주의 조건은 노동하거나 결혼하는 방식이다).[4] 세계는 변화하고 있지만, 세계를 규정하는 제도나 법, 관습 등은 여전히 변화 이전의 '장치'에 의존해 있다. 당연히 변화한 시대에 필요한 문화, 관습, 예의, 태도, 시선, 인권감수성 차원의 대응은 미숙하고 불완전하거나 결여되어 있다. 그 불균형이 초래하는 문제는 온전히 이주의 주체가 감당해야 할 개인의 몫으로 상환된다. 불법체류, 이중국적, 이주민 혐오와 무시, 폭행, 살인 등의 사회문제가 이에 해당한다.

이 글에서는 세계화 시대에 진행되는 이주와 이산의 문제를 일상

---

4 케빈 케니Kevin Kenny는 일부 국가에서 경제력 강화를 목적으로 해외 이민자들에게 시민권이나 투표권을 제공하는 대신 정치적, 경제적 지원을 받는 형식으로 민족 국가가 강화된다고 분석했다. 케빈 케니, 《디아스포라 이즈is》, 180쪽.

적으로 경험하는 세계(사회)의 문제로 사유하기 위해, 특히 이주와 이산에 대한 한국사회의 시선과 상상력의 문제를 재점검하기 위해, 17세기 조선에서 유통된 것으로 간주되는 고전서사 〈최척전〉으로 거슬러 올라간다. 이는 이산의 문제에 대한 한국인의 사회적 상상력을 재검토하고, 여기에 내재된 '가족 서사'의 신화화 과정과 주체의 정체성 변동(젠더 문제를 포함)과 재구성 과정에 주목하기 위해서다. 또한 이주/이산의 서사를 중심으로 〈최척전〉을 재독해하는 방식으로, 이주/이산을 둘러싼 현재적 시각의 형성과 전승에 영향을 미친 전통 시기의 상상력을 경험하고 되짚어 봄으로써, 이주/이산에 대한 한국인의 뿌리 깊은 사고 유형, 상상력, '대상/주체/현상'을 바라보는 시선의 문제를 재성찰하기 위해서다.

〈최척전〉[5]은 17세기에 유통된 것으로 알려진 한문소설이다. 중편 분량이지만, 3세대에 걸친 유랑과 표박, 귀환의 여정을 담고 있어서 내용적으로는 장편에 해당한다.[6] 임진왜란과 정유재란, 중국 내부

---

5 분석 텍스트로는 일본 천리대 소장본을 번역한 이상구 역주, 《17세기 애정전기소설》, 월인, 1999을 활용했다. 논문에 인용할 경우, 이 책의 307~324쪽에 수록된 한문 원전 〈崔陟傳〉을 활용했으며, 번역은 필자가 다시 했다. 인용문의 표기는 〈최척전〉이라는 제목에 인용 쪽수를 병기한다.

6 고전소설 연구 분야에서 〈최척전〉은 주로 애정전기소설로 분류되었다. 한문으로 쓰인 애정전기소설은 지식인의 창작으로 간주되기 때문에, 심미성이 두드러지고 정화된 감성을 구현한 것으로 평가된다. 그러나 〈최척전〉에는 기자치성과 현몽, 부처의 인도 같은 민간의 심성구조와 환상 요소가 구조화되어 있어, 소설을 둘러싼 감성구조가 과연 지식과 신분 차이에 따라 구분되는지에 대해 근본적인 의문을 제기하는 부분이다. 역으로 이를 통해 민중과 서민의 정서는 날것이어서 정제되어 있지 않다거나, 정화된 감성의 향유는 교양적인 것이기에 상층 문화라는 도식적 사고를 '재고'하는 계기로 삼을 수 있다. 〈최척전〉의 초현실주의적 요소는 영웅소설 등 국문장편

의 이민족 침략(호족의 명나라 침략) 등 조선과 동아시아의 역사적 맥락을 배경으로 삼고 있다. 〈최척전〉을 이주, 또는 이산의 서사로 읽는 이유는 명백하다. 이 작품은 최척과 옥영, 그들을 둘러싼 가족이 비/자발적인 사유로 중국, 일본, 안남 등을 떠돌며 이합집산하는 귀환의 여정을 서사화했기 때문이다. 또한 이 작품은 작중인물의 이주와 이산이 진행되지 않는 상황에서는 서사 전개를 최소화하거나 서사 시간 자체를 압축함으로써, 이야기의 부재, 또는 결락을 정주의 조건으로 맥락화했기 때문이다.[7]

소설에 확대 계승되었으며, 사실주의적 서술 태도는 야담계 한문단편이나 전계 한문단편에 발전적으로 계승되었다고 한 박희병의 분석은 본 연구의 판단과 접맥된다. 박희병, 〈최척전: 16·17세기 동아시아의 전란과 가족이산〉, 《한국고전소설 작품론》, 집문당, 1990, 103~104쪽.

7 〈최척전〉 텍스트에서 옥영의 행로를 표현한 단어는 '유리流離', '전도轉到'다. 이에 관해서는 최기숙, 〈17세기 고소설에 나타난 여성 인물의 유랑과 축출, 그리고 귀환의 서사〉, 《고전문학연구》 38집, 한국고전문학회, 2010, 45쪽을 참조. 〈최척전〉을 포로와 가족 이산의 관점에서 분석한 것은 연구사의 이른 시기부터다. 소재영, 〈奇遇錄과 被虜文學〉, 《임병양란과 문학의식》, 한국연구원, 1980, 265~285쪽; 박희병, 〈최척전: 16·17세기 동아시아의 전란과 가족이산〉, 83~106쪽.
최근의 선행 연구에서 〈최척전〉을 '유랑', '포로', '동아시아', '가족서사'라는 키워드와 연관시켜 분석한 것은 일정 정도 이 논문이 지향하는 '이주/이산'의 논제와 문제의식이 중첩된다.: 고영란, 〈17~18세기 한일문학 속 월경(越境)과 결혼〉, 《일본어문학》 68, 한국일본어문학회, 2016; 김용철·신승호, 〈〈최척전〉 속의 동아지중해와 대항해시대〉, 《국제어문》 69, 국제어문학회, 2016; 김용기, 〈17세기 동아시아 전란 체험과 다문화 양상 비교〉, 《다문화콘텐츠연구》 22호, 중앙대 문화콘텐츠기술원, 2016; 김경미, 〈동아시아적 시각에서 다시 읽는 〈최척전〉, 〈김영철전〉〉, 《고전문학연구》 43, 한국고전문학회, 2013; 강상순, 〈한국 고전소설 속 중국 배경과 중국 인식〉, 《고전과 해석》 15, 고전문학한문학연구학회, 2013; 신선희, 〈전란이 낳은 이방인의 삶〉, 《장안논총》 33, 장안대학교, 2012; 장경남, 〈임진왜란 포로 기억의 서사화와 그 의미〉, 《지역과 역사》 31, 부경역사연구소, 2012; 장경남, 〈임진왜란기 포로 체험 문학과 가족애〉, 《한국문화연구》 14, 이화여대 한국문화연구원, 2008; 권혁래, 〈〈최척전〉에 그려진 '유랑'의 의미〉, 《국어국문학》 150, 국어국문학회, 2008. 이 연구들은 이 글에서 주목하는 바는 '유랑'과 '이주', '부표하는 삶'이라는 관점에서 〈최척전〉을 재조명함으로써, 이주의 감성에 대한 고전적 형상화와 문제의식을 재성찰하는 작업이다. 그런 이유로 이 글은 〈최척전〉의 서사 분석을 최종 목적으로 삼지 않으며, 오히려 서사 분석의 과정과 결과를 이주를 둘러싼 사회적 상상력을 성찰하는 매개나 전제로 삼아, 현재까지 한국인에게 영향을 미치고 있는 '이주'의 감성구조mentalité를 해명하는 데 목적을 둔다.

특히 이주의 종착점을 '귀환'에 두려는 관점에 이의를 제기하려 한다. 이를 통해 '귀환'의 구조야말로 국가, 민족, 지역, 가족, 가부장 등 제도적 안정이라는 환상을 '전경화하는' '신화화' 작업에 다름 아님을 논증하는 데 목적을 둔다. 이때 〈최척전〉 등장인물의 '떠밀림' 또는 '돌아옴'에 드러난 인물의 행동과 반응, 감성적 재현의 과정을 분석하고, 그 과정에서 이야기의 '압축'이 발생하거나 인물의 감정과 의사가 재현되지 않은 부분, 유동하며 이주하는 자로서 겪었던 곤경과 '말할 수 없는' 또는 '말하지 못한' 것들(감정, 정체성 위장과 왜곡, 억압과 통제, 호혜적인 압류의 딜레마와 저항불능성 등), 그 과정에서 (무)의식적으로 갖추게 된 경험 자산과 자기 철학(자기의 윤리), 관계 맺기 등에 주목한다. 이때 다음의 사안에 집중한다.

동아시아와 전란이라는 지리적, 역사적 맥락을 〈최척전〉이라는 텍스트 분석과 연결시키고 있어, 이주/이산의 일상적 감각과 시선, 주체의 조정 문제 등, 본 논문이 제기한 문제의식은 다루지 않았다. 다만, 김경미의 논문(179~180쪽)에서 작중인물의 '소통'에 대한 분석은 주체의 자기 조정과 재구성이라는 본 논문의 논지와 접맥되는 바가 있다.

첫째, 〈최척전〉에 재현된 이동, 이주, 이산이 인물에 따라 다양하게 조건화되어 있음에 주목한다. 지역·국적·신분·젠더·연령 등 주체의 사회적 위치를 조건 짓는 다양한 요소에 따라 이동/이주/이산의 체험이 갖는 양상이 다층적으로 설정되었음에 주목하고, 이를 17세기 또는 조선 후기라는 역사적 맥락과 상관적으로 해석함으로써, 이산의 삶 자체가 인간 보편의 삶의 행로의 하나로 사유될 수 있음을 환기한다. 그리고 이산의 삶을 바라보는 서사적 시선이 현실의 가족제도를 재성찰하거나 강화하는 양극화된 힘으로 작동할 수 있음을 해명한다.

둘째, 주체와 환경(세계)의 관계 사유의 차원이다. 〈최척전〉에서 옥영과 최척의 '이동'과 '이주'는 자발적 의사와 무관하게 강요된 것, 또는 주체의 의지가 박탈된 가운데 성립된 것이었기 때문에, '귀환의 의지'는 주체성과 자발성을 탈환하는 행위성의 의미를 담보하였다. 바로 그 때문에 이야기는 귀환으로 완료되는 것이 아니라 귀환 이후의 서사를 풀어내야 함에도 불구하고, 귀환을 통해 이야기가 종료되는 형식을 취한다. 그리고 역설적으로 이야기를 더 이상 진행시키지 않는 바로 그 지점이 귀환을 '전경화'하고 '자연화'하는 '신화화'[8] 구조임을 해명한다.

---

8 '신화화'와 '자연화'는 모두 롤랑 바르트Roland Barthes의 용어다. 신화는 의사소통의 체계이자 메시지이며, 이 메시지를 통해 대상이나 개념이 아닌 의미 작용의 형식 자체가 된다. 자신 안에서 일종의 편재성을 생산하는 신화는 사람들에 의해 기호학적인 체계가 아니라 귀납적인 체계로 수용되는 방식으로 자연화된다. 자연화는 기호학적 체계를 사실적 체계로 수용하는 방식으로 이루어진다. 롤랑 바르트, 《신화론》, 정현 옮김, 현대미학사, 1995.

셋째, 이산을 '극복'의 대상으로 사유함으로써, 귀환이 작중인물의 '자연화된' 인식적 전제로 맥락화됨에 따라, 귀환하지 못한 이주와 이산의 과정을 '불행한 경험', 또는 '미완의 삶'으로 위치시키는 감성구조와 상상력을 해명한다. 이때 귀환을 '자연화'하는 작중인물의 인식과 정서적 경험 및 반응, 주변인의 감성과 사회적 상상력을 분석하고, 그것이 독자에게 환기하는 세계관의 작용을 재성찰한다. 그 과정에서 가족 이산이 비자발적이고 강요된 것이기 때문에, 이산의 삶 자체를 '부정적'으로 조명하는 관점이 야기하는 문제와 파장, 그것이 전승되면서 '신화화'되는 맥락을 조선 후기 서사적 상상력의 구현 방식을 통해 해명한다.

넷째, 이산의 주체가 이주자로서의 자기정체성을 변용·위장·조정하는 과정에 주목함으로써, 이주와 이산의 경험이 이주자의 활동과 정체성 '수행'[9]에 미친 자아 인식과 자기 구성의 실제를 해명한다. 이때 낯선 장소·문화·환경·사람과의 관계 속에서 생존을 위한 자아의 위축·유예·위장·조정이 발생하고 자아가 재구성되는 과정(장기적 은폐, 위장과 경험 자산화 과정 등), 이로 인해 야기된 삶의 문제와 방향에 대해 논의하는 방식으로, 이주 주체를 둘러싼 문제에 관한 인문적 재성찰을 시도할 것이다.

---

9 정체성 '수행'이라는 용어는 주디스 버틀러Judith Butler의 '젠더 수행성'의 의미로부터 차용했다. 주디스 버틀러, 《젠더 트러블》, 조현준 옮김, 문학동네, 2008. 정체성이 고정된 것이 아니라 행위를 통해 수행되는 것이라는 의미를 포함한다. 이때의 '행위'란 행동뿐만 아니라 마음과 내면에서 작용하는 감성적 움직임, 정동적 반응을 포함하는 것으로 정의한다.

다섯째, 이동/이주 주체가 타자와 맺는 관계 사유의 차원에 주목한다. 여기서는 이동/이주의 경험과 이산의 현실이 주체와 그 삶을 어떻게 변화시키는지를 살펴볼 것이다. 이를 위해 선행 연구에서 이산의 과정에서 만난 외국인, 이웃, 적과의 관계 형성에 대한 분석의 성과[10]를 참조하되, 이주의 양상과 계기, 당사자의 사회적 위치와 조건이 다양하게 나타난 만큼, 독자의 관점에서 타자에 대한 다층적 상상력이 작동하는 방식과 그 역사·문화적 의미를 해명하고자 한다. 이를 통해 '타자'를 바라보는 '시선'의 상상력에 관해 제안할 것이다.

여섯째, 이러한 과정에서 이주자의 경험이 서사 전면에 재현된 것도 있지만, 유동하는 자의 불안, 공포, 억압적이고 타자에 의존적인 상황에 따라 말해지지 않은 것, 말하지 못한 감정, 말할 수 있다고 상상하지 못한 의견 등도 존재하고 있다. 따라서 텍스트 분석의 과정에서는 '묵음 처리된' 비문자-감성의 차원을 주요하게 다룰 것이다.

'이주/이산'의 '조건/맥락'과 동력, 사회적 상상

〈최척전〉의 등장인물이 경험하는 이주/이산의 계기와 과정, 그 과

---

10 진재교, 〈월경(越境)과 서사(敍事): 동아시아의 서사 체험과 '이웃'의 기억(記憶)- 「최척전(崔陟傳)」 독법의 한 사례〉, 《한국한문학연구》 46, 한국한문학회, 2010; 김경미, 〈동아시아적 시각에서 다시 읽는 〈최척전〉, 〈김영철전〉〉, 2013 등.

정에서 이들이 만나 관계 맺는 방식을 논하기 위해, 서사에 전제된 세계의 조건, 주체의 정체성 수행과 재구성 문제, 이들에 대한 타자적 시선과 관계 맺기에 주목한다. 이때, 세계 주체, 관계의 상호 관련성을 각 절의 주요 논의 과정에서 연계하여 분석한다.

세계: '세계-조건/맥락'으로서의 '이주/이산'과 '가족-제도'

〈최척전〉에서 작중인물이 경험하는 이산의 계기는 대체로 세 가지다. 첫째, 전란이라는 국가 단위의 위기 상황(왜적의 조선 침입, 중국에 대한 '호족'의 침입을 포함), 둘째, 상행위를 위해 지역 간, 국가 간 이동을 하는 생계 유형, 셋째, 개인의 선택과 의지에 따른 자발적 유형이다. 첫 번째부터 뒤로 갈수록 강제성은 약해지고 자율성은 높아진다. 공교롭게도 주인공 최척과 옥영은 세 경우에 모두 해당하며, 옥영의 귀환 여정 이외에는 어떤 경우에도 완전한 자유의지로 이동하는 사례는 없다. 자발적 선택의 형식을 취한 경우일지라도, 여기에는 자신의 생계를 도와준 지인에 대한 도리와 정리, 아버지의 명령과 권유라는 인정과 위계의 문제가 개입되기 때문이다. 이러한 관계 역학은 '사회적/제도적' 인간을 조건 짓는 당대적 이해를 반영한 결과이기도 하다.

〈최척전〉의 서사 전체를 관통하는 삶의 조건이자 '세계'의 맥락으로 설계된 이주와 이산의 계기를 유형별로 분석하면 다음과 같다.

첫째, 비자발적 이주/이산의 계기가 되는 전란이다. 옥영의 경우, 피난에 따른 국내 이동(서울 - 강화도 - 회진 - 성남; 남원 - 지리산 연곡사)의 행로, 전란에 가족과 헤어져 일본인에게 붙들려 돈우頓于[11]와 동행한 국가 간 이주 여정이 해당한다. 최척의 경우, 의병에 뽑혀 혼례도 미루고 진중에 간 사례, 왜구의 침략으로 지리산 연곡사로 피난 간 사례가 있다. 그 밖에 최척과 사돈이 되는 중국인 진위경이 조선에 원정 차 조선에 온 경우다. 그는 나중에 상관의 뜻을 어기고 군법에 저촉될 것을 두려워해 도주한다. 이는 첫 번째에서 세 번째로 연동된 경우다.

서사 내부에서 전란은 개인의 거주지와 삶을 양식을 변화시키는 강제적이고 폭력적인 원인으로 작용한다. 남성 인물은 병사로 강제 동원되어 비자발적 이동을 하며, 여성 인물은 피난을 계기로 가족과 헤어진다. 모두 불행의 원인으로 간주된다. 전란은 가족 이산과 의지적 삶을 단절시키는 부정성을 띠지만, 역으로 개인의 생존력과 잠재적 역량을 발휘하고 온축하는 계기가 된다(전란이라는 위기 상황을 통해 개인이 무의식적으로 생존력을 강화하는 과정은 56~65쪽에서 논한다).

둘째, 상행위를 위해 지역 간, 국가 간 이동을 하는 생계 유형이다. 전란에 옥영을 붙잡아 집으로 데려간 일본인 돈우가 대표적이다. 그는 낭고사浪沽射에서 늙은 아내와 어린 딸과 살고 있었다. 장사하러 갈 때는 남장한 옥영과 동행하여 부엌일을 맡겼다. 생업을 위해 배를 타고 움직이는 그의 삶은 그 자체로 '유동하는 여정'이며, 그에게 '친절하게 통제되는' 옥영의 정체성은 자발적/강제적으로

---

11 이하, 〈최척전〉에 등장하는 중국인, 일본인의 이름은 한자어의 한글 발음으로 표기하기로 한다. 이름의 경우, 해당 언어의 정확한 발음을 확정하기 어렵기 때문이다.

압류되어 있다. 어떤 형식이든 '유동하는 이주의 여정' 자체가 삶을 규정하는 방식으로 상정된다.

셋째, 개인의 선택과 의지에 따른 자발적 유형이다. 이는 다시 '유람자', '도망자', '귀환인'의 세 부류로 나뉜다.

유람자[12] 유형에는 오총병(명나라 군영)에 속해 있지만 절강 소흥부에 거처(집)를 두고 유람할 계획을 가지고 있는 장군 여유문, 여유문의 사망 후에 최척이 의지하는 중국인 주우, 이들(여유문, 주우)과 동행하던 시기의 최척이 해당된다. 중국 장수 여유문은 경제적으로 여유 있고 가정에 연연하지 않아 유람에 뜻을 둔 인물로, 최척에게 동행을 제안한다.[13] 여유문이 사망한 뒤에도 최척은 명승지를 유람하며 지냈고, 해상에서 선술을 단련하는 섬도사蟾道士를 찾아가려고 마음먹을 정도로 그 삶에 이끌려 있었다. 도가적 삶을 택하려는 최척을 만류한 주우는 '강호를 떠돌며 즐기는 달인의 삶(浪跡江湖, 以娛餘年, 不亦達人之致.)'을 제안한다. 현대적으로 표현하자면 일종의 여

---

12 이 명칭은 먹고사는데 부족함이 없는 경제 조건을 갖춘 여유문이 '집안일에 연연하지 않고 장차 멀리 유람할 계획을 가지고 있다(余旣無家室之戀, 而又有遠遊之計)'고 자신을 소개한 것을 근거로 삼은 명명이다. '유람'은 인생에 대해 단지 '생존'이 아니라 '향유'의 의지를 담은 자율적 선택이기에, 강제적 '추방'이나 강요된 '이산'과는 다른 의미 맥락을 함축한다. 주우는 선술에 탐닉하려는 최척을 만류하며 '강호를 떠돌며 즐기는 달인의 삶'을 제안했는데, 여기에는 '쾌락'을 추구하는 태도와 관점이 포함되어 있다.

13 그러나 실제로 이들이 유람한 내역은 서술되지 않았으며, 최척은 당 소흥부에서 군부의 일을 맡게 된다. 실제로는 유람의 요소가 여유문이 최척을 동반자로 삼는 계기로서만 작용한 셈이다. 이에 관해서는 이 글의 65~71쪽에서 상론한다.

행생활자,[14] 또는 세계여행자다. 유람자의 극단화된 형태가 도가적 인물로 상정된 바와 같이, 여행하는 삶은 제도적 삶의 규율에 대한 일탈과 거부를 함축한다.

도망자 유형에는 석주의 토병으로 있다가 목사의 학정을 견디지 못해 가족과 함께 오랑캐 땅으로 이주해 20년을 살면서 조선 포로를 감독하던 호족 노인老胡(그의 이름은 나오지 않는다. 그는 최척과 몽석의 사연을 듣고 그들을 탈출시킨다), 중국 군영에서 조선에 왔다가 도망친 진위경, 포로로서 탈출하는 최척과 몽석이 있다. 최척 부자는 고향을 찾아가는 귀환자이지만, 포로의 신분이었기 때문에 도망자이기도 하다.

호족 지역의 포로수용소에 갇힌 최척 부자는 처음에는 탈출할 생각이 없었다(적어도 서사의 표면에 탈출 의사가 표시되지는 않았다). 그들은 자신들의 사연을 알게 된 호족 노인의 권유와 도움으로 고국으로 생환한다. 자발적 도주자였던 '호족 노인'은 이들과 유사 경험을 가지고 있었기에, 고통받는 포로에게 삶의 방향을 제시하고 도와주었다. 자신의 경험을 승화적, 이타적으로 사회화한 것이다. 최척 부자가 포로에서 도망자이자 귀환자가 될 수 있었던 것은 이 때문이다.

귀환인 유형에는 아들(몽석), 며느리(홍도)와 중국에서 조선으로

---

14 '여행생활자'는 여행을 생업으로 하는 삶을 의미하는 여행가 유성용의 용어에서 차용했다(유성용, 《여행생활자》, 사흘, 2007). 이들이 하는 상행위는 생계 그 자체를 위해서라기보다는 여행비를 벌기 위한 일종의 도구적 방편이다. 최척과 주우는 떠돌아다니며 차를 파는 해상의 삶을 지속하는 '해상 여행생활자'의 삶을 보내다가 안남 바다에서 옥영과 만난다.

돌아온 옥영이 있다. 옥영이 귀환을 결심한 계기는 남편의 생존 가능성이 있다는 아들의 말에서 실낱 같은 희망을 발견했기 때문이다. 옥영과 최척은 애정이 돈독했을 뿐더러, '지기知己'의 관계였다. 젊은 시절의 옥영은 최척을 직접 보고 배우자로 택했으며, 혼인의 위기를 겪자 자살을 기도한 바 있다. 최척과 음악과 시로 소통하는 소울메이트였으며, 이를 계기로 해상에서 극적으로 해후한다(최척의 피리소리에 화답한 옥영의 조선어 시). 남편의 생존 가능성을 믿고 돌연 귀환 의사를 밝힌 것은 이러한 개인사에 연유하고 있다.

홍도는 조선에서 아버지가 사망했다고 여겼기 때문에, 조선행 항로가 위험하다는 남편(몽선)의 만류에도 불구하고, 부친상을 치르기 위해 조선에 가야 한다는 확고한 의지를 지켰다.[15]

남녀 주인공은 물론 작품에 등장하는 주요 인물과 보조 인물이 모두 '이주/이산'의 경험자라는 것은 '이주'와 '이산'이 〈최척전〉에

---

15 조선에서 사망했다고 추정되는 아버지의 장례를 치르기 위해 조선행을 단행하는 '홍도'의 행동에는 현재까지도 살아 있는 동아시아의 인륜성humanity에 대한 감각이 투영되어 있다. 중국 한나라 대에 조아曹娥가 물에 빠진 부친의 시신을 찾기 위해 물가를 따라 열이레 동안 울며 다니다가 물에 뛰어들어 부친의 시신을 안고 죽은 고사가《이십사효二十四孝文》에 수록되었으며, 이는 조선 세종조에 간행된《삼강행실도》의 〈효행편〉 '효아포시孝娥抱屍(효아가 시신을 끌어안다)'(8화)에 실렸다.
성종 18년(1487) 제주도에 추쇄경차관으로 부임한 최부崔溥가 풍랑에 휩쓸리면서도 서울로 오기 위해 고군분투한 것도 부친의 상례를 치르기 위해서다(그 기록이 《표해록漂海錄》으로 남아 전한다). 동아시아에서 망자의 시신을 구하는 것이 자신의 목숨을 바칠 정도로 가치 있는 인륜성의 표현으로 간주되는 현상은 오늘날까지도 이어진다.

설계된 '세계-조건'임을 시사한다. 〈최척전〉에 부모가 모두 생존하며 자녀들과 한집에 동거하는, 이른바 '정상가정'이 존재하지 않는 것도 이러한 '세계-조건'과 연계된다. 〈최척전〉의 서사는 일정한 가족 형태가 안정적으로 존속될 경우에는 서술 시간이 원천적으로 차단되거나 배제된다.[16]

〈최척전〉의 등장인물에게 일상화된 가족 형태는 불완전하다. 최척은 어려서 어머니를 여의었으며, 옥영에게는 아버지가 없다. 장자 몽석은 부모 없이 조부와 외조모의 손에서 성장했다.[17] 사돈끼리 (외)손자와 동거하는 이례적인 가족 형태이지만, 또한 일상화된 현실이기도 하다. 몽선(최척 부부의 둘째 아들)은 형과 조부의 생사를 모른 채 부모와 중국에서 살다가, 아버지가 중국 군대에 들어가자 홀어머니와 살아간다. 홍도(몽선의 처)는 어릴 적 아버지(진위경)와 헤

---

16 예컨대, 최척과 옥영 중국에서 재회하여 아들 몽석을 낳고 살아온 24년의 세월은 단 한 줄로 표기될 뿐, '이야기'를 갖지 않는다.: "다행히 늙어서 의탁할 아들까지 얻어 함께 지금까지 24년간 즐겁게 살아왔습니다(得托後之兒, 合歡同居, 二紀于玆.)" 〈최척전〉, 316쪽.

17 김문희가 주요한 분석의 코드로 택한 '결핍'은 가족서사의 불완전성에 대한 이해와도 일치하고 있다. 김문희, 〈〈최척전〉의 가족지향성 연구〉, 《한국고전연구》 6집, 한국고전연구학회, 2000. 김문희가 결핍의 충족을 지향하는 것을 서사의 동력으로 분석했다면, 이 글에서는 〈최척전〉에서 결핍된 삶이 조선, 일본, 중국 등 동아시아인의 삶의 '보편성'으로 전면화되었다는 점에 주목함으로써 '해석학적 전환'을 시도했다는 차이가 있다. 결핍의 충족을 지향했다는 판단은 타당하지만, 결핍이란 영원히 충족될 수 없는 것이고 귀환이 그 종착점도 아니기 때문에, 결핍된 삶 그 자체를 어떻게 바라보고 감당할 것인지에 대한 '관점'과 '태도'에 대한 성찰의 필요성을 강조하는 것이 이 글의 문제 제기이기도 하다. 가족주의, 가부장제가 지배적이었던 〈최척전〉이 오히려 불완전한 가족 구성원, 이산/이주의 삶을 전면화했다는 점은 이러한 문제의식을 성찰할 수 있는 내재적 장치로서, 공감적 설계가 되어 있음을 의미한다.

어져 이모와 살았다. 최척의 후견인 격인 여유문은 집안에 연연하지 않고 유람하는 인물이다. 그에게는 여동생이 하나 있을 뿐, 다른 가족에 대한 소개가 나오지 않는다. 최척의 오랜 지인인 학천 주우 또한 상업 차 강호를 유람하는 자유분방한 인물로, 다른 가족에 대한 언급이 없다. 작품에 등장하는 중국인과 일본인 가족도 온전한 형태를 이룬 경우는 없다. 가족 형태의 불완전성은 〈최척전〉 전체를 지배하는 서사적 현실이다. 역설적으로 말하자면, 불완전한 가족 형태야말로 보편적이고, 그 자체로 완전하다.

이러한 불완전성은 〈최척전〉에 등장하는 인물의 불안정한 삶의 형태와 상동적이다(미리 말해 두자면, 이러한 조건은 삶의 불안정성이야말로 평범한 일상성의 요건임을 확인하게 되는 요소다). 여기에는 끊임없이 부유하며 표류하는 주체가 등장한다. 이들의 이동은 자발적이기도 하고 강제적이기도 하다. 이들은 지역, 국경, 파고를 넘는 다양한 종류의 '유랑'과 '표류', '이산'과 '불완전한 정주'를 반복한다. 〈최척전〉에 대한 연구논문의 상당수가 인물의 이동 경로를 분석하거나 실제 지리적 경로를 탐구하고 있는 것은 이러한 서사적 현실에 기인한다.[18]

〈최척전〉에 등장하는 인물의 부유·표박·이산·이주의 정황은 단지 '조선인'에 국한되는 것도 아니며, 중국(명나라 한족과 오랑캐로 불리는 호족), 일본을 망라한다. 이들의 행로는 출렁이는 물결처럼 유

18　소재영, 〈奇遇錄과 被虜文學〉, 1980, 276~280쪽; 권혁래, 《〈최척전〉 소주, 항주 공간의 문학지리와 스토리텔링〉, 《고소설연구》 39, 한국고소설학회, 2015 등.

동적이며, 때로는 그들이 정박한 대지조차 표류하는 듯 이동하고 있다. 〈최척전〉의 서사 전반에 등장하는 다수의 인물군상이 표류하며 이동하는 '이산' 주체인 것이다.

이러한 서사적 조건과 상황은 자연스럽게 '이주자'의 정체성과 관계, 경험과 지향에 대한 사유를 이끌어 내게 된다.

주체: '이주-주체'의 정체성 수행과 자기-변형(위축/유예/위장/조정)

〈최척전〉에서 이주하는 주체의 정체성은 정주할 때의 모습과 차이를 갖는 것으로 그려진다. 가장 큰 특징은 진실하고 솔직한 자기표현을 할 수 없으며, 안전과 생존을 위해 외모·성별·능력·성격·국적·언어 등의 요소에 대한 자기 은닉과 위장의 과정이 매개된다는 점이다. 정체성의 변용과 재구성의 양상이 전면화되거나 강조되지는 않았지만, 이러한 과정은 인물의 불안을 동반하고 심리적 위축을 가져오는 것으로 재현되었다. 더욱 주목할 점은 정체성의 위장이나 유예, 조정의 과정에서 인물의 자기 변형에 대한 인식과 내면이 '묵음 처리'된 채 서사화되었다는 점이다.

이 절에서는 〈최척전〉에 재현된 이산 주체의 정체성 변용(위축/유예/위장)과 조정(재구성)에 주목함으로써, 이주라는 조건과 상황이 주체의 '정체성' 형성과 재구성에 미치는 영향을 '비/언어적' 감성(기색, 기미, 분위기, 감정, 신체 기호 등을 포함) 개념으로 고찰하고, 이를 '이주-주체'의 '정체성 수행'이라는 관점에서 사유해 보고자 한다. '비/언어적 감성'에 주목하는 이유는 이주자의 정체성이 변용되거나 위축되고 위기를 겪는 상황이 낯선 지역과 환경 속에서 주체가 경험하는 일종의 생존 전략으로서 '무/의식적'으로 선택되기 때문에, '말할 수 없거나' '말하지 못하는' 억압적이고 부자유하며 경직된 주체의 위기 경험과 연동되기 때문이다.[19]

　이러한 요건은 자연스럽게 '하위주체는 말할 수 있는가'라는 스피박Gayatri Chakravorty Spivak의 질문을 떠올리게 한다.[20] 낯선 곳에서의 생존을 위해 국적, 신분, 젠더, 언어(母國語)를 드러낼 수 없는 주체의 상황은 정체성의 형성이나 표현, 소통 사이의 간극을 그대로 보여 주기 때문이다. 작중인물의 명시적 언어나 공표된 태도, 서사에 재현된 서술 층위 이면에 내재된 감성기호에 주목하려는 것은 이 때문이다. 이 글에서 주목하는 점은 다음과 같다.

　첫째, '이주' 당사자에게 발생한 정체성의 은폐와 위장의 문제다. 최척과 옥영이 표박하는 동안 이들은 생존을 위해 자신의 진정한 정체성을 숨겨야 했다. 옥영이 남장을 하고 여자임을 숨긴 것, 둘째 옥영이 아들 내외(몽선과 홍도)와 귀환하는 과정에서 국적을 (일본인/중국인으로) 위장한 것, 포로로 잡힌 최척과 몽석이 서로를 알아보지 못한 채 수개월간 정체를 숨긴 것 등이 그 예다. 정체성의 은닉과 위장의 이유는 '생존'이다. 명시적으로 재현된 위장 요소는 성별(남

19　디아스포라에 대한 선행 연구에서는 이주자의 정체성과 문화에서 분절성fragmentation, 혼종성hybridity, 이중 의식double consciousness 등이 언급되었으나(케빈 케니, 《디아스포라 이즈is》, 27쪽), 정체성의 변형과 은폐, 위장, 무의식 등에도 주목할 필요가 있다. 〈최척전〉은 이에 대해 고찰할 시사점을 제안하고 있다.

20　가야트리 스피박 외, 《서발턴은 말할 수 있는가》 1장, 태혜숙 옮김, 그린비, 2013.

장한 옥영)과 국적(최척, 옥영, 몽선, 홍도)이지만, 여기에는 개인의 취향, 역사, 가족관계 등 사생활과 개인사, 내면과 감정, 생각, 심리 등이 망라되어 있다.

옥영이 남장을 한 계기는 피난길에 최척(남편)의 권고를 통해서다. 여성성을 철저히 은폐한 이유는 '사회적 생존'뿐만 아니라 '생물학적 생존'을 위한 선택이다. 역으로 전란이라는 상황은, 사회적 생존이 곧 생물학적 생존과 등치적이며 젠더 차이가 있음을 명시한다(상처받은 여성의 성은 생물학적, 사회적 삶을 좌절시킨다). 살아남기 위해 전장에서 고군분투하는 모습이 여성 인물에게는 허용되지 않은 것이다. 이러한 서사적 상상력은 서사 내 인물인 최척의 사회적 상상력과 일치한다.[21]

둘째, 작중인물의 정체성 위장과 은폐를 통해 역설적으로 '진정성'의 내역이 드러났다. 옥영이 남장하는 동안 숨기려고 조심한 것은 '여성성'이며, 옥영 일행이 숨기려 한 것은 '조선인'의 흔적이다. 드러난 것과 숨긴 것의 차이는 명백하며, 그것의 성공적인 조율만이 생존을 담보할 수 있다. 여기에는 정체성 운용이 생사를 가늠하는 사회생활의 '관건'이라는 인식이 매개된다. 진정한 자신은 숨겨졌기 때문에 서사나 서술의 표면에 재현되지 않았다. 그것은 온전히 독자의 상상력과 사유 작용으로 위임되었다.

---

21 역설적으로 옥영이 귀환의 험로에서 생존을 위해 활약한 것은 아들, 며느리를 둔 '어머니'로서의 정체성을 갖추었을 때다. 이 지점에서 비로소 여성은 성적 위협에서 비교적 자유로워진다는 '사회적 상상력'이 작동한 것이다.

셋째, 작중에서 정체성은 '숨겨질 수 있는 것'으로 상정되었으며, '숨기는 자'의 고통과 어려움에는 주목하지 않았다. 남장한 옥영에 대해 텍스트 내부에서는 '사람들마다 옥영이 여자인 줄을 몰랐다'[22]는 변장의 성공에 대해 서술할 뿐, 성정체성을 '위장/은폐'한 채 살아가는 옥영의 '어려움'에 대해서는 서술하지 않았다.[23]

- 돈우는 옥영의 영리한 면을 사랑했다. 옥영이 붙들린 채 두려움에 떠는 것을 보고 좋은 옷을 입히고 맛있는 음식을 먹게 해서 그 마음을 달랬다. 그러나 여자라는 건 알지 못했다.[24]
- "저는 다만 어린 사내로 약질에 병도 많습니다. 전에 본국에 있을 때에도 남자들의 역할을 감당할 수 없어서 오직 바느질과 취사만 했습니다."[25]
- 돈우는 더욱 가엾이 여겨 옥영에게 사우沙于라는 이름을 지어 주었다. 배 타고 장사하러 갈 때마다 옥영을 데려가서 부엌일을 맡

---

22 '최척은 옥영에게 남자 옷을 입게 했는데, 무리 속에 섞여도 사람들이 보고 알아차리지 못했다(陟令玉英着男服, 雜於衆人, 見之者, 亦不卞也.).' 〈최척전〉 312쪽; '그러나 여자라는 건 알지 못했다(而不知爲女子也.).' 〈최척전〉, 314쪽.

23 이는 남장한 여성 인물이 등장하는 조선시대의 국문 표기 여성 영웅소설에도 해당되는 부분이다. 여성의 영웅적인 면모와 남성을 능가하는 '성취'만 강조되었을 뿐, '위장하는 삶'의 곤고함, 어려움, 절대로 위장될 수 없는 부분이 있을 수 있다는 가능성에 대한 관심은 거의 표현되어 있지 않다.

24 '頓于愛玉英之穎悟, 惟恐見逋, 衣以華服, 食以美食, 慰安其心, 而不知其爲女子也.' 〈최척전〉, 314쪽.

25 "我只小男子, 弱質多病, 昔在本國, 不能勝男子之役, 惟以裁縫炊食爲業耳." 〈최척전〉, 314쪽.

겼다.[26]

　위와 같이 〈최척전〉에서는 여성이라는 성정체성을 '남장' 행위로 가릴 수 있다는 상상력에 대해 일말의 회의나 의심도 드러내지 않는다. 옥영이 왜병 돈우에게 잡혔을 때, 두세 차례 자살을 기도했음에도 불구하고, 옥영이 여자임은 밝혀지지 않았다고 서술되었다.[27] 서사를 통해 성이 철저히 개인적이고 사적인 영역으로 다뤄졌으며, 쉽게 위장될 수 있는 것으로 다루어진 것이다.

　넷째, 옥영은 젠더 정체성을 숨기는 방식으로 자기를 한정지었고, 이는 이주의 현장에서 현지인과 상호 교섭할 수 있는 방식의 유예 또는 포기로 실현되었으며, 역설적으로 그를 통해 생존했다.[28]

26　'頓于又憐之, 名曰沙于. 每乘舡行販, 任以火場.' 〈최척전〉, 314쪽.

27　현대의 텔레비전 드라마에서도 남장 여성이 등장하는 경우가 종종 있다(〈커피 프린스 1호점〉 MBC, 2007; 〈바람의 화원〉 SBS, 2008; 〈성균관 스캔들〉 KBS2, 2010; 〈구름이 그린 달빛〉 KBS2, 2016 등). 텔레비전 드라마에서는 여성 인물이 '남장'을 했음에도 불구하고 상대 남성이 그와 연애감정에 빠져 혼란을 겪으며, 성정체성이 밝혀지는 순간 '떳떳하고 행복한' '로맨스'가 시작된다는 점에서 〈최척전〉과의 경우와는 상이하다. 그러나 여성성의 핵심 요소를 외모와 육체성, 남성이 심리적·성적 호감을 느끼는 '섹슈얼리티'로 간주했다는 점에서 본질적으로는 다르지 않다.

28　Pnina Werbner & Mattia Fumanti는 19세기 서유럽으로 추방된 필리핀인 집단, 런던과 뉴욕의 가나인(Black American), 이스라엘 이주자(South Asian and Bene Yisrael)가 구술, 사물, 음식, 의상, 음악, 춤, 드라마 등 대중문화 차원에서 감각적으로 참여하는 방식으로 초국가적 실천을 한 사례에 주목한 바 있다. Pnina Werbner & Mattia Fumanti, "The Aesthetics of Diaspora: Ownership and Appropriation", *Ethnos*, Vol.78. No.2, 2013. 이는 이주자가 주거 지역의 거리축제, 카니발 등을 통해 집단적·공개적 형태로 자신의 문화 경험과 감각 경험을 충분히 표현함으로써, 새로운 문화 창출을 가능하게 하고, 문화 생산성을 풍부하게 한 사례에 속한다. 토착어, 압축적이고 복합적인 감각, 혼종성과 양가성 등도 디아스포라 미학의 감각

옥영은 남성에 '미치지 못하는' 남성의 흉내를 내고 여성의 역할과 기능을 수행하는 방식으로 생존권을 확보했다. 옥영이 돈우와 동거할 수 있었던 이유는 '위협이 되지 않는 남성', '남성에 도달하지 못한 남성'으로 스스로를 포지셔닝했기 때문이다. 또한 옥영은 '여성의 역할'을 '대리-수행'했다. 섹슈얼리티를 포기하고 젠더를 차용하는 방식을 '생존 전략'으로 택한 옥영에 주목해야 하는 것은, 이것이 생존을 위한 이산 주체의 '위치성'에 대한 인식을 단적으로 보여 주며, 이미 '역사화된 것'임을 의미하기 때문이다. 즉, '위협이 되지 않는 남성', '남성에 미치지 못한 남성' 그러나 '여성의 역할을 대리-수행하는 남성'만이 낯선 장소와 사람들 사이에서 생존할 수 있는 '이주자의 위치성'을 대변하며, 그러한 인식이 조선 후기에 이미 공감대를 형성하고 있었다.

그 과정에서 옥영은 지나온 삶을 통해 쌓아 올린 여성으로서의 경험을 '남성적인 것'으로 소개함으로써 살아남았다. 여성임을 감추었지만, 여성적이라고 간주되는 내용을 실천함으로써 생존했다(옥영이 돈우를 위해 지어 준 밥은 남성의 작업이기에 안전하게 건네졌고 옥영

적 범주 안에 포함된다. 이에 비추어 본다면, 옥영과 같이 자기정체성을 은폐 또는 은닉한 채, 현지의 업무를 '대리 수행'하는 방식으로는 자신의 경험을 충분히 드러낼 수 없다. 이러한 방식은 이주자의 역할을 이주지에서 현장의 문화를 보조하거나 재생산하는 것으로 한정 짓게 만든다. 실제로 〈최척전〉에는 옥영이 선상에서 만든 음식이 조선식인지, 일본식인지 밝혀져 있지 않은데, 정황상 조선 음식을 만들어 조선 문화를 전파했다고 독해하기는 어렵다(그 자체가 중요하게 다루어지지 않은 것이 아니라, 상상할 여지조차 없이 일본인의 역할을 '보조'했다고 한정되기 때문이다. 옥영은 돈우가 지어 준 일본 이름으로 불리게 된다).

은 '정절의 훼손 없이' 또는 '무사히' 생존할 수 있었다). 스스로 은폐하고 감춘 힘이 실질적인 생명의 동력이 되었다

옥영이 생존할 수 있었던 것은 돈우로 하여금 자신에게 '베풀 수 있는' 기회를 제공했고, 그로 하여금 '더욱 동정할 기회'를 제공했기 때문이다. 말하자면 옥영은 돈우에게 동정과 자선, 원조와 구원의 기회를 제공하는 방식으로 생명을 보존했고, '부엌일'을 하는 '여성의 역할'을 '대리-수행'하는 방식으로 돈우와 공생했다. 돈우로부터 '사우沙于'라는 이름을 받은 것은, 그에게 옥영의 삶을 대리-규정/지배하게 하는 상징적 행위에 다름 아니다. 이러한 옥영의 생존 전략은 이산 주체의 보편적 생존 동력으로 환치하여 이해할 수 있다.[29]

넷째, 옥영 일행의 경우, 생존을 위해 언어와 의상 차원의 '동화 전략'을 구사했음에 주목할 필요가 있다.[30] 이들은 조선인의 흔적을 숨기기 위해 중국인 배를 만나면 중국인 행세를 했고, 일본 배를 만나면 일본 옷을 입고 일본어로 대화했다. 이는 오랜 이주 경험을 했던 옥영이 '준비한 전략'이었고, '성공 전략'이었다. 심지어 일본인은 옥

---

29 우에노 치즈코上野 千鶴子는 《여성 혐오를 혐오한다》(나일등 옮김, 은행나무, 2012)에서 여성 혐오에 대해, 여성을 배제한 남성들 사이의 평화로운 연대라는 관점에서 서술한 바 있다. 일본인 돈우와의 공생을 위해 선택한 옥영의 '사회적 생존 전략'이 우에노 치즈코의 남성 연대의 문화적 핵심 구조와 일치하는 점은 주목할 만하다.

30 이주지의 언어 습득을 통한 '동화 전략'은 '동질화'의 의미와는 차이가 있다. 언어 습득은 현지인과 소통하는 테크네Techne의 습득이며, 현지를 '배우고' '친화'하려는 의지의 사회화된 형태이자 표현이다. 언어 습득을 통한 동화 전략은 일종의 사회화 기술의 습득이며, 자기의 테크놀로지가 요청되는 사항일 뿐, 그 자체로 '동질화'에 대한 지향성을 담보하는 것은 아니다.

영 일생의 고생에 깊이 공감하며 항로를 가르쳐 주기도 했다. 옥영이 같은 옷을 입고 같은 언어로 대화함으로써 형성된 문화적 친연성은 상대에게 적대감을 배제하고 연대감을 형성하는 동기를 제공했다. 거주 지역의 언어 능력을 갖추는 것이 지역민과 친화적 관계를 맺어 동료가 되는 방편이라는 것을 체득하고 있었던 것이다.

다섯째, 동화의 전략이 단지 옥영, 몽선, 홍도에게서만 채택된 것은 아니다. 최척이 당나라 장수 여유문의 '유람하는 삶'에 포섭되는 방식으로 생존을 유지한 것 또한 다른 형태의 '동화 전략'에 해당한다. 최척은 일생을 통해 '유연한 삶의 방식'을 선택하는데, 이는 자신의 특정한 삶을 고집하지 않는 태도, 타인의 삶에 대한 유연한 동화의 태도와 연계된다.

우선, 최척은 가족이 '죽었다/없다'고 판단했기 때문에 귀환 의지를 펼칠 수 없었고, 다른 나라로 가려는 이주(현대적으로 표현하면 중국 이민)를 결심했다.[31] 그는 홀로 남아 주체적으로 살아갈 의지를 상실했을 때, 주변인의 삶의 방식에 동화하는 방식으로 생존의 방향을 결정했다. 여유문이 사망하자 주우의 권고를 받아들여 그의 동행자가 된 것 또한 최척이 택한 '동화의 방식'이다. 옥영의 '자기 결정적 삶'에 비한다면 주체성이 결여되었다고 볼 수 있지만, 사회적 생존에 유리했음은 분명하다.

최척의 유연성은 애초의 성격과 기질에서 연유한 것이기도 하지

---

31 '제 한 몸 의탁할 데 없었으니, 같이 중국에 가서 목숨이나 부지해 볼까 한다고 하소연했다(且訴一身之無托, 欲與同入天朝, 以爲支保之計).' 〈최척전〉, 313쪽.

만,[32] 가족을 잃었다는 상실감에서 자신에게 호의를 가진 지인과 주변인의 제안을 받아들였다는 점에서, 절박함이 매개된 선택이었음을 고려할 필요가 있다. '동화'를 선택하는 데에는 성격과 기질 등 개인적 요건과 위기라는 상황적 조건이 동시에 작용했다.

낯선 곳에서의 유연한 적응력과 생애 의제에 대한 탄력적 조정은 최척이 수행한 생존의 방편이다. 이는 옥영이 택한 '위장'의 방식이 갖는 긴장감과는 다른, 여유로운 방식으로 보인다. 역설적으로 최척이 행한 유일한 '정체성 위장'은 친자인 몽석과 같이 포로로 잡혔을 때였다. 이는 정체성 위장이 주체의 위기의식과 주변으로부터의 압력이 고도에 이를 때 선택되는 극단의 조처임을 시사한다. 최척의 유연한 동화 방식과 옥영의 위장은 결국 성격이나 기질에서 연유한 것이 아니라 이주의 과정에서 남녀가 느끼는 위기와 압박의 강도 차이를 대변하는 '젠더 차이'였던 것이다. 여성(옥영)은 '언제나' 정체성을 위장해야 할 정도로 극도의 위기감을 느꼈지만, 남성(최척)은 정체를 들키면 목숨이 위험하다고 느낄 때, 비로소 정체성을 위장했다.

여섯째, 이를 통해 볼 때, '자기 없는 삶'으로서의 정체성 위장이 당사자의 생존을 보전했다는 역설적 맥락이 환기된다. 옥영은 살아남기 위해 자기를 위장했으며, 최척은 타인의 삶의 방식에 포섭되어 그를 보조하는 역할을 함으로써 생존을 담보했다. 그 과정에서

---

32 작품 초입에 제시된 최척의 성격은 다음과 같다.: '최척은 어려서부터 자유로웠고, 친구와 사귀는 것을 좋아했으며, 소소한 일에 끈질기게 집착하거나 속박되는 것을 좋아하지 않았다(自少倜儻, 喜交遊事, 然諾不拘齷齪小節).' 〈최척전〉, 307쪽.

본래의 자기는 '유예'되거나 '변용'되었다(다른 관점에서 해석하면 '유동하는 정체성'이야말로 생존의 전략이라고도 볼 수 있지만, 나중에 옥영이 조선으로 향하면서 '추구하는' 모습과 차이가 있기에, 이 시점에서 옥영이 본래의 정체성을 '유예'했다고 보는 것은 여전히 유효하다).

'자기 없는 삶'(옥영), '유동하며 동화하는 삶'(최척)이 생존에 필수적이라는 판단은 상징적이다. 진정한 자기로는 생명이 부지될 수 없다는 판단이야말로 역설적으로 '이주자'의 사회적 위치를 드러내기 때문이다. 이러한 판단은 국가를 떠난 이주자의 삶의 현실에 대한 역사화된 상상의 지형을 드러내는 데 그치는 것이 아니라, 타자적 삶의 조건에 노출된 인간 보편의 사회생활 전략을 은유한다는 해석학적 가능성을 함축하고 있다.

시선: 유동하는 관계, 타자의 힘

이주/이산이라는 관점을 매개로 〈최척전〉의 서사를 살펴볼 때 주목할 것은 이주자/이산 주체의 사회적 관계 맺기가 불안정한 상태에서 이루어진다는 점이다. 특히 '포로-감시자'(최척/몽석-호족 노인), '보호자-피보호자' 또는 '고용인-피고용인'(옥영-돈우), '불평등한 동반자'(최척-여유문/주우) 관계가 형성될 때, 이주 주체의 역량은 위축되고, 관계를 주도하는 역할을 원활히 수행할 수 없다.

그런데 이주자가 낯선 지역에서, 또는 이동의 과정에서 형성하는 관계는 고정된 것이 아니라 이주자의 물리적 위치의 이동성만큼이나 유동적이고 가변적이라는 데 주목할 필요가 있다. 이주자가 타자와 맺는 관계는 변화를 수반하기에 위험하고 불안하지만, 바로 그렇기 때문에 역설적으로 희망적이고 전복적이기도 하다.

우선, 최척의 경우를 보자. 최척이 진중에서 여유문과 맺은 관계는 유동적이었다. 피난길에 가족을 잃은 최척은 당唐 장수 여유문에게 의탁할 의사를 전했다. 그는 최척의 사연을 듣고 슬퍼했으며, 불쌍히 여겨 유람을 제안했다. 애초에 여유문은 최척에게 '집안에 연연하지 않고 장차 멀리 유람할 계획'을 토로하며 동행을 제안했지만, 최척이 여유문과 유람한 내용은 기술되어 있지 않다. '유람하는 삶'은 여유문이나 최척에게 모두 일종의 '이상'이었을 뿐이다. 여유문은 최척에게 약속한 삶을 안내할 수 없었으며, 그조차 이를 만끽할 수 없었다.

최척은 당나라 진중에 들어가 군인으로서 여유문을 보필하고 수행하며 소흥부에 안착했다. 여유문과 최척은 동반자였지만, 군영 내에서 상하관계를 유지했으리라는 것은 의심의 여지가 없다. 시간의 흐름에 따라 이들의 관계도 변모한다. 여유문은 최척과 의형제를 맺었으며, 누이와의 혼사를 제안했다. 최척은 이를 거절함으로써 관계의 거리를 조율한다.

최척이 혼사를 거절한 이유는 '아버지와 처의 생사를 모르기 때문에 상복을 벗을 수 없으며, 마음 놓고 아내를 얻어 편한 생활을 꾀할 수 없다(我全家陷賊, 老父弱妻, 至今不知死生, 終未得發喪服衰, 豈可晏然婚娶, 以爲自逸之計乎?)'는 것이었다. 드러내지 않았지만, '이주자'로서 최척의 삶은 '상주喪主'의 삶과 같다. 상례를 치를 수 없었기 때문에, 잠정적으로 그는 영원한 상주다. 바꾸어 말하면, 상례를 치르는 인류성을 실천할 수 없었기 때문에, 최척은 잠정적인 '비-인간'이고, 이것이 바로 이주자/이산자의 스스로에 대한 감각이라고 할 수 있다.[33] 이는 최척이 스스로에게 '편안한 삶'을 허용하지 않았음을 의미하며, 동시에 '유람하는 자'를 자처했어도 실제의 삶은 억압적이었고 불안했으며 상실감으로 가득했음을 시사한다.

최척은 중국 이주자였고 그곳에서의 사회적 역할에 충실했지만, 원래적 귀속처에 대한 소속감(고국, 고향, 가족)을 저버리지 않았다. 겉으로 '동화하는 삶'을 추구했던 최척이 '혈연가족'에 대한 강한 귀속감을 내면에 간직했다는 사실은 역설적으로 이주자의 '완전한' 현지 동화란 불가능하다는 것을 환기한다. '동화'란 '사회적인 것'이며 '보여진 것'이고 '표명된 것'이었을 뿐, 내면에는 혈연적, 원래적인 것, 고향, 가족에 대한 강한 이끌림이 존재했고, 그것을 유지하는 데서 '인간다움'(인륜성)을 느끼고 있었던 것이다. 그것은 이주자의 인문성, 인륜성에 대한 사유와 문화가 아직 존재하지 않았기 때문에, 정주자를 중심으로 한 '정상가족(완전한 가족 형태)'을 기준으로 생성된 인륜성의 의미에 의존할 수밖에 없었기 때문이기도 하다.

최척이 여유문에게 의탁한 동안에도 삶은 물결처럼 흘러가며 움직였다. 이들은 동료이자 상하관계였으며, 의사擬似가족이었고 '감시자/보호자-억류된 자'였다.[34] 관계는 유동적이지만, 최척이 자기동

33　상례와 망자의 시신을 둘러싼 동아시아 공통의 인륜성의 감각에 대해서는 각주 15를 참조.

34　원문에는 '여공이 그를 아껴서 같은 공간에 살면서 밥도 같이 먹고 한 침대에서 같이 잤다(余公愛之, 共牢而食, 同床而寐)'고 서술되었다. 이는 돈우가 옥영을 아껴서

일성을 유지하는 방식은 '상주'의 삶이라는 상실의 감각에 있었다. 이는 최척을 좌절시키고 기운을 빼앗는dis-empowered 정서 요인이 아니라, 오히려 불확실하고 유동적인 삶 속에서 자기정체성을 유지하는 감성적 축이 되었다. 동시에 스스로 인간됨을 확인하는 인륜성의 보루였다. 가족을 잃은 자로서의 처신을 포기하지 않음으로써, 역설적으로 그는 가족과 정당하게 해후할 수 있는 토대를 마련했다.

다음으로 옥영의 관계 맺기에서 주목할 인물은 일본인 돈우다. 처음에 옥영은 돈우에게 붙잡힌 포로였지만, 그의 집에서 동거하는 의사擬似가족으로 지냈으며, 상선을 타고 떠날 때에는 동행하며 일을 돕는 보조자이자 동료의 역할을 했다. 옥영과 돈우의 관계 자체가 유동적이며 다면적이고 적층성을 지니고 있다. 이들 관계의 전제가 옥영의 정체성 '위장'이었기 때문에 어떤 경우에도 이들의 관계는 평등할 수 없었다.[35]

최척과 옥영의 동행 파트너였던 주우와 돈우는 서로 초면이지만,

"같이 밥 먹고 지내면서 잠시도 떨어진 적이 없었다(居處飮食, 未嘗暫離.)."고 고백한 맥락과 유사하다. 친밀성을 띠지만, 감시와 억압의 뉘앙스를 갖는 '다정한 폭력성'이 작동했을 가능성이 있다. 실제로 돈우는 옥영이 '집안에서만 생활하고 다른 곳에는 일체 나가지 못하게 했다(使玉英居家內, 不得往他.).' 인용한 본문은 각각 〈최척전〉, 313쪽; 316쪽; 314쪽. 옥영의 사례에 대해서는 최기숙, 〈17세기 고소설에 나타난 여성 인물의 유랑과 축출, 그리고 귀환의 서사〉, 45쪽을 참조.

35 옥영과 돈우의 관계 해석은 연구자에 따라 다양하다. 이에 대한 상세한 논의는 김경미, 〈동아시아적 시각에서 다시 읽는 〈최척전〉, 〈김영철전〉〉, 179쪽을 참조. 진재교는 호혜와 환대를 베푸는 '이웃'으로 해석했고(2010, 160쪽), 최기숙은 이면에 잠재된 옥영의 억류된 삶과 부자유에 주목해, 옥영과 돈우의 관계를 '다정한 폭력'으로 해석한 바 있다(2010, 45쪽, 각주 12번). 친절하다는 것과 마음을 터놓을 수 있다는 것은 전혀 다른 차원이기 때문이다.

최척-옥영의 사연을 듣고 경쟁하듯 호의를 베풀었다. 주우가 돈우에게 백금을 주고 옥영을 사서 데려가려 한 것, 돈우가 이를 사양하며 도리어 옥영에게 전별금으로 은을 주며 이별을 고한 것이 그 예다.

〈최척전〉은 최척과 옥영의 만남을 통해 단지 이산가족의 기이한 해후를 다룬 것이 아니다. 이들에 대한 주변인의 관심과 공감, 배려와 호의가 없었다면 해후 자체가 불가능했다. 해상에서 만났어도 부부관계를 회복하지 못했을 수 있다. 이를 가능하게 한 것은 최척과 옥영의 해후에 '감동하는' 타자의 힘에 있었다. 서로가 '인간이 되려는' 노력을 했고, 그 가치에 의미를 부여했기 때문에 부부관계의 회복이 가능했다. 돈우는 옥영이 자신에게 여성임을 속였던 것에 대한 서운함을 토로하지 않았으며, 둘의 만남을 '천지신명이 감동'한 일로 해석했고, 자신이 '목석이 아님'을 입증하려고 했다.[36] 다면적이고 적층성을 띠었던 옥영과 돈우의 관계는 돈우가 옥영에게 전별금을 주고 놓아주는 태도를 통해 '호혜적 관계'로 정리되었다.

• 이어서 온 가족이 포로로 잡혀간 일을 말하자, 배 안에 있던 사람들 가운데 비탄에 젖지 않은 사람이 없었다. 그중에 두홍이라는

---

36 "내가 이 사람을 얻은 지 4년이 되었는데, 단정하고 아름다운 것을 사랑해서 친자식처럼 생각했습니다. 침식을 함께해서 잠시도 떨어진 적이 없었지만, 지금까지 여자라는 걸 몰랐습니다. 오늘 눈으로 직접 겪게 되니 천지신명도 오히려 감동할 일이군요. 내 비록 어리석고 무디지만 진실로 목석은 아닙니다. 어찌 차마 이 돈으로 먹고살 수 있겠습니까?" 돈우는 즉시 주머니에서 은자 열 냥을 꺼내주면서 말했다("我得此人, 四載于玆, 而愛其端懿, 視同至親, 居處飮食, 未嘗暫離, 而終不知其爲婦人也. 今日目睹此事, 天地神明, 猶此感動. 我雖蠻頑, 固非木石, 何認貨此, 而爲食乎?" 卽於囊中, 出十兩銀子, 賜之曰.). 〈최척전〉, 316쪽.

자가 있었는데 젊고 용감하고 건장했다. 그가 최척의 소회를 듣
더니, 얼굴에 의로운 기색을 드러내고 주먹으로 노를 치며 분연
히 일어나 말했다. "내 가서 알아보리라."[37]

• 최척과 옥영이 함께 본 배로 돌아오자 이웃 배에서 이들을 보러
오는 이들이 연일 끊이지 않았다. 어떤 사람들은 금은과 비단을
주기도 했다. 학천은 집으로 돌아와 별도로 방 하나를 청소해서
부부가 살도록 했다.[38]

　　최척과 옥영이 이주자로서 타인과 관계 맺는 방식은 다층적이며
적층적이고 유동적이다. 상대는 호의를 내세운 보호자를 자처했지
만 언제든 지배하고 통제하는 이로 변할 수 있으며, 적대적이 될 수
있었다(옥영과 돈우). 친구이자 동반자임을 강조했지만, 실질적인 고
용주이자 상관이었다(최척과 여유문). 감시자였지만 탈출을 돕는 구
원자였으며, 삶의 비전을 제시하고 이루도록 돕는 멘토이기도 했다
(최척/몽석과 호족 노인). 신분을 숨기고 도망 다니던 중국인(진위경)은
등창을 앓는 최척을 치료해 주었다. 관계의 우연성과 유동성은 그
자체로 불안하고 위험하지만, 또한 희망적 가능성을 함축하고 있었
다. 〈최척전〉은 시간의 추이에 따라 변화하는 이주자의 다양하고 다
층적인 관계 맺기를 통해 삶의 어둠과 희망을 동시에 재현했다.

---

37 '因述全家被虜之事, 舟中人莫不悲歎. 座中有杜洪者, 年少勇壯者也. 聞陟所懷, 義形
　　於色, 以手擊揖(楫의 오자). 奮然起曰: "吾將往探之."' 〈최척전〉, 315쪽.

38 '陟偕玉英歸本舡, 隣舡來見者, 連日不絶. 或以金銀綵繒相贐. 鶴川歸家, 別掃一室而
　　處焉.' 〈최척전〉, 317쪽.

또한 〈최척전〉은 국경 안팎에 다양한 사람들이 공존하고 있음에 주목했다. 불행을 겪은 타인의 생애를 들어주고 공감하며 동정을 표하는 사람이 있는가 하면, 타인의 고민과 슬픔에 분연히 일어나 정황을 파악하려는 용기와 의기를 표하려는 이도 있었다.[39] 최척의 사연을 들은 배 안의 사람들은 모두 비탄에 젖었으며, 젊고 용맹한 두홍은 의기를 띠고 사태를 알아보겠다고 나서기도 했다. 이들은 타인의 사연에 공감하며 도움을 자처할 정도로 호의적이며 정서적으로 개방되어 있다. 이들은 이름이 있거나 없고, 개인이거나 집단이다. 그러나 '존재하고 있었다'.

'이주/이산'의 경험 자산: 공감 능력·자기철학·희망 의지

〈최척전〉에 등장하는 이주/이산의 주체는 끊임없이 대지를 표박하고 해상을 부유하는 생애를 보냈지만, 바로 그렇기 때문에 이들은 국가나 지역민의 보호를 받을 수 없는 불리한 처지에 놓여 있었다. 전쟁은 남성 인물에게 패잔병과 포로의 삶만을 허용했고, 타국의 병영에 헌신하도록 종용했다. 여성 인물에게는 여성적 삶 자체를

---

39 이들의 서사적 기능은 한글 고소설에 등장하는 익명의 집단적 인물군이 수행하는 역할(공감하는 집단, 윤리적으로 판단하는 집단)과 유사하다. 한글 고소설의 집단화된 감성 동력에 대한 분석은 최기숙, 〈지속 가능한 '감성-성찰' 자원 구축을 위한 한국 '고전/전통' 자원의 재맥락화〉, 《동방학지》 175, 연세대학교 국학연구원, 2016, 41~48쪽을 참조.

박탈했으며, 정체성 위장을 감내해야 하는 억류된 삶을 강요했다. 이러한 삶의 내역은 이주하는 주체를 불안과 불행의 관점에서 사유하게 하는 타당한 원인과 맥락을 제공했다. 동시에 이들에 대한 타자의 동정을 최선의 대우로 상정하는 사회적 상상력을 제시했다. 그렇다면 이주/이산의 경험은 반드시 부정적이며 회피하거나 극복해야 하는 대상일까.

이 장에서는 〈최척전〉에 등장하는 '이주/이산'의 주체가 경험하거나 깨달은 앎의 내용과 방향, 그에 대한 문학적 상상력의 지형을 성찰하는 것으로 이에 응답해 보려 한다. 이를 위해 다음의 차원을 고려한다.

각 인물이 습득한 이주/이산의 경험 자산은 무엇인가.

그것은 지역적 특수성을 갖는가, 보편적인 것으로 상정되었는가.

이주/이산의 경험을 통해 확보한 작중인물의 세계 인식(세계관)은 무엇인가.

경계선 안팎에서 필요한 것: 소통의 테크네와 철학

〈최척전〉의 거의 모든 인물은 주어진 환경에 적응하거나 회피하기 위해 자발적이거나 강제적으로 이주와 이산을 경험한다. 그 결과 인물의 외적 삶과 내면이 분리되는 경우도 발생하지만, 그들의 자아는 그 때문에 분열되지 않고 오히려 적절히 안팎을 조율하는 '자기의 테크놀로지'를 발휘하게 된다. 상대와 평화롭고 안전한 거리를 유지하면서도, 내면의 가치와 정체성을 지키는 각자의 방식도 발견한다. 이러한 작중인물의 경험 세계는 곧 소설 독자가 읽기를 통해 습득하는 지식이자 앎의 경역을 형성한다.

역설적으로 〈최척전〉의 등장인물이 정주하지 않기 때문에, 이들의 규율은 국가나 특정 집단에 얽매여 있지 않다. 그들의 삶은 임시적이고 강제된 것, 억류된 삶이라는 특징을 지니고, 바로 그 때문에 '사연을 가진 자'가 된다. 〈최척전〉은 각자의 사연이 타인에게 소통 가능한 것, 공감의 대상이 되었을 때, 각자가 비로소 삶의 활로를 얻게 되는 여정을 그리고 있다.

예컨대, 옥영과 최척이 선상에서 만났을 때, 그들은 기이한 사연을 들려주고 공감을 얻음으로써 부부로서 맺어진다. 최척의 입장에서는 그와 동행한 중국인들의, 옥영의 입장에서는 일본 상인들의 동의와 도움이 없었다면 이들의 해후는 순조롭게 이루어질 수 없었다. 말하자면 부부간의 해후조차 '사회적인 것'이며 '국제적인 합의의 체계' 속에서 이루어질 수 있었다.[40]

또한 〈최척전〉에 등장하는 '부유하는 존재들'은 특정 국가에 소속되어 보호받을 수 없었기 때문에, 오히려 각자의 철학과 판단에 따라 처신하고 살아가는 면모를 보인다. 그것은 각자의 생이 허락한 생존 전략인 동시에, 삶을 가치화하는 철학에 속한다.

---

40 〈최척전〉에서 주목할 만한 것은 의사소통의 '언어'다. 예컨대, 몽선이 중국인 아내 홍도와 대화할 때 사용한 언어가 무엇인지 서술되어 있지 않지만, 이들의 주거지가 중국이었고, 홍도가 조선에 오면서 '조선과 일본 두 나라의 옷을 짓고 매일 아들과 며느리에게 두 나라 말을 가르쳐 익히게 했다(卽裁鮮倭兩國服色, 日敎子與婦, 傳習兩國譯語.)(〈최척전〉, 321쪽)고 서술된 정황으로 미루어 본다면, 그간 옥영 - 몽선 - 홍도가 중국어로 소통해 왔음을 짐작할 수 있다.

예컨대, 작품에서 이름조차 부여되지 않은 '호족 노인'을 보자. 그는 삭주의 토병으로 있다가 관리의 학정을 견디지 못해 도주한 자발적 이주자다. 그는 고향에 얽매이기보다는 행복(자유, 정상성)을 찾아 떠난 주체적 이주자다. 그는 도주자의 신분이지만, 아이러니하게도 호족 지역에서 조선인 포로를 감시하는 일을 하게 되었다. 그런데 그가 감시자의 임무를 스스로 배반한 계기가 발생했다. 최척과 몽석의 '통곡'을 들었기 때문이다.

그는 포로의 눈물에 관심을 가졌다. 경계심 가득한 최척과 몽석은 그가 비밀을 캐내려는 줄로 오해해 대답을 피했다. 그러자 호족 노인은 진실에 접근하기 위해 자기가 먼저 고백을 했다. 그것은 성공적인 삶에 대한 과시가 아니라, 고통과 공포, 상처로 얼룩진 누더기 삶의 내역이었다〈**최척전**〉, 319쪽). 자기 진실을 털어놓음으로써, 감시자를 향한 포로의 경계심을 해체한 것이다.

최척 부자의 사연을 들은 그는 탈출하라고 일러 주었다. 식량도 마련해 주고 도주로도 알려 주었다. 이는 분명 감시자로서의 책무를 위반한 행위다. 그는 직업윤리(철저히 포로를 감시해야 한다)와 인간적 윤리(붙잡혀 있는 가엾은 가족을 탈출시켜야 한다)가 충돌할 때, 후자를 택함으로써 삶의 곤경과 역설을 통과하는 서사적 해법을 제안했다.

"내가 비록 죄를 얻는다 해도 어찌 차마 보내 주지 않을 수 있소?"[41]

---

41 "我雖得罪, 安得忍以不送?"〈최척전〉, 319쪽.

호족 노인이 타인을 돕는 행위는 '있는 것을 덜어 주는' '자선'과
는 다르다. 그는 '위험을 무릅쓰고' 타인을 도왔다. 그에게 중요한
것은 호족 추장의 명을 수행하는 직무적 성실함보다 자신이 공감한
일에 책임지는 것이었다. 그로 인해 자신이 해를 입을지라도 '도와
야 한다'고 판단했다. 그는 사람으로 존재하고 싶었기 때문에 위험
을 감수했으며 규율을 어겼다. 자신이 감동받은 그 일을 위해 헌신
했다.[42]

이러한 태도는 옥영을 도와 준 돈우의 발상과도 흡사하다. 그는
옥영을 풀어 주면서 말했다.

- "내가 비록 어리석고 무디기는 하지만 진실로 목석은 아닙니다.
  어찌 차마 이 돈으로 먹고살 수 있겠습니까?"[43]

---

42 이러한 과정은 직무에 대한 반성 없는 이행이 불러온 세기의 파국, '홀로코스트'
    에 대한 스탠리 밀그램Stanley Milgram의 분석(《권위에 대한 복종》, 정태연 옮김,
    에코리브르, 2009), 지그문트 바우만Zigmunt Bauman의 해석(《현대성과 홀로코
    스트》, 정일준 옮김, 새물결, 2013), '악의 평범성'을 제기한 한나 아렌트Hannah
    Arendt(《인간의 조건》, 이진우·태정호 옮김, 한길사, 1996)의 성찰성을 환기한다.
    영화 〈레미제라블〉(감독 Tom Hooper, 2012)의 자베르 경감은 제도의 규율을 내
    면화해서 제도의 이름으로 업무를 수행하는 기계화된 존재로 등장한다. 그는 법
    과 정의의 이름으로 직무 수행에 충실하며 성찰 없이 정당화하는 삶이 어떻게 한
    인간의 생애를 철저히 파쇄할 수 있으며, 결국 자기파멸로 이어지는가를 역설적으
    로 보여 준 바 있다. 이에 관해서는 최기숙, 〈평온은 나의 힘, 영성 수행자에게 듣
    는다〉, 소영현 외, 《감정의 인문학》, 봄아필, 2013, 229~231쪽을 참조. 최근 개봉된
    영화 〈1987〉(감독 장준환, 2017)에서도 남영동 대공분실의 치안감 박처원(배우
    김윤석)은 일말의 성찰도 없이 철저하리만큼 직분에 충실했는데, 관객은 그를 '악
    역'으로 인지했다.
43 "我雖蠢頑, 固非木石, 何認貨此, 而爲食乎?" 〈최척전〉, 316쪽.

이들의 처신은 국적이나 인종, 지역, 이념적 경계에 강박되어 있지 않다. 이들은 오히려 자신의 감정과 정서에 충실했고, 공감한 바대로 판단하고 발언하며 실천하는 성찰성을 수행했다. 최척과 몽석을 풀어 준 호족 노인은 제도에 강박되지 않은 임시적 체류자였기 때문에, 자기 철학과 판단으로 이들을 놓아 주었다. 그는 스스로 거주지를 선택하고 주체적으로 판단하는 사유의 주권을 놓치지 않았다. 그는 제도의 원칙이나 명령에 강박되지 않았으며, '사연'을 듣고 반응하는 감성적 주체다. 이것을 텍스트는 '인간적'이라고 판단하고 있었다. 이러한 과정을 통해 〈최척전〉은 이주자에게 필요한 것은 국가의 규율도 사상적 경계도 아닌 인본주의적 사유이며, 이를 따르는 자기 철학의 수행임을 효과적으로 설득했다.

'인륜'이라는 세계-경험과 사회적 영성

〈최척전〉에서 불안하게 유동하는 이산과 이주 주체의 '삶'을 가능하게 했던 힘은 다음과 같이 요약할 수 있다. 첫째, 사회적 관심과 배려, 보살핌이다. 둘째, 개인의 생애 의지와 소통 의지다. 셋째, 인간의 삶과 생명을 지지하는 세계와 자연, 신의 힘이다. 이는 신앙, 종교, 꿈으로 상징되는 무의식적 생애 의지이기도 하다. 이 세 영역은 서로 연동되어 있다. 사람과 사람이 보이지 않게 연결되어 있다는 발상을 사회적 영성[44]으로 명명할 수 있다면, 〈최척전〉의 서사는

---

44 사회적 영성이라는 표현은 김진호, 《사회적 영성》(현암사, 2014)에서의 용례와 우

바로 그러한 믿음의 체계를 확인하고 강화하며 실체화하는 사회적 상상력을 문학적으로 구현했다고 볼 수 있다.

〈최척전〉을 통관하는 초자연적 힘은 장육금불의 지속적인 현몽으로 구체화되었다. 이를 초월적 힘이나 종교적 맥락이 아니라 사회적 영성의 개념으로 해석할 수 있는 근거는 바로 첫 번째와 두 번째, 즉 사회(타자)의 이타적 관심, 무매개적 호혜와 개인(주체)의 자기 보존을 향한 본성이 장육금불로 상징되는 사회적 영성의 '맥락'이자 '전제'로 기능했기 때문이다. 즉, 사회와 타자의 관심과 배려, 보살핌, 개인과 주체의 의지가 없었다면 장육금불의 현몽은 현실화될 수 없었다. 세 영역이 연동되기 때문에, 그들 간에 우열이나 선후를 가리는 것은 중요치 않다. 이들의 공존이 상호적 역학 관계의 동력이며, 그 역(상호 관계를 통해 공존이 성립된다는 등식) 또한 참이라는

치다 타츠루内田樹(《하루키씨를 조심하세요》, 김경원 옮김, 바다출판사, 2010)의 생각을 참조했다. 《사회적 영성》의 필자들은 종교적 의미를 담거나 강조하기보다는 내면성interiority, 내재성immanence, 자기초월적 특성 등을 강조하여 탈종교성을 지향하는 의미망 안에서 이 용어를 사용했다(63쪽; 149쪽 등). 이들이 주목하거나 전제로 삼은 사회적 영성의 매개는 말할 수 없는 것, 고통, 배려, 관심, 친밀감, 감정, 공감, 도덕, 기억, 그리고 '사회적인 것' 또는 '사회 그 자체' 등이다. 우치다 타츠루는 무라카미 하루키의 작품을 비평하면서, "나는 기본적으로 영성이란 '연결되어 있는 감각'이라고 이해하고 있습니다."라고 토로한 바 있다(위의 책. 116쪽). 〈최척전〉에서도 연결됨을 지지하는 영적 힘으로 '장육금불'이 등장하는데, 부처와 소통이 이루어진 것은 최척 부부가 만복사라는 절에 가서 부처에게 발원하는 기도를 했기 때문이다. 기도란 초월적 존재(신, 부처)에게 내면의 희원을 전하는 행위이기 때문에, 여기에는 신과 만나기 이전에 우선 자신의 내면과 마주처야 한다는 내면성·진정성의 문제가 관여되어 있다. 〈최척전〉은 여기에 이웃, 주변인, 타자의 공감과 지지, 배려와 도움이 내면성과 진정성을 현실화하는 맥락적 전제로 구조화되었다는 점에서, 내적 영혼, 신과 만나는 초월적 영성과 더불어 사회적 영성이 매개되었다고 볼 수 있다.

사실이 핵심적 관건이다.

먼저, 첫째 부분을 보자. 〈최척전〉에서는 주체가 의지를 실현하기 위해서 반드시 주변의 도움을 필요로 하며, 때로는 기쁨을 나눌 때 조차 주변의 이해를 구해야 한다는 맥락이 자연화되어 있다. 의지 대로 살기 위해서는 주변을 설득하고 해명하며 그들의 공감을 구할 의무가 있다는 발상이 전경화된 것이다. 자기 선택적 삶은 반드시 '사회화'되어야 했다.

인물들이 타인(주변인)에게 사연을 들려주는 장면은 주체적/의지적 삶에 대해 공감대를 형성하는 매개가 되었다. '소통의 테크네'는 사회적 생존의 필수 조건이다. 해상의 외국인들(중국인, 일본인)이 최척과 옥영 부부가 만나야 한다고 판단한 것은, 그들의 사연에 공감했기 때문이다. 국경을 넘어선 인륜적 연대가 형성되어 있었기 때문에, 부부의 행복한 재회가 가능했다. 그 바탕은 유교나 불교, 도교라는 특정 사상이라기보다는 부부애를 존중하는 각자의 삶의 경험적 이해에 근거해 있다.[45] 말하자면 인륜성에 대한 동아시아적 공감대가 작중인물의 행복과 지향의 바탕으로 작용했고, 그에 대한 이해 속에서 서사가 직조되었다.

주변인(타자)의 작중인물(주체)에 대한 처신은 관심과 배려, 보살핌이다. 가장 평화롭고 화해적인 관심과 배려는 상대의 진면목과

---

45 물론 그 바탕에 유교나 불교적 맥락이 전혀 없다는 의미는 아니다. 그러나 이념이나 사상보다 부부, 가족의 삶을 지지하고 기이한 인연에 공감하는 보편적 감성구조가 주요하게 작동했음을 강조하고자 한 것이다.

정체, 사연을 알고, 주체가 스스로 바라는 점(욕구와 희망)에 일치하는 방식으로 도움을 주었을 때다. 여기에 필요한 것이 바로 주체의 자기 토로와 고백이다. 예컨대, 옥영을 남자로 알았던 돈우의 관심과 배려는 위장한 옥영을 향한 것이었기에 완전할 수 없었고, 도리어 다정한 폭력의 의미를 함축했다. 돈우가 옥영을 풀어 준 것은 그의 진짜 사연을 들은 이후다. 최척이 아내와 살 수 있게 된 것도 그의 사연에 공감한 주변인(동행한 뱃사람들, 주우) 덕분이다. 사연을 털어놓았다는 것은 자신의 모든 생애사를 고백함으로써 진정한 소통 의지를 표현했다는 뜻이다. 진실을 털어놓았을 때 위험해진 것이 아니라, 생의 의지를 성취했다.

이와 유사한 과정이 개인의 내면에서도 발생하며, 이는 신성한 힘, 상상적으로는 부처의 현몽과 연결된 것으로 구조화되었다. 〈최척전〉에는 최척과 옥영이 위기에 처하거나 고난의 극점에 이르고 삶의 의지를 상실했을 때, 자살을 기도하는 장면이 있다. 그때 이들을 살려 준 것은 자살을 만류하는 주변인의 관심과 보살핌, 그리고 부처의 현몽이다.

자살 기도 후 현몽

- "삼가 죽지 마라. 나중에 반드시 기쁜 일이 있을 것이다."[46]
- "기운이 고단하고 몸이 피로해서 잠깐 꿈을 꾸었는데, 홀연히 장육금불이 나타나서 좋은 징조가 있다고 알려 주니, 참으로 이상

---

46 "愼勿死也. 後必有喜." 〈최척전〉, 314: 320쪽.

하구나."[47]

장육불이 꿈에서 건넨 '삼가 죽지 마라'는 가르침은 곤고한 삶을 살아가는 이들에 대한 위로이자 희망의 메시지다. 나중에 기쁨이 있으리라는 발언은 부처의 것이기에 신빙성이 있다. 이것을 꿈에서 얻었다는 것은 부처라는 신성의 존재가 주체의 내면의 음성이자, 무의식적 생명 의지임을 시사한다.

〈최척전〉에서 옥영이 장육금불과 처음 인연을 맺은 것은 기자치성을 위해 남편과 함께 만복사를 찾았을 때다.[48] 정성껏 기도해서 자식을 얻는 과정은 국문 고소설의 전형적인 모티프다. 인간의 출생이 생물학적 성관계에 의해서가 아니라 자연과 신성으로부터의 응답이라는 발상은 생명존중사상과 생태사상을 반영한다.[49] 부처에게 올린 기자치성은 아들을 낳고 싶다는 간절한 서원이었다. 그 마음은 바깥의 신앙과 종교의 영역이기 이전에 개인의 내면에서 우러난 절실한 희망에 맞닿아 있었다. 그리고 그 최초의 경험은 생애 전반에서 인물이 삶을 끝내고 싶다는 자살 충동을 느낄 때마다 스스로를 구원하는 힘이 되었다. 삶이 이어지고 희망이 이루어졌을 때,

---

47 "氣困身疲, 乍成一夢, 恍惚之間, 丈六金佛, 又告以吉象, 極可異也." 〈최척전〉, 323쪽.

48 "나는 만복사의 부처다. 정성이 아름다워 훌륭한 아들을 내려주겠다. 태어나면 반드시 특이한 일이 있을 것이다(我萬福寺之佛也. 嘉爾精誠, 錫以奇男. 生必有異)." 〈최척전〉, 311쪽; "아들이 태어나면 또한 붉은 사마귀가 있을 것이다(生子亦有赤痣)." 〈최척전〉, 317쪽.

49 이 점에서 〈최척전〉의 기자치성 모티프는 한문전기소설과 국문고소설의 접점을 보여 주는 부분으로 해석될 수 있다.

부처에게 재를 올려 감사를 전하는 마음은 스스로의 삶에 존엄성을 부여하고 신성하게 정화하는 일상의 의례였다.[50]

이로써 〈최척전〉은 '사회 – 개인 – 신성(자연/신)', '주체 – 타자 – 연대(사회적 영성)'의 상호 관련성과 역학 관계를 공감적 맥락에서 서사화했다. 이것이 이주/이산 주체의 삶의 여정을 통해 재현되었다는 점에서, 이러한 연대는 이주자의 삶을 지탱하는 세계 경험이자 요청에 대한 상상적 제안이라고 할 수 있다.

귀환의 역설: '가족/젠더' 서사의 탈/신화화

최척과 옥영이 돌아왔을 때 가족 서사의 퍼즐은 완성되었는가.

이주/이산에서 기인한 삶과 가족 형태의 불완전성은 완전한 목표 지점에 도달하였는가.

이주/이동의 경험에 대한 상세한 서술과 달리 이들의 귀환과 정주에 대한 서술은 간략하다. 가족이 눈물 어린 해후를 완수한 뒤에 최척은 정헌대부에 가자되고, 옥영은 정열부인에 봉해졌으며, 2년

---

50 '부부는 (부처님께) 감사드렸다(夫妻感).' 〈최척전〉, 317쪽.: "우리에게 오늘이 있었던 것은 진실로 장육금불께서 은밀히 도우신 은혜 덕분입니다. 어찌 보답하지 않을 수 있겠습니까?" 이에 최척과 옥영은 두 아들과 며느리들을 데리고 성대하게 제물을 갖추어 만복사로 가서 정성을 다해 재를 올렸다(吾等之有此日, 實丈六金佛陰隲之恩也. 其可不報恩乎? 乃率二子二婦, 夫妻盛備齋幣, 詣寺致齋, 盡誠健醮).' 〈최척전〉, 324쪽.

뒤에 두 아들은 무과에 급제했다.[51] 제도에 완전히 안착한 것이다. 조정으로부터 관리되고 인정받는 백성이 됨으로써, 역경으로 점철된 이들의 과거는 위로와 보상을 받게 된다.

이러한 결말은 이주/이산이 외부적이고 폭력적 계기로 시작되었고 비자발적으로 행해졌기에, 암묵적으로 귀환을 당위적이고 자연스러운 귀결로 상정한 데서 연유한다. 최척과 옥영이 해상에서 해후해 살아간 24년간이 단 한 줄로 표현된 것처럼, 온 가족이 상봉하자 이야기는 급격히 마무리되었다. 이야기는 귀환이 어째서 행복한가를 서술하지 않았다. 그것은 이미 전제로 맥락화되었기 때문에, 설명의 여지가 없었다.

귀환을 통해 종료되는 〈최척전〉의 서사구조는 역설적으로 이산이 시작되는 순간, 예비되어 있었다. 귀환을 '행복한 결말'이자 '완성된 삶'으로 구조화하는 방식은 이주/이산의 과정을 '불행'과 '미완의 삶'이라는 관점에서 사유하게 하는 시선의 문화정치를 수행하게 된다. 그 결과 〈최척전〉은 이주/이산의 경험에서 획득한 개인과 집단(가족)의 역량을 오직 귀환의 과정에만 전용하는 상상력을 촉발했다.

옥영이 집으로 오는 과정에서 보여 준 놀라운 전략(위장과 자기 조정 전략, 일본과 중국의 옷과 언어를 사용해 위기를 모면하는 전략)과 능력

---

51 몽선과 홍도는 조선-중국 간 국제결혼을 한 셈인데, 홍도가 아버지와 함께 조선에 정착함으로써 사실상 귀화인이 된 셈이다. 이들 사이에 자녀가 태어났는지는 서술되어 있지 않다.

(날씨를 보고 출항을 결정하는 것, 배를 수리하는 능력 등)은 귀환과 동시에 쓸모를 잃는다. 아들 내외를 진두지휘하고 해상의 외국인, 해적들과 소통하고 협상하며 귀환한 옥영은 이후에는 아들의 효도를 받는 '정열부인'으로 살아갈 뿐이다. 이것을 행복과 안정으로 사유하는 한, 옥영의 경험은 생애 자원이 아니라 잊어야 하거나 봉합해야하는 상처, 쓸모없는 과거일 뿐이다.

실제로 〈최척전〉은 이주자가 생존을 위해 위장하고 동화하는 과정을 평온하게 서술함으로써, 자기를 지키기 위해 자기를 숨겨야 하는 존재의 이율배반, 이국과 이민족/외국인에 동화하기 위해 상실의 감각을 축으로 살아온 자기 억압과 욕망의 압류를 묶음 처리 했다. 작중인물은 자기의 압류, 위장, 은폐, 억압이 생존의 조건이자 규율임을 이산의 과정에서 저절로 체득했다. 이러한 인물의 처신은 국경을 넘는 이주자의 문화적 위치성을 상징적으로 보여 주고 있다.

한편, 불완전한 가족 형태로 서로 의존하며 공생하던 이들이 보여 준 연대의 힘은 최척과 옥영 가족의 상봉을 통해 그 상징적 의미를 결락하게 된다. 혈연집단이 다시 모인 형태의 가족이 형성됨으로써, 타자에 대한 공감, 배려, 보살핌의 힘은 주변화되거나 탈색되었다. 그들의 힘은 유리/표박하는 자가 일시적으로 의존한 잠정적 힘으로 간주되거나, 생환을 위해 일시적으로 기대야 했던 보조적 장치로 밀려난다.

상봉과 해후를 통해 가족서사가 완결됨으로써, 유랑과 표박, 이주와 이산의 서사는 가족서사를 신화화하는 도구로 위치지어졌다. 이것은 비단 조선 후기, 또는 17세기라는 특정 시기나 〈최척전〉이라는 하나의 텍스트에 국한된 상상이 아니다. 세계화의 추세에 따라 자본과 상품의 유통만큼이나 빈번한 인적 교류가 이루어지는 21세기에도 이주/이산을 바라보는 시선과 태도는 〈최척전〉에 재현된 세계로부터 그다지 크게 진화한 것으로 보이지 않는다. 이주자에 대한 무시와 혐오, 불안과 공포, 갈등을 불러일으키는 시선의 현실성은 환대, 관심, 배려, 보살핌을 다루었던 역사적 상상력과 동떨어져 있다. 고전이 현재를 성찰하는 자원이 되지 못한 것이기도 하다.

17세기 소설 〈최척전〉에 노정된 인간과 삶을 바라보는 시선과 태도는 21세기의 현실에도 여전히 이어지고 있다. 17세기 소설에서 구조화된 다기한 문제들은 오늘날 사회적·문학적 '성찰'의 대상이 되기보다는 여전히 '자연화'된 상태로 수용되어, 이주를 둘러싼 신화화의 맥락을 유지하고 있는 편이다. 또한 사회의 모순에 대한 문제 제기를 공론화하기보다는 오히려 그러한 모순 자체를 사회의 '전제'로 되돌리는 인식론적 순환에 안주하는 경향이 있다.

국경을 넘는 이주와 표류의 계기에 대한 역사사회적 맥락성은 상이하지만, 〈최척전〉에는 고전적 차원의 보편적·본질적·구체적 문제가 복합적으로 구조화되어 있다. 현대성에 대한 성찰의 사유를 고전으로부터 출발할 필요를 제안하는 것은 현대성의 조건과 문제 제기, 이에 대한 사유 자체가 '역사화'되고 있다는 한국문화사적 맥락성에 대한 공감대에서 출발함으로써, 오히려 뿌리 깊은 인식적 고착과 비판적 성찰을 회피하는 상상력의 공회전을 극복할 수 있다고 판단하기 때문이다.

■ 참고문헌

1. 기본자료

이상구 역주, 〈崔陟傳〉, 《17세기 애정전기소설》, 월인, 1999, 307~324쪽.

郭守正·高月槎 집록, 《이십사효》, 임동석 역주, 동서문화사, 2012, 1~368쪽.

최 부, 《표해록》, 서인범·주성지 옮김, 한길사, 2004, 1~656쪽.

《역주 삼강행실도》, 김정수 옮김, 세종대왕기념사업회, 2010, 1~360쪽.

2. 논문과 단행본

가야트리 스피박 외, 《서발턴은 말할 수 있는가》, 태혜숙 옮김, 그린비, 2013, 1~544쪽.

강상순, 〈한국 고전소설 속 중국 배경과 중국 인식〉, 《고전과 해석》 15호, 고전문 학한문학연구학회, 2013, 107~139쪽.

고영란, 〈17~18세기 한일문학 속 월경(越境)과 결혼〉, 《일본어문학》 68호, 한국 일본어문학회, 2016, 155~167쪽.

권혁래, 〈〈최척전〉에 그려진 '유랑'의 의미〉, 《국어국문학》 150호, 국어국문학회, 2008, 207~235쪽.

권혁래, 〈〈최척전〉 소주, 항주 공간의 문학지리와 스토리텔링〉, 《고소설연구》 39, 한국고소설학회, 2015, 73~102쪽.

김경미, 〈동아시아적 시각에서 다시 읽는 〈최척전〉, 〈김영철전〉〉, 《고전문학연구》 43호, 한국고전문학회, 2013, 165~192쪽.

김문희, 〈〈최척전〉의 가족지향성 연구〉, 《한국고전연구》 6집, 한국고전연구학회, 2000, 161~190쪽.

김용기, 〈17세기 동아시아 전란 체험과 다문화 양상 비교〉, 《다문화콘텐츠연구》 22호, 중앙대 문화콘텐츠기술원, 2016, 187~221쪽.

김용철·신승호, 〈《최척전》 속의 동아지중해와 대항해시대〉, 《국제어문》 69호, 국제어문학회, 2016, 51~97쪽.

김진호 외, 《사회적 영성》, 현암사, 2014, 1~307쪽.

김현미, 《우리는 모두 집을 떠난다: 한국에서 이주자로 살아가기》, 돌베개, 2014, 1~236쪽.

롤랑 바르트, 《신화론》, 정현 옮김, 현대미학사, 1995, 1~246쪽.

박희병, 〈최척전: 16·17세기 동아시아의 전란과 가족이산〉, 《한국고전소설 작품론》, 집문당, 1990, 83~106쪽.

소재영, 《임병양란과 문학의식》, 한국연구원, 1980, 1~364쪽.

스탠리 밀그램, 《권위에 대한 복종》, 정태연 옮김, 에코리브르, 2009, 1~317쪽.

신선희, 〈전란이 낳은 이방인의 삶〉, 《장안논총》 33호, 장안대학교, 2012, 1554~1572쪽.

우에노 치즈코, 《여성 혐오를 혐오한다》, 나일등 옮김, 은행나무, 2012, 1~344쪽.

우치다 타츠루, 《하루키씨를 조심하세요》, 김경원 옮김, 바다출판사, 2010, 1~327쪽.

유성용, 《여행생활자》, 사흘, 2007, 1~392쪽.

장경남, 〈임진왜란기 포로 체험 문학과 가족애〉, 《한국문화연구》 14, 이화여대 한국문화연구원, 2008, 7~34쪽.

장경남, 〈임진왜란 포로 기억의 서사화와 그 의미〉, 《지역과 역사》 31호, 부경역사연구소, 2012, 41~62쪽.

주디스 버틀러, 《젠더 트러블》, 조현준 옮김, 문학동네, 2008, 1~376쪽.

지그문트 바우만, 《현대성과 홀로코스트》, 정일준 옮김, 새물결, 2013, 1~416쪽.

진재교, 〈월경(越境)과 서사(敍事): 동아시아의 서사 체험과 '이웃'의 기억(記憶) - 「최척전(崔陟傳)」 독법의 한 사례〉, 《한국한문학연구》 46집, 한국한문학회, 2010. 129~162쪽.

최기숙, 〈17세기 고소설에 나타난 여성 인물의 유랑과 축출, 그리고 귀환의 서사〉, 《고전문학연구》 38집, 한국고전문학회, 2010, 37~74쪽.

최기숙, 〈평온은 나의 힘, 영성 수행자에게 듣는다〉, 소영현 외, 《감정의 인문학》, 봄아필, 2013, 233~247쪽.

최기숙, 〈지속 가능한 '감성-성찰' 자원 구축을 위한 한국 '고전/전통' 자원의 재맥락화),《동방학지》175집, 연세대학교 국학연구원, 2016, 25~55쪽.

케빈 케니,《디아스포라 이즈is》, 최영석 옮김, 앨피, 2016, 1~198쪽.

한나 아렌트,《인간의 조건》, 이진우·태정호 옮김, 한길사, 1996, 1~402쪽.

Gan Yue(甘悦),〈한국 내 중국 결혼이주여성의 초국가적 실천〉, 연세대 석사논문, 2016, 1~102쪽.

Pnina Werbner & Mattia Fumanti, "The Aesthetics of Diaspora: Ownership and Appropriation", *Ethnos*, Vol.78. No.2, 2013, pp.149~174.

식민지 조선의 디아스포라와 그 미담美談

이진형

* 이 글은 〈식민지 조선인, 네이티브 디아스포라, 그리고 그의 죽음 – 김남천의 〈미담 美談〉을 중심으로〉,《대중서사연구》23-2, 대중서사학회, 2017에 수록된 글을 수정, 보완하여 수록한 것이다.

식민지 조선인, 또는 디아스포라

디아스포라Diaspora는 어원학적으로 그리스어 동사 'Speiro'(씨 뿌리다)와 전치사 'Dia'(위)의 합성어로서, 바빌론 유수(586) 이후 팔레스타인 지역을 떠나 세계 각지로 흩어진 유대인 또는 유대인 공동체를 의미하는 용어다. 그 어원 덕분에 오늘날 디아스포라 논의에서도 '비자발적 이주'와 '다양한 관계망 형성'은 중심적인 의미 축으로 기능하고 있다. 물론 오늘날 디아스포라의 의미 폭은 단순한 유대인 집단만이 아닌 다양한 이유로 고향(모국)을 떠난 사람들을 모두 포괄할 수 있을 만큼 확장되었다. 그렇지만 엄밀한 의미에서 디아스포라 개념은 여전히 '비자발적'으로 고향(모국)을 떠나야 했던 사람들, 그래서 부재하는 고향(모국)을 중심으로 다양한 관계망(유대)을 형성하며 살아가야 하는 사람들을 가리킨다.[1] 이와 더불어 고향(모국)에 대한 '상실감'과 '그리움'의 감정 역시 디아스포라를 구성하는 중요한 요인이다. 강제 이동, 국외 추방, 불가능한 귀환이 디아스포라의 존재론적 조건이라면, '상실감'과 '그리움'은 그에 따른 불가피한 정서적 반응일 것이다.[2] 그렇다면 디아스포라란 존재론적으로 '비자발적 이주' 상태에서 '다양한 관계망'을 형성하며 살아가는 사람들이자, 감성론적으로 고향에 대한 '상실감'과 '그리움'을 느끼

---

1 케빈 케니, 《디아스포라 이즈is》, 최영석 옮김, 앨피, 2016, 29~30쪽.

2 비린더 S. 칼라·라민더 카우르·존 허트닉, 《디아스포라와 혼종성》, 정영주 옮김, 에코리브르, 2014, 24~27쪽.

는 사람들이라고 말할 수 있다.

이와 같은 디아스포라 이해는 그동안 식민지 시기 연구에서 커다란 유용성을 입증해 왔다. 한반도의 이주사를 살펴보면, 조선인 이주의 역사는 17세기 초반까지 거슬러 올라가지만 대규모 이주가 이루어진 것은 일본 제국주의의 식민 지배 이후라는 점을 확인할 수 있다.[3] 이 시기 많은 조선인들은 정치적 탄압, 경제적 궁핍, 군사적·경제적 강요 등 여러 이유에서 중국과 일본을 비롯한 인근 지역들로 이주해야만 했다. 그로 인해 1945년 무렵에는 조선인 이주민의 수가 397만 5천여 명(중국 170만 명, 일본 210만 명, 구소련 17만 5천 명 등)에 이를 정도였다.[4] 그동안 연구자들은 이들을 '코리안 디아스포라'로 명명하며 연구를 진행했고, 현재 학술논문과 학술서가 수천 종에 이를 정도로 많은 연구 성과를 축적하기에 이르렀다. 한국 문학 분야에서도 디아스포라 개념을 활용해 식민지 시기 만주, 일본 등지에 거주했던 이주민 작가의 작품들 또는 해외 이주 경험을 그린 작품들을 다룬 글들이 적지 않게 발표되었다.[5] 이 글들은 집단

---

3 박경숙, 〈식민지 시기(1910년-1945년) 조선의 인구 동태와 구조〉, 《한국인구학》 32-2, 2009, 33쪽.

4 김성민·박영균, 〈분단극복의 민족적 과제와 코리안 디아스포라〉, 《대동철학》 58, 2012, 48쪽.

5 식민지 시기 문학 연구에 디아스포라 개념을 직접적으로 활용한 주요 연구 사례로는 곽명숙의 〈윤동주 문학 연구의 트랜스내셔널리즘적 가능성〉(《한중인문학연구》 37, 2012), 구모룡의 〈윤동주의 시와 디아스포라로서의 주체성〉(《현대문학이론연구》 43, 2010), 구재진의 〈이산문학으로서의 강경애 소설과 서발턴 여성〉(《민족문학사연구》 34, 2007), 김관웅의 〈"디아스포라 작가" 김학철의 문화신분 연구〉(《한중인문학연구》 27, 2009), 김미란의 〈만주, 혹은 자치에 대한 상상력과 안수길 문

적 주체로서 '코리안 디아스포라'를 표면적으로든 암묵적으로든 전제하는 가운데 제국주의 시기 또는 포스트식민 시기 디아스포라의 삶과 경험을 충실히 기술하고 재구하려 했다는 점에서 커다란 의의가 있다. 특히 디아스포라는 제국주의에 의해 모국에서 추방된 집단으로서 제국주의적 폭력을 입증하는 부인할 수 없는 증거로 간주되곤 했다. 하지만 제국주의와 코리안 디아스포라의 이분법적 배제 관계를 고수하면, 제국주의와 디아스포라 사이의 내밀한 관계 또는 그 둘 사이에 있을지도 모르는 역설적 연루 관계를 충분히 고려하지 못할 수 있다. 제국주의는 식민지 인구와 영토의 재배치를 수반하는 체제로서 자신의 유지와 지속을 위해 디아스포라를 계속 생산해 낼 수밖에 없지만, 이렇게 생산된 디아스포라는 인구와 영토의 경계를 넘나드는 존재로서 제국주의 체제의 구성원임과 동시에 그 내적 균열자로 기능할 수 있는 것이다. 다시 말해, 제국주의에 의한 식민지 인구와 영토의 재배치 과정이 디아스포라의 존재 원인인 한, 디아스포라는 제국주의의 생산물이면서도 그와 불화 관계에 있는 이물異物일 수 있다.

학)《상허학보》25, 2009), 김양선의 〈강경애 후기 소설과 체험의 윤리학 – 이산과 모성 체험을 중심으로〉(《여성문학연구》11, 2004), 김영주의 〈재만 조선인 시에 나타난 디아스포라 인식과 만주성 연구〉(《한국문학논총》58, 2011), 김응교의 〈백석·일본·아일랜드〉(《민족문학사연구》44, 2010), 오문석의 〈윤동주와 다문화적 주체성의 문학〉(《한국근대문학연구》25, 2012), 윤은경의 〈유치환의 시에 나타난 디아스포라적 의식과 혼종성〉(《비평문학》54, 2014), 이유미의 〈식민지 한국 정치소설의 모색과 이항우: 미주美洲 발간《신한민보》초기 단편소설을 중심으로〉(《현대문학의 연구》57, 2015), 이춘매의 〈김사량의 소설에 반영된 일제 강점기 한민족의 삶과 이산離散〉(《중인문학연구》29, 2010) 등이 있다.

식민지 시기 조선인의 해외 이주 못지않게 주목해야 할 것은 고향(모국)에서 전개된 토착민의 디아스포라화다. 일본 제국주의는 식민통치 초기 조선 국토의 약 40퍼센트에 해당하는 전답과 임야를 국유화한 뒤 이를 동양척식주식회사를 비롯한 일본 토지회사와 일본인 이민자에게 무상 또는 저가로 불하한 바 있다. 이 과정에서 농촌에 거주하던 많은 토착민들은, 소작농과 자작농, 심지어는 지주까지도 많은 경우 고향을 떠나 대도시나 해외로 이주를 해야만 했다. 그러나 토지 소유 및 산업구조의 급속한 재편 속에서도 기존 거주지를 떠나지 못한/않은 사람들이 있었다. 일부는 이주를 위한 최소한의 경비조차 마련할 수 없었기에, 일부는 삶의 기반을 모두 포기할 수 없었기에 기존 거주지에서 삶을 지속하려고 했던 것이다. 결국 토착민들은 변화된 세계에 어떻게든 적응해서 삶을 지속해야만 했고, 그 과정에서 불가피하게 '탈구 위치dislocation'를 경험할 수밖에 없었다. 제국주의에 의해 재구조화된 세계는 그들의 기존 생활방식에 낯선 것이었고, 그런 만큼 그 세계와 전통적 공동체 사이의 간극을 메우기란 결코 쉬운 일이 아니었다. 토착민들은 계속 고향(모국)에 남아 살아가는 듯이 보였지만, 그들이 살아가(야 하)는 영토는 기존의 고향(공동체)도 소망하는 장소도 아닌 낯선 공간, 즉 고향 아닌 고향이었다.

이 글에서는 고향 아닌 고향에서 살아갔던 토착민을 '네이티브 디아스포라native diaspora'[6]로 명명하고, 김남천의 단편소설 〈미담美談〉

---

6 네이티브 디아스포라는 임경규가 〈화이트 디아스포라 vs. 네이티브 디아스포라〉(임

《비판》, 1938. 6)[7]을 통해 이 토착민 유형의 탈구 위치와 디아스포라적 감성, 그리고 그에 기인하는 죽음이 갖는 의미를 살펴보려고 한다. 김남천의 단편소설 〈미담〉은 소작인이지만 농사뿐만 아니라 마을 대소사까지 다 돌볼 정도로 근면한 인물 박왈수에 관한 이야기다. 근면한 소작농 박왈수가 금광 열풍 속에서 농사를 지을 자그마한 밭이라도 구입하겠다는 소박한 소망을 품고 광구鑛區에 나가 일을 하지만, 금 발굴 작업 중 바위 틈새에 남아 있던 화약이 폭발하면서 죽음을 맞게 된다는 게 이 작품의 줄거리다. 박왈수의 이야기는 제국주의에 의한 농촌의 산업구조 재편(농업에서 광업으로의 변화) 과정에서 한 토착민이 고향에서 계속 살아가기 위해 임금노동자가 되어 '착실着實'의 윤리를 실천하는 모습과 함께, 네이티브 디아스포라가 근대화=식민화된 세계 또는 고향 아닌 고향에서 정체성 협상에 실패한 채 죽음을 맞게 되는 모습을 제시해 준다. 이때 과거 공동체적 삶에 대한 디아스포라 특유의 감정('그리움'과 '상실감')에 의

경규 외, 《디아스포라 지형학》, 앨피, 2016)에서 제안한 개념으로, 제국주의 시대 식민지 확보 전쟁에 나섰던 '화이트 디아스포라'에 의해 강제적으로 고향을 상실해야 했던 토착민을 말한다(27쪽). 제국주의 디아스포라가 식민 정복을 통해 토착민의 토착성을 강탈한 디아스포라 집단이라면, 네이티브 디아스포라는 "땅과 정체성 사이의 기본적 유대 관계를 상실"함으로써 "토착민이면서도 디아스포라로 살 수밖에 없는 모순형용의 구조 속에 사로잡혀 있는 사람들"이다(55쪽). 이 사람들은 디아스포라 특유의 이동성을 박탈당했다는 점에서는 여전히 토착민이지만, 고향을 상실했다는 점에서는 분명한 디아스포라인 것이다. 말하자면, 네이티브 디아스포라는 고향에서 고향을 상실함으로써 '비자발적 이주'를 경험한 존재이자, 고향성을 박탈당한 거주지에서 부재하는 고향에 대한 '상실감'과 '그리움'의 감정을 체험하는 존재다.

7 인용문은 단행본 《少年行》(학예사, 1939)에 실린 〈美談〉을 활용했고, 현대 국어와 맞춤법에 맞게 표기를 수정했음. 이후 인용 시 본문에 단행본 쪽수만 표기.

해 촉발된 과잉된 행동과 그에 수반하는 최종적 죽음은 네이티브 디아스포라가 제국주의 체제 운용의 필수 동력이기도 하지만, 제국주의의 내적 균열 가능성 또는 제국주의의 지속 불가능성을 암시하는 징표일 수도 있음을 보여 준다.

네이티브 디아스포라 개념을 통해 〈미담〉에 접근하는 것은, 제국주의에 의한 식민지의 근대적 재구조화와 그에 따른 토착민의 디아스포라화를 살펴보는 데 도움이 된다. 특히 네이티브 디아스포라의 감성에 주목하는 것은 제국주의 체제와 디아스포라가 맺고 있는 역설적 연루 관계를 해명하는 데 크게 기여할 수 있다. 사실상 '그리움'과 '상실감'이라는 디아스포라의 감정은 고향(모국) 상실 경험의 표현이기도 하지만, 그와 동시에 고향(모국)의 복원을 위한 행동에 나서도록 하는 정서적 동력으로 기능할 수도 있다. 이때 디아스포라는 제국주의 체제에 의한 단순한 피해자나 희생자가 아닌 능동적 행위자로 재규정될 수 있다. 말하자면, 디아스포라는 단지 제국주의 체제로부터 배제된 자가 아닌 그 내부에서 행동하는 자, 즉 근대화=식민화된 영토에서 탈구 위치를 경험하는 가운데 고향(모국)의 복원을 염원함으로써 그 체제와의 불화 관계를 능동적으로 형성하는 존재로서 재인식될 수 있는 것이다. 그러므로 디아스포라의 감성에 기초한 접근법은 제국주의와 디아스포라의 이분법적 배제 관계 너머 디아스포라에 대한 좀 더 복합적이고 다층적인 이해를 가능하게 해 줄 수 있다.

이 글에서는 우선 제국주의에 의한 식민지 농촌의 근대화 과정에 관해 간단히 검토할 것이다. 구체적으로는 산금정책을 비롯한 일제의 농촌개발정책을 통한 전통적 공동체의 해체, 자본주의적 생산관계의 주류화, 그리고 토착민의 디아스포라화 등에 대해 살펴보려 한다. 다음에는 근대화=식민화된 세계에 대한 디아스포라의 대응(정체성 협상 시도와 최종적 실패)을 살펴볼 것이다. 특히 변화된 세계에서 요구되는 '착실'의 윤리와 디아스포라적 감성 간 긴장 관계, 그리고 네이티브 디아스포라의 탈구 위치와 그에 수반하는 과잉된 행동이 갖는 의미를 해명하려 한다. 그리고는 박왈수의 죽음을 '디아스포라적 개입'이라는 측면에서 검토할 것이다. 네이티브 디아스포라가 자기파괴와 식민화=근대화된 세계의 내파를 동시에 수행함으로써 제국주의의 내적 균열자로 기능할 수 있다는 점, 그로 인해 네이티브 디아스포라가 네거티브 디아스포라로 재규정될 수도 있다는 점을 보여 주려 한다.

근대화=식민화된 세계의 토착민

〈미담〉은 '나'가 여관 경영을 하는 고향 친구에게서 박왈수에 관한 이야기를 듣는 형식으로 구성된 작품이다. 이 작품에서 박왈수는 비록 소작인에 불과하지만 특유의 근면함으로 마을에서 비교적 성공한 축에 속하는 인물이다. 그는 과거 "바가지 차고" "밥을 빌러" 다녔지만, 현재는 "잘산다고 할 순 없다 하더라도 집도 삼백 원짜리를 쓰고 있고 소가 두 짝이오, 작년엔 강가에 밭도 한 반 뙈기"(244) 마련해서 궁핍하지 않은 생활을 한다. 게다가 그는 밤낮없이 일을 해

지주의 수확을 늘려 줄 뿐만 아니라 마을의 대소사 또한 도맡아 처리하는 인물로도 유명하다. 겨울철 눈이 올 때면 아침 일찍 눈을 치워 마을 주민들의 불편함을 덜어 주고, 누군가 토벽을 쌓는다든가 헛간이라도 지을 때면 늘 짬을 내 도와준다. 그 때문에 지주들은 항상 근면한 박왈수에게 소작을 맡기려 하고, 작은 일거리라도 있으면 그에게서 일손을 빌리려 한다. 말하자면, 박왈수는 땅에 기반한 전통적 공동체에서 마을 사람들과의 상호부조 관계를 토대로 성공담, 즉 미담美談을 주조해 낸 인물이다.

박왈수의 근면한 생활과 성공담은 금광 열풍과 함께 급격한 변화를 겪는다. 금광을 중심으로 농촌의 산업이 재편되면서 전통적 공동체는 해체되고 박왈수의 생활방식은 근본적으로 변모한다. 땅에 기반한 공동체가 안정된 생활 장소로서의 자위를 상실하게 됨에 따라, 그의 근면함은 이제 농사를 짓는 밭이 아닌 금을 산출하는 광산에 투여된다. 그리고 당연한 귀결이지만, 이 변화환 세계에서는 그의 성공담 또한 더 이상 '아름다운 이야기'로만 남지는 않게 된다. 다음과 같은 서술자의 진술에는 이와 같은 변화 양상이 잘 드러나 있다.

그런데 단 한 가지 좀 질색할 노릇은 이 좀 금값이 오르고 시세가 이리 되는 판에 이 사람이 금광에 맛을 들였나 보데. 처음은 강변에 가서 모래와 자갈을 치구 일구고 해서 제법 공전은 벌었는데, 이건 또 허가 없인 못한다고 해서 자작 광산으로 가서 분광도 얻어 하고 또 삭전 받고 덩(정)질도 하는 모양인데 이렇게 물욕이 세서 하는 일이 헷갈리면 농사에 충실키 어려울 걸. 물욕도 어느 정도까지 더치면 외려 거꾸로 흐르는 법일세(245-246).

과거 박왈수는 틈만 나면 밭에 가 살았지만 이제는 하루 종일 "강변"이나 "광산"에서 금 채취 작업에 몰두한다. 그리고 더 나아가 박왈수는 "광부로서 자기의 노동을 팔기로"(253) 결심하기에 이른다. 이는 단지 노동의 장소가 밭에서 금광으로 바뀌었다는 것만을 의미하지 않는다. "노동을 팔기로" 한다는 것은 과거와는 전혀 다른 세계에 진입한다는 것, 즉 과거와는 전혀 다른 노동조건에 적응해야 한다는 것 역시 의미한다. 농지에 기반한 전근대적 경제 관계에서 벗어나 근대적 의미의 노동 교환이 이루어지는 '자본-노동 관계'에 편입된 그는, 이제 임금노동자로서의 삶을 살지 않으면 안 된다.

박왈수가 진입한 세계는 말 그대로 근대적 세계다. 박왈수는 이 세계에서 큰아들을 근대적 교육제도로 교육시키고('보통학교'와 '농민교' 졸업 후 '잠업학교' 입학), 아침이면 마을에서 "자동차 조수가 눈곱이 낀 채 정거장 마중 나갈 자동차의 발동을 시키노라고 연신 통탕거리는 기관 소리를"(248) 듣는다. 말하자면, 이 세계는 근대적 노동 교환이 이루어지는 세계이기도 하지만, 근대적 교육제도가 시행되고 근대적 문물이 일상화되어 있는 세계이기도 하다. 이와 더불어 중요한 점은 〈미담〉의 근대화된 세계가 일본 제국주의에 의해 식민화된 세계이기도 하다는 사실이다. 박왈수가 "농사에 충실키 어려울" 정도로 금 채취에 몰두하게 된 요인, 그가 금광 노동자가 될 수 있었던 요인, 그리고 무엇보다도 식민지 조선 농촌의 지리를 광업 중심으로 재구조화한 요인은 사실상 1930년대 시행된 일제의 "산금정책"(249)에 있었다. 여기서 산금정책이란 만주사변 이후부터 1943년 10월 '금산정비령金山整備令'이 내려지기까지 약 10년 간 전개된 일제의 금 수탈 정책을 말한다.[8] 이 시기 일제는 일련의 전쟁을 수행하기 위해 중공업화(군수공업화) 정책을 적극적으로 전개했지만, 생산재를 거의 외국에서 수입해야 했기 때문에 금 확보에 사활을 걸 수밖에 없었다.[9] 이 과정에서 식민지 조선 농촌의 산업이 금광 중심으로 재편되었음은 물론이다. 그렇다면 박왈수가 진입한 세계란 단순히 근대적 문물과 제도가 정착된 세계가 아닌 근대화와 식민화가 동시에 전개된 세계라고 말할 수 있다. 이 세계는 제국주의의 정책적 필요에 따라 산업구조가 근본적으로 재편된 세계, 즉 근대화=식민화된 세계다.

일제의 산금정책으로 촉발된 1930년대 조선의 금광 열풍은 신분 상승에 대한 기대를 낳기도 했지만,[10] 대다수 농민에게는 생계 유지를 위한 최후의 선택지에 불과했다. 사실상 식민지 시기 산미증식계획으로 대표되는 조선총독부의 농업개발정책은 전체 조선인 농

---

8 박기주, 〈1930년대 조선산금정책에 관한 연구〉, 《경제사학》 12-1, 1988, 121쪽.

9 식민 권력은 1931년 금수출재금지金輸出再禁止 조치를 단행하는 한편, 1937년 소위 산금법産金法, 금준비평가법金準備平價法, 금자금특별회계법金資金特別會計法 등 '산금3법'을 제정하고 산금5개년계획을 실시함으로써 금 생산을 적극적으로 지원하고 독려했다. 특히 1939년 7월에는 조선금산개발주식회사를 설립해 대규모 광산뿐만 아닌 소규모 광산까지도 모두 개발할 정도로 금 채굴에 전력을 기울였다(박기주, 〈1930년대 조선산금정책에 관한 연구〉, 131~153쪽).

10 전봉관, 《황금광시대》, 살림, 2005, 19~21쪽.

가의 53퍼센트를 소작농으로 만들 정도로 극심한 농민 분해를 일으켰다.[11] 일본인 지주는 조선의 농지 소유 비중을 계속해서 늘려 갔지만, 조선인의 경우 자작농은 자소작농으로, 자소작농은 소작농으로 그 지위가 계속 하락해 갔다. 특히 수확물의 50퍼센트 이상을 지주에게 소작료로 납부해야 했던 소작농의 경우는 1929년 미국 경제공황, 1930년 풍작으로 인한 쌀값 폭락, 국제적 농산물 가격 폭락 등 일련의 사태를 거치며 극심한 생계 곤란을 겪을 수밖에 없었다.[12] 결국 많은 농민들이 농촌을 떠나 임금노동자의 길을 선택해야만 했고, 당연하게도 그 가운데 상당수는 당시 성행하던 금광산업에 유입될 수밖에 없었다.[13] 즉, 일본 제국주의의 농업개발정책이란 산업의 근대화라는 이름 아래 땅과 토착민의 분리를 가속화하고 농촌의 인구와 공간을 재편하는 소위 자본의 본원적 축적 과정이었던 것이다. 그러므로 이 세계에서 금광 노동자가 된다는 것은 궁극적으로 근대화=식민화된 세계의 주체가 된다는 것, 즉 근대적 식민 주체로서 재정체화re-identification된다는 것을 의미한다.

1930년대 금광 열풍을 통해 표면화된 일제의 식민지 산업 재편은 토착민의 세계와 생활방식을 근본적으로 바꾸어 놓았다. 토착

11　허수열,《개발 없는 개발》, 은행나무, 2005, 103~118쪽.

12　전봉관,《황금광시대》, 60~65쪽.

13　1930년대 전반기는 실업문제가 심각할 정도로 노동력 과잉 상태에 있었고, 그 때문에 금광 개발자들은 풍부한 노동력을 저임금으로 활용할 수 있었다. 이 시기 금광 노동자의 임금 수준은 도시 주변 농부의 임금 수준보다도 훨씬 낮았다(박기주,〈1930년대 조선산금정책에 관한 연구〉, 195~196쪽).

민의 직업은 농민에서 광부로 바뀌었고, 그의 소속은 마을 공동체에서 금광 회사로 변경되었으며, 생활 공간도 밭에서 금광으로 이동했다. 이제 토착민은 전근대 농경사회의 구성원이 아닌 근대 식민지 자본주의 체제의 구성원이 된 것이다. 여기서 잊지 말아야 할 것은, 토착민의 노동자화가 외형상 금광 열풍에 편승한 '자발적' 과정처럼 보이지만 사실상 일제의 농업개발정책과 산금정책에 의해 조건 지어진 '비자발적' 과정이었다는 점이다. 무엇보다도 식민화된 세계, 즉 금광업 중심으로 산업이 재편된 세계에서 광부란 농지가 없거나 농지를 박탈당한 농민이 생계 유지를 위해 선택할 수 있는 거의 유일한 직업이었다. 다시 말해, 근대화＝식민화된 세계에서 농민의 임금노동자화는 불가피한 선택이었다. 그리고 이때 토착민은 기존 고향을 떠나지 않았음에도 불구하고 근대화＝식민화된 세계로의 비자발적 이주를 경험하는 존재, 즉 일종의 디아스포라가 된다. 그는 여전히 고향에 거주하고 있지만 임금노동의 세계에서는 과거의 공동체를 경험할 수 없고, 여전히 마을 사람들과 함께 지내지만 그들과의 관계에서는 과거의 유대를 확인할 수 없다. 딱딱한 바위 위에 앉아 아무 말 없이 각자 '벤또'를 까먹는 마을 사람들(광산 노동자들)의 경관은 고향을 잃은 토착민들이 살아가(야 하)는 근대화＝식민화된 세계의 상징처럼 보인다. 이 세계에서 토착민들은 여전히 고향에 거주하지만 고향으로부터의 비자발적 이주를 경험하는 디아스포라, 또한 함께 모여 일을 하고 있지만 기존의 공동체성을 경험하지 못하는 디아스포라가 된다.

토착민의 디아스포라화는 제국주의 체제의 운용을 위한 필수 과정이라고 말할 수 있다. 일본 제국주의란 농민을 땅에서 떼어 내 금광 노동자로 재정체화함으로써만 운용되는 체제였고, 그런 한에서 토착민의 디아스포라화를 요구하는 체제였기 때문이다. 다시 말해, 디아스포라는 제국주의에 의한 불가피한 생산물이었다. 식민지 조선인의 '자발적' 임금노동자화는 일본 제국주의에 의한 토착민의 '비자발적' 디아스포라화와 다르지 않았고, 조선 농촌의 식민화=근대화는 고향의 고향성 상실, 공동체의 공동체성 상실, 토착민의 토착성 상실 등과 동일한 의미를 갖고 있었다. 이 점에서 식민화=근대화된 세계의 토착민은 '네이티브 디아스포라'로 명명될 수 있다. 토착민은 궁극적으로 고향에서 고향을 떠난 이주민, 즉 고향에서 고향 아닌 고향으로 이주한 디아스포라였다.

'착실'의 윤리와 디아스포라적 감성

금광 중심으로 산업이 재편된 세계에서 박왈수는 임금노동자가 되기로 선택한다. 물론 임금노동자가 되지 않은 채 살아갈 수 있는 방법이 없는 것은 아니다. 예컨대, "엄청난 맥을 잡아서 최 아무개 같은 그런 대광업가가 되어 전설傳說의 주인공이 되려는 욕심"(251) 아래 '자작 광부'가 될 수도 있다. "어디 제법 금이 나올 광구를 분광이나 하나 얻었으면"(252) 하는 그의 소망을 이루는 데는 어쩌면 임금노동자보다 자작 광부가 훨씬 더 유리할지도 모른다. 그럼에도 불구하고 박왈수는 광산의 임금노동자가 되기를 선택한다. 그 이유는 우선 경제적 계산에 있었다. 겨우 금이 나올 만한 분광을 얻더라도 다량의 금을 채굴하는 데 성공할 확률이 현저히 낮다는 것, 또한 별 소득 없이 시간을 헛되이 보낼 뿐만 아니라 계약금을 비롯한 각종 경비를 헛되이 낭비할 수도 있다는 것이었다. 그런데 이보다 더 근본적인 이유는 그 경제적 계산을 뒷받침하는 근대적 윤리관, 즉 "착실제일주의"(253)에 있었다. 임금노동자가 되기로 결심한 그에게 "생활상의 진리는 착실着實 그것"(252)이었다. 이 윤리관이 의미하는 바는 분명하다. 전통적 공동체에서 '근면'을 통해 미담의 주인공이 될 수 있었듯이, 근대화=식민화된 세계에서도 '착실'을 통해 소망을 이루겠다는 것이다.

근대화된 세계에서 착실의 윤리란 "근실한 것만을 가리키는 게 아니라 돈냥을 착실하게 잡았다는 것까지를 의미"(253)한다. 그래서 그는 늘 "헛되이 며칠 동안을 광맥 찾는 데 허비해 버릴 시간을 갖고 있지 못하다고 굳게 자각"(253)한다. 이때 착실의 윤리는 경제적 목적을 성취하기 위한 시간의 합리적 조직화를 내포한다. 게다가 착실의 윤리가 부각하면서 전통적 공동체의 근면함 역시 "부지런을 위한 부지런이 아니고 착실히 돈냥을 잡어 보려는 부지런"(253)으로 재규정된다. 전통적 공동체에서 박왈수의 근면함이 경제적 목적 못지않게 마을 사람들과의 상호부조 관계에도 기여하는 덕목이었다면, 근대화=식민화된 세계에서는 오로지 돈벌이를 위한 직업윤리만을 의미하게 된다. 그렇다면 착실의 윤리란 결국 식민지 근대 자본-노동 관계 위에서 이루어지는 노동시간과 임금 간 합리적 교환 관계에 대한 충실성으로 규정 가능하다. 착실의 윤리가 토착민의 임금노동자화, 즉 식민지적·근대 주체화를 위한 필수 조건인 이유는 여기에 있다. 근대화=식민화가 농촌의 산업적 재구조화와 농민의 임금노동자화를 수반한다면, 착실의 윤리는 토착민이 근대화=식민화된 세계에서 생계를 유지하고, 더 나아가 소망을 성취하기 위한 필수 덕목인 것이다. 그로 인해 식민지 토착 농민 박왈수는 착실의 윤리를 습득하고 실천함으로써 매일매일 "일 원 몇 십 전이라고 쓴 전표"(253)를 들고 퇴근하는 근대 임금노동자로 재정체화된다.

여기서 중요한 점은 착실의 윤리 습득이 디아스포라적 감성의 잠재화와 동시에 진행된다는 사실이다. 박왈수는 근대화=식민화된 세계에서 정체성 협상에 나서는 인물이기도 하지만, 고향 아닌 고향 또는 고향성을 상실한 고향에서 살아가는 토착민이기도 하다. 또한 그는 광업 중심으로 재구조화된 세계에서 임금노동자가 되기로 결심한 인물이기도 하지만, 땅에 기반한 공동체적 삶을 기억하고 또 그를 복원하고 싶어하는 네이티브 디아스포라이기도 하다. 그러므로 "한 이백 원 고놈만 되면 어떻게 배추라도 심어서 팔 개똥밭이라도 한 뙈기 사련만—이런 것만 공상"(255)하는 그의 모습은 서로 연관되어 있는 이중의 디아스포라적 감정에 의해 촉발된 것이라고 말할 수 있다. 그의 "공상"에는 땅에 기반한 과거 공동체("배추라도 심어서 팔 개똥밭")에 대한 '상실감'과 '그리움'이 공존하는 것이다. 따라서 임금노동자가 되지 않았다면 "공허하고 피곤한 제 쓸쓸한 마음"(253)을 느꼈을 것이라는 박왈수의 예상은, 단지 자작 광부가 되어 돈벌이에 실패했을 때 느낄 수 있는 일시적 감정만을 의미하지 않는다. 고향 아닌 고향에서 박왈수가 느끼게 될지도 모르는 그 감정은 전통적 공동체에서는 결코 상상할 수 없는 것이기 때문이다. 오히려 "공허하고 피곤한 제 쓸쓸한 마음"이 임금노동자로의 재정체화를 통해 해소 가능한 것으로 제시되었다는 점을 고려할 때, 이 마음은 분명 근대화=식민화된 세계의 자본주의적 관계를 전제하는 것이라고 말할 수 있다.

공허함, 피곤함, 쓸쓸함 등은 기본적으로 근대화=식민화된 세계의 주체, 즉 고향 없는 고향에 거주하는 토착민(네이티브 디아스포라)에 의해 표면화될 수 있는 감정들이다. 이 감정들은 근대화=식민화된 세계의 임금노동자가 돈벌이에 실패하는 순간 언제라도 표출될 수 있는 것들이다. 이는 그 감정들이 네이티브 디아스포라의 마음속에 잠재해 있음을 의미한다. 그리고 바로 이 점에서 공허함, 피곤함, 쓸쓸함 등의 감정들은 디아스포라적 '상실감'의 잠재적 존재 형태들 또는 변종들이라고 말할 수 있다. 토착민이 돈벌이에 실패할 경우 그 감정들이 표면화될 수 있는 것이라면, 또한 무엇보다도 토착민의 돈벌이 실패가 근대화=식민화된 세계에서의 정체성 협상 실패와 관련되어 있는 것이라면, 공허함·피곤함·쓸쓸함 등은 토착민의 정체성 협상 실패를 증명하는 감정들이라고도 말할 수 있다. 근대적 식민 주체가 착실의 윤리를 통해 디아스포라적 감정을 잠재화해야 하는 이유는 바로 여기에 있다. 근대화=식민화된 세계에서 그는 착실의 윤리를 습득하고 실천할 때 비로소 정체성 협상에 성공할 수 있는데, 이를 위해 디아스포라적 감성(부재하는 고향에 대한 '상실감')과 그 변종들(공허함, 피곤함, 쓸쓸함)은 계속해서 잠재적 영역에 남아 있지 않으면 안 된다.

박왈수는 정체성 협상에 성공해 임금노동자로서 '착실'하게 살아가는 것처럼 보이지만, 다른 한편으로는 "한 이백 원 고놈만 되면 어떻게 배추라도 심어서 팔 개똥밭이라도 한 뙈기 사련만—이런 것만 공상"한다. 그에게는 돈을 많이 벌어 부자가 되겠다는 욕심도, 많은 땅을 구매해 대지주가 되겠다는 야망도 없다. 그는 단지 "개똥밭이라도 한 뙈기" 마련해 고향에서 가족과 함께 살아가고 싶은 인물, 즉 땅에 기반한 공동체적 경제에서의 안정된 삶을 소망하는 식민지 조선의 토착민에 불과하다. 이는 그가 착실의 윤리에 대한 신념을 가진 임금노동자이면서도, 부재하는 고향(공동체)에 대한 '그리움'에 의해 행동이 규제되는 디아스포라이기도 함을 의미한다. 다시 말해, 그는 과거 정체성과 현재 정체성 사이에서 탈구 위치를 경험하는 네이티브 디아스포라인 것이다. 이와 같은 사정은 그가 점심 식사 시간 남들과 함께 식사를 하고 또 함께 휴식을 취하지 않는 동기, 밤 시간 다음날의 노동을 위해 잠을 청하지 않는 동기를 구성한다. 바로 그 디아스포라적 '그리움' 때문에 그는 남들이 점심 식사를 할 때도 남들이 잠을 잘 때도 금을 채취하기 위해 계속해서 움직이지 않으면 안 된다. 박왈수가 네이티브 디아스포라인 한, 그가 아무리 착실의 윤리를 통해 디아스포라적 감정을 잠재적 영역에 봉쇄하려고 할지라도, 부재하는 고향에 대한 '그리움'은 그의 행동을 조건 짓는 요인으로 돌출할 수밖에 없다.

그러나 결코 박왈수도 분광을 단념하는 게 아니다. 정질을 하다 점심 때가 되면 남들이 던물을 끌러 놓고 벤또를 한참 먹는데 왈수는 시장한 것도 잊어버리고 산을 헤맨다. 이 귀퉁이 저 귀퉁이 기웃거리며 때때론 신이 나서 호미로 산허리를 각재보고 제법 돌쩍지를 한 자박 들고 이리 만지고 저리 만지고 또 어떤 때는 눈에 쌍심지를 세워 가지고 침을 돌에다 뱉어 보며 연신 손가락으로 문대여 보고 비쳐 보고 한다. 꽤 쓸 만한 돌 같으면 한번 그의 주위에 사람이 있나 없나를 살핀 뒤에 나무까치 같은 걸로 표식을 해 두곤 그 돌을 주머니에 집어넣는다. 밤에 와서는 그놈을 부서 보고 깨 보고 가라 보고 한다. 밤이 늦도록 사발에다 붉은 흙모래를 담아 가지고 금분이 빤짝하고 그의 눈초리를 쏘기만 기다린다(254).

착실의 윤리가 경제적 목적을 성취하기 위한 시간의 합리적 조직화라면, 인용문에 제시된 박왈수의 행동 방식은 명백히 그에 어긋난다. 이는 박왈수가 근면한 광부처럼 보이지만, 사실상 고향(공동체)에 대한 '그리움'에 의해 조건 지어진 인물이라는 점을 보여 준다. 그는 근대화=식민화된 세계와 공동체적 세계에 걸쳐 있는 존재, 즉 탈구된 존재인 것이다. 그렇다면 밤낮 없이 금을 찾아 헤매는 박왈수의 과잉된 행동이란 잠재해 있던 디아스포라적 감정이 착실의 윤리를 교란하며 임금노동자의 신체를 통해 굴절되어 표현된 것이라고 말할 수 있다. 위 인용문에서 임금노동자의 행동을 추동한 것은 정해진 시간, 정해진 장소에 노동력을 제공함으로써 "일 원 몇 십 전이라고 쓴 전표"를 매일매일 수령하게끔 하는 착실의 윤리가 아닌, "개똥밭이라도 한 뙈기" 마련하고 싶다는 소망과 여기에 내재하는 과거 공동체(부재하는 고향)에 대한 '그리움'이기 때문이다. 여기서 박왈수의 과잉된 행동이 갖는 의미는 크게 두 가지다. 하나는 토착민의 정체성 협상 실패, 즉 공동체적 세계의 정체성과 근대화＝식민화된 세계의 정체성 사이에서 균열된 토착민의 존재 상태(탈구 위치)다. 다른 하나는 부재하는 고향(공동체)에 대한 식민지 토착민의 심리적이고도 실천적인 정향성이다. 네이티브 디아스포라는 제국주의에 의해 생산된 존재이기는 하지만, 결코 제국주의적으로 재구조화된 세계 질서에 단순히 순응하는 존재가 아니다.

부재하는 고향(공동체)에 정향된 네이티브 디아스포라는 근대화＝식민화된 세계의 시간·공간 구획을 위반한다. 그는 정해진 시간, 정해진 장소에서 정해진 일만을 수행하지는 않는다. 그는 시간과 공간에 구애받지 않고 이곳저곳을 헤집고 다니며 금덩어리를 찾는 데 몰두한다. 이와 같은 과잉된 행동은 분명 근대 임금노동자에게 요구되는 행동 방식이 아니다. 오히려 그것은 고향 아닌 고향에 거주하는 토착민, 즉 두 가지 정체성 사이에서 균열되어 있는 네이티브 디아스포라의 행동 방식이다. 그리고 이런 행동 방식은 그가 고향에서 고향 아닌 고향으로의 비자발적 이주를 경험한 존재이자 고향 아닌 고향에서 다시 고향(공동체)으로 이주하려는 존재, 말 그대로 '이동'하는 디아스포라임을 입증한다. 그렇다면 박왈수의 과잉된 행동이란 토착민의 탈구 위치에 대한 증명이기도 하지만, 궁극적으로는 디아스포라적 감성의 강력한 힘에 대한 증명/표현이라고도 말할 수 있다. 근대적 식민 주체가 착실의 윤리를 내세워 디아스포라적 감성을 잠재화하려고 하지만, 이 감성은 어느 순간 어느 곳에선가 네이티브 디아스포라의 과잉된 행동으로 표면화함으로써 착실의 윤리를 교란할 수 있다. 여기서 디아스포라적 '상실감'과 그 변종들(공허함, 피곤함, 쓸쓸함)이 근대화=식민화된 세계에서 토착민의 정체성 협상 실패를 의미한다면, 디아스포라적 '그리움'과 그의 과잉된 행동은 근대화=식민화된 세계에서 토착민의 균열된 정체성(탈구 위치)을 증명한다.

박왈수의 과잉된 행동은 결국 그의 죽음으로 귀결된다. 그가 근대화=식민화된 세계에서 정체성 협상에 성공하지 못한 인물이라는 점에서, 그의 죽음은 필연적인 귀결처럼 보인다. 박왈수는 네이티브 디아스포라로서 언제나 탈구 위치를 경험할 수밖에 없고, 그런 만큼 주어진 세계에서 과잉된/결여된 존재로 남을 수밖에 없다. 일본 제국주의에 의해 재구조화된 세계에서 땅에 기반한 공동체적 정체성과 근대적 식민 주체의 정체성은 결코 절충 가능한 것들이 아니다. 두 정체성은 시간과 공간 모두에서 이질적이다. 그로 인해 그가 아무리 착실의 윤리로 디아스포라적 감정을 잠재화하려고 할지라도, 디아스포라적 감성은 그로 하여금 탈구 위치를 경험하게 하면서 그의 신체를 통한 돌출의 기회를 끊임없이 엿보게 된다. 그리고 마침내 디아스포라적 감성이 표면화되었을 때, 착실의 윤리는 교란되고 근대적 임금노동자의 실천은 과잉되며, 네이티브 디아스포라와 근대화=식민화된 세계는 불화 관계를 노골적으로 표출하게 된다. 박왈수의 죽음은 바로 이와 같은 과정의 최종적 귀결이었다.

디아스포라적 개입: 죽음 또는 내파內波

〈미담〉은 다음과 같은 도입부로 시작된다.

미담美談은 운명隕命하셨다. 그 많은 미담 중에 미담의 주인공 중에 우리 박왈수朴曰洙는 불칙스럽게도 세상을 떠났다(243).

그리고 작품 말미에서 박왈수는 죽음을 맞는다. 그가 죽음에 이르는 과정을 간략히 요약하면 이렇다. 박왈수는 매일 아침 일찍 일어나 광맥도 잘 보이지 않는 곳에 가 하루 종일 점심도 거른 채 '착실'히 정질을 하던 끝에, 어느 날 운 좋게도 다이너마이트 폭발로 벌어진 바위 틈새에서 금광의 흔적('하빠아나發爆穴')을 발견한다. 하지만 그 틈을 정으로 내려치는 순간, 그 안에 남아 있는 화약이 폭발하여 그는 결국 죽음을 맞게 된다. 이 작품의 서술자는 박왈수의 죽음을 두고 다음과 같이 논평한다.

귀를 째는 요란한 폭음과 함께 왈수는 열 길이나 높이 공중에 솟았는데 누구의 말을 들으니 그때는 벌써 다리와 팔이 저저끔 놀더라데. 그래 와 소동이 나서 현장에 몰려오니 왈수는 없어지고 세 토막으로 나뉜 살덩어리가 하나는 저만큼 구렁텅이에 하나는 나뭇가지 위에… 이렇게 되니 벌써 그게 하빠아나에 정을 넣었다는 건 뻔한 사실로 되고 불쌍하게도 우리 고을 당대의 미담의 주인공은 비참한 최후를 맞고 만 거네(257).

〈미담〉은 박왈수의 죽음에 관한 이야기다. 좀 더 정확하게 말하면, 이 작품은 박왈수의 '미담美談'이 아닌 박왈수'라는' 미담美談의 죽음에 관한 이야기다. "개에서 범 된 사람"(244) 박왈수는 종의 아들로서 과거에는 '바가지' 차고 이 집 저 집 밥을 구하러 다닐 정도로 가난에 허덕였지만, 근면함 덕분에 이제는 집도 마련하고 소도 키우고 아들 장가도 보낼 정도로 성공한 인물이다. 이를 근거로 마을 사람들은 박왈수를 '미담'의 주인공으로 간주한다. 하지만 근대화=식민화된 세계에서 그는 임금노동자의 삶을 살다 특별할 것 없는 죽음을 맞이하는 인물에 불과하다. 이 관점에서 보면 '미담의 운명'이란 과도한 물욕에 사로잡힌 인물 박왈수에 대한 풍자, 다시 말해 1930년대 금광 열풍에 휩쓸린 배금주의자에 대한 일종의 풍자로 해석될 수 있다.[14]

한편, 〈미담〉은 근면한 인물 박왈수에 관한 이야기인 만큼 고향 아닌 고향에서 살아가(야 하)는 네이티브 디아스포라에 관한 이야

---

14 사실 식민지 시대 금광 열풍을 다룬 여러 소설 작품들은 이런 관점에서 소위 금광 열풍을 작품화하고 있다. 예를 들어, 김유정의 〈노다지〉(《조선중앙일보》, 1935년 3월 2일~3월 9일자)에는 금에 눈이 먼 나머지 금광에서 돌에 깔려 죽어 가는 형을 두고 혼자 금을 훔쳐 도망치는 동생이 등장하고, 채만식의 《금의 정열》(《매일신보》, 1939년 6월 19일~11월 19일자)에는 금광의 부실한 구조물 사정을 잘 알면서도 금을 훔치려고 밤에 몰래 금광에 들어가 노다지를 캐다 결국 돌에 깔려 죽고 마는 두 인물이 등장한다. 이 작품들은 1930년대 금광 열풍을 매개로 동시대 식민지 조선인의 경제적 궁핍을 폭로하는 한편, 물욕으로 인한 주체의 윤리적 타락 과정을 풍자하고 있다.
이미나는 〈1930년대 '금광열'과 문학적 형상화 연구〉(《겨레어문학》 55, 2015)에서 《광업조선》 소재 금 모티프 소설 작품들을 대상으로 1930년대 금광 열풍의 문학적 형상화 양상을 검토한 바 있다. 그에 의하면 이 작품들은 대부분 황금에 대한 욕망과 탈윤리의 현실, 몰락한 지식인의 금광열 등을 풍자하고 있다.

기이기도 하다. 이 점에 주목하면 '미담의 운명'은 풍자라기보다 식민지적 상황에 대한 일종의 고발처럼 보인다. 작품 서두에 박왈수의 죽음이 배치되어 있는 데서도 드러나듯, '미담의 운명'은 박왈수가 광구에 출입하는 순간 이미 예정되어 있는 일이었다. 사실 그는 소작인으로서 농사를 짓고 땅을 일구는 일에 능통한 인물이었지 바위 틈을 헤집고 다니며 화약을 골라내고 금을 채취하는 일에 능통한 인물은 아니었다. 금을 채취하기 위한 그의 끊임없는 움직임을 근대화=식민화된 세계에서 고향을 회복하고자 하는 디아스포라의 행동으로 본다면, 그의 죽음을 고향 박탈의 극단적 표현으로 해석하는 것도 가능하다. 그렇다면 작품 〈미담〉은 '미담'의 주인공이 될 정도로 근면한 한 토착민이 근대화=식민화된 세계에서 네이티브 디아스포라가 되고, 최종적으로 고향 아닌 고향에 적응하지 못한 채 파국적 결말을 맞게 되는 이야기로 볼 수 있다. 말하자면, 제국주의에 의한 폭력적 근대화=식민화와 그에 따른 식민지 조선인의 죽음을 고발한 작품으로 규정할 수 있는 것이다.

그러나 네이티브 디아스포라는 결코 한낱 희생자가 아니다. 박왈수의 과잉된 행동은 상실감과 그리움이라는 디아스포라 특유의 감정에 의해 촉발된 것이었고, 그런 만큼 부재하는 고향(공동체) 쪽으로 정향되어 있는 것이었다. 이는 〈미담〉을 말 그대로 박왈수라는 네이티브 디아스포라의 '아름다운 이야기(美談)'로 규정하게 해 준다. 물론 고향(공동체)의 복원이라는 박왈수의 소망에 '식민 이전 전통적 상상계로의 회귀' 욕망이 내포되어 있고, 그런 한에서 이미 신화가 되어 버린 과거를 현재에 복원하고자 하는 '문화적 퇴행'의 흔적이 남아 있다는 점을 부인하기는 힘들다. 그렇지만 박왈수의 퇴행적 소망에 '해방의 계기'가 내포되어 있다는 점도 분명해 보인다. 상실된 고향 또는 공동체에 대한 몽상은 한편으로 근대화=식민화된 세계의 변화 가능성과 함께, 다른 한편으로 변화의 지향점 역시 지시해 주는 듯하기 때문이다. 그렇다면 금을 찾아 바위 더미를 찾아 헤메는 네이티브 디아스포라의 행동은 "상상적인 방식으로나마 고향을 되찾고자 하는 디아스포라적 개입"[15]으로 간주될 수 있다.

　박왈수의 과잉된 행동이 디아스포라적 개입의 한 층위를 이루고 있다면, 그의 죽음은 디아스포라적 개입의 또 다른 층위를 형성하고 있다. 사실상 박왈수의 죽음은 우발적 사고처럼 보이지만, 디아스포라적 감성에 의해 추동된 과잉된 행동의 결과라는 점에서 필연적 사건이었다. 다시 말해, 그 죽음은 네이티브 디아스포라의 탈구 상태와 이중 감정에 의해 최종적으로 조건 지어진 필연적 죽음이었다. 그러므로 고향의 복원을 지향하는 디아스포라의 과잉된 행동이 부재하는 고향 쪽으로 정향되어 있다는 점에서 말 그대로 '상상적인 방식'으로 수행되는 '디아스포라적 개입'에 그치는 것이라면, 이 죽음은 근대화=식민화된 세계에 물리적 틈 구멍을 낸다는 점에서 실질적 개입이라고 말할 수 있다. "세 토막으로 나뉜 살덩어리"로 구체화된 박왈수의 죽음은 임금노동자의 노동력을 통해 움직이는 제국의 영토에 시간적·공간적 균열을 유발하는 사건이다. 다시 말해 박왈수의 죽음은 제국의 영토와 인구에 실질적 손상을 가하는

15　임경규, 〈화이트 디아스포라 vs. 네이티브 디아스포라〉, 60쪽.

사건이고(박왈수는 작품 속에서 실제로 바위 틈 사이 화약 잔여물을 정으로 내리쳐 폭발을 일으킨다. 이는 금광 작업장에 하나의 커다란 구멍을 만들어 낼 것이다), 그런 한에서 일본 제국주의에 의해 근대화=세계화된 세계를 내파하는 자기파괴적 개입으로 간주될 수 있다.

　디아스포라의 자기파괴적 개입은 근대화=식민화된 세계의 작동을 일시적이나마 중단시키거나 마비시킬 수 있는 하나의 사건이다. 사실 1930년대 일제는 산금정책을 시행함으로써 금광 개발을 장려하는 한편, 이의 성공적 수행을 위해 '조선광업경찰규칙朝鮮鑛業警察規則'(1938)과 '조선광부노무부조규칙朝鮮鑛夫勞務扶助規則' 같은 노동자 보호 대책을 마련하기도 했다. 특히 1930년대 후반에는 생산력 확충 계획에 따라 공업·광업·토건업 등 산업 각 부분에서 노동력 수요가 증가하고 있었기 때문에, 산금정책을 포함한 일련의 산업정책을 성공적으로 수행하기 위해 숙련 노동자의 보호와 통제를 위한 정책 역시 적극적으로 시행했다.[16] 그 때문에 박왈수의 죽음이 '광부'의 죽음인 한, 그의 죽음은 산금정책을 통해 움직이는 제국의 신체에 한 사람 정도의 구멍을 뚫어 내는 개입이 될 수 있다. 이때 네이티브 디아스포라는 죽음을 통해 자신의 탈구 위치를 근본적으로 부정하게 되지만, 이를 통해 거꾸로 네이티브 디아스포라의 탈구

---

16 "30년대 전반에 금광업은 급격히 성장하지만 노동자보호법의 부재 속에서 광산재해와 재해자의 수도 급증하였다. 30년대 후반에 생산력확충계획에 따라 공·광·토건업 전 부분에 걸쳐 노동력 수요가 증가하는 가운데 금 증산이라는 급박한 國策을 수행하여야만 했던 총독부로서는 노동력의 무한한 마모로 인해 생기는 노동력 재생산 불능의 상태에 대처하기 위해 광산 노동자에 대한 보호와 통제를 강화하지 않을 수 없었다."(박기주, 〈1930년대 조선산금정책에 관한 연구〉, 184쪽)

위치를 조건 짓는 근대화=식민화된 세계 자체도 일순간 탈구적이게 만든다. 그리고 이 죽음의 순간 네이티브 디아스포라는 '네거티브 디아스포라negative diaspora'로 전환된다. 그는 죽음과 더불어 디아스포라 특유의 이동성mobility을 근본적으로 박탈당하게 되지만, 그와 동시에 자기파괴적 개입을 통해 거꾸로 세계 자체의 이동(변화) 가능성을 생산해 낼 수 있기 때문이다. 탈구 위치를 경험하는 토착민이 자기파괴를 통해 네거티브 디아스포라로 전환될 때, 네이티브 디아스포라는 제국주의에 의한 생산물이면서도 제국주의의 내적 균열자로서 기능할 수 있는 것이다.

네거티브 디아스포라는 식민지 시기 조선인의 최종적 정체성일지도 모른다. 일본 제국주의에 의한 근대화=식민화는 일련의 정책을 통해 조선인들의 생활공간을 근본적으로 재편성했고, 결과적으로 조선인의 (네이티브) 디아스포라화를 촉진했다. 그로 인해 조선인들은 새로운 제도와 문물에 적응해야 했을 뿐만 아니라 생활 방식 또한 근본적으로 변경하지 않으면 안 되었다. 그들은 고향에 거주하면서도 고향을 잃을 수밖에 없었고, 그런 만큼 탈구 위치에서 디아스포라적 감정을 경험해야만 했다. 그들은 고향에서 고향 아닌 고향으로 강제로 이주해야 했고, 근대화=식민화된 세계에서 정체성을 협상하는 가운데 정신적 균열을 끊임없이 경험해야 했다. 이때 그들이 선택할 수 있는 길은 그리 많지 않은 것처럼 보인다. 자신들의 균열 상태에 둔감해지는 것, 또는 그 균열로 인한 고통을 끊임없이 감내하는 것, 아니면 그 고통을 끊어내기 위한 최종적인 (자기)파괴적 실천을 감행하는 것. 네이티브 디아스포라의 자기파괴적 개입, 즉 네거티브 디아스포라의 형성은 일회적 삶을 부정함으로써 그 실천을 감행했다는 점에서 마지막 유형에 속할 것이다. 박왈수의 죽음은 바로 이 마지막 유형의 사례라고 말할 수 있다.

제국주의의 지속 불가능성

제국주의는 식민지의 인구와 사물을 재배치하고, 기존 지도를 다시 그리며, 피식민지인의 정체성을 재정체화한다. 20세기 초 한반도 지역을 점령한 일본은 지리적 경계를 계속해서 확장하고자 했고, 이를 위해 이 지역을 소위 '총력전'을 위한 '병참기지'로 재편했다. 일련의 토지정책을 통한 자본의 본원적 축적, 식민지 본국을 경유한 서구 근대 문물의 현지화, '일본인'이라는 국민명의 법제화 등은 그에 수반하는 것들이었다. 이 과정에서 식민지 조선인들의 전통적 공동체는 해체되었고 그들의 생활 방식은 근본적으로 변경되었다. 식민화=근대화된 세계에서 조선인들은 고향을 상실해 갔고, 그들이 거주하는 장소에서 탈구 위치와 디아스포라의 감정('상실감'과 '그리움')을 체험해야 했다. 말하자면, 식민지 조선인은 고향에서 고향을 박탈당한 존재, 즉 고향에서 고향 아닌 고향으로 이주한 네이티브 디아스포라가 되었다.

　김남천의 〈미담〉은 식민지 조선 농민의 디아스포라화와 그에 따른 토착민의 죽음을 다룬 작품이다. 이 작품의 주인공 박왈수는 소작인임에도 불구하고 특유의 근면함으로 마을에서 '미담'의 주인공이 된 인물이지만, 일제의 농촌개발정책과 산금정책으로 인해 농촌의 산업이 재편되면서 임금노동자의 길을 선택한다. 근대화=식민화된 세계에서 이 선택은 착실의 윤리에 의한 디아스포라적 감성의 잠재화를 유도하는 한편, 디아스포라적 감성에 의해 추동된 토착민의 과잉된 행동(정체성 협상 실패의 표시)과 그에 수반한 죽음을 유발했다. 이는 박왈수의 과잉된 행동과 죽음을 일제에 의한 식민 지배의 폭력성을 증명하는 사례로 볼 수도 있지만, 근본적으로는 근대화=식민화된 세계에 대한 이중의 '디아스포라적 개입'으로 해석할 필요가 있음을 의미한다. 우선, 박왈수의 과잉된 행동은 상상적인 방식으로나마 상실된 고향(공동체)을 복원하려는 시도였다. 다음으로 그의 죽음은 임금노동자의 자기파괴임과 동시에 그를 동력으로 작동하는 근대화=식민화된 세계의 내파였다. 이는 제국의 영토와 신체에 구멍을 뚫는 사건이라는 점에서 실질적인 디아스포라적 개입이라고 말할 수 있다.

네이티브 디아스포라가 제국주의에 의한 산물이라면, 네이티브 디아스포라의 죽음 또한 제국주의의 산물이다. 그리고 네이티브 디아스포라의 자기파괴적 개입과 그로 인한 제국주의의 내파 가능성 또한 제국주의의 산물이다. 이는 네이티브 디아스포라의 탈구 위치가 한낱 근대적 식민 주체만의 문제 상황이 아님을 의미한다. 그것은 거꾸로 제국주의의 불안정성을 구성하는 요인이기도 하다. 사실상 제국주의는 식민화한 장소에서 네이티브 디아스포라를 필연적으로 생산할 수밖에 없고, 그런 만큼 내부적으로 균열된 상태에 있을 수밖에 없다. 제국주의의 영토 확장과 재편, 그리고 인구 관리가 강화되면 될수록, 식민 주체는 더욱 더 탈구 위치에 놓일 수밖에 없고 디아스포라적 감정을 강하게 느낄 수밖에 없는 것이다. 근대화 =식민화된 세계의 주체는 재구조화된 세계의 윤리('착실'의 윤리)에 의존해 정체성 협상에 나서겠지만, 디아스포라적 감성을 영원히 잠재적 영역에 머물러 있게끔 할 수는 없다. 고향 아닌 고향의 토착민이 네이티브 디아스포라인 한, 그의 존재는 탈구 위치에 의해 조건지어질 수밖에 없고, 그의 행동은 부재하는 고향에 대한 '상실감'과 '그리움'의 감정에 의해 조건 지어질 수밖에 없기 때문이다. 이 점에서 〈미담〉은 제국주의의 지속 불가능성 혹은 구조적 취약성을 예증하는 작품이라고 할 수 있다. 요컨대, 박왈수의 죽음이 보여 주는 것은 제국주의 내부에 내파의 힘이 잠재적인 방식으로 존재한다는 점, 따라서 그 내파의 힘이 일순간 자기파괴적이게 작동할 수도 있다는 점이다.

이 글은 디아스포라 개념을 통해 김남천의 〈미담〉에 접근함으로써 근대화=식민화된 세계에서 토착민의 삶과 죽음에 대해 살펴보았다. 특히 일본 제국주의에 의해 이루어진 토착민의 디아스포라화, 근대적 식민 주체의 탈구 위치와 디아스포라적 감성, 그리고 그의 죽음에 초점을 맞춤으로써 제국주의 체제의 불가능성 또는 구성적 취약성에 대해 설명하고자 했다. 이 과정에서 제국주의와 네이티브 디아스포라가 맺고 있는 역설적 연루 관계, 특히 네이티브 디아스포라에 의한 제국주의 체제(디아스포라의 존재 조건)의 내파 가능성 역시 보여 주고자 했다. 이는 피식민 주체의 저항 지점, 즉 제국주의 체제의 구성적 불안정성과 함께 제국주의적 지배로부터의 이탈 가능성을 사유하려는 시도이기도 했다. 네이티브 디아스포라가 제국주의 체제의 내적 균열 지점일 수 있음을 보여 줌으로써 말이다. 이처럼 디아스포라 개념과 그 감성에 주목하는 것은 근대적 식민 주체의 존재 상태(탈구 위치)를 포착하게 해 주는 한편, 그 존재 상태를 조건 짓는 제국주의 체제의 균열 가능성 또한 사유하게 해 준다는 데 그 의의가 있다. 민족 대립이나 지배/저항의 문제틀로는 잘 드러나지 않는 제국주의의 또 다른 추문을 드러내 줄 수 있는 것이다.

■ 참고문헌

1차 자료

김남천, 〈美談〉, 《少年行》, 학예사, 1939.

2차 자료

국내 논문

김성민·박영균, 〈분단극복의 민족적 과제와 코리안 디아스포라〉, 《대동철학》 58, 2012.

박경숙, 〈식민지 시기(1910년-1945년) 조선의 인구 동태와 구조〉, 《한국인구학》 32-2, 2009.

곽명숙, 〈윤동주 문학 연구의 트랜스내셔널리즘적 가능성〉, 《한중인문학연구》 37, 2012.

구모룡, 〈윤동주의 시와 디아스포라로서의 주체성〉, 《현대문학이론연구》 43, 2010.

구재진, 〈이산문학으로서의 강경애 소설과 서발턴 여성〉, 《민족문학사연구》 34, 2007.

김관웅, 〈"디아스포라 작가" 김학철의 문화신분 연구〉, 《한중인문학연구》 27, 2009.

김미란, 〈만주, 혹은 자치에 대한 상상력과 안수길 문학〉, 《상허학보》 25, 2009.

김양선, 〈강경애 후기 소설과 체험의 윤리학 - 이산과 모성 체험을 중심으로〉, 《여성문학연구》 11, 2004.

김영주, 〈재만 조선인 시에 나타난 디아스포라 인식과 만주성 연구〉, 《한국문학논총》 58, 2011.

김응교, 〈백석·일본·아일랜드〉, 《민족문학사연구》 44, 2010.

박기주, 〈1930년대 조선산금정책에 관한 연구〉,《경제사학》12-1, 1988.

오문석, 〈윤동주와 다문화적 주체성의 문학〉,《한국근대문학연구》25, 2012.

윤은경, 〈유치환의 시에 나타난 디아스포라적 의식과 혼종성〉,《비평문학》54, 2014.

이미나, 〈1930년대 '금광열'과 문학적 형상화 연구〉,《겨레어문학》55, 2015.

이유미, 〈식민지 한국 정치소설의 모색과 이항우: 미주美洲 발간《신한민보》초기 단편소설을 중심으로〉,《현대문학의 연구》57, 2015.

이춘매, 〈김사량의 소설에 반영된 일제 강점기 한민족의 삶과 이산離散〉,《한중인 문학연구》29, 2010.

임경규, 〈화이트 디아스포라 vs. 네이티브 디아스포라〉, 임경규 외,《디아스포라 지형학》, 앨피, 2016.

하정일, 〈지역·내부 디아스포라·사회주의적 상상력〉,《민족문학사연구》47, 2011.

국내 저서

비린더 S. 칼라·라민더 카우르·존 허트닉,《디아스포라와 혼종성》, 정영주 옮김, 에코리브르, 2014.

전봉관,《황금광시대》, 살림, 2005.

케빈 케니,《디아스포라 이즈is》, 최영석 옮김, 앨피, 2016.

허수열,《개발 없는 개발》, 은행나무, 2005.

징후로서의 여성/혐오와 디아스포라 젠더의 기하학

소영현

우리는 모두 필연적으로 스스로가 '무엇인지 확실히 알 수 없는' 것의
피해자이자 방관자이며, 가해자였다는 점을 기억한다.
- 고양예고 문창과 졸업생 연대 '탈선', 〈게르니카를 회고하며〉

우리가 어떤 사람인지 결정하는 것은 우리가 망각하고 있는 타자의 존재이다.
바꿔 말하면 우리는 그와 같은 특권적인 망각을 가능케 하는 장 - 미리 망각된 장 - 에
서 있다는 것이다. 그리고 누구를 망각하고 있는지 - 그것은 또한 우리가 어떤 사람인지의
문제이기도 하다 - 는 우리가 말을 하는 바로 그 행위에 의해 비로소 명백해진다.
아무 말도 하지 않으면 거기서 무엇을 망각하고 있는지 알 수 없다.
그래서 우리는 우리 자신이 누구를 망각하고 있는지 알기 위해 말해야만 한다.
그리고 우리가 그와 같은 망각 속에 살아갈 수 있는 특권적인 위치에 있다는 것을
알기 위해서라도 말해야만 한다. 또 그와 같은 망각을 가능하게 하는 역사적, 사회적, 물질적
여러 조건을 명확하게 밝히고 그것을 해체하기 위해서라도 우리는 말해야만 한다.
- 岡眞理, 《그녀의 진정한 이름은 무엇인가》

징후로서의 여성/혐오

2015년 5월 17일에 발생한 강남역 살인 사건은 여성혐오가 말의
범주를 넘어서서 사회적 범죄로 가시화되었음을 보여 주는 상징적
사건이다. 공용화장실 이용자 가운데 희생자를 기다리며 잠복한 끝
에 '여성'을 살해한 이 사건을 두고 사회적 공분이 들끓었다. 강남역
살인 사건은 여성혐오 범죄라는 규정을 둘러싸고 진보와 보수의 대
결 논리 속에서 은폐되었던 한국사회의 위계와 차별의 면모가 뚜렷
하게 가시화된 계기이다. 왜 지금 혐오인가. 누가 누구를 혐오하는
가.[1] 유사 이래 여성혐오가 없었던 시공간을 상상하기 어렵다. 공공

1　혐오와 여성혐오, 여성혐오 범죄는 어떻게 구분되는가. 함께 쓰이고 있지만, 혐오

연하게 여성은 공적 주체이기는커녕 인간 범주에도 속하지 않았던 시대가 오래도록 지속되었다. 근대 이후 좁혀서는 여성이 시민으로서의 권리를 법적으로 획득한 시대인 현재에도 여성은 사회를 유지하는 구성적 외부임을 부인하기 어렵다.[2] 민주주의의 핵심 정신인 평등과 자유가 여성을 포함한 사회적 타자에 대한 혐오를 공유하면서 유지된다는 주장이 과도한 것만도 아니다.[3] 온라인과 SNS 플랫폼 상에서 극심한 여성혐오는 어제오늘의 일이 아니지만, 따지자면 그것이 금융자본의 세계화에 의한 한국 남성의 좌절에 의한 것만은 아니며, 한국사회의 특수한 현상만도 아니다. 온라인과 SNS 플랫폼 상의 담론이 현실에 미치는 영향을 간과하기 어렵지만 현실로 넘어

는 혐오발언hate speech이나 혐오범죄, 증오범죄와 구분되어야 한다. 혐오발언hate speech은 "인종, 민족, 국적, 성별, 성적 지향과 같은 속성을 갖는 소수자 집단이나 개인에게 그 속성을 이유로 가하는 차별표현"이므로, 성폭력과 마찬가지로 폭력의 문제로 다루어져야 한다(모로오카 야스코, 《증오하는 입》, 조승미 · 이혜진 옮김, 오월의봄, 2015, 84쪽). 이에 대해서는 전문가들에 의한 법적 규제 논의가 있다. 물론 혐오발언을 두고 모두가 규제를 만능해법으로 여기는 것은 아니다. 언어의 수행성과 소통성을 고려하는 주디스 버틀러Judith Butler의 경우에는 법적 규제의 역설적 효과를 우려한다. 주디스 버틀러, 《혐오 발언》, 유민석 옮김, 알렙, 2016, 88~138쪽.

2 성적이지 않은 남성 간 유대가 성적인 것을 억압한 남성 사이의 유대이며 호모소셜 homosocial 속에는 호모섹슈얼homosexual한 욕망이 포함되어 있다는 점을 들어 호모소셜과 호모섹슈얼을 연속체로서 이해해야 한다는 이브 세즈윅(Eve Sedgwick, Between Men, 1985)의 인식에 기대어, 우에노 치즈코는 젠더가 '남성이 아닌 이' 즉 남성이 되지 못한 자인 여자를 배제함으로써 유지되는 경계임을 고발한다. 여성혐오를 근대사회 유지를 위한 필연적 구성물로 보는 우에노 치즈코上野千鶴子에 따르면, '범주 폭력'에서 벗어나기 쉽지 않은 사회적 약자인 여성의 입장에서 여성혐오 바깥을 상상하기는 매우 어렵거나 거의 불가능하다. 우에노 치즈코, 《여성 혐오를 혐오한다》, 나일등 옮김, 은행나무, 2012, 31~37, 156쪽.

3 자크 데리다, 《불량배들》, 이경신 옮김, 휴머니스트, 2003, 131~143쪽.

오면서 폭력의 수위는 대개 낮아진다.[4] 경제적 조건이 악화되면 사회적 타자에 대한 부정적 감정은 증폭된다.

이러한 복잡한 상황을 염두에 두고, 왜 지금 여성혐오가 문제인가를 묻는다면, 우선 체제와 자본이 결합하면서 재편되고 강화되어 온 가부장제의 상시적 일면임을 부인하기 어렵다. 그간 여성의 사회 진출이 급속도로 진전된 동시에 여성차별의 강도가 극심해진 상황의 결과인 것도 사실이다. 하지만 한국사회의 대표적 타자인 여성의 범주가 그리 단일하거나 획일적이라고 말할 수는 없다. 한국사회 내에서도 여성 내부의 계급적인 위계나 지역적, 인종적 위계가 점차 심화되고 있다. 여성혐오가 여성혐오만은 아닌 지점을 내포하고 있는 것이다.[5] 그렇지만 혐오할 대상을 필요로 하는 구조적 차원의 사회문제와, 한국사회에서 혐오가 대표적인 사회적 타자인 여성에게로 집중되는 현상은 구분될 필요가 있다. 그 차이를 세심하게 구분하지 않으면 사회적 타자에 대한 배제의 표현인 혐오 프

---

4 윤보라, 〈일베와 여성혐오〉,《진보평론》57, 2013; 윤보라, 〈온라인 페미니즘〉,《여성이론》30, 2014; 김수아, 〈온라인상의 여성 혐오 표현〉,《페미니즘연구》15(2), 2015; 윤보라, 〈김치녀와 벌거벗은 임금님〉, 윤보라 외,《여성혐오가 어쨌다구?》, 현실문화, 2015; 정인경, 〈포스트페미니즘 시대 인터넷 여성혐오〉,《페미니즘연구》16(1), 2016; 한희정, 〈이주여성에 관한 혐오 감정 연구〉,《한국언론정보학》75, 2016.

5 "혐오를 '당하는' 사람은 언제나 약자다. 유대인 혐오, 동성애자 혐오, 전라도 혐오, 장애인 혐오는 있어도 그 반대는 없다." 말하자면 여성혐오는 "'약자' 일반에 대한 혐오의 다른 버전"이다(문강형준, 〈'묻지마 살인'이 아니다〉,《한겨레》, 2016년 5월 20일자). 따라서 통칭 여성혐오로 불리지만, 부정적 집합감정인 혐오가 왜 지금 부각되는지, 어떻게 페미니즘과 접속하게 되는지, 무엇이 어떻게 여성혐오인지 좀더 세심하게 살펴볼 필요가 있다.

레임에 휩쓸려 사회적 타자 내부에 놓인 차별적 위계를 포착할 수 없게 된다. 여성혐오에 대한 혐오('여혐혐')와 남성혐오('남혐')가 일면으로는 구분되기 어렵다는 사실을 짚으며 류진희가 언급했듯, 거울로 되비추며 여성혐오의 혐오성을 드러내려는 시도들에 조심성 없는 인종혐오가 겹쳐 있음을 외면하기 어렵다.[6] 강남역 살인 사건을 두고 성 대결 구도를 강화하고 조장하는 것은 '여성'의 죽음을 그 자체로 인정하지 못하는 남성과 사회 전체이지만[7], 한국사회에서 들끓는 혐오 분위기를 여성혐오의 문제로만 봐서는 문제 해결의 실마리를 찾기 힘들다는 데에 이 문제의 복잡성이 놓여 있다.

젠더에 대한 정희진의 언급을 빌려 말해 보자면, 여성혐오는 "모든 곳에 공기처럼 편재하는 가장 오래된 제도이지만 동시에 특정한 사회적 조건에서만 작동하는 편향적인 정치적 산물"[8]이다. 사회적으로 매개된 혐오는 우리 자신에 관한 어떤 것을 우리 자신에게서 차단하려는 욕구를 반영한다. 오염에 대한 막연한 두려움과 연관되어 있지만 근본에서 우리와의 분리 불가능성이 불러오는 모종의 투사적 반응이 혐오인 것이다.[9] 계급적, 젠더적, 인종적 차이로 구축된

---

6 류진희, 〈'촛불 소녀'에서 '메갈리안'까지, 2000년대 여성혐오와 인종화를 둘러싸고〉,《사이間SAI》19, 2015, 47~49쪽.

7 김홍미리, 〈'여성이 죽는다' 호소에 "같이 문제 풀자" 응답해야〉,《한겨레》, 2016년 5월 21일자.

8 정희진, 〈편재하는 남성성, 편재하는 남성성〉, 권김현영 외,《남성성과 젠더》, 자음과모음, 2011, 16쪽.

9 마사 너스바움,《혐오와 수치심》, 조계원 옮김, 민음사, 2015, 239~240, 306~307쪽; 마사 너스바움,《감정의 격동》1, 조형준 옮김, 새물결, 2016, 368~377쪽.

위계구조에 의해 내적 차별이 극심해지는 상황이 만들어 내는 사회감정인 혐오는 역사적으로 축적된 집합감정이라는 점에서 대개 일상적이고 무의식적으로 발현된다. 반대로 말하면 혐오는 즉각적으로 표현되기보다 강남역 살인 사건처럼 사건화될 때에야 포착된다. 혐오를 옳고 그름을 둘러싼 윤리 문제로 손쉽게 환원하기 쉽지 않은 것은, 혐오가 자동화된 인식이나 사회적 통념으로 오인되기 쉽기 때문이다. 집합감정으로서 혐오는 가해와 피해의 구도 속에서 포착되기보다 불쾌하고 불편한 '막연한 어떤 것'으로만 감지되며, 그런 채로 반복되고 강화되면서 굳은 관습이 되어 버린다. 혐오의 위험성과 혐오에 대한 적대적 전선 구축의 최대 난점이 여기에 놓여 있다.

여성혐오를 성별 이분법의 관점에서 들여다보자면, 달리 말해 계급과 인종의 관점, 즉 남성 혹은 여성 범주 내부의 차이를 누락한 채 다루자면 역설적으로 강화되는 것은 성별 이분법 자체다. 여성혐오는 여성의 문제이지만 한국사회의 타자들에게서 변주되고 반복되는 구조적이고 제도화된 차별의 표출이자 자연화된 위계구조가 만들어 낸 사회문제다.[10] 미시적 현상으로서의 여성혐오 이면에 은폐된 차별적 위계구조의 중첩성을 비판적으로 살피기 위해서는 글로벌/로컬한 동시대적 맥락에 한국사회의 갈등이 증폭된 사적 맥

---

10 가령, 남녀 임금격차의 가장 큰 이유는 '그냥'이지만(박병률, 〈남녀 임금격차, 가장 큰 이유는 '그냥'〉, 《경향신문》 2015년 5월 26일자), 이런 상황이야말로 내면화된 여성혐오의 자연화임을 간과해서는 안 된다.

락을 겹쳐 읽으면서(2, 3장) 한국사회에 등장한 여성혐오의 의미를 여성 범주의 내적 차이와 함께 고려하면서 다루어 볼 필요가 있다. 거시적/미시적 시야의 동시적 확보를 위해 글로컬/로컬한 정치적, 경제적, 사회적 복합체에 대한 고려가 거듭될 필요가 있는 것이다. 이러한 작업 속에서 관습화된 혐오에 사회적 불안을 처리하는 통치술로서 인종혐오가 밑그림처럼 덧대어져 있음을 우회적으로나마 확인해 볼 수 있을 것이다.

탈국경의 일상화, 약탈 체제의 복잡화

동구 사회주의권의 몰락 이후로 현 체제를 둘러싼 대안적 상상력이 협소해지면서, 선후 관계를 따지기는 어렵지만 전 지구적 자본의 위력은 한국사회에 거세게 몰아쳤고, 한국사회는 세계화의 물결에 휩쓸렸다. 그것이 지구적 차원에서 이루어진 거대한 위계화의 과정이었음을, 국가·인종·젠더·지역 위계가 만들어 내는 복합적 위계화의 과정이었음을 알지 못했다. 그것이 폭압적 착취였음을 일상 층위에서 깨닫게 된 것은 비교적 최근의 일이다. (기업의) 자유를 무한히 보장하는 (허울뿐인) 신新체제가 공공의 영역을 점차 망가뜨린 채 방치해 왔음을 우리는 세월호 참사를 계기로 피할 수 없는 진실로서 직면해야 했다.

현재 유럽에서 시작된 탈세계화 흐름은 새로운 미래를 향한 긍정적 움직임이기보다, 자본의 세계적 재편이 야기한 모순이 한계적 국면에 도달했음을 역설한다. 세계화의 주요 수혜국인 주도국에서조차 양극화와 빈부 격차가 야기한 사회적 갈등과 불안이 사회의 근간을 뒤흔드는 수준임을 말해 주는 것이다. 그러나 이러한 경향이 금융자본화의 도저한 흐름을 단숨에 역류시킬 수는 없다. 지구상의 거의 모든 국가들은 세계화와 탈세계화 흐름이 공존하는 예측하기 힘든 혼란의 소용돌이에 예외 없이 휘말리는 중이다. 세계화와 탈세계화의 흐름이 교차하는 중에도, 이주와 이동, 탈국경의 움직임은 여전히 돌이킬 수 없는 경향성을 이루고 있다. 탈국경의 의미가 약화되고 있으며 이주의 형태도 다양해지고 있다. 더 이상 이주와 이동, 탈국경의 움직임 없는 시공간을 상상하기 어렵다.[11]

---

11 제2차 세계대전 이후로 제국/식민 체제의 재편과 함께 독립국으로의 재/이주와 귀환이 이루어지고 국제적으로 인정되는 난민 지위가 논의되었으며, 이후로 해외동포들에게 투자 수익이나 이중국적을 보장하면서 그들을 정치적, 경제적 자원으로 활용하려는 경향도 증가했다(케빈 케니, 《디아스포라इ즈is》, 최영석 옮김, 앨피, 2016, 58~61쪽). 한편으로 문화의 접변이 만들어 내는 혼종성에서 새 시대에 적합한 신인류의 가능성을 기대하기도 하며, 민족과 국가 중심의 근대적 세계인식이 갖는 폭력적 속성이 성찰적으로 검토될 수 있으리라 조심스럽게 전망되기도 한다. 조망적 시야에서 보자면 국민국가의 틀은 약화되고 있으며, 국가와 국민의 함의도 바뀌고 있다. 자본과 결합한 국가가 이해득실을 내세우며 내외국인의 구별 없는 동원과 배제를 통해 사회문제를 해결하고자 하는 와중에, 예측하지 못했던 역반응으로서 귀속 국적의 강제성은 약화되고 있으며 자발적이든 아니든 국적을 취사선택할 수 있다는 유연한 태도가 사회 저변에서 형성되고 있다. 가령, '헬조선/탈조선'론이 보여 주듯, 국가를 두고 순응하고 적응해야 할 귀속지가 아니라 시민권 보장 차원의 차별적 선택지 가운데 하나로 인식하는 이들이 등장했다. 취업을 위한 국적 취득/포기까지는 아니더라도 사회 상층부에서 국경 넘어 다른 교육 여건을 선택한다는 의미의 이주는 드문 일이 아니다. 동시에 반대급부처럼 지구적 차원의 보수화 경향이 뚜렷해지고 있는 것도 사실이다. 사회 구성원 간의 갈등을 조장하거나 약자에게 사회 갈등의 원인을 돌리는 방식으로 체제의 모순이 전치되는 장면들이 드물지 않게 발견된다. 가령, 2015년 샤를리 에브도 테러 사건이나 2016년

세계화와 탈세계화, 탈국경의 일상화를 두고 억압과 저항, 가해와 피해, 긍정과 부정의 면모를 일방적으로 단정 짓기 쉽지 않은 상황이다. 이는 자본주의가 복합적 체제가 되어 가는 오늘날의 상황과 궤를 같이한다. 글로벌 체제의 착취 메커니즘은 선명하고 뚜렷하지만, 착취구조는 복잡한 전략과 전문화된 혁신으로 시작과 끝을 알 수 없는 거대한 체제를 이루고 있다. 축출expulsion 개념을 통해 세계 각국에서 다양한 형태로 나타나는 글로벌 위기의 근본적 동력과 그것이 형성한 약탈적 체제를 통찰한 도시사회학자 사스키아 사센Saskia Sassen의 지적대로, "오늘날 부의 집중이 발생하는 곳"은 주권자와 소수의 권력자 혹은 특정 기업이 아니라 "다양한 요인이 한데 결합된 거대하고 복잡한 사회구조 내부"다. 개별적이고 지엽적으로 가시화되는 약탈의 기저에 놓인 동력과 그것이 만들어 내는 구조적 효

도널드 트럼프 대통령 당선을 둘러싼 미국 내 갈등을 두고 표현의 자유, 극단화하는 무차별 테러, 인종 간 갈등이나 외국인 혐오와의 연관성이 논의되고 있다. 하지만 테러 위협의 전 지구적 확산은 자본에 의한 세계화가 만들어 내는 국가 내, 권역 내 축적된 갈등이 사회적 약자와 타자로 떠넘겨지는 사정과 연관되어 있다. 실제로 이슬람 테러는 중동의 극단주의 이슬람 세력과 서방 보수 세력의 득세로 이어졌는데, 그 와중에 빈곤과 폭력 그리고 테러는 국가나 체제의 주변부/하층부에게로 더 극심한 형태로 전가되고 있다. 이렇게 보면 중동과 북아프리카 전쟁 상황의 종식을 염두에 두지 않는다면, 전 지구적인 테러 위협의 확산에 대한 어떤 대책도 결국 미봉책에 불과한 것이라고 해야 할지 모른다(김동춘, 〈조롱과 테러, 파리의 두 야만〉, 《한겨레》 2015년 1월 21일자; 박인규, 〈주간프레시안뷰: 〈샤를리 에브도〉 테러, 웃는 자는 따로 있다〉, 《프레시안》 2015년 1월 24일자). 세계를 짓누르는 보수화 경향과는 결을 달리하는 자리에서, 미디어 환경 변화에 기반한 '로컬하고 리저널하며 트랜스내셔널한' 정보의 흐름은 이주자들이 모국과의 연계를 좀 더 강화하는 이른바 재에스닉화를 진행시키고 있기도 하다(이토 마모루, 《정동의 힘》, 김미정 옮김, 갈무리, 2015, 223~226쪽).

과를 간과하고는 글로벌 차원에서 확산되는 배제의 추세와 소득불평등 심화에 대처하기는커녕 그 흐름을 포착하기도 어려운 것이다.[12]

글로벌 차원의 국가 간 위계가 뚜렷해지고 있다면 개별 국가 내에서의 위계 역시 강화되고 있다. 경제적 파산, 자살률, 빈민, 이민, 난민의 증가 추세는 재편된 자본 복합체가 만들어 내는 위계의 하층에서 뚜렷하다. 빈곤국에서 좀 더 극심한 체제의 변두리화가 가속화되는 동시에, 세계화의 주도국 내에서도 사회적 배제와 퇴출이 심화되고 있다. 그 배제와 퇴출은 글로벌 차원에서 동시다발적으로 이루어지지만 들여다보자면 빈틈없이 체계적이고 잔혹하다. 그 와중에 국가 차원의 부의 축적과 개별 국민의 빈민화가 동시적으로 이루어지며, 무한히 세분화되는 위계구조 속에서 누구나 가해/피해의 존재가 되어 거대한 자본 복합체의 존속을 유예시키게 된다.

경제적 위축과 실업률의 증가, 중산층의 몰락과 가계의 주요 소득원인 남성 노동자의 가치 상실, 즉 근대적 남성성의 상실과 재편이 여성혐오의 주요 동력 가운데 하나로 논의되기도 한다. 하지만 세계경제가 자본주의의 새로운 국면에 접어든 여파의 측면이 고려되지 않는다면 여성혐오는 한국사회 내의 지엽적이고 특수한 문제로, 혹은 남성과 여성의 성차 대결이라는 탈역사적 문제로 환원되어 버리기 쉽다. 어느 쪽도 아니라는 것이 아니라 양측의 복합 작용의 결과이자 기저에 놓인 약탈적 자본 복합체의 결과임을 환기해야

12　사스키아 사센, 《축출 자본주의》, 박슬라 옮김, 글항아리, 2016, 16~102쪽.

한다는 말이다. 비정규직의 여성화와도 맞물린 경향으로[13] 여성은 "생물학적 차이의 이름"인 동시에 "사회구조적으로 배제된 약자의 이름"[14]으로 다루어져야 하는 것이다.

비가시화 혹은 분할통치: 내화하는 국경, 분할되는 인종

탈국경의 일상화라는 명명이 환기하듯, 민족국가의 외연은 뚜렷하지 않으며 탈국경의 경계는 견고하지 않다. 잘 알려지지 않았지만, 세월호 참사 피해자 가운데에는 외국인도 포함되어 있었다. 후쿠시마 원전 사고 피해 지역에도 외국인이 적지 않게 포함되어 있었다. 국가 단위의 참사에서 피해자 가운데 포함된 이방인이 관심 대상이 된 경우는 드물다. 외국인이 타국민 혹은 외국인(외국 국적인)을 의미하는 것으로 상상되기 때문이다. 하지만 세월호 참사 피해자나 후쿠시마 원전 사고 피해자 가운데 포함된 외국인을 외국인으로만 지칭해 버리는 일은 온당하지 않다. 들여다보자면 그들을 타국민 혹은 타국적인으로 단정 지어 말하기도 어렵다. 후쿠시마 원전 사

---

13 1997년 구제금융 사태 이후로, 한국사회의 노동 유연화―특히 여성을 대상으로 한 노동 유연화―가 급속도로 강화되었고, 노동시장에서 특수용어인 비정규직이 차지하는 비율이 점차 확대되었다.

14 김신현경은 영화 《부산행》(2016)에서 가장 먼저 좀비가 되는 그 '여성(여승무원)'이 "생물학적 차이의 이름이 아니라 사회구조적으로 배제된 약자의 이름"임을 강조했다. 〈KTX 여승무원이 최초의 좀비들 중 하나인 이유〉, 《Littor》 2016년 10/11 월호, 30쪽.

고 피해자에는 결혼이주로 일본에 온 필리핀 여성과 농어촌 노동연수로 온 외국인노동자 다수가 포함되어 있었다.[15] 세월호 참사 당시 단원고 학생들의 손에서 손으로 옮겨져 구조된 다섯 살배기 아이는 베트남 이주여성인 어머니를 포함한 아버지와 오빠를 잃었다. 피해자 5인에 포함된 러시아인 학생의 아버지는 한국인이었고, 중국인 2인은 중국 국적 조선족이었다.[16]

탈국경의 일상화는 국경의 무화를 의미하지 않는다. 오히려 국경은 경계 내부의 위계로 내화되고 있으며, 역설적으로 젠더적, 계급적, 인종적 차원의 복합적 위계구조로 중층화되는 추세다. 국경은 비가시화되면서 내적으로 차별화/위계화되고 있는 것이다. 탈국경의 일상화와 함께 뚜렷한 흐름을 이루는 이주의 여성화는 이 내적인 차별화와 위계화의 대표적 사례 가운데 하나라 할 것이다. 따지자면 이주하는 여성 다수가 아시아 여성이기도 한데, 유럽과 미국을 포함한 아시아 지역으로 여성들이 이주하게 된 것은 가사노동, 돌봄노동을 포함한 감정노동 영역이 급격하게 상품화된 추세와 맞닿아 있다.[17] 국경을 넘는 여성이 남성보다 많아진 현상을 의미하는 이주의 여성화는 동시에 이주여성이 주로 가사노동이나 돌봄노

---

15 한홍구·서경식·다카하시 데쓰야, 《후쿠시마 이후의 삶》, 이령경 책임번역, 반비, 2013, 34쪽.

16 〈외국인 희생자 시신 수습〉, 《경인일보》 2014년 4월 21일자; 허재현, 〈베트남인 '세월호유가족' 판반짜이는 말한다〉, 《한겨레》, 2014년 12월 27일자.

17 김현미, 〈글로벌 신자유주의 경제질서와 이동하는 여성들〉, 《여성과평화》 5, 2010, 122쪽.

동을 떠맡기 위해 국경을 넘는 현상을 의미하기도 한다는 의미에서 이주노동의 가정주부화이기도 하다. 종종 망각되지만, 여성이 떠맡는 이 노동은 산업경제에 기여하는 특수한 영역이 아니라 자본의 이윤이 창출되기 위한 선결 조건이다. 이 보이지 않는 노동이야말로 "사회적으로 가장 만연해 있으면서도 가장 문제시되지 않는 억압적 차별의 중심"[18]을 이룬다. 가사/돌봄노동의 외주화이기도 하다는 점에서,[19] 이주의 여성화, 이주의 가정주부화는 이주가 단지 국경을 넘는 일이 아니라, 국가적·계급적·젠더적·인종적 위계를 고스란히 경험하는 일이자, 이주를 통해 국가-계급-젠더-인종 위계 구조가 재편되고 강화되는 과정임을 의미한다.

식당의 홀서빙을 담당하거나 주방에서 일하는 여성, 중산층 가정에서 가사나 육아 혹은 간병을 담당하는 여성 가운데 여성 이주노

---

18 이반 일리치, 《그림자 노동》, 노승영 옮김, 사월의책, 2015, 178쪽.

19 한국어를 유창하게 구사하는 젊은 남성들이 한국의 사회문제를 토론하는 텔레비전 연예 오락 프로그램이 큰 인기를 끌고 있으며, 출연자인 외국인들이 몸값 높은 방송인으로 활동하고 있는 사정에 비추어 보면, 한국사회의 개방성에 긍정하게도 된다. 하지만 '다문화'의 이름으로 호명되는 이방인들에 대해 한국사회는 여전히 배타적이고 폐쇄적이다. 이 개방적이면서 폐쇄적인 양가적 태도, "동경과 혐오의 이중주"(손희정, 〈우리 시대의 이방인 재현과 자유주의적 호모내셔널리티〉, 《문화과학》 81, 2015, 376쪽)는 사회적 타자에 대한 분할통치에서 활용되는 일반적 원리로 기능하고 있다는 점에서 문제적이다. 이주노동자, 탈북자, 결혼이주여성이 국경을 넘는 존재들로 특화되어 다루어지며, 피해자, 희생자, 돌봄의 대상으로 타자화되고 있지만, 국경에 대한 상상에서 오히려 역설적으로 전면화되는 것은 노동의 외주화, 가사/돌봄노동의 외주화와 함께 폭력의 외주화 경향이기도 한다. 가장 잔혹한 폭력이나 살상용 인간병기는 북한, 중국, 동아시아라는 인종적 상상력과 결합하여 한국사회의 불안과 공포의 요인으로 호명되며, 다문화와 이방인이라는 말은 아시아 출신 이주자에게 한정적으로 사용되는 형편이다.

동자를 만나는 일은 어렵지 않다. 이주자들은 예상보다 우리의 삶 깊숙이 들어와 있다. 그러나 한국사회에서 이들은 사실상 비가시적 존재다. 차별적 동화의 대상인 이주여성은 착하고 약하고 가엾은 존재로, 그리하여 대개 희미한 존재로 그려진다. 당연하지만 동화되지 않는 존재는 위험 요소로 치부되며 끝내 공동체에서 축출된다.[20] 비가시적 존재에 대한 분할통치는 여전하지만, 어떤 경우든 그들의 삶이 온전한 가치와 위상을 획득하지는 못한다. 그들이 국경을 넘어 목숨을 건 도약을 시도한다 해도, 그녀들이 감당해야 할 비극은 비가시적 존재인 채로 이방인 일반의 것으로만 다루어질 뿐이다.[21] 보이지 않은 존재가 되기 때문에, 그녀들은 역설적으로 언제까지나 이방인으로만 남겨진다. 이주여성이 분할통치를 통해서도 개별적 존재로 포착되지 않는 이러한 사정은, 오염된 학술 용어임에도 디아스포라를 폐기할 수 없는 이유를 말해 준다. 디아스포라는 이주의 다양한 양상에 대한 논의의 가능성을 열어 주면서도, 이방인이나 이주민이라는 말에 담긴 자발성의 의미를 상대화하면서 사회적 타자에 대한 함의를 놓치지 않으려는 명명법이자, 국경을 넘

---

20 서성란의 소설 《쓰엉》(산지니, 2016)에서 10년 전 한국으로 시집온 베트남 여자인 우엔 티 쓰엉은 결국 방화범으로 몰려 공동체에서 배제된다.

21 부모의 죽음에도 한국을 쉽게 떠나지 못하는 불법체류자의 처지를 짚은 전성태의 〈배웅〉이 보여 주듯, 식당의 홀서빙이나 주방 일을 오랫동안 함께했다고 해도 한국 사람인 식당 주인이 그들에 대해 아는 것은 많지 않다. 〈배웅〉에서 미숙은 부러 무심한 것은 아니었지만, 식당을 운영하면서 3년 동안 주방을 맡았던 외국인 불법체류자 종업원 쏘야가 우즈베크 사람인지 카자흐 사람인지도 혼동한다. 전성태, 〈배웅〉, 《두번의 자화상》, 창비, 2015, 45쪽.

는 존재들이 국가 간 위계에 의해 선先규정된다는 사실을 포착하게 하는 유용한 명명법이다. 이런 점에서 국경을 넘는 존재들은 국가와 계급, 인종과 젠더의 위계가 결합된 에스니시티ethnicity의 관점을 피할 수 없다. 같은 언어를 쓴다 해도 한국에 도착하면서부터 그녀들은, "자신이 발음하는 게" "단순히 타지 사람이 쓰는 '노동자의 언어'일 뿐"임을 깨우쳐야 하며, "소리와 억양이 환기시키는, 어떤 냄새에 대해서도. 죽어도 완벽해질 수 없는 딴 나라 말의 질감에 대해서도" 불가피하게 알게 된다.²² "한국 음식을 능숙하게 요리한다고 해도" "수십 년을 눌러 살아도" "설령 한국 국적을 취득할 수 있게 된다 해도" 그녀들은 언제나 "외국인일 뿐"이다. "그녀가 아이를 낳고 그 아이가 다시 아이를 낳더라도 이방인이라는 사실은 달라지지 않"는다.²³

장애인과 '외국인 노동자' 등 사회적 타자로 구성된 김려령의《완득이》²⁴ 속 공동체에서 15년 만에 나타난 완득이 엄마가 베트남 사람이라는 점 자체는 특별하게 다루어지지 않는다.²⁵ 엄마의 등장이

---

22 김애란, 〈그곳에 밤 여기에 노래〉, 《비행운》, 문학과지성사, 2012, 137쪽.

23 서성란, 《쓰엉》, 산지니, 2016, 18쪽.

24 2007년 제1회 '창비청소년문학상' 수상작인 김려령의 《완득이》는 청소년소설 영역의 새로운 가능성을 열어 준 흥미로운 소설이자 이후 영화로도 만들어져 폭넓은 인기를 누린 문화 콘텐츠이다. 장애인 아버지와 함께 살아온 불우한 청소년의 이야기를 사회적 타자들과의 관계 속에서 경쾌하게 풀어 간 소설인 《완득이》는, 완득이를 통해 사회에 대한 울분과 불만을 싸움이 아니라 스포츠로 승화하면서 사회와 화해하는 모습을 보여 준다.

25 흥미롭게도 소설은 그녀가 사기결혼을 한 사정, 결국 완득이를 떠나게 된 사연을 완득이 담임과 완득이 아버지의 입을 통해 소개한다. 그들이 '대신 말해 준' 사연

불러온 충격이 엄마가 외국인이라는 사실의 완충 역할을 하는 것으로 보이기도 한다. 완득이에게 낯설기만 한 존재였던 그녀는 '그분'에서 점차 '어머니'가 되어 가지만, 고향을 떠나 한국에 와서 15년을 지냈다는 완득이 엄마는 한국 국적의 소유자임에도 여전히 이방인이다.[26] 아들에게도 존댓말로 일관하는 그녀는 "가난한 나라 사람이,

에 의하면 완득이 어머니의 15년은 한국에 온 결혼이주여성의 전형적 삶이라 해도 좋다. "똥주는 성남 어느 식당에 내 어머니가 있다고 했다. 그리고 내가 몰라서 그렇지, 우리 집 같은 가정이 생각보다 많다고. 좀 더 나은 삶을 위해 어린 나이에 남편 얼굴도 안 보고 먼 나라까지 시집왔는데, 남편이 장애인이거나 곧 죽을 것 같은 환자인 경우도 있다고. 말만 부인이지 오지 마을이나 농촌, 섬 같은 곳에서 죽도록 일만 하는 경우도 있단다. 그러다 보니 아이 하나 낳고 자신에게 관심이 좀 소원해졌을 때 가슴 아픈 탈출을 하기도 한다고. 남편 입장에서는 부인이 도망간 것이겠지만 부인 입장에서는 국제 사기결혼이라나. / 장애인에 대한 편견이 넉넉한 나라에서, 꼴 같지 않게 제3세계니 뭐니 해 가며 가난한 나라 사람들을 아낌없이 무시해 주는 나라에서, 어머니가 무척 힘들었을 거라고. 그럼 그 조건에 +1 해서, 어머니 없이 사는 나는 뭔가. 똥주가 위로랍시고 하는 말이, 아버지는 장애를 숨기지 않고 서류에 썼는데, 가운데에서 브로커가 그 부분을 싹 지우고 결혼을 진행시켰단다. 그러니까 아버지는 어머니를 신부로 맞기 위해 사기를 친 나쁜 사람은 아니라는 것이다." 김려령,《완득이》, 창비, 2008, 46~47쪽.

26 이방인에 대한 작가의 관점은 비교적 균형감을 유지한다. '외국인노동자'에 관한 한, 나쁜-한국인-자본가와 착한-외국인-노동자 구도에만 갇혀 있지 않으며 출신 성분과 무관하게 사회적 약자를 위한 삶을 사는 완득이 담임에 대해서도 마냥 선하고 윤리적인 존재로 다루고 있지도 않다. 청소년을 독자로 삼는 소설임을 환기하자면 사회적 약자에 관한 작가의 인식은 신뢰할 만한 것이기도 하다. 그럼에도 소설적 완성도와는 무관하게, 이 소설이 완득이 엄마의 15년 삶 아니 그 이전의 삶에 무심하다는 점은 눈여겨 둘 만하다.《완득이》에서 그녀의 가족은 한국에만 존재한다. 새삼 환기할 필요도 없이, 가족은 애초에 재산 있는 계급만이 감당할 수 있는 부르주아적 함의를 갖는 개념이다. 그녀의 가족에 대한 정보가 삭제된 자리에서 남성뿐 아니라 여성을 규율해 온 불평등한 권력 분배의 제도화 면모를 확인하게 된다. 위계구도의 상층에 놓인 남성을 중심으로 하위의 가족들이 파괴되거나 재편될 수 있음을 은폐된 진실로서 감지하게 된다(실비아 페데리치,《캘리번과 마녀》, 황성원 · 김민철 옮김, 갈무리, 2011, 158쪽; 실비아 페데리치,《혁명의 영점》, 황성원 옮김, 갈무리, 2013, 69쪽; 마리아 미즈,《가부장제와 자본주의》, 최재인 옮

잘사는 나라의 가난한 사람과 결혼해 여전히 가난하게 살고 있다. 똑같이 가난한 사람이면서 아버지 나라가 그분 나라보다 조금 더 잘산다는 이유로 큰소리조차 내지 못한다. 한국인으로 귀화했는데도 다른 한국인에게는 여전히 외국인 노동자 취급을 받는"(김려령, 149쪽)다. 주목할 점은 어떻게 해도 해소되지 않을 베트남 출신 이주여성의 비가시성이 완득이의 '어머니'가 되는 자리에서나 간신히 완화된다는 사실이다. 이런 점에서 보면 '가난한 나라 사람'으로, "은근히 성질도 있는"(231쪽) 그녀가 소설에서 드러낸 감정이 "미안해요. / 잊고 살지 않았어요. / 많이 보고 싶었어요. / 나는 나쁜 사람이에요. / 정말 미안해요. … 옆에 있어 주지 못해서 미안해요."(80쪽)라는 내용의 편지에 담긴, 자식을 두고 떠난 어머니의 죄의식과 다시 찾은 가족에 대한 애정이라는 것은 의미심장하게 읽힌다.

보이지 않는 노동을 떠맡으면서 이주여성은 사회 내부로 안착한다. 아니 비가시화된다. 한국의 경우, 결혼을 위한 이주만이 합법인 법적 조건 자체가 그녀들의 존재/흔적을 지우는 조건이자 동력이 된다. 자본주의와 가부장제의 공모적 작동 관계를 환기하자면, 여성이 가정주부화될수록 그녀들의 노동은 무급노동, 즉 국가 단위의 생산력으로 회수되지 않는 공짜의 것이 될 가능성이 커진다.[27] 이주여성은 대개 국경을 넘으면서 가정주부 역할을 할당받는다. 가정주

김, 갈무리, 2014, 203~234쪽).

27 실비아 페데리치, 《캘리번과 마녀》, 120~121쪽; 마리아 미즈, 《가부장제와 자본주의》, 97~112쪽.

부가 되거나 가정주부의 노동을 떠맡게 된다. 반대로 말하자면 결혼 이주여성은 아내이거나 어머니가 아니고서는 '불법적' 신세가 되기 십상이다.[28] 지엽적으로 보이는 이주여성의 가정주부화가 (여성혐오로 구현된) 한국사회가 직면한 사회문제와 깊이 연루되어 있는 것은 여성을 집안에 가두는 '여성에 대한 인클로저'[29]의 사회적 여파가 이주여성에게게만 한정되는 게 아니기 때문이다.

젠더-계급-인종의 복합적 위계구조와 순도의 계열화

다문화와 탈국경 서사에 대한 관심이 2000년대 중반부터 가시화되었지만, 따지자면 이주노동자, 불법체류자는 계급적으로 인종적으로 특화된 대상으로, 즉 동정과 연민의 대상으로 포착되었다. 긍정적이든 부정적이든 관찰자의 시선에 의해 포착된 '대상화된' 존재로서 다루어졌다.[30] 이런 면에서 보자면 중국 길림성 출신 작가 금

---

28 소라미, 〈합법과 불법의 경계에 선 이주여성〉, 이주여성인권포럼, 《우리 모두 조금 낯선 사람들》, 오월의봄, 2013, 258쪽.

29 이반 일리치, 《그림자 노동》, 189쪽.

30 이수자, 〈이주여성 디아스포라〉, 《한국사회학》 38(2), 2004; 오윤호, 〈디아스포라의 플롯〉, 《시학과언어학》 17, 2009; 장미영, 〈제의적 정체성과 디아스포라 문학〉, 《한국언어문학》 68, 2009; 허병식, 〈2000년대 한국소설에 나타난 다문화주의와 정체성 정치 비판〉, 《다문화와평화》 6(1), 2012; 이미림, 〈2000년대 다문화소설에 나타난 이주노동자의 재현 양상〉, 《우리문학연구》 35, 2012; 연남경, 〈한국현대소설에 나타난 접경지대와 구성되는 정체성〉, 《현대소설연구》 52, 2013; 김지혜, 〈다문화소설에 나타난 이중적 환대와 교육의 문제〉, 《문학교육학》 44, 2014; 김민정, 〈전

희의 소설은 그녀들을 가시화하는 동시에 연민과 동정의 대상이라는 특화된 시각을 벗어나 욕망의 존재로서 다룬다는 점에서 주목을 요한다.

금희의 소설 〈옥화〉나 〈노마드〉에는 빈곤한 삶에서 벗어나기 위해, 인간다운 삶을 살기 위해, 좀 더 나은 삶을 살기 위해 중국 도시로, 일본으로 한국으로, 다시 고향으로 끊임없이 이곳에서 저곳으로 떠나며 국경을 넘나드는 이들이 넘쳐난다. 금의환향을 꿈꾸며 중국을 떠나 한국에서 어떻게든 돈을 벌고자 했으나 결국 넘을 수 없는 문화 차이나 흔들리는 정체성으로 끼인 존재임을 확인해야 하며,[31] 그렇게 그들은 정주 없는 노마드의 삶을 시작하게 된다.[32] 중국 사

성태 소설에 나타난 주체성과 타자 인식 연구〉,《한민족문화연구》51, 2015. 대중매체에 의한 이주여성의 재현에 대해서는 이현주, 〈한국 텔레비전의 결혼이주여성 재현에 관한 연구〉, 계명대 대학원(박사), 2011; 권금상, 〈대중매체가 생산하는 '이주여성' 재현의 사회적 의미〉,《다문화사회연구》6(2), 2013.

31 소설의 중심 인물 박철의 경우가 그러하다. 중국을 떠난 지 4년 만에 다시 한국에서 중국으로 돌아오는 길에 떠오른 상념은 다음과 같이 정리된다. "일에 대한 입장 차이 외에 박철이가 난감했던 것은 단지 같은 말을 하고 있다는 이유로 그 나라 사람들한테 무의식간에 걸었던 근거 없는 높은 기대였다. 다만 다른 점은 영어가 많이 섞인 교양 있는 말투나 세련된 옷차림, 그리고 교통질서, 위생습관, 음식솜씨 등등 대체로 그런 자잘한 것들뿐이라고 어리석게 단정한 박철이는 마침내 그런 자잘한 것들이 모여 기어코 넘을 수 없는 큰 벽이 된다는 사실을 실감해야 했다. … 한국 사람들이 말하던 '중국' 조선족이라는 이름을 박철이 자신이 공식적으로 인정한 셈이 된 것이다. 이왕에 '중국산'이라면, 다만 4년이란 시간 동안 한국물로 코팅되었을 뿐인 '중국산'이라면, 정말 '중국산'답게 중국 브랜드로 살아가야 하지 않을까? 그렇게 박철이는 원천을 찾아, 꿈을 찾아 떠났던 원위치로 다시 돌아오기를 마침내 결단한 것이었다." 그러나 이미 그가 그리던 고향은 더 이상 없다. 1970년대 농촌이 그러했듯, 마을은 근대화되어 마을의 옛 모습은 거의 남아 있지 않다. 금희, 〈노마드〉,《세상에 없는 나의 집》, 창비, 2015, 206~207쪽.

32 그러나 엄밀하게 말하자면 그것은 국경을 넘는 모든 이들이 아니라 여성에게 해당

람과 조선족, 한국 사람과 북한 사람이 공존하는 장춘을 배경으로 이주의 일상화와 유동적 삶의 면모를 포착하는 〈노마드〉에서, 작가는 형편이 어렵고 내세울 만한 조건이 변변치 않은 중국 조선족 남성이 조선 여자와 살게 되는 상황을, 중국 조선족 여성이 형편이 그리 풍족하지 않은 한국 남성과 결혼한 상황과 겹쳐 두고 그 중첩적 의미를 다룬다. 소설은 경제적 격차가 있는 국가(/종족) 사이의 결혼을 통해 문화적 차이가 불러오는 갈등의 이면을 짚는다. 다양한 형태의 경제적 격차에 입각한 국제결혼을 두고 그러한 결혼에서 '가난한 나라 출신'이자 '돈을 주고 사 온 신부'라는 인식이 불러오는 권력의 위계가 상존하는 사정을,[33] 그에 따라 결과적으로 경제적 격차가 부부관계를 준-계급관계로 변모시키는 사정을 포착한다.[34]

언제 어디로 튈지 모르는 조선 여자, 호영이의 색시뿐만 아니라 박철이가 한국으로 떠나기 전 이미 동네에 있었던 여러 명의 조선 여자들이 지금은 하나도 남지 않았다고 했다. 아무개 색시는 시내 음식점에 다니면서 일을 하다가, 아무개 색시는 방앗간집 돈을 몇 천 원 꾸더니, 또 아무개네는 세 돌배기 어린 아기를 재워 놓고 떠난 것

하는 말이다. 탈향과 귀향을 반복하는 남성들과 달리, 여성들은 대개 떠난 곳으로 다시는 돌아오지 못한 채 끝나지 않는 이주의 삶을 살게 된다.

33 황정미, 〈이주 여성의 가정폭력 경험: 성별 위계와 문화적 편견〉, 김영옥 외, 《국경을 넘는 아시아 여성들》, 이화여자대학교출판부, 2009, 76쪽.

34 김현미, 〈'사랑'의 이주?: 국제결혼 베트남 여성의 결혼 이주 과정〉, 김영옥 외, 《국경을 넘는 아시아 여성들》, 이화여자대학교출판부, 2009, 34쪽.

이… 거푸 5년을 버틴 여자들이 없다고 했다. 이제는 더 가난한 동네 한족 여자들을 데려오는 편을 훨씬 낫게 여긴다고 했다.[35]

　가족들에게 도움이 되기를 기대해서 결혼을 결정한 누나처럼 그들의 결합에도 각자의 필요라는 이유가 먼저였을 것이었다. 호영이는 아마 '아내'보다는 우선 '여자'가 필요했을 것이고, 그 여자는 '남편'보다는 우선 '살 곳'이 필요했을 것이다. 호영이가 '여자'를 '아내'로 대우해 주기도 전에 그 여자는 '살 곳'이 다른 데도 많다는 것을 알게 되었고, 이 전망 없는 '살 곳'이 평생을 같이해야 하는 '남편'이 될까 봐 두려웠을 것이다.[36]

〈노마드〉에서 작가는 끊임없이 이주를 거듭해야 하는 이들을 통해 "북한 사람은 중국을, 중국 사람은 한국을, 한국 사람은 미국을 동경하듯"(260쪽) 모두가 같은 욕망에 떠밀리고 있음을 본다. 이전의 모든 것이 급격하게 사라지고 모두를 이주와 정주 사이에서 떠돌게 하는 근대화에 대한 아쉬움을 품으면서도 작가는 삶의 진전에 대한 낙관을 포기하지 않는다. 그러나 작가가 들여다본 실상이 작가의 요청처럼 낙관적인 것만은 아니다. 중국 국적 조선족인 박철이 한국에서 노가다 생활을 하면서 만났던 여성들인 불법 체류 중국 국적 조선족과 북한 이탈 여성을 두고 떠밀리는 삶을 사는 존재로서

35　금희, 〈노마드〉, 220쪽.
36　금희, 〈노마드〉, 222쪽.

의 공감을 떠올리는 것은, 사회적 타자에 대한 우리의 막연한 상상
이자 타자'들' 사이의 관계를 간과한 안이한 이해법이다. 박철과 그
여성들 사이에서 싹튼 애정과 연민과 욕망은 젠더와 계급이 결합된
인종의 위계구조를 반복하며 거기서 한 치도 벗어나지 못한다. 조
선족 여성과 애정을 나누는 조선족 남성은 한국사회 적응에 가장
힘겨워하는 북한 이탈 여성의 신산한 삶을 연민하지만, 조선족 여
성의 입장에서 북한 이탈 여성은 마침내 '한국 여자'가 될 가능성이
있으며 북한 이탈 남성이나 조선족 남성보다는 "오리지널 한국 남
자"(241쪽)와의 결혼을 꿈꿀 가능성이 높은 존재로 상상된다. 각자의
관계를 둘러싼 이러한 오해 혹은 상상은 어디에서 연원한 것인가.
그것은 누구의 인식인가.

　'오리지널 한국인'이라는 기준에 따라 젠더와 계급과 지역의 차이
가 복합적으로 결합되어 만들어진, 즉 혈통의 순도 차이로 정교해지
는 위계구조는 이렇듯 서로를 배제하고 거부하며 오해하거나 혹은
혐오하게 만든다. 그들이 서로 적대하게 되는 과정은 〈옥화〉에서 온
정의 일방적 수혜자의 표상을 벗어나는 탈북여성에 대한 당혹감을
통해 좀 더 세밀하게 다루어진다. 혈혈단신으로 목숨만 간신히 보존
한 채 북한에서 국경을 넘어 중국으로 온 여성들은 그녀들보다는 좀
처지가 낫다고 여기는 이들에게 어떤 존재로 상상되는가. 그들은 서
로에게로 닿을 수 있으며 서로를 이해할 수 있는가. 서로 만날 수 있
는 것인가. 탈북여성과의 관계에서 홍을 연원을 알 수 없는 연민과
죄의식 그리고 불쾌감에 사로잡히게 하는 것은 무엇인가.

　중국 국적 조선족인 홍이 겪는 2명의 불법 체류 탈북자는 홍과 홍

이 속한 공동체에 좋은 인상을 남기지 못한다. 아니 선의를 갈취하려 드는 후안무치의 존재들로, "인간으로서 기본적인 도덕이나 정직한 양심 따위마저 있는지 의심스러운 사람"(73쪽)으로 각인된다. 불법 체류 탈북자는 그곳에서 부정적 에스니시티를 환기한다. 교회 기도모임에서 만난 불법체류 탈북여성은 돈을 융통해 달라는 부탁을 하지만, 단호히 거절하지 못하고 고민하는 홍 자신과는 달리 그리 미안해하지도 고마워하지도 않는 무례한 태도로 일관한다. 변변치 못한 조건으로 여태 결혼을 못한 홍의 남동생을 위해 어머니가 은밀히 데려온 조선 여성 옥화는, 온 가족이 성심껏 아껴 주었고 동생과 소소한 행복에 만족하며 살기를 바랐으나 5천 원의 차용증과 함께 가족에게 깊은 상처를 남기고 사라진다.

때로 교회에서 만난 여자의 입으로, 때로 동생의 여자였던 옥화의 입으로—"사람들은 여기서 일도 하고 맘에 맞는 사람 만나 살라디만, 긴데 기실 여기서는 하고 싶은 거 아무거이두 못해요. 거기 가므는 합법적으루 뭐이나 할 수 있대니, 가야디요."(83쪽)—"아무도 알지 못하고 아무도 믿을 수 없는 상황"이 짓누르듯 강화하는 "자기편이 아닌 땅에서 살아가는 이들의 불안함"(82쪽)이 그들을 정주하지 못하고 떠나게 하는 것은 아닐까 가늠해 보지만, 사실 홍에 의해 추정된 원인들에 우리가 충분히 동의하게 되는 것은 아니며, 거기에 우리가 알 수 없는 원인이 놓여 있다고 생각되지도 않는다.[37]

---

37 오히려 〈옥화〉는 홍과 그녀들 사이에 넘을 수 없는 벽이 있으며, 그것이 좀 더 가진 자와 덜 가진 자 사이의 것이지만 그것만을 의미하지는 않는다는 점을 보여 준다.

이주여성의 재현이 아니라 이주를 강제하는 자본과 국가의 논리, 그 노골적인 공모의 메커니즘은 어떻게 서사화될 수 있는가. 과연 서사화는 가능한가. 피할 수 없는 표상 폭력이 끝내 그녀의 정체를 알 수 없게 한다고 말하려는 게 아니다. 그녀들을 떠돌게 하는 힘이 그녀들 사이의 위계구조 안에서는 찾아지지 않는다는 사실을 환기해 두려 하는 것이다. 금희의 소설은 여성의 이주가 그들의 자발적 욕망에 의한 것이자 가족들을 위한 선택임을 말해 준다. 금희의 소설이 짚어 낸 이주여성을 둘러싼 새로운 면모임에 분명하다. 그러

그녀들은 홍이 만들어 낸 표상의 범주를 넘는다. 온정과 연민의 대상이라는 타자 표상을 찢고 나와 그녀들은 스스로의 논리에 따라 자신의 삶을 꾸려 가고 있음을 역설한다(백지연, 〈돌아오기 위해 떠나는 사람들〉, 금희, 《세상에 없는 나의 집》해설, 창비, 2015, 275쪽). 제3세계문학 연구자 오카 마리岡眞理의 지적대로, "타자와 만나기를 바라면서도, 내가 그 존재를 망각하고 있는, 망각 상태마저 망각하고 있는 타자의 시선 속에서 나의 몸짓은 언제나 나의 의도를 넘어 내가 어떤 사람인지 내가 알아들을 수 없는 말로 이야기"(오카 마리, 이재봉·佐伯勝弘 옮김, 《그녀의 진정한 이름은 무엇인가》, 현암사, 2016, 268쪽)한다. 각도를 달리해서 자신의 시야로 포착할 수 없는 타자의 형상, 무언지 알 수 없으며 이해되지도 않는 면모들과의 대면에서 돌연 관용이라는 이름의 통치술은 그 허위의식을 누설하게 된다고 말할 수도 있다. 홍의 당혹스러움과 길게 이어지는 불쾌감을 통해 우리는 스스로의 허위의식과 대면하게 된다. 우리에게 통칭 타자이지만, 그 타자'들' 사이에 무수한 차이의 위계가 놓여 있으며, 이미 우리 안에도 남성과 여성의 위계가 넘을 수 없는 간극으로 구조화되어 있다. 금희의 소설 〈노마드〉나 〈옥화〉는 '타자' 혹은 그 내부의 차이를 세심하게 짚으면서 우리의 예상과 다른 '타자' 혹은 '이주여성'의 목소리를 가청 영역으로 이끌어 내고 있으며 그 목소리에 다가가고자 길을 내고 있음에 분명하다. 금희의 소설은, 우리에게 들리지 않지만 그녀들의 목소리가 있으며, 그녀들의 말이 종결되지 않는 문장들, 그 말줄임표 속에 담겨 있다는 소중한 진실을 전한다. 그럼에도 소설을 통해 그들이 왜 국경을 넘었는가에 대해 우리가 그리 많은 것을 알게 되지는 않는다. 좀 더 엄밀하게 말하자면, 여전히 그녀들의 목소리는 거의 들리지 않는다. 여전히 그녀들이 누구인가는 공백으로 남겨져 있는 것이다. 그 공백은 어떻게 가시화될 수 있는가. 그것은 가능한가.

나 이주의 강제력은 소설 내부에서는 찾아지지 않는 것이기도 하다. 그녀들을 끝없는 이주의 삶으로 밀어 넣는 힘은 자발적 욕망으로 구현된 자본 자체다.

한국 남자와 중국 여성, 조선족, 필리핀이나 일본 여성, 베트남 여성 사이에서 이루어지는 국제결혼은 국가에서 적극적으로 후원하는 정책의 일환이자 결혼중개업을 둘러싼 거대한 이윤 사업이기도 하다.[38] 경제 논리가 깊게 침윤되어 있다는 점과 함께 한국사회에서 정책적으로 지원된 이 국제결혼이 특정 계급의 남성이 처한 문제에 대한 해결책으로 수행되었음을 환기할 필요가 있다.[39] 무엇이 인종과 젠더와 계급이 결합된 다양한 출신의 사람을 '오리지널 한국 남자'라는 기준, 즉 혈통의 순도를 기준으로 줄 세우게 되었는가. 분명한 것은 순도에 따라 줄 세워진 그녀'들' 사이의 차별적 위계를 간

---

38 이것이 비단 한국에만 해당하는 일도 아니다. 아시아와 라틴아메리카 여성과의 결혼시장이 번성했던 1970~80년대 독일의 사정에 대해서는 마리아 미즈,《가부장제와 자본주의》, 300~301쪽 참조. 따라서 이 사업에서 국제결혼의 성사 여부는 여성쪽의 욕망과는 무관하다. 그녀들은 선택되는 상품으로 존재할 뿐이다. "쩜 여사의 합숙소는 호치민 시내의 수십 개가 넘는 크고 작은 합숙소 중 한 곳이었다. 중매쟁이 아줌마 손에 이끌려 합숙소로 온 처녀들은 결혼이 성사될 때까지 그곳을 떠나지 않았고 떠날 수 없었다. 처녀들은 돈을 한 푼도 내지 않았지만 결코 공짜가 아니었다. 그녀들이 먹고 자고 생활하는 데 들어가는 비용은 미래의 남편이 될 한국 남자가 지불해야 했다. 쓰엉은 합숙소 고참 떼 언니에게 공동 주방에 있는 가스레인지 사용법을 배웠다. 껀져 출신 떼 언니는 틈만 나면 일층 응접실에서 한국 드라마를 보았고 혼잣말처럼 한국어를 중얼거렸지만 여섯 달이 넘도록 한국 남자에게 선택되지 못했다. 떼 언니는 합숙소에 있는 전자레인지와 세탁기 사용 방법을 친절하게 가르쳐 주었고 호치민 시내에 있는 야시장으로 쓰엉을 데리고 갔다." 서성란,《쓰엉》, 145쪽.

39 김현미,〈'사랑'의 이주?: 국제결혼 베트남 여성의 결혼 이주 과정〉, 김영옥 외,《국경을 넘는 아시아 여성들》, 14~17쪽.

과하고는, 하위의 존재에 대한 부정(/배제, 무시, 모욕, 혐오) 속에서만 스스로의 정체를 확인할 수 있는 복합적 위계구조의 폭압성을 제대로 들여다보기 어렵다는 점이다.

자매애의 불가능성, 내적 격차의 모성 봉합술

여성 내부의 위계는 어떻게 파헤쳐지며 또 어떻게 봉합되는가. 한국사회에서 학력이나 능력이 없는 여성이 어떻게 생계를 꾸릴 수 있는가에 대해 특별한 상상력이 필요하지 않다. 사회의 최하층에 놓인 존재인 박카스 할머니의 일상을 담은 영화 〈죽여주는 여자〉(2016)에서 그녀의 삶은 사회적 약자들과 공존한다. 영화가 갖는 사회적 메시지의 의미를 인정한 채로 짚어 보자면, 긍정적이든 부정적이든 영화의 여운은 박카스 할머니의 이른바 '선행'이 불러오는 불편함에서 온다. 노인들을 '죽여 주고' 필리핀 코피노 아이를 '지켜 주는' 그녀의 행위는 그녀의 것이라기보다 성을 팔면서 생계를 유지하고 있음에도 그녀의 내면에 성스러운 모성이 내장되어 있음을 포착하려는 감독의 판타지적 시선이 만들어 낸 것처럼 여겨지기 때문이다. 왜 남성 노인들은 스스로의 존엄을 여성의 손과 몸과 마음을 빌려 지켜야만 했는가. 자신의 일상도 제대로 유지하지 못할 상황임에도 왜 그녀는 성병 치료를 받기 위해 들른 병원에서 우연히 만난 필리핀 코피노 아이를 구해야 했는가. 삼팔따라지로 양공주로 몸을 팔면서 살 수밖에 없었지만 그런 자신을 부끄러워하지 않으면서도, 왜 그녀는 혼혈아를 낳아 입양을 보내야 했던 아픈 과거를 자신의 치부로, 죄의식으로 간직해야 했는가. 사회적 타자들에 대한 온정적 시선이 따뜻하게 배어 있는 이 영화가 그들의 삶에 대한 잔잔한 구현만으로도 사회적 환기력을 갖고 있음을 부인하기 어렵지만, 동시에 이 영화가 사회적 타자'들' 사이의 위계에 대해서는 아무런 관심이 없으며, 나아가 그들 사이에 놓인 슬픔과 고통이 모성의 이름으로 봉합될 수 있을 것이라는 믿음을 새기고 있는 점은 불편한 뒷맛을 남긴다.

부러 비교의 관점에서 바라볼 필요는 없지만, 타자들 내부의 차이, 타자들 내부의 공유 지점과 그럼에도 공유 불능의 지점을 보여준다는 점에서 영화 〈미씽〉(2016)[40]이 파헤친 여성과 이주여성의 관

---

40 표층 서사로 보면, 영화 〈미씽〉은 조선족 보모가 돌보던 아이를 데리고 사라진 사건을 추적하는 이야기다. 이혼 후 싱글맘으로 사는 아이의 엄마는 되새기듯 묻는다. 아이를 데리고 보모는 어디로 간 것일까. 하지만 아이의 남편/시어머니의 입장에서 이 사건은 양육권을 두고 소송 중인 싱글맘이 보모와 짜고 아이를 빼돌린 사건처럼 보인다. 그러나 따지자면 영화의 부제인 '사라진 여자'가 정확하게 가리키고 있듯, 영화 〈미씽〉은 사라진 아이가 아니라 '사라진 여자'를 추적하는 이야기다. 급작스럽게 아이를 데리고 보모가 사라진 상황에 맞닥뜨린 싱글맘 이지선은 그녀의 말을 믿지 않는 공권력을 뒤로 하고 스스로 보모 한매의 뒤를 쫓게 된다. 이후 밝혀지는 사연은 처참할 정도로 비극적이다. 결혼 이주여성인 김연은 폭력적인 가부장 가정에 갇혀 아들을 낳을 것을 강요당한다. 대를 이을 아들을 필요로 하는 가부장 가족에게서 돈에 팔려 온 씨받이와 다름없는 생활을 하던 그녀가 아이를 낳았으나, 그 아이가 선천성 질환에 시달리면서 사정은 더 안 좋아진다. 아이는 다시 낳으면 된다고 생각하는 시어머니와 남편은 아이의 병을 고치기 위한 노력을 하지 않으며, 오히려 아이의 치료를 위한 그녀의 노력을 이용해 돈과 성을 악랄하게 갈취한다. 아이의 병원비 때문에 장기를 팔았으나 결국 아이의 병을 치료하지 못하고, 자신도 모르게 아이의 치료를 포기하겠다는 남편의 각서로 아이와 함께 병원에서 내쫓기며, 결국 아이는 죽고 만다.

계에는 상대적으로 진일보한 의미가 담겨 있다. 김연/한매, 그녀는 누구인가. 한국말이 그리 유창하지 못한 한매는 영화에서 긴 통곡과 울부짖음, 일그러진 표정으로만 말하는 존재로 그려진다.[41] 매매춘 업소 동료에 의해 '착한 사람'으로 규정되지만, 국제결혼으로 비참한 삶을 살아야 했던 이주여성인 그녀는 영화에서 모성적 존재로서만 다루어진다. 한매가 죽어 가는 아이를 안고 병원으로 뛰어가던 도중 어두운 길 위에서 아이의 죽음을 확인하고 오열하는 장면은 긴 여운을 남기는데, 그녀의 통곡 소리는 오래도록 이어지면서 어두운 방 안에 누워 선잠을 자던 지선의 컷과 겹쳐진다. 영화에서 지선은 점차 한매의 고통에 찬 삶을 알게 되면서 그녀에 대한 이해를 넓혀 가고, 결국 한매의 고통에 가닿게 된다.

이제 그녀들은 고통을 함께 나누는 존재가 되었는가. 그렇게 지선과 한매는 여성(/엄마)으로서 서로의 고통에 공감하게 되었다고 말해도 좋은가. 영화에 따르면 그렇지 않다. 현실 논리에서 보자면 그럴 수 없기도 하다. 1960년대 중반 이후로 국제적 노동분업과 하청 체계를 통해 세계경제 체제에 편입된 이후로, 한국사회는 공적/사적 영역에 성별 분할 인식을 결합해 여성노동을 전반적으로 하향 가치화해 왔으며, 이러한 구조를 유지하기 위해 여성 내부의 차이

---

41 병원비를 정산하지 못해 병원 침대에서 쫓겨나 쓰레기 치워지듯 아이와 짐들이 복도에 부려졌을 때, 자신도 모르게 남편이 아이의 치료를 포기한다는 각서를 썼음을 알았을 때, 자신의 죽은 아이 재인을 김치냉장고에 넣어 두고 지선의 아이 다은을 안고서 울지도 웃지도 못하는 표정으로 그녀가 무엇을 생각하고 느꼈는지 우리는 알지 못한다.

를 적극적으로 활용해 왔다.[42] 여성이 어쩌다가 '잊혀지고 무시되고 차별받는' 것이 아니며, 여성노동이 무화되고 저평가되는 것도 다른 보편적 이론이나 정책이 '아직' 수용하지 못한 '특수한' 사정 때문이 아니다.[43] 사실상 한국사회에서 여성이 자신의 임금노동을 인정받기 위해서는 다른 (국가-계급-인종-지역) 여성의 무급노동을 착취해야 한다. 이주여성의 노동이 무급의 형태로 희미해지고 가사노동과 돌봄노동을 떠맡는 존재가 되어야만, 그녀는 자신의 노동을 인정받게 된다. 냉장고 안에 죽은 자신의 아이를 넣어 두고, 돌보아야 할 아이를 안아야 하는 한매의 처지야말로, 재생산노동의 시장화가 만들어 낸 해결할 수 없는 모순의 비극적 장면이 아닐 수 없다.[44]

〈미씽〉의 울부짖는 두 여자는 아이를 잃은 엄마들이다. 그 이전에 아이를 사랑하는 엄마들이다. 그러나 아이에 대한 사랑의 단단함과는 무관하게, 아이는 엄마의 힘만으로 지켜지지 않는다. 이혼을 하고 아이를 빼앗기지 않기 위해 한 여자는 아이 얼굴을 보지 못한 날들이 이어져야 할 만큼 일을 해야 한다. 한 여자는 아픈 아이를 지키기 위해 장기와 섹스, 말 그대로 육체를 파는 일을 해야 한다. 그나마도 한 여자의 엄마로서의 삶은 다른 여자(이주여성이자 하층 여성)의 돌봄노동을 착취하고 삶 전부를 갈취하고서야 간신히 유지될

---

42 김현미·손승영,〈성별화된 시공간적 노동 개념과 한국 여성노동의 '유연화'〉,《한국여성학》19(2), 2003, 74~82쪽.

43 마리아 미즈,《가부장제와 자본주의》, 63쪽.

44 실비아 페데리치,《혁명의 영점》, 188~193쪽.

수 있다. 두 여자는 같은 고통을 겪는다. 그러나 두 여자의 고통은 결코 같지 않다. 이 영화는 두 여자 사이에 놓인 고통의 국가적 - 계급적 - 인종적 격차를 포착하면서 조선족 보모가 아이를 데리고 사라진 사건이라는 표층의 서사와는 다른 환기력을 갖게 된다. 아이를 전해 주고 바다로 몸을 던진 한매를 구하기 위해 지선이 바다로 뛰어들지만, 한매는 그녀의 손을 뿌리치고 바다 깊숙이 침잠한다. 영화는 자신의 아이를 지키려는 결혼이주여성의 열망이 국가적 - 계급적 - 인종적 위계의 상층부에 놓인 '엄마-아이'에 대한 복수의 형식으로, 범죄의 양태로서나 표출될 수밖에 없음을 보여 준다. 또한 동시에 그 복수와 범죄가 아이를 잃은 엄마로서 결코 완수될 수 없으며, 그나마도 자기파괴의 형태로나 종결될 수 있음을 포착한다. 영화는 그녀들이 동량의 고통에 깊이 공감하면서도 그리 손쉽게 자매애로 연대할 수 없는 사정, 여성혐오와 결합되어 있는 한국사회의 가부장제적 (노동)현실을 환기한다.

〈미씽〉이 여성혐오와 가사노동/돌봄노동에 대한 가치폄훼가 농후한 사회가 만들어 낸 비극적 사태를 여성을 중심으로 풀어 내려한 시도는 유의미하다. 그럼에도 〈미씽〉에서 여성이 모성적 존재로서 제한되고 모성의 신성성이 전면적으로 질문되지 않는 점은 아쉽다. 왜 그녀들은 자신의 삶을 지탱하기 어려운 상황에서도, 아이를 포기하지도 아이에 대한 사랑을 한 치도 의심하지 않는가. 그녀들은 왜 엄마로서만 존재해야 하는가. 그것도 다른 엄마의 삶을 착취하면서나 가능한 삶을 말이다. 왜 그녀들의 존재 이유는 엄마가 되어야 하는가. 아마도 이때의 모성이란 국가와 인종, 계급과 젠더의 위계가 복합적으로 작용해 만들어지는 여성 내의 새로운 불평등을 은폐하는 다른 이름이기 때문이 아닐까. 이것에 대해 묻지 않고, 우리가 사라지는 여성들에 대해 무엇을 말할 수 있을까.

포스트 민주화 시대로의 이행을 위하여

광장 민주주의가 새로운 시대를 열어젖히고 있다. 하지만 이후를 상상하기는 쉽지 않다. 민주화 이후 민주주의 실현을 위한 한국사회의 여러 시도들이 시도로서 가치를 갖는 동시에 무시와 모욕, 혐오가 들끓는 한국사회의 일면은 그 시도에 상응하는 실효를 거두는 일이 여전히 쉽지 않다는 사실을 확인하게 한다. 87년 민주화 이후 민주주의는 개인의 해방을 이끌었으며, 타자의 얼굴을 발견했다. 그러나 곧 경제적 함의만 남긴 채 정치성을 상실한다.[45] 타자와 경계에 대한 사유의 발견이 무엇을 의미하는가를 충분히 확인하기도 전에 IMF 금융위기는 그러한 시도의 가능성을 냉각시켰다. 한국사회

---

45 손희정은 혐오가 시대적 집합감정이 된 사정의 한 원인을 87년 체제와 그 실패에서 찾는다. 87년 체제의 실패라기보다 제도적 민주화가 획득되었다는 것의 의미를 좀 더 엄밀하게 묻는 것이라고 해야 할 터, 서구 자유민주주의의 제도적 정착이 말하자면 신자유주의로의 진입으로 명명되는 97년 체제로의 이행을 내적으로 요청하고 있었다고 판단한다. 이러한 판단의 정당성에 대한 점검은 본격적인 논의를 통해 이루어져야 할 것이지만, 결과적으로 손희정이 강조하는 것은 모든 것의 개인화가 불러온 정치적, 경제적 공백의 (부정적) 효과이다. 손희정, 〈혐오의 시대 – 2015년, 혐오는 어떻게 문제적 정동이 되었는가〉, 《여/성이론》 32, 2015, 14~24쪽.

는 꽤 약화되었다고 여겨졌던 권위주의적 경향이 복권되고 나쁜 의미의 다원주의적 경향이 강화되는[46] 반동적 상황을 사회적 난제로서 맞이해야 했다.[47]

상황의 복잡성은 강화되는 중이다. '권리 없는 자들'과 '몫 없는 자들'에 대한 확정이 쉽지 않으며, 그들 사이의 관계에 대한 설정이 쉽지 않은 상황이기 때문이다. 입신출세 담론의 사회적 실현 가능성은 거의 사라졌으나, 그것은 신자유주의 이데올로기와 결합하여 노력론으로 여전한 영향력을 행사하고 있다.[48] 여기에 덧붙여 한국 사회의 오래된 사회감정인 평등주의 열망은 다원주의적 정체성이 가시화되는 장을 열어 주는 긍정적 힘으로 작동했으나 결과적으로 다양한 정체성들 사이의 관계에 대한 조정에서 실효성 있는 힘으로 작동하지 못했고, 오히려 기회균등에서 분배균등의 지점으로 인식적 전환이 이루어져야 할 시기에 그러한 변화를 막는 반동적 힘으로 작동했다. 조희연을 빌려 말하자면, 87년 체제가 시대적 과제로

---

46 민주화의 역설과 나쁜 다원주의의 효과에 대해서는 〈데모스를 구하라 – 민주화의 역설과 한국소설의 종말론적 상상력 재고〉, 《하위의 시간》, 문학동네, 2016 참조.

47 이러한 곤경은 87년 체제가 갖는 성격 즉 "87년 6월 항쟁에서 87년 헌법이 구성되어 대통령 선거를 향해 가기까지의 시간 속에서 이루어진 여러 사회세력 간의 타협과 조정 그리고 그때 형성된 제도적 매트릭스가 정치, 경제, 사회 영역에서 일진일퇴를 거듭하는 긴 교착, 나쁜 균형의 상태로 우리 사회를 몰아넣"은 결과이기도 하지만, 87/97 체제 논쟁 자체는 이 글의 관심사와는 거리가 있어 여기서는 다루지 않는다. 김종엽 편, 《87년체제론》, 창비, 2009, 40쪽.

48 물론 입신출세주의와 노력론에 대한 냉소와 풍자가 '헬조선'론으로 '노오력'론으로 '금수저/흙수저'론으로 노골화되었으나, 한국사회에서 그 담론의 영향력 자체가 힘을 잃었다고 말하기는 어려운 상황이다.

부여했던 민주(주의) 개혁이 새로운 가능성과 제약 하에서 전면화되지 못하고 97년 체제의 제약 하에서 전환을 맞게 되었다고도 할 수 있다. 말하자면 포스트 민주화 시대의 시대정신은 무엇인가라는 지향을 만들어 내지 못한 채 민주화 이후, 즉 포스트 민주화 시대로의 이행을 위한 진통을 겪으면서 지체되고 있는 것이다.[49]

탈국경의 일상화는 한국사회가 직면한 역류 현상을 추동하는 주요 동력 가운데 하나다. 탈국경의 일상화와 이주의 여성화 경향은 지금 이곳에서 민주주의 실현의 주체와 대상을 둘러싼 좀 더 근본적 질문을 촉구한다. 혐오 특히 여성혐오는 금희의 소설이나 영화 〈미씽〉을 통해 살펴보았듯, 국가적·인종적·계급적·젠더적 차이가 복합적 영향 관계 속에서 구축하는 위계구조와 그것에 의해 극심해진 내적 차별의 감정적 결과물이며, 동시에 역사적으로 축적되어 일상화된 관습적 인식의 발현이다. 여성혐오의 형식을 취하지만, 탈국경의 일상화 경향을 염두에 두고 보자면, 여성혐오의 내부에는 계급적 차이와 인종적 차이가 만들어 내는 위계구조가 은폐되어 있다. 여성혐오로 표출된 사회문제는 젠더적 차원의 문제만이 아니며, 따라서 그에 대한 해법 혹은 대처는, 그 내부에 중층적으로 은폐되어 있는 계급적-인종적 위계구조에 대한 비판적 검토 없이 마련되기 어렵다. 포스트 민주화 시대로의 이행을 위해서는 사회적 타자에 대한 통치술은 말할 것도 없이 사회적 타자'들' 내부 차이의 봉합술에 대한 철저한 해부가 요청된다. 무엇보다 여성노동을 삭제하

---

49 김종엽 편,《87년체제론》, 81~84쪽.

고 여성 내부의 차이를 모성으로 대표되는 가부장제 이데올로기로 봉합하는 방식에 대한 철저한 해부 없이는 한국사회는 좀 더 오랫동안 민주화의 역류 혹은 지체기에 머물러야 할지 모른다.

■ 참고문헌

권금상, 〈대중매체가 생산하는 '이주여성' 재현의 사회적 의미: 결혼이주민과 북한
　　이탈주민 TV 프로그램을 중심으로〉, 《다문화사회연구》 6(2), 2013, 39~81쪽.

권김현영 외, 《남성성과 젠더》, 자음과모음, 2011.

금희, 《세상에 없는 나의 집》, 창비, 2015.

김동춘, 〈조롱과 테러, 파리의 두 야만〉, 《한겨레》 2015년 1월 21일자.

김려령, 《완득이》, 창비, 2008.

김민정, 〈전성태 소설에 나타난 주체성과 타자 인식 연구 - 디아스포라를 모티프
　　로 한 소설을 중심으로〉, 《한민족문화연구》 51, 2015, 195~221쪽.

김수아, 〈온라인상의 여성 혐오 표현〉, 《페미니즘연구》 15(2), 2015, 279~317쪽.

김애란, 《비행운》, 문학과지성사, 2012.

김영옥 외, 《국경을 넘는 아시아 여성들》, 이화여자대학교출판부, 2009.

김인경, 〈탈북자 소설에 나타난 분단현실의 재현과 갈등 양상의 모색〉, 《현대소설
　　연구》 57, 2014, 267~293쪽.

김종엽 편, 《87년체제론》, 창비, 2009.

김지혜, 〈다문화 소설에 나타난 이중적 환대와 교육의 문제〉, 《문학교육학》 44,
　　2014, 245~275쪽.

김현미·손승영, 〈성별화된 시공간적 노동 개념과 한국 여성노동의 '유연화'〉, 《한
　　국여성학》 19(2), 2003, 63~96쪽.

김현미, 《글로벌 시대의 문화번역: 젠더, 인종, 계층의 경계를 넘어》, 또하나의문
　　화, 2005.

김현미, 〈글로벌 신자유주의 경제질서와 이동하는 여성들〉, 《여성과평화》 5,
　　2010, 121~142쪽.

김현미, 《우리는 모두 집을 떠난다: 한국에서 이주자로 살아가기》, 돌베개, 2014.

김홍미리, 〈'여성이 죽는다' 호소에 "같이 문제 풀자" 응답해야〉, 《한겨레》, 2016
　　년 5월 21일자.

김효석, 〈'거울'의 서사와 '탈북'을 둘러싼 다양한 시선들: 탈북자를 대상으로 한 최근 소설들을 중심으로〉,《문예운동》105, 2010, 388~408쪽.

문강형준, 〈'묻지마 살인'이 아니다〉,《한겨레》, 2016년 5월 20일자.

박경용, 〈한 조선족 여성의 가족사를 통해 본 디아스포라 경험과 생활사: 1932년 생 박순옥의 삶을 중심으로〉,《아시아연구》17(3), 2014, 1~36쪽.

류진희, 〈'촛불 소녀'에서 '메갈리안'까지, 2000년대 여성혐오와 인종화를 둘러싸고〉,《사이間SAI》19, 2015, 41~66쪽.

마리아 미즈,《가부장제와 자본주의》, 최재인 옮김, 갈무리, 2014.

마사 너스바움,《혐오와 수치심》, 조계원 옮김, 민음사, 2015.

마사 너스바움,《감정의 격동》1, 조형준 옮김, 새물결, 2016.

모로오카 야스코,《증오하는 입》, 조승미 · 이혜진 옮김, 오월의봄, 2015.

박병률, 〈남녀 임금격차, 가장 큰 이유는 '그냥'〉,《경향신문》2015년 5월 26일자.

박인규, 〈주간프레시안뷰: 〈샤를리 에브도〉 테러, 웃는 자는 따로 있다〉,《프레시안》2015년 1월 24일자.

백지연, 〈돌아오기 위해 떠나는 사람들〉, 금희《세상에 없는 나의 집》해설, 창비, 2015, 273~289쪽.

사스키아 사센,《축출 자본주의》, 박슬라 옮김, 글항아리, 2016.

서성란,《쓰엉》, 산지니, 2016.

소영현,《하위의 시간》, 문학동네, 2016.

손희정, 〈우리 시대의 이방인 재현과 자유주의적 호모내셔널리티〉,《문화과학》81, 2015, 364~386쪽.

손희정, 〈혐오의 시대 – 2015년, 혐오는 어떻게 문제적 정동이 되었는가〉,《여/성이론》32, 2015, 12~42쪽.

신동일, 〈외국인, 외국인 범죄, 그리고 합리적 형사정책〉,《형사정책연구》84, 2010, 275~300쪽.

실비아 페데리치,《캘리번과 마녀》, 황성원 · 김민철 옮김, 갈무리, 2011.

실비아 페데리치,《혁명의 영점》, 황성원 옮김, 갈무리, 2013.

연남경, 〈한국현대소설에 나타난 접경지대와 구성되는 정체성〉,《현대소설연구》52, 2013, 253~281쪽.

오윤호, 〈탈북 디아스포라의 타자정체성과 자본주의적 생태의 비극성: 2000년대 탈북 소재 소설 연구〉,《문학과환경》10(1), 2011, 235~258쪽.

오윤호, 〈디아스포라의 플롯: 2000년대 소설에 형상화된 다문화 사회의 외국인 이주자〉,《시학과언어학》17, 2009, 231~249쪽.

오카 마리, 〈제3세계 페미니즘과 서발턴〉, 이재봉·사이키 가쓰히로 옮김,《코기토》73, 2013, 599~629쪽.

오카 마리,《그녀의 진정한 이름은 무엇인가》, 이재봉·사이키 가쓰히로 옮김, 현암사, 2016.

우에노 지즈코,《여성 혐오를 혐오한다》, 나일등 옮김, 은행나무, 2012.

윤보라, 〈일베와 여성혐오: "일베는 어디에나 있고 어디에도 없다"〉,《진보평론》57, 2013, 33~56쪽.

윤보라, 〈온라인 페미니즘〉,《여성이론》30, 2014, 166~180쪽.

윤보라 외,《여성 혐오가 어쨌다구?》, 현실문화, 2015.

이명자, 〈신자유주의 시대 남한영화에 재현된 탈북이주민과 그 문화적 함의〉,《통일문제연구》25(2), 2013, 95~128쪽.

이미림, 〈2000년대 다문화소설에 나타난 이주노동자의 재현 양상〉,《우리문학연구》35, 2012, 317~346쪽.

이반 일리치,《그림자 노동》, 노승영 옮김, 사월의책, 2015.

이수자, 〈이주여성 디아스포라〉,《한국사회학》38(2), 2004, 189~219쪽.

이주여성인권포럼,《우리 모두 조금 낯선 사람들》, 오월의 봄, 2013.

이토 마모루,《정동의 힘》, 김미정 옮김, 갈무리, 2015.

이현주, 〈한국 텔레비전의 결혼이주여성 재현에 관한 연구: 〈러브 인 아시아〉, 〈인간극장〉 내러티브 분석을 중심으로〉, 계명대 대학원(박사), 2011.

임선일, 〈에스니시티(ethnicity) 변형을 통한 한국사회 이주노동자의 문화변용 연구: 한국계와 비한국계 이주노동자의 사례 비교〉, 성공회대 대학원(박사), 2010.

자크 데리다,《불량배들》, 이경신 옮김, 휴머니스트, 2003.

장미영, 〈제의적 정체성과 디아스포라 문학〉,《한국언어문학》68, 2009, 435~454쪽.

전성태,《두번의 자화상》, 창비, 2015.

정인경, 〈포스트페미니즘 시대 인터넷 여성혐오〉, 《페미니즘연구》 16(1), 2016, 185~219쪽.

주디스 버틀러, 《혐오 발언》, 유민석 옮김, 알렙, 2016.

케빈 케니, 《디아스포라이즈is》, 최영석 옮김, 앨피, 2016.

한희정, 〈이주여성에 관한 혐오 감정 연구: 다음사이트 '아고라' 담론을 중심으로〉, 《한국언론정보학》 75, 2016, 43~79쪽.

허병식, 〈2000년대 한국소설에 나타난 다문화주의와 정체성 정치 비판〉, 《다문화와평화》 6(1), 2012, 63~84쪽.

허재현, 〈베트남인 '세월호유가족' 판반짜이는 말한다〉, 《한겨레》, 2014년 12월 27일자.

허정, 〈전성태 소설에 나타난 단독성과 소통〉, 《한국민족문화》 49, 2013, 187~228쪽.

황정아, 〈탈북자 소설에 나타난 "미리 온 통일": 《로기완을 만났다》와 〈옥화〉를 중심으로〉, 34(2), 2015, 47~69쪽.

한홍구 · 서경식 · 다카하시 데쓰야, 《후쿠시마 이후의 삶》, 이령경 책임번역, 반비, 2013.

유커游客와 싼커散客,
탈식민적 아시아의 정동지리학

서동진

이동하는 사람들: '디아스포라'에서 '유커'까지

'최순실 게이트'로 시끌벅적한 소동이 벌어지던 그해, 즉 2016년 말부터 심심찮게 뉴스에 등장하던 화제가 있었다. 미국의 사드 THAAD(고고도미사일 방어체계) 배치가 결정되고 난 연후 한국 연예인들과 예술가들의 중국 공연이 잇달아 취소되고, 주요한 중국 수출 품목들이었던 화장품·공기청정기·양변기 등에 대하여 중국이 수입을 불허하였으며, 사드 부지를 제공했다는 이유로 롯데에 대한 세무 조사가 실시되었다···. 이어서 마침내 중국 내부에서 롯데의 중국 내 점포들에 대한 영업 규제가 시작되었고, 중국 인터넷의 소셜미디어SNS: Social Network Services에서 반한反韓 분위기가 확산되고 있다는 기사가 연일 쏟아졌다. 그리고 한한령限韓令에 따른 비자 발급 제한 등의 조치로 인해 중국으로부터 단체관광객 예약이 일순 사라졌다. 더불어 중국인 관광객이 급감하면서 그것이 국내 관광산업과 경제성장에 미치는 효과에 대한 분분한 예측이 신문과 TV의 뉴스에 단골처럼 등장했다.

그리고 우리는 거의 매일 듣던 한 이름을 뜸하게 듣게 되었다. 그것이 유커游客일 것이다. 유커는 관광객을 일컫는 중국의 낱말이다. 이를 올바르게 발음하는 표현은 "뤼커", "요우커"라는 제안이 있었지만 어느새 토착화된 발음과 표기인 유커는 한국사회에서 표준적인 표기처럼 자리 잡았다.[1] 유커가 관광객을 가리키는 말이라면, 베이징에서

---

1 국립국어원과 한국신문방송편집인협회가 공동 운영하는 정부·언론외래어심의공

하이난 성의 해변 리조트로 여행을 떠나는 여행자도 유커이고 상해에서 안전한 분유를 사기 위해 홍콩으로 원정 쇼핑을 가는 여행자도 유커이며 한류 드라마의 촬영 현장을 찾는 관광객도 유커다. 그렇지만 관광객을 총칭하는 이 낱말은 한국에서는 일종의 '문화번역'을 통해 한국을 찾은 중국 관광객을 가리키는 특별한 명칭으로 정착되었다.

유커는 한국의 관광시장과 면세점과 호텔, 식당, 리조트 등을 비롯한 여행산업의 소비자이자 고객이다. 그들은 중국인이기에 앞서 관광객으로 분장한 어떤 중국인이다. 나아가 관광산업이나 대중매체를 통해 특별한 이미지로 표상되고 정체화된 관광객이다. 따라서 유커란 중국인도 관광객도 아닐지 모른다. 그들은 한국사회가 상상한 서사 속의 인물이다. 유커는 호스트host로서의 우리가 게스트guest로서의 중국인을, 즉 관광과 여행이라는 서사적 회로를 경유해 상상한, 현실에는 없는 중국인을 가리킬 뿐이다. 사람들은 미국인 관광객을 '투어리스트tourist'로 부르지 않고 일본인 관광객을 '료코우캬쿠旅行客(りょこう客きゃく)'로 부르지 않는다. 그러나 중국인 관광객

동위원회 제118차 회의(2014년 12월 3일)에서는 중국어 표기법에 따라 '유커'로 적기로 결정하였다. 나아가 국립국어원은 유커라는 것이 적절치 않은 표현이라고 하면서, '유커' 대신 '중국 관광객' 또는 '중국인 관광객'으로 바꿔 쓰는 것을 권장하고 있다고 한다. 그러나 이러한 국립국어원의 결정에 대한 비난 역시 거세게 나타났다. 한 주간지는 중국인 관광객을 헷갈리게 하는 중국어 표기법을 두고 "국립국어원의 외래어표기법 규정이 뜻도 안 통하고 말도 안 통하는 '외계어' 표기를 양산하고 있다. 최근 급속히 늘어난 중국어 표기는 심각한 문제다. 신문 지면에 늘 등장하는 '유커' 같은 표현이 대표적이다. 심지어 한국으로 시집온 중국 여성조차 "유커가 뭐냐?"며 한국어 독해에 어려움을 호소할 정도다"라고 거세게 힐난하기도 한다. 이동훈, 〈'유커'냐 '요우커'냐?: 뜻도 안 통하고 말도 안 통하고… 국립국어원의 이상한 중국어 표기법〉, 《주간조선》 2428호, 2016.

은 어김없이 유커로 호명된다.

단체관광을 통해 자신을 찾은 관광객을 향해 건네진 집단적 응시가 만들어 내는 만남의 서사는, 1960~70년대에 유럽과 미국을 찾은 일본인 단체관광객을 둘러싼 재현과 대조해 볼 만하다. 수전 손택Susan Sontag이 그녀의 사진비평서에서 냉소적으로 서술했던 것처럼,[2] 깃발을 든 인솔자의 뒤로 바싹 줄지어 선 채 카메라 셔터를 눌러 대는 일본인 단체관광객의 이미지는, 서구 '호스트'의 일본인을 향한 시선을 응축한다. 그것은 짧은 국경일 연휴 기간 동안 함께 몰려 여행을 떠나야 했으며 외국어를 해득한 능력을 가진 이들이 소수였기에 가이드 투어가 인기를 누릴 수밖에 없었던 사정을 무시한다. 혹은 1980~90년대 초 일본을 떠들썩하게 했다는 "Yellow cab(イエローキャブ)" 소동을 상기해 볼 수도 있다.[3] 성적으로 분방한 서구 백인 남성을 향한 아시아에서 고개를 내민 새로운 세대의 '헤픈' 여성을 가리키는 이 낱말은 관광객을 향한 이미지나 표상이 역사적인

---

2 수전 손택,《사진에 관하여》, 이재원 옮김, 이후, 2005.

3 '옐로우 캡'은 미국을 찾은 일본의 젊은 여성 여행자들이 미국인을 비롯한 백인 남성을 향해 적극적으로 성적인 구애를 하는 것을 가리키는 말이다. 택시를 타듯 아주 쉽게 만나고 즐길 수 있다는 뜻에서 일종의 '헤픈' 일본인 여성을 뜻하는 말로 만들어졌다고 한다. 이는 1980년대 후반과 90년대 초반 소설, 잡지 기사 등을 통해 일본 전역에서 상당한 논쟁을 불러일으킨 것으로 알려져 있다. 당시 엔고 현상에 힘입은 데다 높은 가처분소득으로 여유를 가지게 된 세련된 고학력의 젊은 일본 여성들이 미국을 비롯한 서구로 여행을 떠나 성적 파트너를 찾아 모험을 벌이는 것은 억압적이고 차별적인 일본의 젠더 체계에 대한 거부로 읽히기도 했다. 그런 점에서 이는 남성과 여성, 서구와 아시아, 오리엔탈리즘과 섹슈얼리티, 민족적 남성성, 여행의 정체성 등이 복잡하게 얽혀 있다. S. Buckley ed. *The Encyclopedia of Contemporary Japanese Culture*, London & NY: Routledge, pp. 533-536.

것임을 귀띔해 준다. 그러나 그렇다 해도 이는 하위문화적 정체성에 가까운 것이었지 민족=관광객의 정체성을 제시하는 것은 아니었다. 그런 점에서 유커는 특별하다. 이 글에서 우리는 이동하는 주체를 가리키는 다양한 이름들 가운데 유커라는 주체를 고른다. 그리고 '이동하는mobile'(혹은 부동하는immobile) 주체를 이해하고자 투여되는 서사가 무엇인지 그리고 그것에 어떤 감정과 정동이 부과되고 운반되는지 해부하고자 할 것이다.

장소, 이동, 서사

전 지구적 이동을 규정하는 많은 힘들이 있다. 추방, 망명, 이주, 난민, 노동과 같은 계기는 한동안 국가 간 이동의 주된 동인動因이었다. 그리고 이는 '디아스포라diaspora' 개념이 암시하고 제안하는 것처럼, 민족국가란 사회적 공동체에 의해 제한되지 않는 숱한 유사-국민(민족) 정체성을 낳았다. 디아스포라는, 이주를 통해 하나가 아닌 여러 분산된 곳에서 민족 정체성을 (탈)구성하거나 변용하는 관련한 다양한 정치적, 경제적, 문화적 실천을 조망하게 하는 개념이었다. 그리고 이는 오랜 동안 지리적 경계를 가로지르는 이동과 그 이동하는 주체가 구성하고 체득하며 전승, 단절, 변용하는 정체성을 헤아리는데 매우 큰 역할을 하였다.[4]

---

4 디아스포라란 개념의 여정에 대해서는 코헨의 글을 참조하라. 그는 민족적 이산민

그런데 이러한 지리적 이동과 그 이동 행위를 이루는 다양한 형태(이주, 이민, 도피, 여행, 유학, 망명, 난민 등)는 지리적 공간의 정치적 유형과 불가분의 관계를 이룬다. 이러한 지리적 공간의 정치적 유형을 대표하는 지명地名 가운데 하나가 '제3세계' 일 것이다. 제국주의 이후의 역사적·정치적 지형이었던 제1세계와 제3세계는, 이제 전 지구적 북반구global north와 전 지구적 남반구global south라는 새로운 분할로 전환하였다.[5] 국제정치를 규제하고 관여하는 국제기구를 비롯해 저널리즘을 통해 널리 확산된 이 개념은, 우리가 살고 있는 세계의 분할과 지배를 상상하고 지시하는 개념이 되었다. 그렇지만 전 지구적 북반구/남반구란 개념이, 1950년대에 부상해 1970년대에 절정을 이루며 냉전 체제의 붕괴 이후 사멸하거나 쇠락한 '제3세계(주의)'란 개념과 같은 효력을 가지고 있을 것이라고 짐작하기는 어려워 보인다.

제3세계란 개념은 무엇보다 이를 정치적, 사회적, 문화적 이상으로서 구상하고 추진하는 정치체political entities를 지니고 있었다. 이를테면 회의(예컨대, 반둥회의Bandung Conference, 3대륙회의Tricontinental Conference /Solidarity Conference of the Peoples of Africa, Asia and Latin America), 기구(아시아–아프리카 민중연대기구AAPSO; Afrtican-Asian Peoples' Solidarity Organization, 동남

을 가리키던 지시어에서 벗어나 고향이나 조국을 등지게 된 사람들을 망라하는 '은유적 호칭'으로 나아가고, 다시 탈식민과 세계화의 조건에서 민족정 동일성에 집착한다는 연유로 비판을 받는 등의 과정을 크게 네 개의 단계로 분류하고 디아스포라의 역사를 조회하고 소개한다. 로빈 코헨, 《글로벌 디아스포라》, 유영민 옮김, 민속원, 2016.

5   아리프 딜릭, 《글로벌 모더니티》, 장세룡 옮김, 에코리브르, 2016.

아조약기구SEATO; The Southeast Asia Treaty Organization 등), 조직, 대표기관(정부, 민족해방 혹은 인종차별 반대 운동단체 등), 네트워크(비동맹운동NAM; Non-Alined Movement 등), 경제 관계(발전development, 근대화modernization, 신국제경제질서NIEO; New International Economic Order[6] 등), 이론적 담론(종속이론, 세계체제론 등), 정치적, 군사적 전략(저 유명한 체 게바라의 거점 foquismo, focalism) 등은 모두 제3세계란 개념이 단지 지리적 구분을 가리키는 것 이상이었음을 예시한다.[7]

그러나 전 지구적 남반구란 개념은 그러한 정치적 이상주의(비자본주의 발전과 민족 독립 등)와 아무런 관련이 없다. 또한 그것은 동서 냉전의 문제를 남북 문제로 전환하며 지리 정치의 구조를 제시하던 것과도 거리가 멀다. 여기에서 남반구란 단지 빈곤한 적도 이남의 지역이라는 지시 대상 말고는 다른 어떤 함의도 없는 듯이 보이기까지 한다. 따라서 제국주의와 식민지, 중심과 주변, 서구와 타자, 발전과 저발전, 선진과 후진의 분류 체계는 지구적인 정치의 형세를 규정하는 개념들로 역할하지 못한 채, 누군가의 말처럼 평평한 지구의 지평선만이 우리의 시야 앞에 놓인 듯 보이기까지 한다.

그렇다면 우리는 과거의 지리 정치가 가리키던 장소들이, 지구화 이후 세계의 지리적 배치를 가리키는 새로운 개념과 상상으로 대체

---

6 Addo, Herb, ed. *Transforming the World Economy? Nine Critical Essays on the New International Economic Order*, London: Hodder & Stoughton, 1984.

7 제3세계와 제3세계주의의 역사적 전개 과정에 대해서는 다음의 글을 참조하라. Mark T. Berger, After the Third World? History, Destiny and the Fate of Third Worldism, *Third World Quarterly*, Vol. 25, No. 1, pp. 9-39.

되고 있다고 말해야 할까. 이미 우리는 그에 익숙한 것 같기도 하다. 이를테면 우리는 세계화 이후의 현실에서 공간/장소에 관한 매우 다른 지리적 상상이 쏟아지고 있음을 경험한다. "지구를 구합시다(Save the Planet)"와 같은 환경보호 캠페인에서 볼 수 있듯이 전체 인류가 책임져야 하는 생태적 삶의 지평으로서의 지구planet라는 새로운 상상적 지리의 이미지가 저 위에 자리 잡고 있다.[8] 그리고 또 그 곁에는 허니문 여행의 목적지로만 알려진 채 영토라는 전통적인 국가적 지리의 작도법에서 분리된 채 알려진 코타키나발루(말레이시아)나 세부(필리핀), 발리(인도네시아), 사이판(북마리아나제도)이란 장소의 이미지가 있다. 그곳들은 비취 빛 푸른 바다와 산호초 그리고 개인용 풀이 갖춰진 토속적인 빌라의 별천지 같은 풍경의 인상으로 떠오른다. 그것은 국가적 영토의 지리와는 사뭇 다른 것이다.

　그곳은 영토territory, 즉 주권국가의 통치 범위로서의 지리도 아니고 그렇다고 사회국가the social state 혹은 사회society의 발생의 계보학적 분석을 진행하며 미셸 푸코Michel Foucaul가 언급했던 '환경milieu'으로서의 지리도 아니다.[9] 그렇기에 우리는 독특하고 호환할 수 없는 경관과 이미지, 원근법, 서사 등에 의해 표상되고 소비되는 장소의 군락 속에서 살아가는 듯 보인다. 그런 점에서 유커란 이름으로 불

8　문화적, 정치적 상상의 지리학을 '비교작도법'이란 개념을 통해 소개하며 오늘날의 시공간을 둘러싼 서사들을 분석하는 다음의 글을 참조하라. 마이클 크로닌,《팽창하는 세계》, 이효석 옮김, 현암사, 2013.
9　M. 푸코,《안전, 영토, 인구 : 콜레주드프랑스 강의 1977~78년》, 오트르망 옮김, 난장, 2011.

리는 '이동하는 주체'는 각별하지 않을 수 없다. 어떤 국가를 방문한 이방인으로서의 외국인이지만 그들을 영토국가의 국민이기에 앞서 '관광지'인 자신의 장소를 방문한 여행자로서의 타자를 가리키는 '유커'로 표상하는 것은 흥미로운 일이 아닐 수 없다.

앞서 말했듯, 디아스포라라는 개념은 이주와 이동의 주체를 표상하는 숱한 용어들 가운데 특별한 자리를 차지하여 왔다.[10] 이는 이산민이란 독특한 이동, 이주하는 주체가 양적으로 다수여서도, 그것이 이동, 이주의 양상을 일반화하는 특성을 가져서도 아닐 것이다. 디아스포라란 개념은 이동하는 주체 가운데 어떤 하위집합을 가리키는 것이 아니라 이동하는 주체를 규정하는 데 요청되는 해석과 비평의 서사적 원리라고 간주해 볼 수 있다. 이는 디아스포라란 개념을 비판하고자 시도하는 초국가주의transnationalism가 제기하는 질문을 통해 잘 드러난다.[11]

모국으로부터의 떠나 있음을 강조하는 기존의 디아스포라 담론을 비판하며 이들이 모국과 거주국 모두에 소속되어 있음을 강조하는 초국가주의는, 디아스포라에 대한 비판이란 시늉을 취하면서 이주민을 가시화하고 분절하는 공통된 서사 공간을 마련한다. 초국가

---

10 디아스포라 개념에 대한 이해를 위해 다음의 글들을 참조하라. D. 바트럼·M. 포로스·P. 몽포르테, 《개념으로 읽는 국제 이주와 다문화사회》, 이영민·이현욱 외 옮김, 푸른길, 2017; K. 케니, 《디아스포라 이즈is》, 최영석 옮김, 앨피, 2016; 로빈 코헨, 《글로벌 디아스포라》, 유영민 옮김, 민속원, 2017.

11 윤인진은 해외의 학술적 논쟁 내에서 초국가주의와 디아스포라가 어떻게 대립하였는지 간략히 개관한다. 윤인진, 〈디아스포라와 초국가주의의 고전 및 현대 연구 검토〉, 《재외한인연구》 통권 제28호, 2012, 7~47쪽.

주의는 디아스포라란 개념이 이주자 공동체의 민족 정체성에 주된 관심을 기울이면서 민족의 문화적 정체성의 차이와 유동성에 관해 간과한다고 역설한다. 따라서 하나가 아닌 둘 이상의 국민적, 민족적 정체성 사이를 오가면서 사회적 실천을 조직하는 이주자의 모습에 주목할 필요가 있다고 요구한다. 이렇게 디아스포라와 초국가주의 사이의 입씨름이 상연될 때, 우리는 이론적 대화의 공간 속에 마치 이주하는 주체의 모습이 어느새 미리 규정되어 있음을 눈치 챌 수 있다. 이는 이동하는 주체를 민족적 문화 정체성을 대표하거나 재현하는 자로서 가정하는 것이다.

그렇지만 이동하는 주체의 정체성은 민족-문화라는 시좌視座를 통해 모두 망라될 수 있는 것은 아닐 것이다. 이주, 이동하는 주체를 규정하는 정체성은 계급, 성별, 인종 등일 수도 있고, 민족-문화와는 그다지 관련이 없는 대중문화나 다른 문화적 실천에서 비롯된 문화적 정체성 등과 상관이 있을 수도 있다. 그렇지만 디아스포라라는 개념이 이동하는 주체를 민족-문화의 정체성 서사에 가두어 둔다는 점이 문제가 되는 것만은 아닐 것이다.

나아가 그것은 이동하는 주체의 궤적과 통로, 수단 등을 구성하는 물질적 제도와 체계를 전제로 하지 않을 수 없다.[12] 따라서 이동은, 그 자체 이동하는 실재entities는 아니지만, 인간이든 상품이든 메

12　이를테면 존 어리는 이렇게 말한다. "서로 교차되는 모빌리티는 하나의 시스템(실제로는 많은 시스템들)을 전제한다. 이런 시스템들이 이동을 가능하게 한다. 즉, 여행이 가능할 것이라는, 메시지가 전달될 것이라는, 물건이 도착할 것이라는 '예측 공간'을 제공해 준다." 존 어리, 《모빌리티》, 강현수·이희상 옮김, 아카넷, 2014, 41쪽.

시지든 이를 운반하고 이동할 수 있도록 하는 가능성과 능력을 조장, 억압, 신축하는 '이동화하는mobilizing 객체들'의 세계를 전제로 한다. 따라서 이동하는 주체에 관한 서사는 또한 그러한 주체들의 이동성을 가능케 하는 객체에 관한 서사들을 포함하지 않을 수 없다. 예컨대 여행의 경우만 하더라도 여행을 알선하고 진행하는 기업·서비스·시설이 없다면, 손쉬운 지불을 가능케 하는 결제나 환전 시스템이 없다면, 비자나 여권과 같은 출입국에 관련된 법률적 규칙이 없다면 가능하지 않을 것이다. 따라서 디아스포라란 담론은 이동하는 주체가 접촉하고 통과하는 대상적 세계를 간과하거나 소홀히 한다.

한편 그것은 이동하는 주체가 이동하는 시공간성spatiotemporality을 국가라는 공간에 제한한다. 그렇지만 시공간성은 지구적이면서도 지역적이고, 국가적이면서도 초국가적인 다양한 공간의 형태들에 의해 조직된다. 사스키아 사센Saskia Sassen이 지구적 도시global cities라고 부르는 도시들은, 자신들만의 정보적, 금융적, 인적 연결망을 통해 서로 관계를 맺고 인접한 다른 지역보다(심지어 같은 국가 안에 있는 다른 도시들보다) 훨씬 더 긴밀한 접촉을 진행한다.[13] 따라서 이러한 새로운 시공간성의 지도는 단순하게 한 국가에서 다른 국가라는 국가적 공간의 좌표를 통해 드러낼 수 없다. 따라서 우리는 디아스

---

13 Saskia Sassen, *The global city: New York, London, Tokyo*, Princeton, N.J.: Princeton University Press, 2001. 한편 지구화 이후 이동성을 이해하기 위해 요청되는 시공간성의 다면성에 대한 사센의 분석으로는 다음의 저작을 참조하라. *Deciphering the global : its scales, spaces and subjects*, New York: Routledge, 2007.

포라란 것이 이동하는 주체의 정체성을 둘러싼 서사적 각축과 변형을 인식할 때 그것이 풍부한 문화적·역사적·정치적 함축을 지니고 있음을 기꺼이 인정하면서도, 이민자와 이주 민족 집단이란 개념을 통해 이동성의 양태를 분석하는 데 보다 유의할 점들이 있음을 강조하지 않을 수 없다.

난민, 추방자, 비호신청자asylum seeker, 이주자, 관광객, 초청노동자, 산업연수생, 고용 허가 해외노동자, 관광객 등은 모두 전 지구적으로 이동하는 주체의 형상들이다. 추방과 망명, 도피, 생존을 위한 이별과 같은 경험을 행복하고 설레는 기분으로 또 곧 돌아올 집이 있다는 확신 속에 낯선 장소를 찾는 여행의 경험과 비교하는 것은 터무니없는 일일지도 모른다. 더불어 노동이주를 떠나 정착해 살고 있는 디아스포라와 관광객을 비교한다는 발상 자체가 터무니없어 보일지도 모를 일이다. 그러나 우리는 이동하는 주체의 다양한 형상에 유의하고 아울러 그를 매개하는 서사에 관심을 기울일 필요가 있다. 나아가 이것이 새로운 지리적 상상과 그에 개입되어 있는 감정, 정동을 분석하는 작업에 어떻게 기여할 수 있는지를 가늠해 보아야 할 것이다. 이를 위해 우리는 다음 장에서 유커라는 중국인 관광객과 그를 분절하고 포획하려는 관광의 담론과 그것의 서사 형태를 분석해 볼 것이다. 그리고 유커가 단일한 주체가 아니라 다양한 이동하는 주체를 아우르는 정체성임을 드러내고, 이것이 아시아에서의 지리적 상상에 어떤 의의를 지니는지 생각해 보고자 한다.

응시하는 관광객, 그리고 그 이후

영국의 사회학자 존 어리John Urry는 관광객 응시tourist gaze라는 개념을 통해 여행자guest와 방문한 곳의 거주자host 사이에 존재하는 권력관계를 시선의 권력을 통해 규정하고 분석하고자 했다.[14] 미셸 푸코의《임상의학의 탄생naissance de la clinque》에서 개진되었던 미시적 규율권력의 모체로서의 (의학적) 시선medic gaze 개념을 전유한 그의 분석은, 서구 백인 제국주의 여행자의 여행 경험이 초래하는 다양한 사회적 실천을 분석하는 데 흥미로운 시사점을 제공하였고 그 덕에 많은 관광 연구자들의 분석이 쏟아졌다.[15] 관광객이 여행안내 책자를 들여다보며 자신이 찾은 매력적인 관광지에서 사진을 찍을 때, 이미 여행은 재현적 이미지로 환원된 대상으로서의 여행 장소와 여행지에서의 정경(그 속에는 당연히 방문한 여행지의 사람들 역시 포함된다)과 그 이미지를 소비하고 전유하는 행동이라 할 수 있다.

그런 점에서 어리의 논의는 관광객이 방문한 곳이 이미 매력적이고 독특한 장소로서의 정체성을 갖도록 재현되어야 하고 관광객의 기대와 상상에 부응하여야 함을 강조한다. 이는 흔히 말하는 그 장소의 고유성이나 진정성authenticity을 전경화할 수 있도록 하기 위해,

---

14 John Urry, *Tourist Gaze*, London: Sage Publications, 1990; A. Franklin, The Tourist Gaze and beyond: An interview with John Urry, *Tourist Studies*, Vol. I No. 2, 2001; V. Bajc, "Tourist Gaze." *The Encyclopedia of Consumer Culture*. D. Southerton, ed. London: Sage, 2011.

15 J. Larsen, The Tourist Gaze 1.0, 2.0, and 3.0, A. Lew, C. M. Hall & A. M. Williams eds., *The Wiley Blackwell Companion to Tourism*, London: Wiley-Blackwell, 2014.

여행지의 주체들이 수행적으로 자신의 행위를 연출해야 한다는 것을 말하는 것이기도 하다. 그리고 이는 결국 관광객과 방문지의 거주자 사이에 일종의 시선의 불균등한 배치, 응시자와 응시 대상 사이의 관계에서의 권력관계를 드러내는 것이기도 하다.[16] 그렇지만 어리의 논의를 둘러싸고 많은 비판이 제기되기도 했다. 쉽게 예상할 수 있듯이 시선의 권력관계에는 보는 자와 보이는 자 사이의 일방향적 권력관계만 있는 것이 아니라 보이는 자의 되돌려 주는 시선 혹은 '가려진 시선veiled gaze'을 통해 저항, 거부, 비승인, 냉소 등의 반응적 보기-실천이 항상 이뤄진다는 것이다.

그런데 응시란 개념이 전제하는 바처럼, 관광객 응시는 시각적인 행위로 환원할 수 없는 여행 '경험'의 다양한 감각적 형식과 내용을 축소하고 있다는 비판 역시 상당하다. 특히 널리 부상하고 있는 '체험' 관광이나 스포츠 관광과 같은 것은, 체험과 관광에서 기대되는 적절한 풍경을 수반함에도 불구하고, 관광객이 영유하는 경험 가운데 시각적 경험이 유일하거나 가장 큰 비중을 차지하는 것도 아니다. 그런 점에서 시각적 경험을 중시하는 어리의 논의를 트집 잡는 것은 손쉬운 일이 아닐 수 없다. 그렇지만 이러한 비판에 더해 우리는 비록 그가 관광객의 시선을 총체적이고 전일적인 시선으로 간주하는 것이 아니라 복수적이며 유동적이고 그러한 경험을 조직하는 데 작용하고 간섭하는 장치·기술·정보·지식 등을 강조함에도 불구하고, 단지 다양한 요인들의 우연한 결합을 통해 그런 시선이 만

---

16 J. Urry & J. Larsen, *Tourist Gaze 3.0*, London: Sage, 2012.

들어진다는 식으로 느슨하게 규정하고 만다는 데 불만을 품을 수 있다. 이는 특히 유커라는 독특한 유동적 주체mobile subject를 이해하는 데 있어서 더욱 그러하다.[17]

중국인 관광객으로서의 유커는 다양한 담론적 장에서 재현된다. 이는 중국인 관광을 진작시키려는 국가기관에서부터 중국인 관광객을 좀 더 많이 유치하려는 관광산업이나 관련 분야의 마케팅, 조사기관, 유커의 쇄도를 한국 문화와 역사에 대한 긍지와 자부심으로 선전하는 대중매체, 중국인 관광객 유치를 통해 지역 발전을 시도하려는 지방자치단체, 흉악범죄와 불결하고 야만스런 행동을 일삼는 열등한 국가의 국민을 비난하는 개인에 이르기까지 유커는 숱한 발화 지점에서 튀어나온다. 그렇지만 유커라는 담론은 거리에서 만난 구체적인 인격적 개인으로서의 중국인과는 사뭇 다른 것이다.

유커는 여행자를 가리키는 말이지만 우리에게는 한국을 방문한 관광객으로서의 중국인이다. 또한 그들은 관광객으로서 정체화된 중국인이다. 사업차 방문한 중국인, 유학을 온 중국인, 이주노동자로서의 중국인, 한국 영화나 드라마를 관람하는 중국의 중국인, 한국에서 인터넷이나 다양한 통신매체를 통해 접촉하고 대화하는 중국인 등은 유커라는 개념과 짝짓기 어렵다. 그렇지만 우리는 길에서 마주친 중국인을 대뜸 유커라고 상상하기 일쑤다. 한국의 중국

---

17 '관광객 시선'이란 관점에서 중국인 관광객의 시선과 호스트로서 한국인의 시선 사이의 관계를 분석하는 글로는 다음을 참조하라. 양영균, 〈중국인의 한국 관광과 한국 사회의 변화〉, 《동아시아관광의 상호시선》, 한국학중앙연구원출판부, 2016.

인은 그가 거주하고 활동하는 곳에서 직접 마주하지 않는 한, 그의 사회적 소속을 명시하는 특별한 지표가 동반되지 않는 한 유커일 수밖에 없다.

그런 점에서 유커는 단순히 중국인 관광객을 가리키는 것이 아니라 다양한 '이동하는 주체'의 정체성이 어떻게 서사화되는가를 밝히는 데 있어 모델이 될 만한 역할을 한다. 이러한 이동하는 주체 가운데 하나의 독특한 모델로서, 그러한 모델 형태가 어떻게 서사를 통해 조직되고 구성되며 중재되는지를 보여 주는 사례라 할 수 있다. 나아가 이는 '관광'이라는 주도적인 경제적 실천이 어떻게 환대와 응접, 교류와 친교라는 일상적인 실천을 조정하고 지배하는지를 말해 주기도 한다.

이방인 혹은 이국인의 정체성을 형성하는 데 작용하는 많은 요인들이 있을 것이다. 이를테면 국민국가의 성원으로서 타국과 맺는 역사적 관계에서 비롯된 갈등, 협조, 인정, 적대 등에서 말미암는 동경, 원망, 증오, 우의 등 여러 가지 감정이 투여된 반응들이 있을 것이다. 그렇지만 이러한 역사적인 기억이 침전되고 그를 공유하며 형성된 표상과 서사들이 그러한 이방인을 응대하는 데 있어 여전히 중요한 역할을 하는지 생각해 볼 일이다.

유커가 그러하다. 수천 년간 중국과의 역사적 관계를 염두에 둘 때 우리를 방문한 중국인의 초상으로서 유커라는 것에는 어딘가 놀라운 데가 있다. 그것은 무엇보다 역사적 기억으로부터 절연된 놀라운 표상으로 보일 수밖에 없다. 오랜 세월 조공관계를 맺어야 했던 제국으로서의 중국, 한국전쟁에서 인해전술로 북한을 지원한 분단의 주역으로서의 '중공中共', 죽竹의 장벽에 갇혀 있던 문화혁명의 나라로서의 중국 등을 둘러싼 기억은 유커의 초상 속에선 상기되지 않는다. 그리고 갑자기 중국인은 우리가 다시 해부하고 분절해야 할 특별한 인구적 범주로서 나타난다. 이렇게 탈역사화/재역사화된 타자로서의 표상이 바로 유커일 것이다. 그런 점에서 유커는 공식적인 역사적 기억으로부터 자율화된 이방인 혹은 외국인의 형상을 가리킨다고 볼 수 있다.

따라서 중국인 관광객으로서의 유커는, 기존의 중국인에 관한 표상과 그에 부과된 서사를 삭제하고 중국과 중국인에 대한 우리의 역사적 기억과 서사가 지우는 부담으로부터 자유로운 듯 시늉한다. 그리고 '동시대' 중국인을 조명하고 해석하는 서사적 시간성을 제공한다. 이러한 '현재'라는 서사적 시간성을 통해 중국인을 표상하는 데 주도적 역할을 하는 것은 바로 관광(산업)과 그에 부속된 다양한 행위자들(언론매체, 정부기관, 지방자치체, 교육기관, 연구기관 등)이다. 이들은 세계화 이후 이동하는 주체의 다양한 이동성에 반작용하고 또 개입하는 실천과 담론들을 만들어 내는 중요한 동력기관이라 할 수 있다. 정부기관은 국민문화의 가치와 아시아의 발전된 산업국가로서의 자부심을 선양하려는 국가적 캠페인과 관광을 연계한다. 대중매체 역시 거리를 메운 것처럼 과장된 관광객 이미지들을 통해 우리와 접촉하고 상호작용하는 타자로서의 그/그녀의 형상 가운데 관광객으로서의 형상을 으뜸가는 위치에 올려놓는다. 우리를 찾은 그들은 어쨌거나 관광을 위해 거리를 배회하는 그들이다.

그리고 이는 다중적인 이동성multiple mobilities에 의해 지배되는 오늘날의 세계에서 매우 불가능한 일을 도모한다. 관광객은 여행이라는 상품을 소비하는 소비자들이고 그들이 더 많이 더 자주 소비하도록 하기 위해 그들의 욕구를 읽어 내야 한다. 즉, 그들은 내게 혹은 우리에게 알려져야 한다. 그러나 이동하는 주체로서의 관광객은 오늘 면세점이나 홍대 거리에서 마주친 바로 그들인 것만은 아니다. 관광객은 매우 능란하게 다중적인 이동성을 실천하고 있는 주체이기 때문이다. 그들은 마치 움직이는 과녁처럼 보이기만 하고, "유커를 잡아라"라는 구호는 손쉽게 조롱당한다. 유커란 바로 복잡한 이동성의 회로 속에서 움직이는 주체일 수밖에 없기 때문이다.

다중적인 이동성이란 말 그대로 낯설고 매력적인 다른 곳으로 이동하여 장소와 생활을 영유하는 것에 제한되지 않는 다양한 이동의 경험이 도래한 세계를 가리킨다. 다중적 이동성 개념을 적극 주장하는 어리의 경우 많은 서구사회에서 생활양식이 되어 버린 신체적·물리적 여행, 매체에서 마주치게 되는 장소와 사람들에 관한 이미지를 통해 다른 곳으로 떠나게 되는 상상적 여행imaginative travel, 그리고 정보통신기술을 통해 지리적이면서 사회적인 거리를 뛰어넘는 가상적 여행virtual travel을 구분하기도 한다.[18]

첫 번째 물리적, 신체적 여행이 어떤 규모로 변화하고 또 증대했는지 헤아리기는 어렵지 않은 일이다. 지난 수십 년간 여행의 대표적인 형태로 자리 잡다시피 한 저가 여행budget travel은, 전에 없이 저

---

18 B. Szerszynski & J. Urry, Visuality, mobility and the cosmopolitan: inhabiting the world from afar, *The British Journal of Sociology*, volume 57 issue 1, 2006, pp. 115-8.

렴해진 항공요금과 증대된 운항 편수와 노선의 확대, 그리고 보다 편리해진 여행서비스 등을 통해 가능한 것이었다. 휴대전화를 통해 즉석에서 항공요금을 비교하고 시즌별로 이뤄지는 저가 항공권 세일 행사에 신경을 곤두세우며 '에어비엔비Airbnb' 같은 숙소 예약 사이트를 이용하는 것은 흔한 일이 되었다. 게다가 아웃바운드 여행의 필수적인 장벽이라 할 비자나 여권의 발급 역시 보이지 않게 간편해졌다. 이는 중국인 관광객에게도 해당되는 일이다.

한국을 호스트로 선택한 유커는 중국 정부의 대대적인 해외여행과 관련한 자유화 정책의 혜택이 없었다면 불가능했을 것이다. 또한 가난한 중국인 이주노동자의 입국을 경계하며 비자 발급 조건에 소득수준과 방문 횟수와 기간을 제한하던 한국 정부의 엄격한 조건이 대폭 완화되었기 때문에 가능한 것이기도 했다. 이는 홍콩과 마카오를 제외하고 한국과 프랑스가 가장 주요한 유커의 목적지가 된 이유가 되기도 하였다. 프랑스는 2014년 1월 프랑스 방문 중국인 비자 발급 기간을 12일에서 이틀로 단축함은 물론 주요 15개 중국 도시에 비자센터를 설치하여 중국인 방문자의 수를 50퍼센트 증가시켰다.

한국도 이 점에서 예외가 아니었다. 특별자치구역인 제주도를 통해 방문하는 중국인 단체관광객은 30일까지 비자 없이 방문할 수 있고, 제주를 경유해 한국의 7개 공항에서 120시간 이내로 비자 없이 체재할 수 있게 되었다. 또 개별 관광객도 제주에서는 30일까지 비자 없이 그리고 유럽의 30개 국가가 최종 목적지인 경우에는 30일까지 비자 없이 머물수 있다. 게다가 청소년 수학여행 단체관광객들에게도 역시 비자를 면제했다. 이는 최장 20일까지 체재 기한을 제한하고 항공권과 숙박 예약 시 반드시 여행사를 통하도록 하고 있는 일본에 비해 매우 관대한 것이라 할 수 있다. 그렇지만 이러한 다양한 조건들의 작용을 통해 물리적, 신체적 이동이 증대한 것은 이동하는 주체의 증대를 규정하는 한 측면에 불과하다.

관광과 여행이 가장 대표적인 이동의 형태이기는 하지만, 그러한 물리적이고 신체적인 이동 없이 이뤄지는 각양각생의 이동 역시 폭발적으로 확대되어 왔다. 대표적인 것이 바로 어리가 말한 상상적 여행이다. 케이블TV의 여행 전문 채널을 통해 우리는 하루 종일 세계 각지를 지리적 거리의 제약 없이 매끄럽고 가볍게 넘나들 수 있다. 국내는 물론 해외 여러 곳에서 진행되는 TV 프로그램 역시 부지기수다. 요리 프로그램도 예능 프로그램도 낯설고 매력적인 장소와 사람들 속에서 진행되는 것이 하나의 관례처럼 되다시피 했다. "TV와 여행, 이동the mobile과 모뎀modem은 현전하는 것과 부재하는 것, 공적인 것과 사적인 것, 무대 앞과 무대 뒤에 있는 것, 가까운 것과 먼 것을 흐릿하게 만들면서 전 지구적 마을을 만들어 내고" 있다고 생각하는 게 어렵지 않은 세계에 살고 있는 셈이다. 관광객은 《론리플래닛Lonely Planet》 같은 여행안내책자나 여행기 등의 책을 통해 여행 대상에 관한 이미지를 소비한다. 그렇지만 그들은 이미 TV 화면을 통해 혹은 인터넷의 다양한 채널을 통해 '거기'를 이미 상상적으로 여행한다.

〈그림 1〉은 중국에서 가장 큰 인터넷 사용자 생성 콘텐츠 여행 사이트인 '치옹요우왕穷游网'의 페이지다. 이 사이트에서는 많은 여행

자들이 블로거처럼 자신의 여행 경험을 담은 사진과 추억, 정보 등을 게시한다.[19] 그리고 검색과 내비게이션을 통해 접속자들은 한 세기 전 여행소설을 읽으며 낯선 곳에 대한 상상을 하던 이들과는 다른 방식으로 상상적 여행을 수행한다. 또한 중국 최대 온라인 여행 전문기업인 Ctrip의 한국 여행상품 소개 사이트(〈그림 2〉)는, 제주도와 서울 혹은 서울-강원도 등의 다양한 패키지 관광 상품과 방문지의 주요한 특징을 소개하며, 중국인 관광객들에게 낯설지 않은 곳인

그림 1. 중국인 여행자들의 블로그 사이트인 Qyer의 서울 관련 페이지

---

19 최근 정부의 공식 통계에 따르면 인터넷을 통해 여행 정보를 얻었다는 이들은 전체 중국인 관광객 가운데 74퍼센트에 이른다. 이는 지난 시대 여행지에 대한 가장 중요한 정보의 원천이었을 관광안내서적이 차지하는 비중 15.9퍼센트를 월등히 앞선다. 《2015 외래관광객 실태조사》, 문화체육관광부, 2016.

양 중국어 간판이 걸려 있는 명동이나 홍대 입구, 이대 부근 거리 모습을 제시한다. 물론 이러한 곳을 접속하고 유영하는 이들은 상상적 여행이라는 이동을 경험하는 주체라고 할 수 있을 것이다. 그리고 이들이 생산하고 분배하는 언어와 이미지는 이상적인 이동 주체로서의 유커라는 목표를 포획하는 노력을 언제나 곤란케 할 것이다. 중국 관광객에 관련한 숱한 보고서들에서 한결같이 중국인 블로거들bloggers이 여행지를 선정하는 데 가장 큰 영향을 발휘하므로 그들에게 관심을 기울이라고 주문하는 것도 이 때문일 것이다.

그림 2 중국 최대 여행사인 Ctrip의 웹사이트에서 한국 관광 관련 페이지

'치웅요우왕' 같은 사이트에서 적잖은 댓글들은 중국과 한국에 동시에 있는 유커의 모습을 보여 준다. 그들은 아마 앞서 어리가 언급했던 "가상적 여행"이라는 이동성을 담지하는 주체일 것이다. 편지, 엽서, 생일카드나 성탄카드, 전화, 이메일, 소셜미디어서비스, 가상회의 등을 통해 우리는 이곳에도 있으면서 동시에 저곳으로 가는 여행을 행한다. 자신이 지금 방문한 이곳과 떠나온 저곳에 동시에 머물며 낯선 곳을 동시에 자신에게 익숙한 곳으로 길들이는 이러한 행위는, 과거 여행책자에서 본 바로 그 풍경과 동일한 모습으로 프레이밍된 사진을 찍는 관광객의 행위를 계승한다. 중국 관광객들에 대응하기 위한 어느 보고서에서 말하듯이, 중국인들이 숙소를 택할 때 가장 중요한 조건은 무료 무선인터넷 서비스다. 2016년 현재 약 6억 5천만 명의 중국인이 인터넷을 이용하고 있고(중국의 인터넷 이용자 수는 2013년 이래 거의 매년 30퍼센트씩 증가해 왔다), 인터넷 사용자 가운데 80퍼센트 정도가 여행을 계획하고 예약하는 데 인터넷을 이용한다고 한다.[20]

이는 유커가 여행 인솔자의 깃발을 따라 떼지어 몰려다니며 소란법석을 떠는 중국인들이 아니라, 그들의 절반 이상은 개인 여행자들이고 상대적으로 정보통신기술에 밝은 대학 졸업 이상의 고학력자들이며 젊고 부유한 계층이라는 점을 말해 준다. 어느 신문 기사는 이를 일목요연하게 요약한다. "불과 몇 년 전만 해도 요우커 대부분이 중장년층 중심으로 몰려다녔던 '깃발 부대'였지만 지금은

---

20 2016, *The future of Chinese international travel*, Resonate Report, 2016, p. 14.

20,30대 개별관광객인 '싼커散客(중국인 개별관광객)'들이 대다수를 차지하고 있다. 게다가 '바링허우八零后'(80년대 출생자)와 '지우링허우九零後'(90년대 출생자)를 중심으로 스마트 기기로 무장하고 여행을 즐기는 싼커들이 늘고 있다."[21] 그리고 이 신문 기사는 싼커라는 새로운 중국인 관광객에 구애할 필요를 역설한다.[22]

유커는 우리에겐 표본적 주체model subject로서의 중국인이다. 그리고 이들은 중국인을 과잉 대표/재현한다. 그렇지만 이러한 재현의 한계를 교정하고 유커의 진면목을 파악함으로써 좀 더 구체적인 관광 수요를 개발하려는 담론은 또 다른 조작을 통해 유커를 "탈脫유커화"하는 것이 아니라 "재再유커화"한다. 이를테면 한국의 어느 연구소에서 발간한 보고서는 근대사회에서 포스트모던 사회로 진입하면서 나타나는 여가 양식의 역사적 변화라는 추세를 내세우면서, 중국인 관광객 역시 그런 추세에 따를 것이라 가정하고는, 중국인 관광객의 미래 여행 소비의 추세에 관한 나름의 예측을 제시하고자 한다. 다시 말해 유커로 알려진 중국인 관광객의 정체성을 보다 면밀히 규정하고 이해하기 위해 '포스트모던화'라는 세계적인 문화 변동의 추세라는 서사를 인용하고 또 이를 중국인에 대입한다. 그러면서 연구자들은 영어권에서 밀레니얼 청년층millennial youths이라

21 〈요우커의 세대교체…'깃발부대'가고 싼커의 시대〉, 〈헤럴드경제〉, 2016년 10월 16일자.

22 어느 보고서에 따르면 전체 중국인들 가운데 여권을 가지고 있는 이들은 전체 인구의 4퍼센트 정도이고, 도시에 거주하는 중산층 가운데 28퍼센트 정도가 여권이 있는 것으로 알려져 있다. The Goldman Sachs Group, Inc. *The Chinese tourist boom*, 2015, pp. 14-5.

부르는 새로운 여행자 세대를 핵심적인 여행자 집단으로 규정한다.

　이러한 서사는 "여가 양식"의 역사를, 이를 체현하는 각 세대의 분류를 통해 동시화하고 분포시킨다. 이를테면 우리말로 50년대산이라 부를 수 있을 "우링허우五零後", 그리고 60년대산은 "류링허우六零後", 70년대산은 "치링허우七零後", 80년대산은 "바링허우八零後", 90년대산은 "지우링허우九零後"로 각각 지칭된다. 여기에서 유커는 인구학적인 시좌를 통해 분별되면서 중국의 역사적 변화에 대한 독특한 서사를 끌어들이는 역할을 한다.[23] 이 과정에서 유커는 중국인 관광객일 뿐 아니라 중국 현대사의 역정이 침전되고 매개된 주체로 '번안'된다. 유커는 여가 양식을 통해 분절되고 표상되는 중국인으로서 서사화되는 것이다. 그리고 이를 매개하는 서사는 우리와 타자 사이의 경계를 또 한 번 동요시킨다.

　'세대 담론'은 어떻게 만들어지고 소비되는 것일까. 중국의 세대 담론은 정부기관, 사회이론가, 저널리스트, 문화평론가, 마케터, 경영학자 등 다양한 이들에 의해 사회의 내적 구성과 변화를 서사화하는 데 중요한 역할을 하며 생산, 소비될 것이다. 그렇지만 한국에서 그러하듯이 세대를 통한 사회의 표상 전략은 중국 내부에서도 매우 갈등적인 담론의 장에 속한다고 할 수 있다. 그런데 "유커는 누구인가" 물으며 그에 보다 적절히 답하려 세대라는 서사의 형태를 채택할 때, 우리는 중국인이 자신들의 삶을 분절하는 갈등적이면서도 헤게모니적인 서사 가운데 하나에 유커-중국인을 위치시

23　이정훈 외, 〈중국인의 여가관광양식 변화와 전망〉, 경기개발연구원, 2011.

킨다. 우리가 "더욱 잘 알 수 있게 된" 그들은, 그들의 지배적인 서사 가운데 한 종류, 즉 여가 양식이라는 서사를 통한 자기표상에 의해 포획된다. 계급이나 계층, 정치적 연대기가 규정하는 경험의 구획에 따르는 세대 담론(말하자면 유커를 포스트-천안문 세대로 지칭하는 것 따위는 상상하기 어려운 일이다)과 달리, 라이프 스타일과 소비 형태 같은 것을 통해 규정되는 세대 담론을 채택하는 것은, 소비자본주의에서의 독특한 헤게모니적 서사이다.

그러나 유커를 서사화하는 담론은 언제나 이러한 소비자-관광객-중국인이라는 정체성 주변을 선회한다. 국내 학술지에 발표된 중국인 관광객에 대한 연구논문이나 조사연구기관의 보고서와 백서, 자료 등에서도 역시 이러한 서사적 전략은 끊임없이 순환한다. 새로운 해외직구족을 가리키는 "하이타오海淘족"이든, 아니면 "스마트폰에 몰입하여 머리를 숙이고 있는 사람들을 가리키는 말로 중국의 새로운 소비 트렌드를 보여 주는 대표적인 언어"로 선별된 "띠터우쭈(저두족低頭族)",[24] "1인당 GDP가 8천 달러 초반에 불과한 중국에서 선진국형 라이프 스타일 기반 취향소비 행태가 나타난 배경"으로서 "1980~2000년대 출생의 바링허우(80년대생)와 지우링허우(90년대생)를 아우르는 말"이라는 "와이Y 세대"…. 이 모든 소비의 인류학적 분류는, 결국 유커의 민족지학적ethnographic 서사처럼 구실한다. 그리고 이를 통해 우리는 유커를 보다 투명하고 자세하게 분별

---

24 곽복선, 〈'저두족(低頭族)'을 아시나요〉, 〈중국의 창〉, http://china.donga.com/List/3/090205/43/738715/1

하고 인식할 수 있는 것처럼 여긴다.

그렇지만 국내에 번역 소개되며 제법 관심을 불러일으킨 저층문학底層文學의 대표작인《민주 수업》[25]이나 문화혁명을 파문한 개혁개방 시대의 이데올로기에 저항하는《혁명후기》같은 책을 볼 때,[26] 또 "삼농三農문제"라는 쟁점을 제기하면서 서구자본주의를 본뜬 근대화와 도시화에 반대하는 논의를 제기하며 중국의 주요 지식인으로 부상한 원톄쥔溫鐵軍의《백년의 급진》같은 책을 떠올리지 않을 수 없다.[27] 이러한 문학작품이나 텍스트들은 중국 내에서 세대 서사가 얼마나 갈등적인 서사인지를 여실히 보여 준다. '문화대혁명'을 상기할 때, 시장경제로 전환 이후의 산업화를 염두에 둘 때, 중국의 세대 서사는 다른 방향으로 치닫는다. 그것은 소비문화와 라이프스타일의 서사로부터 벗어나 다른 세대적 단절과 격차를 그려 보인다. 따라서 앞서 본 세대 서사, 즉 유커를 보다 정밀하고 투명하게 이해할 수 있는 것처럼 첨가되고 유입되는 서사들은 유커의 정체성을 재현하는 데 보다 한 발짝 다가설 것이라는 소망을 투영한 것일 뿐이다. 그리고 이는 타자의 표상을 위한 서사를 지배하는 결정적인 힘으로서 관광이 어떤 방식으로 힘을 발휘하며 타자에 대한 표상의 가능성과 불가능성을 규제하는지 어렴풋이 짐작할 수 있다.

25 조정로,《민주 수업》, 연광석 옮김, 나름북스, 2015.

26 한사오궁,《혁명후기 – 인간의 역사로서의 문화대혁명》, 백지운 옮김, 글항아리, 2016.

27 원톄쥔,《백년의 급진》, 김진공 옮김, 돌베개, 2013.

새로운 정동지리학적 상상력을 위하여

지금까지 유커라는 독특한 이동하는 주체의 정체성에 주의하면서, 디아스포라 이후 이동하는 주체를 둘러싼 서사적 접근의 쟁점을 헤아려 보고자 시도했다. 이 글에서 유커에 주목한 이유는, 중국인이라는 국민적 정체성을 지시하면서도 이를 관광객이라는 특수한 주체로 한정하는 독특한 서사적 표상이 작동하고 있기 때문이다. 유커는 많은 점에서 징후적인 이동하는 주체다. 그것은 냉전 시대를 거치며 나아가 한반도에서의 분단을 경유하며 형성된 동북아시아 지역에서의 대립과 갈등을 슬그머니 감추거나 추월하며 관광객으로서 서로를 방문하는 자들로서 서로를 표상하도록 한다. 호스트로서의 한국인이라는 서사적 주체는 중국인을 게스트, 관광객, 유커로서 표상하는 관계를 조직한다. 그리고 이는 냉전 민족주의를 추동하던 원망, 환멸과 같은 감정을 소거하거나 증발시킨다. 나아가 이를 선망할 만한 대상으로 자신을 찾은 이들에 대한 경멸과 그들이 발휘하는 막강한 경제적 효과에 대한 구애와 기대의 감정으로 대체하는 것으로 나아간다. 또한 이는 탈식민 이후 아시아 지역에서 제1-2-3세계, 후진, 개발도상, 선진이라는 정치적 지형학을 벗어난다. 자본주의적 근대화와 비자본주의적 발전이라는 전망 위에서 형성된 갈등과 불화의 정동적 지리를 여행 목적지로서의 이웃 국가, 문화적 격차가 크게 없으면서도 다른 문화를 체험할 수 있는 타지라는 관광의 지형학으로 바꾸어 내는 것이다.

매일 유커의 감소를 근심하며 경제적 손익을 저울질하는 뉴스 앵

커의 격앙된 목소리는 새로운 정동의 지리가 출현하고 있음을 보여 준다. 이는 세계화 이후 다극적 중심이 지배하는 세계에서 동북아시아 지역 안에 형성되고 있는 아시아의 동일성에 대한 호소, 그리고 최근의 영토 분쟁에서 나타나듯 세계 자본주의의 권력 배치를 둘러싼 미국과 일본, 중국 사이의 갈등에서 드러나는 '분쟁 중의 아시아', 그로부터 비롯되는 혐한, 공한증恐韓症, 혐일 등의 복잡한 감정의 매트릭스는 복잡한 정동의 지리학affective geographies을 그린다.[28]

또한 이는 유커로서의 중국인과 그 너머에 있는 또 다른 중국인이라는 이중적이면서도 갈등적인 형상을 가리킨다. 탈식민적 아시아의 정동지리학을 사유하기 위해 유커에 주목할 필요가 있는 것도 이 때문이다. 정동지리학은 민족주의를 통해 집적된 감정과 태도의 분규를 가리키는 것으로 환원할 수 없다. 그것은 매우 복잡한 면모를 가지고 있다. 유커를 환대하고 그에게 구애하는 감정과 매력적인 한국을 방문하려는 욕망 속에 깃든 선망과 동경의 감정은, 민족

---

28 정동의 지리학이란 정동 혹은 감정, 분위기 등의 개념을 통해 공간과 장소에 대한 비판적 분석을 시도하는 접근이라 할 수 있다. 물론 정동이나 감정, 분위기 등의 개념은 매우 혼란스럽고, 분석과 논의를 위해 준거하는 이론적 접근 역시 스피노자-들뢰즈적인 관점이라든가, 하이데거적 접근 등에 이르기까지 다양하기 짝이 없다. 그렇지만 이 글에서는 최근 크게 지지받고 있는 정동론적 접근처럼 이데올로기나 재현, 서사 같은 개념에 대하여 비판적인 정동의 지리학이라기보다는 오히려 이데올로기적 서사와 그것이 운반하거나 그 내에 충전되어 있는 감정이나 정동에 보다 주목한다. 스피노자-들뢰즈적 관점의 정동 이론을 끌어들이며 도시의 정동적 특성을 분석하는 대표적 작업으로는 다음의 글을 참조할 수 있다. Nigel Thrift, *Non-Representational Theory: Space, Politics, Affect*, New York: Routledge, 2008. 현상학과 마르크스주의적 접근을 혼효하며 도시의 정동성을 분석하는 것으로는 앙리 르페브르의 글을 참조할 수 있다. 앙리 르페브르, 《공간의 생산》, 양영란 옮김, 에코리브르, 2011.

주의라는 이데올로기를 강화하거나 누그러뜨리고 또 운반하거나 차단한다. 그리고 타자의 표상을 생산하거나 변형한다. 혹은 역의 방향으로 나아간다.

유커의 감소를 우려하는 목소리에는 관광과 문화 교류, 스포츠 등의 영역에서는 금지되거나 배제되어야 할 민족주의나 국수주의가 맹위를 떨친다는 개탄이 담겨 있다. 군사적 위협과 분쟁을 우려하고 그에 반응하는 그들의 반응과 저항은 국수주의나 민족주의가 되고 그들의 몸짓은 "한국 때리기", "한국 무차별 난타", "유커의 저주" 운운의 표현을 통해 기피되고 거부된다. 그러므로 유커는 누구인가라는 물음을 독점적으로 영유하는 관광의 담론에 끼어들며 그것이 억압하거나 굴절하는 것들을 심문하고 질의하는 지리적 상상을 계발해야 한다. 이를 통해 우리는 디아스포라로 대표되는 이주의 정체성 정치와는 다른 이동, 주체성, 서사가 교차하는 문화정치적 서사를 만들어 낼 수 있을 것이다.

고통의 감수성과 희망의 윤리

최기숙

* 이 글은 〈고통의 감수성과 희망의 윤리: 한국 현대문화와 고전/역사의 유비적 대응과 성찰적 탐색〉,《민족문학사연구》59, 민족문학사연구소, 2015에 수록된 것을 수정, 보완한 것이다.

위기와 불안의 시대, 희망의 윤리는 가능한가

최근 들어 한국사회는 점증하는 자살률, 연금법 개정, 취업률 저하, 실업률 고조, 비정규직 비율의 확산, 빈곤의 증폭, 박탈감과 무기력, 무시와 혐오, 무매개적이고 무차별한 폭력, 세월호, 메르스, 테러 등 재난과 위기, 불안의 감수성이 지배하고 있다고 해도 과언이 아니다(이 글이 처음 쓰인 2015년을 기준으로 함). 이에 뒤따른 것은 숙고와 성찰의 움직임이 아니라 도피적 망각, 일차원적 쾌락을 통한 확실한 효용에 대한 선호인 듯하다.

'자율경쟁시스템'을 전제한 신자유주의 체제는 생산성의 극대화라는 효과를 초래하는 대신에 경쟁주의와 성과주의를 정당화하는 체제 논리로 작동해 '사회적 피로도'를 가중시켰다.[1] 뿐만 아니라, 물질주의에 대한 인간적 대응을 무력화함으로써, 거대 규모의 '르상티망'[2]을, 미시적·일상적 차원에서의 사회적 '루저'를 양산했다. 원천적으로 성공의 감각을 체감할 수도, 길러 낼 수 없는 신자유주의 체제는 패배감과 무감각의 무한 반복과 사회적 공회전을 추동시

---

1 이에 대한 분석은 한병철, 《피로사회》(김태환 옮김, 문학과지성사, 2012)가 출간된 이후 활발히 전개되었다. 백소영은 한국사회의 병리적 징후의 원인이 '신자유주의적 자본주의제'에 있다기보다는 '봉건적 자본주의제', '신자유주의적 관료제'에 있다고 분석한 바 있다(백소영, 〈힐링 담론과 사회적 영성〉, 김진호 외, 《사회적 영성》, 현암사, 2014, 50쪽).

2 이는 니체의 용어로 자신이 사회적 약자라고 느낄 때, 자신의 실패나 패배의 원인을 모두 강자에게 돌려 시기하고 분노하고 비난하며 공경하는 성향, 불공평한 세상에 대한 패배주의적 분노를 의미한다(리차드 세넷, 《투게더》, 김병화 옮김, 현암사, 2013, 92쪽의 옮긴이 각주 참조).

키고 있다.[3]

기계화, 산업화에 기댄 물질주의적 근대화는 한국사회에서 한 세기 만에 부정할 수도, 무시할 수도 없는 질량의 패배를 드러냈다.[4] 인간성은 현저히 피폐해지고, '하면 된다'는 '열정'과 '희망'이라는 사회적 동력은 크게 훼손되었다.[5] '어떻게 살 것인가'라는 실존적 삶의 질문은 유예되거나 망각되고, '어떻게든 살아남아야 한다'는 '버티는 삶'에 대한 '생존 등식'만이 오늘의 힘겨운 현실을 지탱하는

---

3 무한경쟁을 추동하는 신자유주의 시스템은 주체의 위치가 어디든 간에, 자신보다 우위에 있는 이를 '발굴'해 내는 열정에 의해 스스로를 '루저'로 판정하는 자동화된 행동 수순으로 이어진다. 글로벌 시대와 정보화는 이러한 비교의 시선을 완충시키기는커녕, 그 범주를 '세계'로 확장하여 주체를 예외 없이 '글로벌 루저'로 자리바꿈해 낸다.

4 '비포'Franco Berardi 'Bifo'에 따르면 '자본주의와 근대성의 분리는 완료됐다. 다시 말해서 자본주의의 지배는 근대 문명을 제거하고 있는 중이다.'(프랑코 베라르디 '비포', 《미래 이후》, 강서진 옮김, 난장, 2013, 243쪽) 김태호는 바우만Baumann의 현대성에 대한 진단을 바탕으로 이를 '버려진 인간론(Thesis on "Wasted Human")'으로 소개한 바 있다(〈한국사회의 학력과 계급 재생산〉, 《한국사회학회 사회학대회 논문집》 2012년 12호, 한국사회학회, 2012, 912~913쪽). 시대 변화로 인해 자녀 교육의 투자와 경제적 대물림의 어긋남에 대해서는 김현미, 〈중산층의 욕망과 커지는 불안들〉, 《창작과비평》 39권 3호, 창비, 2011, 43~44쪽을 참조.

5 빈부 격차의 심화 현상 및 사회적 양극화에 대해서는 남인숙, 〈한국의 사회·경제적 양극화와 교육 격차〉(《현상과인식》 114호, 한국인문사회과학회, 2011)를 참조. 사회 계급의 재생산에 대해서는 김왕배, 《산업사회의 노동과 계급의 재생산: 일상생활 세계의 불평등에 대한 성찰》, 한울, 2001, 3장; 조아라, 〈신상류계층의 사회자본을 통한 계급 재생산〉, 연세대 석사논문, 2005; 김진원, 〈빈곤 청소년의 하위 계급 형성과정: 사회적 고립과 빈곤 재생산〉, 서울대 석사논문, 2007 등을 참조. 김태호(2012, 921쪽)는 한국사회에서 학력場學歷場의 불평등 양상이 부모와 밀접하게 연관된 일상적·문화적 아비투스의 형성과 체화에 따라 나타나며 고착되는 현상을 지적했다. 이는 선행 연구에서 다룬 사회적 자본의 경제적, 권력적 고착화 현상과 일치한다.

마지막 끈이 되고 있는 듯하다.[6]

이러한 사회 변동의 분위기는 출판시장에서 각종 인문적 도구를 통해 '희망'을 상품화하던 자기계발서가 더 이상 주력 상품으로 홍보되지 않는 현상으로 가시화되었다. 독서시장의 이러한 지형 변이는 다음과 같은 변인에 기인한다.

첫째, 빠르게 변하는 사회 변동의 문제, 구체적으로는 고용 협소화, 실업률 상승, 조기 퇴직의 현실화로 인해 '자기계발'을 통한 사회적 진입로가 원천적으로 차단되거나 현저히 협소화되었다. 둘째, '자기계발'이 곧 '자기착취'로 이어지는 '자기파괴'의 과정이라는 것을 독자층이 이미 체험했다.[7] 셋째, 사회적 루저가 양산된 반면, 이를 타계할 개인과 제도적 노력이나 책임의 소재 자체가 공동화空洞化되었음이 공유되었다. 이에 대한 반복된 경험은, 행위의 보상 효

---

6 이런 점에서 9·11 이후의 세계 경험을 '재난 자본주의'라는 개념으로 규정하고, 현실적 어려움을 사이버 공간에서의 권리 찾기로 모색한 움직임에 대해 '희망의 문화정치 노선'으로 명명한 백원담의 논의는 주목할 만하다(〈재난자본주의와 희망의 문화정치노선〉,《문화연구》1권 1호, 한국문화연구학회, 2012). 필자는 이 논문을 이 글을 작성한 뒤에 접했는데, 현대문화의 진단과 분석의 목적, 문제의식 차원의 공감대를 발견할 수 있었다.

7 자기계발과 자기착취에 관해서는 서동진,《자유의 의지 자기계발의 의지》(돌베개, 2009)를 참조. '하면 된다'는 자기계발의 논리가 '미래'를 위해 '현재'를 담보 잡는 시간의 정치성을 보여 주었다면, 최근 한국에는 불확실한 미래를 위해 현재의 쾌락을 저당 잡힐 수 없다는 자각으로부터 생성된 '소확행(작지만 확실한 행복)' 담론이 유행하고 있다. 이는 한 번뿐인 인생을 즐겁게 살자는 욜로YOLO(You Only Live Once) 담론의 후기적 형태로, 소비주의적이고 단기적인 쾌락 추구를 '행복'으로 미화한다는 점에서 문제적 지점을 담보한다. 일시적 행복 추구 담론조차 단기적 유행 담론으로 소비되는 맥락은 개인이 향유할 수 있는 행복이란 사적 영역에 들어온 '사소한 것들'의 '소비' 형태로만 가능하다는 점을 전제로 삼고 있기에, 사회와 거대 담론에 대한 포기, 단념, 절망의 맥락을 배면화하고 있다.

과가 가장 확실한 '쾌락' 요소에 대한 즉시적·즉흥적·감각적 집중만을 허여하게 되고, 이것이 대중매체를 통해 빠르게 전파되었을 때, 결과적으로 '쾌락에의 극단적 탐닉'을 추동했다.

이러한 시대적 감각과 진단은 자연스럽게 현재에 대해서뿐만 아니라, 미래에 대해서까지 우울한 청사진을 제출한다. 그렇다면 현대사회에서 '희망'을 이야기하는 것은 과연 가능한가.

이 글은 불안, 위기, 우울의 정서가 지배적인 현대사회에서 희망의 윤리가 과연 가능한지를 질문하면서, 그렇다면 그것이 어떻게 논의될 수 있는가라는 '실존적'이고도 '사회적'인 문제를 인문적 차원의 성찰적 사유를 통해 탐색해 보려는 문제의식에서 출발한다. 특히 '인문적 차원'을 강조한 이유는 현대 한국사회의 문제를 사회제도나 정책의 차원에서 접근하는 정치적·사회학적 관점만을 강조할 경우, 문제의 책임 소재나 타결 방안을 개인이나 사회구성원을 배제한 시스템, 제도, 정책의 문제로 환원시켜, 오히려 주체의 자율성과 책임의 권한을 박탈하는 위험이 초래될 수 있다고 보기 때문이다.

이를 위해 먼저, 한국의 일상문화에서 '유행하는' 대중문화의 사례를 들어, 여기에 투영된 한국인의 불안과 위기의식, 쾌락의 감각과 만족감의 형성과 재현, 교환 방식이 포함하는 문제적 '징후'를 관찰하고, 그것이 갖는 문화적 함의에 대한 성찰적 분석을 시도할 것이다. 그리고 이러한 문제적 징후를 극복할 대안을 모색하기 위해, 한국이라는 공간에 역사적으로 실재했던 문학/문화적 행위인 글쓰기에 주목하려고 한다. 특히 전통 시기에 일종의 제도이자 문화로서 존재한 '생애성찰적 글쓰기'[8]를 대상으로, '일상'의 차원에서 개인이 경험한 고통과 재난, 위기의 언어적 재현 방식과 수사적 언술을 분석하는 데 주안점을 둔다.

이는 현대인이 상실하거나 망각한, 그러나 한국이라는 공간에 역사적으로 실재했던 문화 자산에 대한 숙고와 재성찰을 통해 현대와 전통의 소통, 학문과 사회, 개인과 제도의 소통 가능성의 실재를 확인하기 위함이다.[9] 동시에 대학을 중심으로 제도화된 분과학문 체계의 세부 전공으로서 고전문학의 효용과 가치를 현대성, 또는 현대사회의 문제를 사유하는 데 필요한 실천적 자원이자 역사적 경험으로서 설득하고 재위치시키는 학적 설계를 수행하기 위함이다. 이때, 사대부의 생애사 글쓰기에서 고통을 재현하는 방식, 고통에 대처하거나 통과하는 과정에서 발견한 희망[10]과 위안의 논리가 제시

---

8 구체적으로 전과 행장·행록·유사 등의 전장류傳狀類, 제문·애사·뇌사·곡문 등의 애제문哀祭文, 묘지문·묘비문·묘표 등의 비지문碑誌文 등을 지시한다. '생애사 글쓰기' 또는 '생활사 글쓰기'라는 표현 대신 '생애성찰적 글쓰기'로 명명한 이유는 전 생애를 거시적으로 바라보는 시선perspective의 총체성과 확장성, 성찰성을 강조하기 위함이다. 필자는 이 개념을 활용해 '품성'과 '존경의 언어'에 대한 탐색과 발굴에 대해 제언한 바 있다(최기숙, 〈신자유주의와 마음의 고고학: 향수를 넘어서 성찰로, 잃어버린 마음/행동/태도에 대한 책임의 인문학〉, 《동방학지》 167호, 연세대 국학연구원, 2014).

9 현대인이 상실한 가치, 심성, 태도에 대해 필자는 '마음의 고고학'이라는 개념으로 연구하고 있다. 이에 대한 기초 논의는 최기숙, 앞의 글. 참조. 물론 이러한 시도가 정답이라는 주장을 하려는 것은 아니다. 다만 현대사회의 문제에 정면으로 접근하고 극복, 또는 해결하기 위해 다학제간 연구를 통한 총체적 모색이 필요하다는 것을 고전 연구자의 입장에서 실험적으로, 또한 실천적으로 제기하려는 것이다.

10 '희망'에 대한 연구는 생소할뿐더러 희소하다. 이 분야의 연구는 심리학, 간호학, 교육학 분야에서 수행되고 있는데, 희망이 문제의 극복과 건강한 삶을 회복하게 하는 주요한 변인이라는 관점이 유효하게 작용하고 있다(정미나·이창식, 〈청소년

하는 경험적, 이념적 근거를 탐색할 것이다. 이를 통해 개인·사회·역사의 가치와 신념, 약속의 체계를 재성찰하고, 현대 한국사회에 참조할 전통 자원을 제언하는 데 주안점을 둔다.

불안 사회와 '개인-주체'의 대응
: 쾌락적 정보 교환과 감정 억류

이 장에서는 위기와 불안이 지배하는 현대 한국의 일상문화에 역설적으로 감각적 쾌락을 집단적으로 추구하는 문화적 현상이 나타나는 것을 일종의 '징후'로서 해석하고, '욕망의 전시장'으로서의 특징을 보여 주는 대중매체에서의 '먹방'('먹는 방송'의 약자로 '음식-먹기-보기'와 관련된다)의 유행, SNS 등 개인 미디어를 지배하는 만족과 행복의 '인증' 문화를 분석한다. 이에 주목한 것은 이러한 '유행-문화'가 내면이 아닌 외연, 성찰이 배제된 감각적 쾌락에 대한 편집적 집착을 단적으로 보여 주는 사례에 속하기 때문이다. 이를 통해 한국 사회가 어떻게 '부정적 감정'을 다루는 방법(인지, 재현, 공유, 성찰)을 점점 상실해 가는지, 또한 감각적 쾌락의 추구, 공유, 인정 욕구의 강렬한 유행 속에서 어떻게 '내면 언어'가 상실되는지에 대해 분석

의 희망에 관한 연구동향),《청소년학연구》18권 3호, 한국청소년학회, 2011, 274쪽). 이 글에서는 인문학적 차원에서 '희망'에 대한 본격적인 연구가 필요하다는 점만 전제해 둔다.

적으로 접근해 보려고 한다.

'먹방'의 포르노그래피: 쾌락의 대리 감각·모방·전시

현재 한국의 대중매체에서 가장 유행하는 프로그램 형식은 이른바
'먹방'이다.[11] '먹는 방송'을 줄임말로 표현한 '먹방'은 음식에 관련
된 감각적 쾌락의 극대화를 가장 극명하게 보여 주는 현대문화의
한 사례다. 미디어를 통해 확산되는 '먹방' 프로그램은 기존의 요리
프로그램이 지닌 재료의 중립성(누구나 같은 재료를 살 수 있다), '만
들기'의 과정에 대한 충실한 정보성이나 영양학적 관점, 음식 문화
에 관련된 교양적 요소와 달리, 사생활의 경향성을 암시하는 재료
의 가치성을 드러내고(어떤 재료를 구매해서 어디에 어떻게 보관하는지,
무엇을 먹는지 자체가 누군가의 사생활을 짐작하고 상상하게 하는 정보성을
지닌다), 먹는 즐거움, 즉 쾌락과 결부된 오락 요소가 강화되었다는
점에서 본질적인 차이가 있다. 비록 '조리 과정'을 보여 주는 프로그
램 형식을 택할 경우에도, 재료의 선택이나 조리 방법 자체, 과정에
대한 상세한 '정보 제공'의 요소보다는 그것을 둘러싼 화젯거리의
창출, 과정에서 보여 줄 수 있는 오락의 극대화, 먹는 장면의 클로즈

---

11 아프리카TV에서 시작된 먹방 프로그램은 공영방송과 케이블TV를 통해 확산되었
다. 관련 프로그램 중 방송사 별로 대표적인 것만 예시하면, MBC의 〈찾아라! 맛있
는 TV〉, KBS의 〈한국인의 밥상〉, SBS의 〈백종원의 3대천왕〉, EBS의 〈최고의 요리
비결〉, JTBC의 〈냉장고를 부탁해〉, K-star의 〈식신로드〉, tvN의 〈삼시세끼〉, 올리
브TV의 〈테이스티로드 2015〉 등이 있다.

업을 통한 쾌락 요소의 증대에 초점이 맞추어진다.

먹방 프로그램은 '정보'와 '쾌락'의 효율적이고도 확실한 조우를 통해 시청자로 하여금 '소비'를 통한 쾌락적 경험을 추동하는 문화적 효과를 발휘한다. 이는 감각에의 헌신, 집중, 탐닉만이 가장 확실한 '보상'을 준다는 판단 속에서 '공유 가능한 육체적 쾌락'을 종용하며, 자아·내면 등의 자기 질문에 필요한 동력을 타인의 삶에 대한 피상적 관찰과 탐닉으로 대체하는 '관음증적 자아'를 양산한다.

'먹는다'는 행위와 관련된 욕구인 식욕은 성욕, 수면욕 등 인간의 기본적 욕구 중에서 감각적 쾌락의 가장 손쉬운 체험으로 간주된다.[12] '수면'은 자기 관찰이 불가능하다는 점에서 쾌락의 실시간 확인이 불가능하다. 또한 '성적 감정의 정교화에는 느린 시간이 필요'[13]한 것과 달리, 먹는 즐거움의 경우 쾌락에 도달하는 시간의 지속이나 정교화가 필요치 않다. 맛에 대한 감각은 만족과 '쾌락의 표정'에 대한 시청자의 관음증적 탐닉과 조우한다. 일상에서 만나기 어려운 '유명인'의 '먹방'이 인기를 얻는 이유이자, '먹방'을 '포르노그래피'에 견주는 가장 큰 이유이기도 하다.[14]

---

12 데버러 럽턴Deborah Lupton은 많은 사람의 경우 음식에서 얻는 즐거움이 일상적인 감각적 경험에서 최고의 지점을 차지한다고 지적했다(《음식과 먹기의 사회학》, 박형신 옮김, 한울, 2015, 49쪽).

13 프랑코 베라르디 '비포', 《프레카리아트를 위한 랩소디》, 정유리 옮김, 난장, 2013, 181쪽.

14 '포르노그래피를 보는 데는 어떤 노력도, 어떤 공감도 필요 없다. 그냥 보기만 하면 된다. 이것은 거의 자폐적 정신 상태와 같다. 다른 사람의 감정을 이해하려고 애쓸 따위가 없는 것이다.'(프랑코 베라르디 '비포', 《프레카리아트를 위한 랩소디》, 178쪽)

'먹방' 시청은 맛있는 음식에 대한 쾌락적 즐거움의 체험과 공유, 연계, 지속, 확산을 통해 상품화로 이어진다. '방송된 음식/식당'을 경험하는 것은 사회적 소속감을 추구하는 개인에게 가장 확실한 충족감을 안긴다.[15] 소비를 통한 동질감의 형성과 소속감의 충족은 각종 개인 미디어SNS를 통한 체험 후기의 업로드, 또는 과시를 통한 인정 욕구의 전시로 이어진다. 아이러니하게도 쾌락적 탐닉은 만족감의 지속과 행복의 향유가 아니라 칼로리와 체중으로 환산되어, 각종 다이어트 상품(약품, 식품, 의료상품)의 구매나 헬스, 요가 산업에 대한 개인 투자 형태의 '소비'를 추동한다.[16] 먹방과 다이어트 열풍의 병존은 쾌락과 몸에 대한 병리적인 분열의 징후다.

---

15 사회적 소속감에 대해서는 몬트세라트 귀베르나우Montserrat Guibernau의《소속된다는 것: 현대사회의 유대와 분열》(유강은 옮김, 문예출판사, 2015) 서문 및 51~56쪽을 참조. 인류학적으로 특정 음식의 섭취는 그 음식이 지닌 특정의 상징적 속성을 먹는 사람에게 전달하는 효과를 가진다는 것으로 알려졌으며(앨런 비어즈워스 & 테레사 케일,《메뉴의 사회학》, 박형신·정헌주 옮김, 한울, 2010, 96쪽), 음식을 둘러싼 믿음과 행동은 세대를 거쳐 문화적으로 재생산된다(데버러 럽턴,《음식과 먹기의 사회학》, 49쪽)는 점에서 사회적 소속감을 매개하는 문화적 요소이다. 대중매체를 통해 소개된 음식을 맛보거나 '대리-섭취'(정보화된 감각의 대리 체험)하는 것은 타인과 '구별 짓기'(피에르 부르디외,《구별짓기》상, 최종철 옮김, 새물결, 2005)를 수행하는 문화적 행동이다.

16 다이어트 선호는 '현대적' 현상으로, 날씬한 몸은 개인의 성공을 남에게 입증하는 유력한 증거가 되고, 비만은 통제력 결여(외모에 신경 쓰지 않는 것)와 연결되어 도덕적 약점과 연관된다(앨런 비어즈워스 & 테레사 케일,《메뉴의 사회학》, 306쪽). 여성의 비만이 낙인찍기와 사회적 비난의 대상이 되는 것은 '젠더화'의 결과다(데버러 럽턴,《음식과 먹기의 사회학》, 268쪽). '뚱뚱한 몸'이 극복이나 해결의 대상으로 논의되는 것이 비단 대중 미디어(텔레비전 예능·드라마, 영화)만의 문제는 아니다(외모가 취업에 미치는 영향에 대한 각종 기사들을 참조). 이제 미디어의 안팎은 '뫼비우스의 띠'처럼 서로 구분할 수 없는 지점이 생성되어, 인과성을 가려내기 어려워졌다.

쾌락이 수반하는 죄책감은 그것을 함께 나누지 못한 누군가에 대한 생각으로부터 연유하는 것이 아니라(맛있는 이 음식을 가족, 친구, 연인 등과 함께하지 못한 데서 오는 미안함), 쾌락의 결과로 발생하는 '몸의 자연스런 반응'(섭생)에 대한 '부자연스런 고착'(비만)으로부터 발생한다.[17] 변치 않는 고정 변수는 언제나 '자본'(유행 음식 및 맛집 이용비와 다이어트 비용)과 '생존'(유행 문화를 경험함으로써 얻는 문화적 소속감, 몸매 유지를 통한 사회적 인정 획득)이다.[18]

문제는 이러한 쾌락 관리 시스템의 순환 구조 속에서, 외적·행위적 경험을 가시화하는 방법은 현저히 발달한 반면, 내적·사색적 경험, 즉 '내면'을 말하는 문화 자체가 점점 소거된다는 사실이다. 가장 확실한 쾌락을 일종의 '정보'로 교환하는 문화가 빠르게 확산되는 반면, 눈에 보이지 않고 제대로 알 수 없는 내면을 표현하는 어휘는 현저히 결핍된다. 뿐만 아니라 그것은 시대착오적인 것, 지루한 것, 진지해서 불편한 감각을 주는 것으로 간주되는 편이다. 인터넷이나 SNS를 통해 쉽게 참조할 자료가 없기 때문에, '내면'을 화제로 대화하는 방식은 보류되거나 억류되고, 실제로 이에 대해 내려지는 부정적인 비판의 실체를 닮아 가는 역설이 발생한다. 보이지 않고, 알 수도 없는 내면을 위해 헌신한다거나, 상대를 내면을 가진

---

17 몸을 예절과 매너에 따라 규율하는 '문명화' 과정(데버러 럽턴,《음식과 먹기의 사회학》, 38~41쪽)이 오늘날에는 비만 통제, 과도한 다이어트 경향으로 이어지고 있다.

18 여기서의 '생존'이란 생물학적 생존이 아닌, 사회적 생존을 의미한다. '사회적으로 죽은 사람' 또는 '죽어 있는 존재'의 의미에 대해서는 김현경,《사람, 장소, 환대》, 문학과지성사, 2015, 42~43쪽을 참조.

주체로 인정하면서 관계를 맺을 필요는 점점 더 줄어든다.[19]

쾌락이 정보로 치환되면서, 사유나 성찰, 숙고는 뒷걸음치고, 일상에 드러난 쾌락적 만족과 즐거움은 곧바로 'SNS'를 통해 '경험의 이미지화'로 변형된다. 먹기를 통한 즐거움은 개인 미디어SNS를 통해 공표되고, '음식이라는 사물/대상'(먹는 '사람'이 아니다)은 정체성과 일상을 '대리-전달'하는 효과적인 매개로 자리 잡는다. 이것은 마치 '패션'이 '사람'을 대체하고 '브랜드'가 '가치/이념/지향'을 대변하는 '전도된 유형'과 유사하다.[20] 일상의 차원에서 이러한 '음식' 기호가 현대인의 보편적인 자기표현의 매체인 SNS라는 유력한 교환 기호로 정착했다는 점에서, 그리고 '먹는 사람'을 '찍는 사람'으로 대체하고, 급기야 사람을 압도하고 스포트라이트를 받는 대상으로 '전치'시켰다는 점에서, 이는 일종의 현대적 '물신숭배'에 가깝다. '음식을 먹는 것을 보는 것'에 이어, 자신이 '먹을 것'을 '보여 주는 행위'가 문화 분석의 주요한 매개이자 대상이 되는 것은 이 때문이다.[21]

---

19 상대를 내면을 가진 주체로서 인정하고 관계를 맺으려면 장기지속적인 만남이 전제되어야 한다. 신자유주의 시스템은 단기적, 즉각적 관계를 상정하고, 그마저 '교환 가능한 상태'로 간주하기 때문에, 빠른 인간성의 훼손을 초래한나(리차드 세넷, 《신자유주의와 인간성의 파괴》, 조용 옮김, 문예출판사, 2002).

20 물질주의, 과시소비, 성공주의, 형식주의 등 명품 구매의 사회심리적 분석에 대해서는 신혜나·이문규·신성혜, 〈명품 브랜드 선호도 결정요인: 해외패션 명품 브랜드를 중심으로〉, 《상품학연구》 29집, 한국상품학회, 2011, 3쪽의 선행 연구를 참조.

21 물론 여기에는 젠더 차이와 세대 문제(미디어 사용률이 높은 청년층 등)가 개입된다. 논의의 집중을 위해 세부 논의는 전개하지 않는다.

SNS의 감성 체계: 감정의 표준 문법과 부정성의 억류·상실·누락

SNS는 웹사이트라는 온라인 공간에서 자신의 신상 정보를 드러내고 정보 교환을 수행함으로써 네트워킹, 커뮤니케이션, 미디어 플랫폼의 기능을 수행하는 소셜 소프트웨어다.[22] 이는 소속감과 연결됨의 욕구를 충족시키는 참여자 중심의 인터넷 플랫폼이다.[23] 전 세계적으로 SNS는 의사소통의 가장 유력한 도구로 자리 잡아 가고 있다.[24] SNS는 의사소통의 수단이라는 쌍방향적 매체로 활용되기에 앞서, 사용 주체가 자신의 이미지를 전달하는 자기표현의 수단이라는 측면이 강하다. 사진과 동영상을 업로드하고 문장을 서술하거나 스토리를 게재하는 방식을 통해[25] SNS는 개인의 사생활과 내면을 시각적으로 전달하는 유력한 매체가 되었다. 한국인에게 선호도가 높은 카카오톡, 카카오스토리, 라인, 트위터, 페이스북, 인스타그램, 웨이보 등을 통해 개인의 정체성과 일상은 '맥락성context'이 소거된

---

22 이재현,《SNS의 열 가지 얼굴》, 커뮤니케이션북스, 2013.

23 김선정·김태용,〈SNS 콘텐츠의 감성이 사용자의 감정상태에 미치는 영향: 페이스북 뉴스피드를 중심으로〉,《사이버커뮤니케이션 학보》29권 1호, 2012, 33쪽.

24 SNS의 세대별 사용 비율에 대해서는 이인숙,〈직장인들의 스마트폰 중독, 불안, 우울, 자기통제력에 관한 연구〉,《다문화건강학회지》4권 1호, 다문화건강학회, 2014, 19쪽을 참조. SNS의 사용을 거부하는 아날로그적 삶을 선택한 이들도 여전히 존재한다. 이는 개인의 철학이나 신념, 의지에 따라 소통 방식을 자율적으로 선택하려는 주체적 선택의 결과이기도 하지만, '뉴미디어 리터러시new media literacy'로부터 소외되었기 때문인 경우도 있다.

25 이재현은 디지털 미디어의 텍스트, 이미지, 사운드 등을 통합하는 개념으로 '에프크라시스ekphrasis'라는 용어를 제안한 바 있다(이재현,《SNS의 열 가지 얼굴》, 72쪽).

채, 빠르게 '절편화', '분절화'된다.

SNS는 선택적으로, 때로는 무차별적으로 자신의 이미지와 생각을 '발신'하는 도구가 되었다. 여기에는 프로그램상으로 제한된 형식의 반응(좋아요-하트)을 하거나, 아이디(정체)를 밝히고 댓글을 다는 식으로 응대할 수 있다.

매체에 따라 차이는 있지만, SNS를 통해 경험하는 '타인의 삶'은 행복하고 만족한 삶으로 점철된다. 빅데이터 분석 업체 다음소프트가 2010~2015년 8월까지 '인증샷'을 주제로 블로그 16만 5812건과 트위터 518만 8480건을 분석한 결과, 가장 많은 '인증샷' 업로드는 여행, 맛집(음식), 공연, 쇼핑의 순인 것으로 발표되었다.[26] 인증샷의 감성 분석 결과, 긍정 감성(좋은, 멋진, 예쁜과 같은 형용사)이 83퍼센트를 차지했다. SNS는 이용자에게 행복과 만족에 대한 패턴화된 상징 기호를 생산하는 유력한 기구가 되었다. 대체로 여기에는 '미화' 일색의 자기에 대한 이미지화, 행복감과 만족감 위주의 '감정 전시'가 중심을 이룬다.

SNS가 현대사회의 주요한 의사소통의 수단이자 현대인의 유력한 자기표현 수단이라고 했을 때, 여기에는 행복과 만족이라는 긍정성의 발신과 교환만이 존재할 뿐, '슬픔'과 '우울' 등 이른바 '부정적 감정의 세계'가 누락되어 있다는 점에 주목할 필요가 있다. 때때

---

26 《〈빅데이터 돋보기〉 "난 이렇게 잘 살고 있다"…'인증'하는 사회》, 연합뉴스/미디어 다음, 2015년 8월 31일자. http://www.yonhapnews.co.kr/bulletin/2015/08/30/0200000000AKR20150830053200033.HTML?input=1179m

로 우울감과 고독감을 담은 이미지를 올리기도 하지만, 그조차 인공적 조작(포토샵 앱을 활용)에 의해 '멋있게' 표현된 것이 대부분이다. 엄밀히 말하자면, SNS를 통해서는 슬픔과 우울, 거부, 싫증, 분노 등의 부정적 감정을 다루는 노하우 자체가 계발될 여지가 (거의) 존재하지 않는다.[27]

이러한 현상은 역설적으로 현실과 일상에서 부정적 감정에 대한 사회적 상상력이 부재하다거나, 그것을 능숙하게 다루는 노하우가 결핍되었다는 결론으로 이어진다. 가령 SNS에는 자신의 행복감을 전하되, 그것을 보는 것이 즉각적으로 상대방에게 '거부감'을 주지 않는 선에서, '공감 가능하게 하는 방식'으로 표현하도록 조율된다. 자신의 행복감이나 만족감이 상대에게 지나친 과시나 위압감, 우월감의 기호로 전달된다면 그것은 실패한 발신이다. '좋아요'라는 공감의 응대를 받을 수 없을뿐더러, 지나친 '오만'과 '과시'로 간주되어, 상대에 대한 감정은 '혐오'와 '경멸', '분노'의 차원으로 이월된다. '넘치는 행복'을 표현하는 것은 예의에 어긋나는 것이 된다.[28] 이

---

27 역설적으로 바로 이런 이유로 SNS를 통해 타인의 삶을 경험한 사람은 현실에서 '우울감'을 갖는 경향이 우세하다는 연구 결과도 발표되었다. '절편화'된 '타인의 삶'을 '전면적인 것'으로 수용하는 인식-오류가 발생하면서, 여러 감정이 뒤섞인 자신의 삶에 대해 현저한 패배감을 인지한다는 것이다. Gween O'keef는 소셜 미디어의 특성상 얼굴을 보지 못하고, 익명성의 특징과 간접적인 의사 표현, 감정 상태를 표현하기 때문에 '페이스북 우울증'에 빠질 수 있다고 했다. 업로드된 내용, 이미지의 맥락이 누락되기 때문에 발생하는 '누락의 공포fear of missing out(일명 'FOMO')'와 '페이스북 우울증'에 관해서는 차유빈, 〈SNS의 역기능을 통한 우울감 확산의 방향성과 확대성: Facebook사용자를 중점으로〉,《연세상담코칭연구》3권, 연세대학교 신과대학, 2015, 299쪽을 참조.

28 이는 여전히 감정 표현과 전달에서 '중화中和'의 개념을 존중했던 조선 시대의 문

런 점에서, SNS에서 전달하고 교환하는 긍정적인 감정의 기호는 이미 '사회화'되어 있고, 일정한 '표준 문법'을 따르고 있다고 보아도 무방하다.

이에 비추어 본다면, SNS에서 원천적으로 다루어지지 않는, 다시 말해 억류되거나 누락되어 있는, 표현의 기회조차 상실된 슬픔과 우울, 거부의 감정 표현은 개인 미디어를 통해서는 공감 가능한 것으로 표현하는 방법 자체가 배제되었다고 볼 수 있다. 부정적 감정에 대한 '개인적/사회적/미디어적' 노하우를 축적할 기회 자체가 없는 것이다. 이는 감정 표현에 대한 '사회적 상상력'의 부재로 이어진다. 부정적 감정을 공감 가능한 것으로 '다루는 법', 말하자면 '미디어 레토릭'(미디어 수사)으로부터 배제되어 자기표현의 기회와 방법을 상실해 가고 있다.

슬픔과 우울이라는 부정적 감정이 사회적으로 공유되지 않는 이유는 일차적으로 '사진'이 갖는 고정성, 기록성에 기인한다.[29] 사진을 찍을 때 요청하는 웃는 표정이나 손으로 만드는 V 사인은 행복과 승리의 기호이며, 기록된 삶을 긍정적 코드로 등식화하려는 욕

화적 태도 및 인식과 일치한다(최기숙, 〈조선시대 감정론의 추이와 감정의 문화 규약: 사대부의 글쓰기를 중심으로〉,《동방학지》159호, 연세대 국학연구원, 2012를 참조). 이 또한 감정 표현의 차원에서 상대에 대한 '배려'와 자기성찰적 '절제'가 남아 있다는 '희망'의 증거가 될 수 있다. 다만 스타급 셀러브리티가 보여 주는 '따라갈 수 없는' 우월한 경지는 예외다. 네티즌은 이를 '넘사벽'(넘을 수 없는 사차원의 벽)이라는 신조어로 표현한다. '열정'이 어떻게 '숭배'로 이어지는가에 대해서는 일찍이 크리스토퍼 래시Christopher Lasch가《나르시시즘의 문화》(최경도 옮김, 문학과지성사 1989)에서 언급했다.

29 존 버거,《본다는 것의 의미》, 박범수 옮김, 동문선, 2000. 참조.

구를 견인했고, 그것이 SNS라는 개인 미디어로까지 정착했다. 무표정, 무기력, 우울, 슬픔의 기록을 남기는 것은 실패한 인생에 대한 자기증명서와도 같다. 둘째, '행복'과 '쾌감'이 상대방에게 '관계의 책임성'을 요구하지 않는 감정이라면, '슬픔'과 '우울' 등의 부정적 감정은 '관계의 책임성'이 전제되기에, 아무에게나 털어놓을 수 없는 '진정성'의 매개라는 의미를 포함한다.

감정이 표현의 영역을 통해 출구를 얻는 것이라면,[30] 개인의 영역 안에서 표현되지 않은 슬픔은 어디로 사라진 것인가. 슬픔은 단지 정신과 전문의나 상담사에게 털어놓을 수 있는 '질병 관리'의 대상으로 전이된 것일까. OECD 국가 중에서 압도적인 우위를 차지하는 고도의 자살률은 표현의 출구를 상실한 사회적 상상력의 부재가 나은 파국에 대한 상징적 예고는 아니었을까.

부정적 감정이 부재하는 기호의 세계야말로 부정성을 감당하지 못하는 정서적 무능력, 불안의 사회적 지표를 대변한다고 보는 것은 이 때문이다.

보이는 것과 보이지 않는 것의 '재현적/수사적' 비대칭성

감정을 다루는 방법의 편향성은 현대사회의 보이지 않는 병리를 예고한다. 예컨대 설탕, 알코올, 백미, 인스턴트 식품 등 특정 식품이나

---

30 현대인이 겪는 정신병리학의 요소의 원인은 대체로 감정의 '억압', 또는 '불통'이다. 이에 관해서는 '감정노동'에 관한 일련의 연구를 참조.

콜레스테롤, 나트륨 등 특정 영양소의 과다 섭취에 따른 임상적 징후나 질병 관리에 대한 의료 정보는 풍부한 반면,[31] 감정 결여 또는 과잉에 대한 부작용이나 관리/치유 방법에 대한 정보는 부족하다.

'보이는 세계'에 대한 정보 집중성에 비하면, 보이지 않는 세계, 묵음 처리된 세계에 대한 정보 결여의 상태는 심각하다. 그것은 '비가시적 세계'에 대한 관심의 결여로 소급된다. 그것이 '보이지 않는 세계'를 '없는 것'으로 간주하는 '무지'와 '불인정'으로 이어질 때, 결과적으로 그 책임은 개인과 사회의 몫으로 고스란히 위임된다. 건강불감증과 질병의 관계에서처럼, 보이지 않는 세계에 대한 무시와 불인정을 감당하는 것은 개인의 신체와 그 삶, 그리고 사회라는 육체다.

보이는 바깥이 '감각적 쾌락의 탐닉'으로 전면화되었다면, 보이지 않는 이면의 공간을 차지하는 것은 깊고 오랜 우울감과 억눌린 슬픔, 분노 등 부정적 감정, 또는 무감각과 무기력이다. 현대인의 우울감은 더 이상 심성이 나약한, 약물 처방을 받고 있는, 특정 개인의 문제가 아니다.[32] 우울, 슬픔, 분노, 수치, 모욕 등 부정적 감정은 표

---

31 영양학에 근거한 먹어야 할 것과 먹지 말아야 할 것에 대한 권고는 '교육적 성격'을 갖지만, 이를 구성하는 육체의 규율과 자기 통제의 언어는 도덕적 의미에 의존하고 있다(데버러 럽턴,《음식과 먹기의 사회학》, 141쪽).

32 프랑코 베라르디 '비포'는 신자유주의적 문화가 '사회적 두뇌 속에 끊임없이 경쟁을 향한 자극을 주입했고, 디지털 네트워크의 기술 체계는 사회적 두뇌에서 개인의 두뇌로 전달되는 정보 자극을 강화시켰다. 바로 이런 자극의 가속화가 오늘날의 사회에 광범위한 영향을 끼치는 발병적 요인이다'라고 분석한 바 있다. 그가 지적한 병리적 현상은 주의력 결핍 장애와 공황장애다. 그는 이제 더 이상 소수의 미친 사람들이나 몇 안 되는 우울증 환자들의 문제가 아니라 '점점 커지고 있는 존재론적 고통의 문제로, 항상 사회체제의 한복판에서 폭발하는 경향이 더 크다'고 말한다(프랑코 베라르디 '비포',《미래 이후》, 83·87쪽).

현되지도 재현되지도 않는 경향이 있다. 보이는 세계와 보이지 않는 세계의 비대칭성은 비단 감정의 문제만이 아니다. 부정적 감정을 원천 차단한 'SNS'는 어떤 의미에서는 '소통'이 아니라 '회피'이며, '감각'이 아니라 '무감각'이다.

프랑크 베라르디 '비포'Franco Berardi 'Bifo'가 매일 아침 지하철에 앉아 있는 사람들에 대해 서술한 풍경[33]은 '특정 지역'의 풍경이 아니라, 한국을 포함한 '전 지구적 풍경'을 묘사하고 있다고 해도 지나치지 않다.[34] 스마트폰을 '들여다보는 사회'는 '보는 것'에 민감할 수밖에 없다. 시각이 전면화되었을 때, '보이는 것'에 인간적 자원(시간, 정성, 능력)의 투자가 집중될 때, '사유' 또는 '사색'이라는 인간의 능력은 급격히 퇴화한다(휴대폰의 '번호 저장 기능'이 전화번호를 외우는 능력의 퇴화를 촉진했다는 것은 이미 검증된 바 있다. 반면, 문자 생활이 공적으로 금지되었던 조선 시대 여성들은 오직 소리로 듣고 외는 '박람강기博覽强記'의 방식으로 교양과 지식을 쌓았고, 학문적 대화도 나누었다.《경전》

---

33 '모두 헤드폰을 쓰고 있고, 모두 자신의 휴대용 기기들을 들여다보고 있다. 모두 혼자 조용히 앉아 있으며, 바로 옆에 앉아 있는 사람들을 결코 바라보지도 않고, 그들에게 이야기를 건네거나 미소를 짓지도 않으며, 어떤 종류의 신호를 교환하지도 않는다.'(프랑코 베라르디 '비포',《미래 이후》, 202~203쪽)

34 뉴욕에서 2년 반 동안 지내다 서울에 돌아온 소설가 김영하는 지하철에 탄 시민들이 하나같이 스마트폰을 내려다보고 있는 풍경이 가장 놀라웠다고 서술했다. 뉴요커들은 여전히 지하철에서 종이책과 신문을 읽는다고 했는데, 그 이유는 맨해튼의 지하철에서는 휴대폰이 터지지 않기 때문이다. 지상으로 올라가는 순간, 그들도 일제히 책을 덮고 스마트폰을 꺼내 든다는 것이다(김영하, 〈시간도둑〉,《보다》, 문학동네, 2014, 11~12쪽).

과 《사서》 등을 외워 자식을 교육하는 데 활용한 사례가 전해진다.[35] 이 사례는 급진하는 테크놀로지의 세계를 사는 현대인이 '구매력'이나 '미디어 리터러시의 습득'을 통해 '적응'하는 것도 필요하지만, 이면에서 변화하는 능력의 퇴화, 또는 상실에 대해 숙고할 필요를 시사한다).

욕망의 전시장이 지배하는 '가시화된 일상문화'의 이면에서, 표현되지 않았지만 존재하고 있는 우울, 불안, 위기의식은 어디에서, 어떻게 자기표현의 출구를 확보하게 되는 것일까. 오히려 그것들은 과장되거나 포장된, 쾌락/만족 일색의 수사적 화려함 속에서 위축되거나 망각되어, 감정의 과잉 통제로 인한 '폭발'을 예비하고 있는 것은 아닌가.

조선 후기 생애사 기록을 통해 본 고통의 수사와 성찰성:
젠더·주체·공감화

감각적 쾌락을 대중/개인 미디어를 통해 시각적으로 빠르게 전파하고 공유하는 현대사회와 달리, 이른바 '전통 시대'에는 손으로 글을 써서 인편에 전하는 직접성의 문화, 느림의 문화가 존재했으며, 장기지속적 맥락 속에서 관계를 맺고 삶을 영위하는 방식이 지배적이었다. 한국의 전통문화가 온축해 온 인문적 자산 중에는 현대사회

---

35 이에 관해서는 최기숙, 〈여성문학(사)의 '역사/문화' 공간 생성과 '디지털' 창의-생산을 위한 시론〉, 《여성문학연구》 43, 한국여성문학학회, 2018, 176~178쪽을 참조.

의 제도와 가치관의 변화로 의미를 상실하거나 교육과 교양의 현장에서 소외되고, 일상생활에서 효용가치를 상실해 망각된 것들이 존재한다. 조선 시대에 각종 생애성찰적 글쓰기 양식이 발달하고, 사대부 문집의 주요한 부분을 차지했던 것은 장기지속적 생애성찰의 관점이 일상화·내면화되었던 시대정신, 또는 심성 체계mentalité를 반영한다. 물론 이는 사대부-남성의 문화(한자를 사용한 상층의 고급문화)에 한정된 것이지만, 여성과 중인층, 언문 사용층에게도 영향을 미쳤다는 점에서,[36] 조선 시대의 문화 자산으로 간주할 수 있다.

이 장에서는 현재 한국사회의 일상에서 경험되는 문제적 징후들을 성찰하고 대안을 모색하기 위해, 조선 후기의 생애성찰적 글쓰기에 재현된 고통과 고난의 경험을 다루는 심성 구조, 이에 대한 개인적/사회적 태도, 글쓰기로 발현된 수사적/담론적 '기술(테크네)'에 주목한다. 이는 현대사회의 문제를 극복하기 위해 역사적으로 실재했던 고전 자원을 통해 역사와 문화의 경험을 배우고 성찰의 자원을 회복하려는 인문학, 또는 고전 연구를 수행하기 위함이다.[37]

---

36 예컨대, 국문소설에 수용된 한문 양식의 변용과 교양의 흡수를 들 수 있다. 이에 관해서는 최기숙, 〈언문소설의 문화적 위치와 문자적 근대의 역설 : 근대초기 '춘향전'의 매체 변이와 표기문자·독자층의 상호관련성〉, 《민족문화》, 고려대 민족문화연구원, 2012, 2장을 참조.

37 이러한 관점은 현대사회의 문제 해결을 위해 당대적 차원의 사회학적 모색과 더불어 전통과 고전 연구가 필요하다는 판단에 기인한다. 백원담(2012)과 김현미(2011)는 현대사회의 문제점에 대한 대안을 모색하기 위해 각각 인터넷을 통한 집단적 움직임, 사회적 연대를 위한 상상력'의 필요성을 제안했다. 이들이 모두 현실에서 현실의 문제를 찾았다면, 이 글은 '전통'과 '고전'으로부터 대안을 찾아보고자 한다. 김왕배는 현대사회와 계급의 재생산을 문제적으로 분석하면서, 가족과 상속, 시장, 국가, 시민권과 제3의 부문이라는 차원의 성찰적 모색을 수행한 바 있

이때 현대와 전통이라는 시간적 차이, 미디어(문자생활 vs 대중매체/개인 미디어)와 양식(한문학 양식/상층 남성 vs 대중/집단지성)의 맥락성에 대한 차이가 존재하기 때문에 등치적 비교가 불가능하다. 그러나 '문화 비교'의 개념을 활용하여 차이를 인정하면서 비교를 수행한다면, 상호 참조와 성찰의 방법론에 대한 활용이라는 결과를 도출할 수 있다.[38]

이를 위해 양식, 문자, 계층, 젠더, 주체와 타자의 거리 및 관계 설정 등[39]을 고려해 다음의 세 가지 영역과 시선에 주목한다.

첫째, 사대부 남성이 스스로의 고난과 고통에 대해 서술한 '자기 서술적' 생애사 서술(주체).

둘째, 사대부 남성이 여성 망자의 고통스런 삶에 대해 재현한 타자 관찰적 생애사 서술(타자).

셋째, 글쓰기 과정에서 '슬픔'과 '고통'에 대한 공감을 매개로 '주

다(2001, 8장). 여기서 부분적으로 성호 이익의 사상을 참조한 것은 전통과 현대의 성찰적 연계를 모색하는 작업에 하나의 시사점을 제안해 준다.

38 필자는 '신자유주의'를 비판하는 사회학과 문화학 분야의 연구를 검토하여 현대사회를 진단하고, 전통 자원을 통해 이를 극복하는 대안을 탐색하는 연구를 수행한 바 있다(2014). 여기서 사회과학이 관심을 두지 않는 사회문제의 '징후적 포착'을 인문학적 관점에서 분석한 바 있으며, 이에 대한 대안이나 비전은 그 자체로서 인문적 과제와 영역으로서 새롭게 정립해야 할 몫이라고 제안했다.

39 구체적인 자료로는 다음의 자료를 참조했으며, 필자가 부분적으로 재번역하거나 윤문한 경우는 원문의 출처만 밝혔다. 번역문에 전적으로 의존한 경우는 번역본의 출처도 병기했으나, 일차적으로 모두 번역문을 참조했다.: 심경호, 《내면기행》, 이가서, 2009; 강성숙 외, 《18세기 여성생활사 자료집》 1~8권, 보고사, 2010(이 자료집을 인용할 경우 ':'의 왼쪽은 권수이고, 오른쪽 숫자는 인용한 글의 첫 쪽수를 지시한다); 한국고전종합 DB사이트 http://db.itkc.or.kr.

체-타자'의 경계가 해체된 경우(주체-타자의 관계 '조정/이월/해체').[40]

상상된 죽음, 자술自述된 고통의 수사

조선 시대 생애사 글쓰기에 해당하는 전장류傳狀類(전, 행장 등), 애제문哀祭文(제문, 애사, 뇌사 등), 비지문碑誌文(묘비문, 묘지문, 묘비명 등)은 고인의 생애사 정보(가계, 관직, 업적, 문필)를 객관적으로 서술하는 것은 물론, 고인의 성품, 인격, 기릴 만한 언행을 서술함으로써, 생애 가치를 전달하고 교환하며 축적하는 문화를 형성하는 매개로 작용했다.[41] 이는 글쓰기가 수사적 행위를 넘어서 가치를 표현하고 전달하며 이에 대한 인정 구조를 형성하는 '인문성'의 경험과 구축의 매개가 되었음을 시사한다.

그중에서 이 장에서 주목하려는 바는 자기 서술의 생애사 양식이다. 이른 바, 자전自傳, 자제문自祭文, 자지自誌 등이다. 양적 차원에서 보자면, 이는 타인이 서술한 생애사 서술에 비해 미미하지만, 찬사 위주의 공허하고 정형화된 서술을 지양하고 생동감 있고 진솔한 자기 서술을 지향했다는 점에서 '주체적 인식'에 대한 뚜렷한 자각을

---

40 셋째 경우는 글쓰기와 읽기를 통한 공감 작용을 분석한 것이므로 첫째, 둘째의 경우에도 타당한 설명이 될 것이다.

41 제문의 일반적인 양식에 대해서는 이은영, 〈조선초기 제문 연구〉(이화여대 박사논문, 2001)이 선도적이다. 제문이 갖는 애도의 의미 및 감성 연구는 Choe, Keysook, A Weeping Man and the Mourning Ritual: Literati Writing and the Rhetoric of Funeral Oration in Eighteenth-Century Joseon, *Korea Journal* Vol.53, 2013의 1장 참조.

보여 준 주요한 문학사적/문화사적 자료다.[42]

자기 서술의 생애사 서술은 지인이 쓰는 묘지명이 주로 찬사의 수사로 이루어지는 것을 피하려는 겸양의 뜻을 담고 있다.[43] 이는 '죽은 자'의 시선[44]으로 자신의 생애를 정리하고 성찰하는 경험을 생성한다는 점에서, 또한 인생의 '기록할 만한 경험'에 대해 스스로 판단하고 서술하는 쓰기의 권한과 자율성을 지향했다는 점에서 본질적으로 '주체적 성찰성'을 담보한다.

이 글에서 주목한 것은 자기 생애를 기록/기념하면서 스스로 적은 '고통'의 경험에 대한 서술이다. 이에 주목하는 이유는 다음과 같다.

첫째, 부정적 서술은 기록하지 않는 것을 관례로 하는 글쓰기의 관습을 거스르는 부담을 감수할 만한 기록의 가치를 인정한 것이기 때문이다. 둘째, 자신의 고통을 직접 토로했기 때문에, 매개되지 않은 기록이며 생에 대한 주체적 해석을 담고 있다. 셋째, 고통을 기록하는

---

42 이에 대한 선도적 연구는 안대회, 〈조선후기 자찬묘지명 연구〉(《한국한문학연구》 31집, 한국한문학회, 2003)를 참조.

43 '옛사람 중에 자신의 묘에 직접 글(誌)을 쓴 사람이 있다. 이는 후대인이 과장하여 찬미하는 것을 부끄럽게 여겼기 때문이었다. 옹이 직접 자신에 대한 글(誌)을 쓴 것도 같은 뜻에서다.'; '부디 세상에서 일컫는 태사씨太史氏의 글이라는 것을 요청하지 말라. 죽은 이의 묘에 아첨하는 글은 옛사람들이 부끄럽게 여겼으니, 나도 이를 부끄럽게 여기노라.'(徐淇修, 〈自表〉 《篠齋集》; 심경호, 《내면기행》, 216·218쪽); '내가 평생 남이 지나치게 찬양하여 적어 주는 것을 싫어해서 스스로 이렇게 기록한다.'(宋相壽, 〈自誌文〉; 심경호, 《내면기행》, 405쪽); '지금 스스로 명銘을 쓰는 것은 자식과 손자로 하여금 다시는 빈말을 지어 후세에 허풍을 떨지 못하게 하려는 것이다.' (尹民獻, 〈苔扉自誌〉 《芝湖集》; 심경호, 《내면기행》, 422쪽)

44 가와이 코오조오川合康三의 《중국의 자전문학》(심경호 옮김, 소명출판, 2002) 4장 '죽은 자의 눈으로 본 나-자찬묘지명'을 참조.

이유와 의미를 파악함으로써, 생애사에서 부정적인 경험과 그것의 기록이 갖는 문화사적 의미를 파악할 수 있다. 넷째, 단지 고통을 재현하는 데에 그치지 않고 그것을 통과하거나 승화적으로 극복한 경우가 있다면, 이를 통해 삶의 고난을 헤쳐 나가는 삶의 태도와 방법을 배울 수 있다. 다섯째, 스스로 겪은 고통의 인지와 감각, 사유와 판단의 방식을 통해 자기의 사회화·역사화 방식을 둘러싼 '자기책임성'을 경험할 수 있다. 역으로 시차를 두고 고전을 이해하는 입장에서 보면, 생애와 역사에 대한 성찰적 인식(메타 사유)을 경험할 수 있다.

조선 시대가 명분, 명예와 이념의 시대였던 만큼, 생애 서술에 서술된 부정적 사안에 대한 기록은 정치적 '모함'과 관련된 것이 종종 발견된다.

① 소인배들이 참소하여 죽이려고 하였기 때문에, 나는 결국 소인의 비방과 무함을 받는 것을 원통해 했던 《시경》 소아 〈청승〉 장을 노래하고서 근교로 가서 농사짓고 누에 치곤 했다. 그러나 차마 멀리 가서 은둔하지는 못했으니, 군자들은 이 심정을 슬퍼했다. 60세에 구양수의 예를 들어 치사致仕했고, 이내 원인 모를 병을 얻었기 때문에 복건을 쓴 채로 문을 닫고 들어앉아서 세상과 인연을 끊었다.(驟驂甫一癸, 曳鄭崇屨. 謠詠欲殺, 遂賦靑蠅, 耕桑近郊, 未忍遠遁, 君子悲其心也. 六十, 引歐陽例致仕, 得奇疾, 飾巾閉戶, 與世相絶.) **元景夏,〈自表〉,《蒼霞集》**(심경호,《내면기행》, 64쪽)

② 그러나 늦추고 조이는 나의 다스림을 토호들이 싫어했고, 마침 언관들이 저들과 같은 당이라서 그들의 위세를 빌려서 나를 모함했

다. 그 후에 성균관 사성이 되었으나, 간악한 당의 괴수의 자식이 대사간이라서, 내가 자신들과 다른 의견을 가진 점을 문제 삼아 알력을 일으켜 결국 배척을 당했다. … 일찍이 우계 선생(성혼)의 문하에 나아가 공부했을 때 선생께서는 명리를 위해서는 안 된다고 매양 경계하셨다.(其治張弛, 爲土豪所惡, 適有言官是同黨, 借助聲勢, 予見誣也. 其後爲司成, 奸魁之子, 是諫長, 方軋異己見斥也. … 嘗遊牛溪門下, 每戒勿爲名利子, 故平生佩服, 不失也.) **尹民獻, 〈苔屝尹公自誌補〉, 《芝湖集》**(심경호, 《내면기행》, 421~422쪽)

③ 산인은 사람됨이 견개하고 우활하여 언행을 경솔하게 감정에 맡기는 경우가 많아, 사람들에게 원망을 많이 샀다. 조정에 나가서는 음사를 막고 염치를 연마해서 조정을 맑게 하여 왕실을 존엄하게 하는 데에 힘썼다. 이 때문에 좋아하지 않는 사람이 더욱 많아졌다. 일찍이 기장으로 유배되어 금갑도에 위리안치되었다.(山人爲人狷而迂, 言爲多率爾任情, 由是人多怨之. 立朝務欲屏陰邪礪廉恥, 以淸朝廷, 以尊王室. 故不悅者滋益多. 嘗流于機張, 囚棘于金甲島.) **金鍾秀, 〈自表〉, 《夢梧集》**(심경호, 《내면기행》, 466쪽)

위의 예문은 정치적으로 배척받아 겪은 고통의 정황과 징후에 대해 적은 원경하,[45] 윤민헌, 김종수의 글이다. 이들이 겪은 정치적 배척의 방식은 모함, 참소, 무함 등 '자기 정보의 왜곡'과 이에 대한

---

45 원경하는 살아생전에 묘지문(〈自誌〉)과 묘표(〈自表〉)를 모두 썼다. 생애 기록과 해석을 타인에게 의지하지 않겠다는 강한 의지의 표현으로 해석된다.

'정치적 이용'이다. 이들이 정치적 배척을 고통스럽고 억울하게 여긴 것은 이로 인해 명예가 훼손되고 가문이 몰락하며, 거처의 강제적/불가피한 이동으로 인해 커뮤니티의 상실(사회적 공론장의 박탈)이 수반되었기 때문이다. 그로 인한 경제적 궁핍은 오히려 부차적인 문제였다. 이러한 고통의 결과는 개인에게 마음의 상처와 우울, 신체적 질병, 사회적 격리인 유배, 피살 위기, 자발적 치사致仕(관직을 그만둠), 세상과의 절연 등을 감당하도록 했다.

이들은 정치적 배척이 '무고'나 '의도성'에 기인한 것임을 서술함으로써, 자기 역사와 가문사에 대한 자기책임성을 실천하고자 했다. 이들 중 일부는 정치 변화로 인해 후일에 명예를 회복하고 복직되었지만(김종수), 세상과 절연하거나(원경하), 은둔하는(윤민헌) 삶을 살았다. 해배解配나 정치적 복직은 명예 회복의 근거가 되었기에 마음과 몸, 일상과 역사의 상처를 회복하는 실질적인 방법이 되었지만, 끝내 인정받지 못하고 모함에서 벗어나지 못한다고 해서 불행한 삶을 살았던 것은 아니다. 그렇게 할 수 있었던 이유는 다음과 같다.

첫째, 스스로 구축한 처세에 대한 사상, 또는 철학이다. 윤민헌은 관계에 진출하여 뜻을 펼치려는 정치에 대한 포부도 있었지만, 뜻을 지킬 수 없다면 물러나 지조를 지키려는 자기 철학을 가지고 있었고,[46] 이는 정치적 모함과 배척을 견디는 자기 인식의 기반이 되

---

46 '내가 가만히 생각해 보니, 재주는 옛사람에 미치지 못하지만 옛 현인들을 사모하는 뜻이 있었다. 평소에 선비들 사이에 천리가 거의 끊어져 가는 것을 분개했고, 그 비루함이 나를 더럽힐까 염려했다. 이러한 지조를 굳게 잡고 변치 않는다면 가는 곳마다 패할 것이 분명하니, 벼슬에 나아갈 생각을 아예 끊어서 논밭과 들에 숨

었다. 이의현은 분수를 지켜 절개를 지키고 선조에게 부끄럽지 않은 삶을 살겠다는 의지를 밝혔다.[47]

둘째, 가풍을 지키고 스승의 가르침을 실천하는 태도를 견지하는 삶이다. 윤민헌은 관직에 물러나 있지만, 우계 성혼 선생의 가르침을 잃지 않았다. 이는 물러난 삶에 대해 스스로 자부할 수 있는 근거가 되었다.[48]

셋째, 책을 통해 얻은 배움을 삶에 대한 성찰의 좌표로 삼았다. 원경하는 역사 속 인물을 삶의 모델로 삼는 주관을 기록했는데, 이는 '역사'에 대한 이해가 지식이나 정보의 차원이 아니라 삶의 방향을 세우고 태도를 익히는 지표가 되었음을 보여 주는 실천적 사례다.[49]

넷째, 삶에서 얻은 긍정적 경험과 사회적 인정을 간직하는 방식이다. 김종수는 자신을 인정해 준 이(정조)의 문장을 간직하고 기록

어 평생을 마쳐야겠다(竊自惟念, 才雖不逮古人, 志慕古賢, 常懼士夫間, 天理幾息, 鄙夷若浼焉. 益堅此操不變, 必隨處見敗, 永絶仕宦之心, 沈冥田野間終焉.).'(尹民獻, 〈苫扉自誌 附〉,《芝湖集》;심경호,《내면기행》, 422쪽)

47 '용렬한 선비로서 나 스스로를 돌아보니, 그들과 견주기에는 미흡하지만, 수오의 일단만큼은 온전히 잃어버리는 지경에는 이르지 않았으니, 다만 분수를 지키고 편안히 지내면서 만년의 절개를 보전하여, 돌아가 선조를 뵈려고 한다(顧此庸懦, 無足比數, 而猶於羞惡一端, 不至全喪, 只欲守分自靖, 保全晚節, 以歸見先人.).'(이의현, 〈自誌〉,《陶谷集》)

48 '일찍이 우계 선생(성혼)의 문하에서 공부할 때에, 명리를 추구하는 사람이 되어서는 안 된다고 하셨기 때문에, 평생토록 마음에 새겨 두고 잃지 않았다(嘗遊牛溪門下, 每戒勿爲名利子, 故平生佩服, 不失也.).'(尹民獻, 〈苫扉自誌 附〉,《芝湖集》)

49 '평생 동안 서너 명의 옛사람을 사모했으니, 한의 병승상, 당의 이서평과 범충선이다. 마음속으로 생각하고 처신할 때에 그들을 따르고자 했다(平生慕三四古人, 漢則丙丞相, 唐則李西平, 范忠宣. 心事出處, 有執鞭之願焉.).'(원경하, 〈自表〉,《蒼霞集》)

함으로써,[50] 부침에 흔들리지 않고 삶의 중심을 잡으려 했다.

다섯째, 때로는 죽은 자의 시선으로 생애를 반추하고 서술하는 행위 자체가 주는 '관조의 힘'이 곤핍한 삶과 거리를 두고 자존감을 지키는 힘으로 작용했다.

④ 빈천을 싫어하지 않는 이는 없어서, 죽기를 작정하고 벼슬과 봉록을 얻으려 한다네. 생사의 관문에 이른다면 달인이라도 면할 수 없는 것을.(莫不惡貧賤, 抵死營爵祿, 至於生死關, 達人免不得.) **南孝溫, 〈自挽四章. 上㐰畢齋先生〉《秋江集》(심경호, 《내면기행》, 386쪽)**

⑤ 스스로 읊기를, "분분한 일이 긋치 않으니, 호접몽과 남가몽이라네"라고 했다.(自詠曰, "紛紜都不緊, 蝴蝶與南柯.") **朴英, 〈墓表〉, 《松堂集》(심경호, 《내면기행》, 246쪽)**

이는 죽음이라는 극한 상황에 대한 가정이 현재의 삶을 관조적으로 성찰하고, 부침에 흔들리지 않는 중심(《중용》의 '允執厥中')을 잡는 정신적이고 감성적인 동력이 되었음을 보여 준다.

이상의 사례들은 조선 시대 문인들이 스스로 부당하다고 판단한 정치적 배척과 무고를 견딜 수 있는 심리적, 정신적, 이념적, 감성적

---

50 '상께서 일찍이 산인의 초상에 이렇게 쓰셨다. "조정에서는 홀로 대의에 임했고, 초야에서는 세속에 물들지 않았네. 이것이 이른바 행적이 우뚝하고 마음이 비어서 광대한 이로다." 아아! 신하를 알아주는 것은 임금만한 이가 없다고 했으니, 어찌 믿지 않으리오(上嘗題山人像曰, 在朝獨任大義, 在野不染緇塵, 是所謂迹突兀心空蕩底人耶! 嗚呼! 知臣莫如君, 豈不信哉!).'(金鍾秀, 〈自表〉《夢梧集》467쪽)

토대를 어떻게 마련했으며, 가치를 추구하는 개인적, 문화적 동력을 어떻게 확보했는지를 보여 준다. 각 글의 필자들은 '글쓰기'를 통해 자신의 고통스런 삶의 내력을 서술했으며, 그럼에도 불구하고 '가치를 지키는 삶'을 살아가는 이유를 서술했다. '글쓰기'는 자신의 삶에 대해 스스로 성찰하고 타인에게 전해 소통하는 매개가 되었으며, '쓴다는 것'[51] 자체가 치유적 힘을 발휘했음을 보여 준다.

타자화된 고통, 애도와 연민의 공감 구조

자기 서술의 생애사 서술은 모두 사대부 남성의 글로 한정된다. 그 결과 글에 기록된 고통의 내역은 모두 상층 남성의 삶으로 한정된다. 조선 시대에 여성은 한문으로 글을 써서 전하는 것이 금지되었기 때문이다. 따라서 여성의 생애를 살피기 위해서는 남성의 시선과 문장를 '매개'로 삼는 것이 불가피하다. 더구나 '규문의 덕은 제문이 아니면 드러내지 않는다('閨門之德, 非誄不文'),'〈魚有鳳, 〈淑人尹氏哀辭 並序〉, 《杞園集》〉는 언급에서처럼, 여성의 삶은 살아생전에 공적으로 언표될 수 없는 금기 사항이었기 때문에, 여성의 생애는 복록 여부와 무관하게 '사후적인 것'으로 위임되었으며, 그조차 남성의 문필에 위임된다는 '이중의 타자성'이 매개되었다.

---

51 조선 시대에 '쓴다는 것'의 의미에 관해서는 최기숙, 〈惠寶·無名子·沈潗의 비평적 글쓰기를 통해 본 '人-文'의 경계와 글쓰기의 형이상학〉, 《동방학지》 155집, 연세대 국학연구원, 2011, 2장을 참조.

여성에 관해서는 일대기를 객관적으로 서술하는 '전'의 양식보다는 고인을 애도하는 '제문'이 압도적으로 많다. 이는 여성을 대상으로 글을 쓸 수 있는 필자가 가족으로 제한되기 때문이고(가족이 아닌 남성 필자가 한 여성의 일생에 대해 쓰는 것은 사실상 불가능했다. 고인이 된 여성과 생전에 만난 적이 없는 남성이 제문의 필자가 된 경우는 그 가족에게 청탁을 받았을 때다. 이때, 가족은 글쓰기의 바탕이 되는 정보로서 행장과 행록 등을 제공하거나 관련 정보를 들려주는 과정이 필요했다. 필자는 그 과정을 간략히 글에 밝히는 것이 관례다), 고인이 여성이기 때문에 삶의 흔적이 인멸될 수 있고, 가족으로서 고인을 '역사화'하는 것은 글을 쓰는 것이 유일한 방법이었기 때문이다. 제문을 쓰는 행위는 그 자체로 고인을 잃은 슬픔을 고하는 예의이자 애도의 방법이었다.[52]

⑥ 임인년(1722) 봄에 흉악한 무리들이 무고한 옥사를 크게 일으켰는데, 그 남편이 맨 먼저 연루되었다. 유인이 어린아이를 동네에 사는 시댁 친척에게 맡기고 직접 서울로 올라갔다. 매일 밤 목욕재계하고 하늘에 절하며 화에서 풀려나기를 기도했지만, 화가 미친 경황이 점점 위급해져 남편은 마침내 4월 11일 옥중에서 사망했다. 흉악한 무리들은

---

52 '내 동생의 슬픔을 형이 알아주어 이제 제문을 지어 규문 안의 아름다운 행실을 대략 적는 것은 널리 드러내려고 해서가 아니라 애도하려는 것입니다(吾弟之悲, 其兄知之. 今玆酹文, 畧擧壼徽, 非曰表揚, 悼惜之辭.).'(朴胤源,〈祭弟婦元氏文〉,《近齋集》6:286) 물론 이 경우에도 한문이 아닌 언문, 또는 구술적 의사소통만이 허용되었던 중인층과 일반 백성, 천민 계급이 고통을 다루는 방식은 살펴볼 수 없다는 한계가 있다. 이에 대해서는 문자와 글쓰기, 또는 의사소통 양식에 관한 별도의 연구가 필요하다는 점만 지적해 둔다.

옥사가 성사되지 않을까 두려워하여 며칠 뒤, 자백하는 글을 위조해서 조보朝報에 냈다. 유인은 몰래 그 실상을 알아내서 정확한 기일을 잃지 않도록 했다. 이는 명나라 시강 첨사 유무가 죽은 날을 알지 못하게 한 것과 비교하면 같이 견줄 수 없다. 하물며 남편이 자백했다는 기짓 주장이 이로 말미암아 명백하게 입증되었음에랴!(壬寅春, 凶黨大起誣獄, 夫子首及焉. 孺人託幼稚於同里夫黨, 而身入京. 每夜沐浴拜天, 以祈紓禍, 禍色益急, 夫子竟以四月十一日死於獄中. 羣凶恐獄不成, 過數日, 僞以承款書出朝紙. 孺人偵得其實狀, 使忌辰不失正日. 其視皇明劉侍講繆詹事不知死日者, 不可同日語矣. 況夫子誣服一段, 可由此而昭洗者乎!) 李縡, 〈孺人完山李氏墓誌〉《陶菴集》 6:33

이재는 김용택의 부인인 이 씨를 위한 묘지문에서 정치적으로 배척받은 남편이 옥중에서 사망하자, 거짓 자백을 보고해 옥사를 꾀하려던 일을 바로잡은 과정을 기술했다. 이재는 이 부인이 남편 없이 아들의 목숨을 지키고 가문의 명예를 지킨 내력을 서술하되, 고통스런 참담한 심경보다는 '고난에 어떻게 대처했는가'라는 현실적인 행동과 실천 사례에 주목했다.

여성의 생애사 서술에서 가장 큰 비중을 차지하는 고통의 원인은 '죽음'과 '질병'이다. 남성 필자는 여성 망자가 살아서 겪은 가족(남편, 자식)과의 사별[53]과 개인의 질병[54]으로 인한 고통을 서술했다.

---

53 이덕수는 〈亡妻海州崔氏墓誌銘〉(4:106)에서 아내가 부모를 잃고 슬퍼하던 것을 비중 있게 기록했다.

54 여성 망자가 생전에 겪은 병고에 대해 애통해하는 심경을 표현한 글이 많다. 누이의 병고에 대해 쓴 어유봉, 〈祭姊氏文 代家親作〉(4:53) 등.

어유봉은 장모에게 쓴 제문에서 장모가 젊은 나이에 남편을 잃고 나이 들어서는 자식을 잃는 슬픔을 당한 일, 삼종의 의리는 다했으나 제사가 끊긴 일, 가도가 황폐해진 것에 대한 동정과 연민을 표했다(《祭外姑孺人安東金氏文》《杞園集》 4:44). 동시에 어려움 속에서도 분수를 지키고 근심과 탄식을 드러내지 않은 태도에 대한 존경을 드러냈다. 이광정은 오촌 숙모 권 씨가 시부모와 남편, 시동생을 연달아 잃고서 직접 예에 따라 초상을 주관한 일을 적되(《中表從叔母權氏遺事》《訥隱集》 4:226), 예에 따라 장례 절차를 수행하여 '슬픔이 이웃을 감동시켰다(無不如禮, 哀動隣里)'는 정황을 서술했다.

이들은 타인의 고통과 슬픔을 알아주는 것이 덕과 인격을 인정하는 것만큼이나 중요한 '가치'를 지닌다는 시대의 판단을 보여 준다. 또한 슬픔에 대처하는 태도나 슬픈 정황에서도 지켜 낸 가치나 도리에 주목함으로써, 타인(고인)의 삶이 고통으로 기억되도록 하지 않도록 하는 데 힘썼다. 이는 고통스런 상황 속에서도 미래라는 희망을 잃지 않는 삶의 자세를 보여 준다는 점에서 고통을 통과하는 법을 보여 준,[55] 일종의 사회적이고 역사적인, 정치적이고 문화적인 자산이다. 이러한 글쓰기의 특성은 타인의 고통을 덕으로 감싸 안아 전하는 '인정 구조'가 언설적·문화적으로 존재했음을 시사한다. 여성에 대한 남성의 글쓰기는 이러한 인정 구조를 표현하고 승인하

---

55 이는 조선 시대의 감성 정치의 결과이기도 하다. 이에 관해서는 빈곤과 여성의 감성 통제를 분석한 최기숙, 〈18세기 여성의 생애사 기록을 통해 본 빈곤의 감성 통제와 여성의 삶〉(《여성문학연구》 32집, 2014)을 참조.

며 지지하는 문화적 매개였다.

고통의 공감대, '주체-타자'의 경계를 해체하는 감성 동력

'슬픔을 고하는(告哀)'[56] 애도문으로서의 제문은 '죽음'을 경험한 인간 보편의 감성에 호소한다는 점에서 당대 문학으로서의 가치뿐만 아니라 고전문학으로서의 효용을 담보한다. 슬픔을 표현하는 것 자체가 자기 위안의 매개가 되고 '슬퍼하는' 타인을 위로하는 감성 동력을 발휘함으로써, '주체-타자'의 경계를 해체하는 역할을 하는 것이다.

ⓖ 가을에 봉석이 갑자기 찬바람을 맞아 앓다가 죽었다. 부모의 참 담하고 애통한 슬픔은 진실로 말로 하기 어려웠다. 너는 더욱 슬퍼하 며 매번, "봉석아, 너는 왜 부모님의 사랑을 저버리고 죽었니. 왜 무 섭지도 않은 것처럼 혼자 빈산에 버려졌어?"라고 했다. 그 말이 처절 해서 차마 들을 수가 없었다. 그리고 너는 또 부모의 지나친 슬픔을 걱정해서 좋은 말로 위로하고 재롱을 부려서, 부모를 한번 웃게 하려 고 했다.(秋鳳錫猝患風搐死. 父母之慘慟哀憐, 固不可言. 而汝尤悼念° 每曰, "嗟 乎鳳錫! 尒何捐父母之愛而死乎! 爾何獨無怖而棄擲空山乎!"其言凄切有不忍聞 者. 而汝又悶父母之過哀, 以好言寬慰, 又爲雜戱蘄得父母之一笑.). **이하곤, 〈哭鳳惠**

文〉《頭陀草》 4:351

---

56 제문에서는 종종 '글을 지어 슬픔을 고합니다(文以告哀)'라는 표현으로 서두를 삼
    는다. 예컨대 朴胤源,〈祭仲姑文〉《近齋集》등.

⑧ 두 아이가 동네 아이들이 엄마를 부르는 것을 배웠다오. 길가를 서성이며 천 번 만 번 엄마를 불러도 묵묵히 대답이 없으면, 내 옷소매를 당기면서 어디에 있냐고 묻는다오. 대체 이것이 무슨 일이란 말이오. 가슴과 심장이 통렬하게 찢기는 것 같아 차마 볼 수가 없는 것이 세 번째 슬픔이오. 아아, 애통하오.(兩兒學得隣兒之呼母, 攀桓道路, 千喚萬呼, 默無所答, 故反携我袂, 問母之去處. 此何景像, 慟裂心腸, 不忍見者三. 嗚呼哀哉!) 李森,〈祭亡室晉州柳氏文. 癸未〉《白日軒遺集》4:391

이하곤은 세 살, 일곱 살 된 아들 딸을 차례로 잃었다. 그는 딸 봉혜를 위한 곡문에서 어린 딸이 생전에 준 기쁨, 동생을 잃고 슬퍼하던 모습, 도리어 부모를 위로하던 속 깊은 다정함, 병들어 아파하던 정황, 잠결에 아버지를 원망하던 소리에 죄책감을 느낀 스스로의 심경, 건강하던 시절에 딸의 사랑스런 모습 등을 '산만하게' 적었다(⑦). 글 속에서 이하곤의 감정선은 이리저리 흔들리고,[57] 그런 흔들림은 망극한 고통의 상황에 처한 사람들의 평범하고 자연스런 감정의 흐름을 보여 주기 때문에 더 큰 공감대와 깊은 울림을 자아낸다. 아내와 사별한 이삼은 불러도 대답 없는 어미를 부르는 자식을 보아야 하는 비통한 심경을 표현했다(⑧).

이때, 슬픔의 감정 표현은 진실된 감정 표현과 정성을 매개로 삶

---

57 필자 스스로도 '감정이 격해서 두서가 없지만 이 모든 것은 네 아비의 간장에서 나온 것이니 네가 만약 이를 안다면 지하에서 들어주기 바란다'고 감정의 흔들림과 글의 산만함을 인정한 바 있다(이하곤,〈哭鳳惠文〉《頭陀草》4:358)

과 죽음의 경계를 넘는 것으로 상정되었다. 슬픔을 표현하는 행위는 개인적 체험을 보편적 체험으로 확장시켜, 그것을 경험하고 표현하고 통과하는 삶을 인류 보편의 경험으로 변환하는 문화적 역할을 하게 된다. 슬퍼하는 주체는 깊은 마음의 울림을 지니며 그것을 견디는 내적인 힘에 대한 기대와 외부로부터의 공감을 통해 생명적 힘을 이어 갈 수 있기를 희망한다. '슬픔을 잊지 않겠다(不忘此悲而已).'(朴胤源,〈祭亡妹文〉《近齋集》 6:262)는 말은 망자를 따라 죽고 싶은 욕구를 대체하는, 살아남은 자의 서약이자 생명 그 자체의 힘이다.[58] 바로 그 때문에 슬픔의 표현은 좌절의 표현이 아니라 생명에 대한 호소력을 발휘한다. 고통스럽고 슬픈 감정을 언어적으로 재현한 텍스트는 먼 시간 뒤에까지 이어져, 역사적 시간성의 경계를 이월하는 '소통적 공감'의 매개를 통해 '인간됨'의 요소를 공유하고 확인하는 인문성의 자산이 되었다. '공감한다는 것' 자체가 쓰기의 고립감을 해체하고, '죽음'의 한계성을 뛰어넘어, 역사성을 경험하게 하는 매개가 되었던 것이다.

희망할 권리와 인문학의 의무

이 글은 현대 한국사회의 위기와 불안, 고통과 재난의 문제를 일상생활에서의 감성적 경험, 징후적 현상의 차원에서 분석하고, 이를

---

58 이에 관해서는 Choe, Keysook(2013)을 참조.

극복하기 위한 방안으로, 한국의 역사와 전통 자원, 특히 생애성찰적 글쓰기를 통해 수행된 고통의 언어적 재현과 공감화 방식을 통해 모색함으로써, 개인과 사회의 성찰성 회복을 사유하는 매개로 삼는 학적 실험으로서 기획되었다. 이는 고전을 문학사 서술이나 장르, 텍스트 분석의 차원이 아닌, 문학 양식의 제도적 합의와 실질적인 유통의 사회사적 맥락, 글쓰기라는 실천적 차원의 성과라는 차원에 주목하여 현대사회를 비판하고 성찰하는 '매개'이자 '도구'로 전치시키기 위한 인문학적 탐색에 해당한다. 이를 통해 궁극적으로 현대와 전통, 문학과 사회, 고전과 학문/교양의 소통과 활용을 매개하기 위한 자원 탐색적 성찰의 방법론을 마련해 보고자 했다.

이를 탐구하기 위해, 삶에 대한 장기지속적 목표 설정이나 철학적 가치, 거시적 안목의 인간관계가 상실됨에 따라 나타나는 현대사회의 문화적 징후의 하나로서, 감각적·시각적 쾌락의 일상적 재현과 소통 과정에 주목했다. 이를 특징적으로 드러내는 요소로서, 일차적으로 '음식-먹기-보여 주기'에 관한 대중적/개인적 차원의 행동과 문화 현상을 분석했다. 이차적으로는 그 과정에서 발견되는 우울과 고통, 슬픔의 재현에 관한 내면 언어의 상실의 전면화, 가시화에 착목하여, 이를 현실화하는 SNS를 통한 미디어 레토릭(언어와 이미지의 수사학)을 분석했다. 이때 해당 현상이 수반하는 부정적 감정 표출의 배제와 누락, 그로 인한 감성적 불균형이 초래할 사회문화적 위험성에 대해 논의하고, 전통 시기의 생애성찰적 글쓰기를 통해 고통과 슬픔을 재현하는 행위가 어떻게 인문성을 확인하고 공유하며, 이를 극복하거나 이에 대처하는 성찰적 힘을 배양할 수 있는지에 관해 사유해 보고자 했다. 분석 결과는 다음과 같다.

첫째, 사대부의 자기 기술적 생애성찰의 글쓰기에 대한 분석을 통해, 글쓰기 주체가 인생의 과정에서 부당하게 경험한 것으로 인식된 고통을 극복하는 내면의 힘과 생애 동력으로서, 자기 원칙(철학과 신념), 독서, 인생의 사표가 될 만한 스승의 가르침, 사회적 인정 구조가 작동하고 있음을 제안했다.

둘째, 여성에 대한 사대부의 글쓰기를 통해서는 '문자'라는 사회적 자본을 지닐 수 없었던 대상(여성)의 고통에 대한 관심과 이해, 인정 구조를 기록하고 공유하려는 사회적·역사적 책임의식을 확인했다.

셋째, 자신과 타인의 고통을 '서술'하는 행위 자체가 내면을 치유하는 힘을 발휘했으며, 쓰는 행위 자체가 주체와 타자의 경계를 해체하거나 이월하여 폭넓게 공감대를 형성하는 인문적 힘의 출처이자 확산의 매개가 되었음을 논의했다.

이러한 고전과 전통의 사례는 역사적으로 실재했던 경험적 자산이자 인문 전통의 자산이다. 따라서 이러한 글쓰기의 힘은, 슬픔과 고통의 감정과 언어기호를 억압하거나 배제함으로써 풍부한 감정 세계를 상실해 가는 현대인과, 미디어를 통해 쾌락적·긍정적 기호를 전시하는 현대문화에 대해, 과열된 징후적 상태를 완충시키거나 보완할 수 있는 성찰의 계기와 방법을 제안해 줄 수 있다. 구체적으로 이는 미디어의 작동(송신과 수신)과 설계 과정에 어떻게 기술적으로 사회적이고 역사적 책임성의 기제를 포섭시킬 것인가 대한 근본 사유를 제안할 수 있다(인문학 기반의 아이티 기술IT-technology 혁신, 또는 IT-인문학).

이때 비교 대상의 역사성의 차이로 인해 생성된 불가피한 차이성은 다음과 같은 사항에 대한 진전된 성찰을 요청하고 있다.

첫째, 현대사회의 조직과 위계 속에서 자기원칙을 지키는 삶은 과연 가능한가. 그렇다면 그것을 가능하게 만드는 조건/요건은 무엇인가.

둘째, 개인 미디어를 통해 의사소통할 때에 사용자의 사고와 이해, 통찰과 깊이를 확보할 수 있게 하려면 어떠한 기술적 혁신이 필요한가.

셋째, 일상과 교육의 장에서 생애성찰을 위한 계기와 훈련은 어떻게 가능한가.

넷째, 이를 위해 학문 연구자와 대학이 해야 할 것은 무엇인가.

이 글에서는 현대사회의 문제를 분석하고 지적하는 사회과학적 연구를 바탕으로 삼아, 개인적 차원에서 슬픔과 고통을 표현하는 행위가 어떻게 개인과 사회의 성찰과 역사적 변혁의 바탕이 되는지를 인문학적 차원에서, 특히 조선 후기 문인의 글쓰기를 통해 사유해 보고자 했다. 이에 대한 접점을 마련하기 위해, 고전문학을 문학사나 텍스트 분석의 차원에서 접근하는 방법론을 채택하는 대신, 현대와 고전, 사회와 문학, 재현과 성찰의 상호 관련성을 접맥하는 차원의 방법을 통해 제언했다. 이를 통해 전통과 고전(문학)을 과거, 문화재, 박물관의 전시물로서가 아니라, 현대와 소통하는 대화적 상관물로서의 유비적 조응을 모색하고, 현대인에게 '희망'의 가능성을 타진하는 역사적 실재로서 재위치시키는 사유 실험과 학적 설계를 제안하고자 했다.

■ 참고문헌

강성숙 외,《18세기 여성생활사 자료집》1~8권, 보고사, 2010.

심경호,《내면기행》, 이가서, 2009, 1~612쪽.

한국고전종합 DB사이트 http://db.itkc.or.kr.

가와이 코오조오,《중국의 자전문학》, 심경호 옮김, 소명출판, 2002, 1~319쪽.

김선정·김태용, 〈SNS 콘텐츠의 감성이 사용자의 감정상태에 미치는 영향: 페이스북 뉴스피드를 중심으로〉,《사이버커뮤니케이션 학보》29권 1호, 2012, 5~47쪽.

김영하,《보다》, 문학동네, 2014, 1~212쪽.

김왕배,《산업사회의 노동과 계급의 재생산: 일상생활 세계의 불평등에 대한 성찰》, 한울, 2001. 1~398쪽.

김진원, 〈빈곤 청소년의 하위 계급 형성과정: 사회적 고립과 빈곤 재생산〉, 서울대 석사논문, 2007, 1~103쪽.

김태호, 〈한국사회의 학력과 계급 재생산〉,《한국사회학회 사회학대회 논문집》2012년 12호, 한국사회학회, 2012. 907~925쪽.

김현경,《사람, 장소, 환대》, 문학과지성사, 2014, 1~297쪽.

김현미, 〈중산층의 욕망과 커지는 불안들〉,《창작과비평》39권 3호, 창비, 2011, 38~54쪽.

남인숙, 〈한국의 사회·경제적 양극화와 교육 격차〉,《현상과인식》114호, 한국인문사회과학회, 2011, 15~38쪽.

데버러 럽턴,《음식과 먹기의 사회학》, 박형신 옮김, 한울, 2015, 1~334쪽.

리차드 세넷,《신자유주의와 인간성의 파괴》, 조용 옮김, 문예출판사, 2002, 1~240쪽.

리차드 세넷,《투게더》, 김병화 옮김, 현암사, 2013, 1~485쪽.

몬트세라트 귀베르나우 ,《소속된다는 것: 현대사회의 유대와 분열》, 유강은 옮김,

　　문예출판사, 2015, 1~333쪽.

박명림, 〈'세월호 정치'의 표층과 심부: 인간·사회·제도〉,《역사비평》11호, 역사
　　비평사, 2015, 8~36쪽.

백소영, 〈힐링 담론과 사회적 영성〉, 김진호 외,《사회적 영성》, 현암사, 2014,
　　47~67쪽.

백원담, 〈재난자본주의와 희망의 문화정치노선〉,《문화연구》1권 1호, 한국문화
　　연구학회, 2012, 43~83쪽.

앨런 비어즈워스·테레사 케일 ,《메뉴의 사회학》, 박형신·정헌주 옮김, 한울,
　　2010, 1~481쪽.

이은영, 〈조선초기 제문 연구〉, 이화여대 박사논문, 2001, 1~240쪽.

이인숙, 〈직장인들의 스마트폰 중독, 불안, 우울, 자기통제력에 관한 연구〉,《다문
　　화건강학회지》4권 1호, 다문화건강학회, 2014, 19~27쪽.

이재현,《SNS의 열 가지 얼굴》, 커뮤니케이션북스, 2013, 1~96쪽.

서동진,《자유의 의지 자기계발의 의지》, 돌베개, 2009, 1~432쪽.

신혜나·이문규·신성혜, 〈명품 브랜드 선호도 결정요인: 해외패션 명품 브랜드를
　　중심으로〉,《상품학연구》29집, 한국상품학회, 2011, 13~28쪽.

아야베 츠네오 편,《문화인류학의 20가지 이론》, 유명기 옮김, 일조각, 2009,
　　1~451쪽.

안대회, 〈조선후기 자찬묘지명 연구〉,《한국한문학연구》31집, 한국한문학회,
　　2003, 237~266쪽.

정미나·이창식, 〈청소년의 희망에 관한 연구동향〉,《청소년학연구》18권 3호, 한
　　국청소년학회, 2011, 273~299쪽.

조아라, 〈신상류계층의 사회자본을 통한 계급 재생산〉, 연세대 석사논문, 2005,
　　1~96쪽.

존 버거,《본다는 것의 의미》, 박범수 옮김, 동문선, 2000, 1~286쪽.

차유빈, 〈SNS의 역기능을 통한 우울감 확산의 방향성과 확대성: Facebook사
　　용자를 중점으로〉,《연세상담코칭연구》3권, 연세대학교 신과대학, 2015,
　　287~308쪽.

최기숙, 〈惠寰·無名子·沆瀣의 비평적 글쓰기를 통해 본 '人-文'의 경계와 글쓰

기의 형이상학〉,《동방학지》155집, 연세대 국학연구원, 2011, 177~219쪽.

최기숙, 〈언문소설의 문화적 위치와 문자적 근대의 역설 : 근대초기 '춘향전'의 매체 변이와 표기문자·독자층의 상호관련성〉,《민족문화》, 고려대 민족문화연구원, 2012, 405~444쪽.

최기숙, 〈18세기 여성의 생애사 기록을 통해 본 빈곤의 감성 통제와 여성의 삶〉,《여성문학연구》32집, 2014, 7~44쪽.

최기숙, 〈여성문학(사)의 '역사/문화' 공간 생성과 '디지털' 창의-생산을 위한 시론〉,《여성문학연구》43, 한국여성문학학회, 2018, 159~202쪽.

프랑코 베라르디 '비포',《프레카리아트를 위한 랩소디》, 정유리 옮김, 난장, 2013, 1~320쪽.

프랑코 베라르디 '비포',《미래 이후》, 강서진 옮김, 난장, 2013, 1~320쪽.

피에르 부르디외,《구별짓기》상, 최종철 옮김, 새물결, 2005, 1~463쪽.

한병철,《피로사회》, 김태환 옮김, 문학과지성사, 2012.

Choe, Keysook, A Weeping Man and the Mourning Ritual: Literati Writing and the Rhetoric of Funeral Oration in Eighteenth-Century Joseon, *Korea Journal* Vol.53, Korean National Commission for UNESCO, 2013, pp.143~171.

감정 연구의 도전

소영현

감정으로의 전환

"문학은 감정과 결부되어 있다. 소설의 독자들과 연극의 관객들은 이러한 작품 속 공포, 비애, 연민, 분노, 기쁨, 환희, 심지어 동정 어린 사랑에 이끌린다. 감정은 문학작품의 내용에 대한 단순한 반응이 아니다. 감정은 문학적 형식들이 관심을 이끌어 내는 방식과 같이 작품의 구조 자체에 설계되어 있다."[1] 플라톤의 문학관으로 우회하면서 마사 너스바움Martha Nussbaum이 언급한 문학과 감정의 내밀한 상관성을 굳이 환기하지 않더라도, 문학연구 장에서 감정에 대한 관심은 새롭지 않다. 문학 자체가 인간 탐구이자 인간 군상이 이룬 삶의 복합적 지층에 대한 탐색이고 발굴이다. 근본에서 인간학일 수밖에 없다는 점에서 문학연구는 감정에 대한 관심과 무관할 수 없다. 이런 관점에서 보자면 최근 출판계와 학계 전반에서 감정에 대한 관심이 두드러지는 경향은 새삼스럽게 여겨질 수도 있다. 그러나 시야를 좀 넓혀 보자면, 출판계와 학계를 가로지르며 사회 전반에서 다양한 형태로 드러난 감정에 대한 관심에는 세심한 통찰을 필요로 하는 논점이 담겨 있다. 그 논점의 검토를 통해 비판이론의 수혜 속에서 문화연구로 확장되어 온 문학연구가 처한 난점들의 돌파구를 마련하는 일도 가능해 보인다.

스테판 에셀Stephane Hessel이 프랑스 사회를 향해 던진 '분노하라'는 요청은(《분노하라》, 2010) 번역 소개된 한국사회에서도 큰 호응을

---

1 마사 너스바움,《시적 정의》, 박용준 옮김, 궁리, 2013, 123쪽.

얻은 바 있다.[2] 급격한 경제성장이 불러온 내면화된 생활습속으로 어쩌면 한국사회 전체가 앓고 있었는지 모를 번아웃 증후군 상태를 거울상처럼 비추며 성장 중심의 한국사회 전반에 대한 성찰을 환기했던 철학자 한병철의 '피로사회'라는 명명[3]이 큰 반향을 일으킨 것도 유사한 맥락에서 이해될 수 있다. 인문학 열풍이 고조되던 2010년대 전후로 인문학적 관심은 점차 감정으로 이동해 왔다. 지난 몇 년 간 출간된 인문학 관련 서적들은 감정을 새로운 인문학적 주제로 호명해 왔다. 현상적으로는 감정에 대한 관심의 폭발이라 부를 만하다. 하지만 좀 더 찬찬히 들여다보자면, 대중적 호응을 불러일으킨 인문학 출간물들—《감정의 인문학》(2013), 《감정수업》(2013), 《감정독재》(2013)[4] 등—은 감정 자체에 대한 관심보다 인문학 본래의 사회적 기능 회복을 목표로 하고 있었다.

그간 인문학 출간물들이 대개 인문학적 고전에 해당하는 저작을 이해하기 쉽게 재기술하거나 삶을 위한 지혜로서 풀어놓는 경우가 많았다면, '가르치고 배우는' 구도에 갇혀 있던 이전의 인문학과는 달리, 오늘을 사는 우리의 삶 자체로부터 인문학적 질문들을 찾아내고 그에 대한 해답을 마련함으로써 현실에 개입하고 실천하는 인문학의 신개지新開地가 마련되는 추세다. 전 지구적 경제 환경과 한

---

2 스테판 에셀, 《분노하라》, 임희근 옮김, 돌베개, 2011.

3 한병철, 《피로사회》, 김태환 옮김, 문학과지성사, 2012.

4 강신주, 《강신주의 감정수업: 스피노자와 함께 배우는 인간의 48가지 얼굴》, 민음사, 2013; 강준만, 《감정독재》, 인물과사상사, 2013; 소영현 외, 《감정의 인문학》, 봄아필, 2013.

국적 정치 환경의 변동이 야기한 한국사회의 급격한 변화가 긍정적이든 부정적이든 개인과 사회 전체에 대한 인식과 행위, 실천적 방법론 모색이라는 과제를 부과했으며, 인문학이 그 과제를 기꺼이 떠맡으면서 인문학 본연의 기능도 복원하고 있다고 할 수 있다. 감정을 '통한through' 사유와 실천을 모색하는 과정은 사회가 요구하는 변화에 대한 '사회인문학적' 응답의 일환인 것이다.

'감정으로의 전환'이라고 불러도 좋을 감정에 대한 관심이 이즈음에는 점차 구체화되면서 개별 감정에 대한 관심으로 모아지는 경향을 보여 준다. 감정에 대한 관심이 사회에 대한 개입과 실천의 결과물임을 확인하게 하는 대목이 아닐 수 없다. 범주로서의 감정이 아니라《모멸감》(2014),《분노사회》(2014) 등[5] 구체적인 감정 목록이 거론되고 '특정한' 감정을 중심으로 감정 자체가 아니라 감정을 '통한' 사유와 실천이 모색되고 있는 것이다. 신자유주의적 자율 주체에 대한 요청이 감정의 통제와 관리에 대한 논리를 정교화하고 있고, 미시적 영향력을 행사하는 사회적 통치술로서 개별 존재는 말할 것도 없이 사회 전반에 걸쳐 거부할 수 없는 강제력을 발휘하고 있다. 주체 내부에서 이루어지는 감정 관리와 통제에 대한 자기통치술이 심리학의 얼굴을 하고 사회 전반에 깊이 파고드는 추세지만, 그럼에도 감정에 대한 관심이 자기통치술의 일환으로만 이해

---

5 김찬호,《모멸감: 굴욕과 존엄의 감정사회학》, 문학과지성사, 2014; 정지우,《분노사회: 현대사회의 감정에 관한 철학 에세이》, 이경, 2014; 장하성,《왜 분노해야 하는가: 분배의 실패가 만든 한국의 불평등》, 헤이북스, 2015 등.

되어서는 곤란한 이유가 여기에 있다. 감정에 대한 관심이 인문학적 현실 개입의 결과물이라는 것은, 감정에 대한 관심이 개인과 내면의 관심으로 환원되지 않고 정반대로 사회적 차원의 집합감정에 대한 관심으로 확대되고 있는 상황에서 확인된다.[6] 사회에 대한 비판적 인식과 대안적 출구를 마련하고자 하는 대중의 열망이 기이한 정치적 열풍으로 불어닥쳤고, 세월호 침몰과 같은 재난 앞에서 분노와 애도의 감정으로 구체화되었다. 감정에 대한 관심이 사회질서와 사회적 행위를 둘러싼 질문들에서 새롭게 형성되는 사정은 최근 혐오 감정 특히 여성 혐오에 대한 관심이 들끓는 상황을 통해서도 쉽게 재확인된다.[7] 최근 인문학계와 출판계 전반에서 끓어오른 감정에 대한 관심은 감정 자체에 대한 것이라기보다 새로운 사회에 대한 상상과 탐색의 일환으로서 이해되어야 하는 것이다.

감정을 '통해' 사회문제를 진단하고 해법을 찾으려는 이러한 경

---

6 가령,《모멸감》의 저자 김찬호가 밝힌 저술 배경이나 '모멸감'을 거점으로 던진 질문, "사람들의 감정이 어떻게 움직이는지를 살펴보면, 사회의 실체를 보다 명료하게 파악할 수 있다./ 특히 한국사회를 이해하는 데 감정은 특별한 의미를 지닌다. 역동성, 유대감, 신명, 기, 화끈함, 냄비 근성 등 한국문화를 분석하는 데 자주 등장하는 키워드에는 정동적인 요소가 강하게 깔려 있다."(《모멸감》, 5쪽), "우리가 일상의 여러 장면에서 겪게 되는 모멸감의 본질은 무엇인가. 무엇 때문에 모욕을 주고받는가, 어떤 사람들이 타인을 쉽게 모욕하는가. 한국의 사회와 일상의 구석구석에서 크고 작은 모욕이 이어지는 데는 어떠한 역사적 배경이 있는가."(《모멸감》, 42쪽)를 통해서도 저술의 지향점이 감정을 '통한' 한국사회 성찰로 향해 있음을 쉽게 파악할 수 있다.

7 우에노 지즈코,《여성 혐오를 혐오한다》, 나일등 옮김, 은행나무, 2012; 윤보라 외, 《여성 혐오가 어쨌다구?》, 현실문화, 2015; 모로오카 야스코,《증오하는 입: 혐오발언이란 무엇인가》, 조승미·이혜진 옮김, 오월의봄, 2015; 주디스 버틀러,《혐오 발언: 너와 나를 격분시키는 말 그리고 수행성의 정치학》, 유민석 옮김, 알렙, 2016: 박가분,《혐오의 미러링: 혐오의 시대와 메갈리아 신드롬 바로보기》, 바다출판사, 2016.

향은 학술장으로도 점차 확산되고 있다. 서구 학계에서 감정연구로
의 전환을 가져온 기념비적 저술과 주목받는 연구서가 최근 봇물처
럼 번역 출간되고 있으며[8] 한국 학계에서도 학문적 연구의 결과물
이 속속 출간되는 중이다.[9] 이러한 사정은 그 연원을 따지자면 우선

8 최근 들어 번역 출간이 급증하고 있음은 간략한 목록만으로도 확인할 수 있다. 안
토니오 다마지오,《데카르트의 오류: 감정, 이성, 그리고 인간의 뇌》, 김린 옮김, 중
앙문화사, 1999; 안토니오 다마지오,《스피노자의 뇌》, 임지원 옮김, 사이언스북스,
2007; 잭 바바렛,《감정의 거시사회학》, 박형신·정수남 옮김, 일신사, 2007; 앨리 러
셀 혹실드,《감정노동》, 이가람 옮김, 이매진, 2009; 잭 바바렛,《감정과 사회학》, 박
형신 옮김, 이학사, 2009; 로버트 쉴러·조지 애커로프,《야성적 충동》, 김태훈 옮김,
RHK, 2009; 에바 일루즈,《감정자본주의》, 김정아 옮김, 돌베개, 2010; 프랭크 푸레
디,《우리는 왜 공포에 빠지는가?》, 박형신·박형진 옮김, 이학사, 2011; 브라이언 마
수미,《가상계》, 조성훈 옮김, 갈무리, 2011; 제임스 재스퍼·제프 굿윈·프란체스카
폴레타,《열정적 정치: 감정과 사회운동》, 박형신·이진희 옮김, 한울, 2012; 에바 일
루즈,《사랑은 왜 아픈가》, 김희상 옮김, 돌베개, 2013; 스테판 G. 메스트로비치,《탈
감정사회》, 박형신 옮김, 한울, 2014; 크리스티안 마라찌,《자본과 정동: 언어 경제의
정치학》, 서창현 옮김, 갈무리, 2014; 벨 훅스,《사랑은 사치일까?》, 양지하 옮김, 현
실문화연구, 2015; 마사 너스바움,《혐오와 수치심: 인간다움을 파괴하는 감정들》,
조계원 옮김, 민음사, 2015; 마사 너스바움,《혐오에서 인류애로: 성적 지향과 헌법》,
강동혁 옮김, 뿌리와이파리, 2015; 마사 너스바움,《감정의 격동》 1·2·3, 조형준 옮
김, 새물결, 2015; 멜리사 그레그·그레고리 J. 시그워스 엮음,《정동이론》, 최성희
·김지영·박혜정 옮김, 갈무리, 2015; 요시다 도오루,《정치는 감정에 따라 움직인
다》, 김상운 옮김, 바다출판사, 2015; 이토 마모루,《정동의 힘》, 김미정 옮김, 갈무
리, 2015; 데버러 럽턴,《감정적 자아: 나의 감정은 사회에서 어떻게 만들어지는가》,
박형신 옮김, 한울아카데미, 2016; 윌리엄 M. 레디,《감정의 항해: 감정 이론, 감정
사, 프랑스혁명》, 김학이 옮김, 문학과지성사, 2016; 송제숙,《혼자 살아가기: 비혼여
성, 임대주택, 민주화 이후의 정동》, 황성원 옮김, 동녘, 2016.

9 단행본 목록만 간추려보면 다음과 같다. 권명아,《무한히 정치적인 외로움: 한국사
회의 정동을 묻다》, 갈무리, 2012; 구난희 외,《열풍의 한국사회》, 이학사, 2012; 임
태훈,《우애의 미디올로지》, 갈무리, 2012; 권명아,《음란과 혁명: 풍기문란의 계보
와 정념의 정치학》, 책세상, 2013; 임홍빈,《수치심과 죄책감: 감정론의 한 시도》, 바
다출판사, 2013; 정명중,《우리시대의 슬픔》, 전남대학교출판부, 2013; 최유준,《우
리시대의 분노》, 전남대학교출판부, 2013; 한순미,《우리시대의 사랑》, 전남대학교

인문학의 본래적 기능 회복의 결과라 해야 한다. 사회의 당면 문제에 직접적으로 개입하여 해법을 마련하기 위해 다각도로 질문을 던지는 동시에 질문들을 학술적으로 의제화함으로써 심도 깊은 논의로 이어 가는 것, 이것이야말로 퇴색한 인문정신의 복원이라고 할 때, 감정에 대한 관심은 이러한 인문학의 쇄신과 그것이 궁극적으로 지향하는 새로운 세계에 대한 상상, 인문정신의 회복과 깊이 연관되어 있는 것이다.[10]

물론 당대 현실의 문제에 대한 직접적 개입만이 인문학이 짊어져야 할 책무의 전부가 될 수는 없다. 그럼에도 학술적 깊이를 상실하고 일시적 위안의 기능에 머무르거나 정반대로 특정한 분과학문 내부의 의제로 협소화되는 과정 속에서는, 사회가 급변하면서 야기되는 갈등과 문제들에 대한 개입과 실천 속에서 유의미한 가치를 형성해 온 인문학이 학술을 위한 학술적 작업으로 고립될 위험에 처

출판부, 2014; 최기숙 외, 《감성사회: 감성은 어떻게 문화동력이 되었나》, 글항아리, 2014; 박형신·정수남, 《감정은 사회를 어떻게 움직이는가》, 한길사, 2015; 조정환, 《예술인간의 탄생: 인지자본주의 시대의 감성혁명과 예술진화의 역량》, 갈무리, 2015; 임옥희, 《젠더 감정 정치: 페미니즘 원년, 감정의 모든 것》, 여이연, 2016. 학위논문으로 이정숙, 〈1970년대 한국 소설에 나타난 가난의 정동화〉(서울대 박사학위논문, 2015)가 있다.

10 가령, 권명아는 정동이론의 의미를 다음과 같이 정리한 바 있다. "정동이론은 좁게는 특정한 시대의 심성 구조, 즉 신자유주의 시대의 정신사적 구조로서 슬픔과 외로움, 또는 반대로 불안과 분노 같은 정서나 그 잠재력에 대한 분석을 제공해 주는 것으로 간주되기도 한다. 그러나 더 나아가 정동이론은 현재 계발 테크놀로지에 장악되어 버린, 다른 것이 될 수 있는 인간 내적 잠재력과 이행 능력을 정치적인 것과 윤리의 편으로 가져오려는, 인문적 쟁탈전의 일환이라고 할 수 있다." 권명아, 《음란과 혁명: 풍기문란의 계보와 정념의 정치학》, 책세상, 2013, 81~82쪽.

하게 된다. 감정에 대한 관심이 학술장으로 확장되는 현상은 분화와 단절이 강화되고 있는 학술장이 사회와 접속할 수 있는 접면을 넓혀 가고 있는 기미로 읽을 수 있으며, 사회와 학술장의 유의미한 소통 가능성을 엿볼 수 있게 한다는 점에서 고무적이라 할 만한다. 이 장에서는 이러한 사정을 염두에 두면서 동시다발적으로 부상하는 감정에 대한 연구의 흐름을 살펴보고, 현재 이루어지고 있는 감정연구의 의의와 가능성을 짚어 보고자 한다.

감정/연구의 지형

감정연구에 대한 관심을 한국사회에 대한 인문학적 개입 작용이나 그 결과로서 학술적으로 의제화된 과정으로만 환원할 수는 없다. 서구와 한국 학술 의제의 시간적 격차는 점차 좁혀지고 있으며 자본의 위력이 전 지구적 위력을 행사하게 된 이즈음에는 유의미한 학술적 의제 마련과 그에 대한 깊은 성찰이 국경을 가로지르는 트랜스내셔널한 층위에서 이루어져야 한다는 사실이 역설되고 있다. 동시에 국가보다는 지역 혹은 젠더나 인종, 계층과 같은 다각적 층위에서의 공동 협력이 좀 더 강력하게 요청되고 있다. 이런 면모가 아니더라도 현재 한국에서 고조되는 감정에 대한 학술적 관심에는 전 지구적 차원의 정치경제적이고 사회문화적 변화의 국면에서 학술장이 처한 위기에 대한 응답의 면모가 부조되어 있다.

이 응답은 1990년대 말부터 본격화된 감정연구의 학술적 문제 제기를 이어받으면서 현재 인문사회학계가 처한 학문적 난점을 해결하려는 모색의 결과라고 할 수 있다. 특히 인공지능 '알파고'가 사회에 던진 충격을 통해서도 확인할 수 있었듯, 미디어 환경 변화는 인식과 행위, 소통과 실천을 둘러싼 개인과 사회의 관계 전반에 전면적 변화를 야기하며 학술장의 의제 전환을 촉구하고 있다. 감정연구는 다른 미래에 대한 상상을 가능하게 해 줄 계기로서 채택되고 있는 것이다.

감정을 새롭게 의제화하면서 학문적 계보를 재구축하려는 시도는 그간 사회학을 중심으로 이루어졌다. ('주체에 대한 관심을 사회적 행위의 규범적 성격에 대한 관심'으로 대체한) 탈콧트 파슨스Talcott Parsons 이후로 부차화되었던 감정의 지위를 복원하려는 노력이 1970년대 이후로 감정연구의 학문적 계보화로서 시도되었다.[11] 감정과 이성의 불균형성에 대한 해법이 논의되었으며,[12] 1980년대에는 국제

---

11 크리스 쉴링Chris Shilling, 〈감정사회학의 두 가지 전통〉(잭 바바렛 편, 《감정과 사회학》, 박형신 옮김, 이학사, 2009), 52~55쪽; 잭 바바렛, 《감정의 거시사회학: 감정은 사회를 어떻게 움직이는가?》, 박형신·정수남 옮김, 일신사, 2007, 46~47쪽; 김홍중, 〈사회적인 것의 합정성(合情性)을 찾아서: 사회 이론의 감정적 전환〉, 《사회와이론》 23, 2013, 8~11쪽; 박형신·정수남, 《감정은 사회를 어떻게 움직이는가》, 한길사, 2015, 25~99쪽.

12 이성과 감정의 관계에 대한 대표적 세 가지 접근법으로는, 대립적으로 이해하는 방식, 이성의 보충적 역할로 이해하는 방식, 연속적으로 이해하는 방식이 있다. 잭 바바렛, 《감정의 거시사회학》, 60~111쪽. 그러나 이성과 감정을 날카롭게 구분하기는 쉽지 않으며, 감정 연구자들이 감정을 둘러싼 이러한 이원론적 입장에서 논의를 시작하고 있다고 보아서도 곤란하다(이성식·전신현 편역, 《감정사회학》, 한울, 1995, 20~21쪽; 박형신·정수남, 《감정은 사회를 어떻게 움직이는가》, 66~86쪽). 다양한 학문 분과에서 이루어지는 감정의 지위를 복권시키려는 시도는 대체로 이성과 감정의 분리불가능성을 강조하는 입장으로 수렴되는 중이다. 감정연구

학회가 조직되고(International Society for Research on Emotions, 1984)
1990년대에는 사회학회에서 감정사회학 분야가 하나의 연구 분과
로서 자리잡게 되었다. 최근 한국에서도 인문학 연구원을 중심으로
학회지가 만들어지고 감정을 의제로 한 학술대회가 지속적으로 개
최되고 있다(연구모임 아프콤, 연세대 국학연구원 HK사업단, 전남대학교
호남학연구원 감성인문학단, 《감성연구》등).

감정(연구)에 대한 오해들

이러한 움직임 속에서도 감정연구의 범주를 설정하기는 쉽지 않은
것이 사실이다. 감정연구는 감정에 '대한' 연구인가, 감정을 '통한'

의 새로운 토대를 마련한 다마지오의 관점('감정의 전개의 일면은 이성에 필수불
가결하며, 서로 그물처럼 연결되어 있다')을 환기해 보아도 좋다(안토니오 다마
지오, 《데카르트의 오류: 감정, 이성, 그리고 인간의 뇌》, 김린 옮김, 중앙문화사,
1999, 2~3쪽). 철학사적 계보 속에서 이성과 감정의 분리불가능성을 재고한 너스
바움의 입장("만약 철학적 전통 내의 대부분의 견해, 즉 세상사와 사람들의 중요성
에 대한 어떤 종류의 믿음들은 감정에 있어 필요조건일 뿐만 아니라 충분조건이라
는 의견에 동의한다면—이는 매우 타당한 입장으로 보인다—감정 없이는 그러한
믿음도 없다는 (혹은 온전하지 못하다는) 점을 인정해야만 할 것이다. 그리고 이
는 사회적 합리성의 부분도 완전하지 못하다는 것을 의미한다. 스토아학파에 반대
하여 아리스토텔레스와 루소 전통이 내세웠던 '외적인 좋음'의 가치에 대한 판단
을 받아들이는 사람들은—일관된 입장을 가진다면—이러한 문제와 관련하여 감정
이 좋은 추론의 필수적인 요소라는 점을 인정해야만 한다. 따라서 감정에 영향을
받는 것을 인정하지 않는 재판관이나 배심원들은 세계를 온전하게 보기 위한 필수
적인 방식을 부인하는 것이 되는 것이다. 이러한 식으로 생각하는 것을 (규범적으
로) 합리적이라 보기는 어렵다. 심지어 경제학에서조차도!")도 이와 크게 다르지
않다(마사 너스바움, 《시적 정의》, 박용준 옮김, 궁리, 2013, 149쪽; 마사 너스바움,
《감정의 격동》1, 조형준 옮김, 새물결, 2015, 71~75쪽).

연구인가. 감정연구에 관심을 기울이는 연구자들은 대개 방법론으로서의 감정에 관심을 기울인다. 감정 자체가 아니라 감정을 '통한' 연구에 주목하는 것이다. 그런데 감정을 세계 인식과 판단을 위한 새로운 방법론으로 이해하는 이러한 관점이 감정에 대한 다른 규정 혹은 재맥락화에서 시작될 수밖에 없다는 사실은, 감정에 대한 연구와 감정을 통한 연구가 그리 쉽게 분리될 수 없는 것임을 말해 준다. 감정연구가 뚜렷한 영역을 마련하면서 학술장에 쉽게 안착하지 못하고 있다면 그것은 우선 감정을 정의하는 일 자체가 쉽지 않기 때문인 것이다.

감정을 기술하거나 논의하고자 하는 어떠한 시도―일반적인 또는 학문적인―도 감정 개념이 덧없고 애매하고 '분명하게 정의하기' 어렵다는 사실에 직면할 것이 틀림없다. 이것은 감정을 학문적으로 연구하는 사람들을 심히 당혹스럽게 한다. … 학술문헌들이 종종 '감정emotion', '느낌feeling', '기분mood', '감각sensation'을 잘 정의된 정확한 방식으로 구분하려는 시도를 하지만, 그것은 자주 그러한 범주들 간의 회색지대를 인지하지 못한 채 일정 정도 조야한 환원론에 빠지고 만다(Griffiths, 1995). 그러한 시도들은 우리가 '감정'이라고 부르는 것과 우리가 그것을 경험하는 방식이 항상 보다 광범한 사회문화적 맥락 속에서 그 의미를 획득하고, 또 그러한 의미가 그러한 사회문화적 프레임의 일부를 이룬다는 점을 인식하지 못한다. '감정'의 변화하기 쉬움, 덧없음, 무형성은 물론 감정이 항상 변화하는 사회적·역사적 맥락과 뗄 수 없게 뒤얽혀 있다는 점은 감정을 정확하게 범주화하기

가 불가능하다는 것을 말해 준다.[13]

심리학자인 커트 피셔와 프라이스 탱그니는 1995년에 다음과 같이 말했다. "지난 20년 동안 … 감정연구에서 혁명이 발생했다" 이 책을 기획한 직후 나는 그들의 발언이 과장이 아니라는 것을 알게 되었다. 실험 심리학으로 한정하더라도, 1970년대 중반 이후 수백 편의 감정연구가 발표되었고, 감정에 대한 새로운 패러다임이 제시되었다. 다른 분과학문들 역시 제각각의 이유에서 감정을 연구했다. 그 새로운 연구들은 감정에 대하여 수많은 긍정적인 발견을 생산해 냈다. 그러나 감정이 정확하게 무엇이냐는 질문은 여전히 곤혹스럽다. 의견은 여전히 엇갈리고, 감정이라는 개념은 모호함으로 가득 차 있다.[14]

그간 감정연구를 지속해 온 학자들 다수가 지적하듯, 감정연구는 매번 감정에 대한 정의를 요청받으며 무엇보다 감정에 대한 상식 혹은 오해와 직면해야 했다. 감정은 '비합리적이고 따라서 공적 숙고 과정의 지침이 되기에 부적절하다'[15]는 생각, 혹은 감정은 '주체의 내부에서 실재하는 것이며, 감정에 사로잡히면 비합리적으로

13 데버러 럽턴, 《감정적 자아: 나의 감정은 사회에서 어떻게 만들어지는가》, 박형신 옮김, 한울아카데미, 2016, 14~15쪽.

14 윌리엄 레디, 《감정의 항해: 감정 이론, 감정사, 프랑스혁명》, 김학이 옮김, 문학과 지성사, 2016, 5쪽.

15 마사 너스바움, 《시적 정의》, 127~135쪽.

행동하고 사물을 왜곡해서 바라볼 수 있다'[16]는 생각은 상식처럼 통용되면서 감정을 통해 사회의 다른 면모 혹은 미래를 상상할 수 있는 가능성을 제약해 온 것이 사실이다. 감정이 개인의 내부와 연관되어 있다고 보는 이러한 관점은 감정을 유기체의 생물학적 현상으로, 즉 감정을 '지속적이고 영속적이며 고착된 것'으로 이해하는 본질주의적 관점에 입각해 있다.[17] 감정을 심리학 분과의 연구 영역으로 이해해 왔던 것은 이러한 이해법의 지층 위에서다. 감정연구가 감정에 '대한' 연구로 오해되는 것은 감정에 대한 이러한 이해법이 여전히 큰 영향력을 발휘하고 있기 때문이기도 하다.

이러한 입장에 대한 반발은 감정에 대한 구성주의적 관점을 취하는 연구에서 두드러진다. 사회구조와의 상호 영향 관계 속에서 구축되는 것으로 이해되든, 문화적 규약들에 의해 구현되는 것으로 이해되든, 이러한 관점에 의하면 감정은 유전적 본성이나 신체적 반응이 아니라 사회구조의 산물이자 관계와 상호작용의 산물이 된다. 특정 사회와 연관된 문화적 구성물로 본다는 점에서, 정도의 차이는 있지만, 여기서 감정은 학습된 것으로 이해되며 사회의 요청에 따라 관리되거나 통제될 것으로 다루어진다.[18] 이러한 입장은 감정을 "개인의 측면에서 행해지는 적극적 지각, 동일시, 관리를 포함하는 자기성찰적인 것"이자 그 "성찰성을 통해" 만들어지는 것으로

---

16 앨리 러셀 혹실드, 《감정노동》, 이가람 옮김, 이매진, 2009, 264~265쪽.
17 이러한 입장은 '생득적', '전통적', '유기체적', '실증주의적' 접근법으로도 불린다.
18 앨리 러셀 혹실드, 《감정노동》, 263~287쪽.

본다. 감정을 "역동적인 것으로, 즉 그것이 산출되고 재생산되고 표현되는 역사적, 사회적, 정치적 맥락에 따라 변화할 수 있는 것으로 간주"하기 때문에, 이러한 관점에서는 감정 자체가 아니라 감정에 부여되는 정치적이고 사회적인 의미와 그것이 부여되는 방식에 더 많은 관심을 기울이게 된다.[19]

중간 타협점을 마련하는 방식은 아니지만, 감정연구는 점차 감정을 생물학적 현상이나 생리적 반응으로 환원하거나 사회적 상호작용 속에서 발생하고 담론적으로 구성되는 것으로 보는 관점 가운데 어느 한쪽에만 기대지 않는 편이다. 환원주의적 감정 이론의 한계를 적극적으로 검토하면서[20], 감정연구는 점차 '생물학적 현상과 사회적 현상 사이의 연결'을 설명해 줄 수 있는 감정의 매개적이고 잉여적 성격에 집중한다.[21] 감정연구는 감정을 '통한' 연구의 지향에 따라 복합적 관점을 취한다. 감정을 '순수하게 자연적인 것으로 보지도 순수하게 문화적 구성물로 보지도 않는'[22] 것이다. 감정 범주에 속하는 용어들을 둘러싸고 서로 다른 논의가 이어지지만, 이렇게

---

19 데버러 럽턴, 《감정적 자아》, 33~34쪽. 데버러 럽턴은 감정을 둘러싼 선행이론 작업을 생득적인 것으로 보는 관점, 인지이론적인 것으로 보는 관점, 사회문화적 구성물로 보는 관점, (구조주의에 입각한) 감정사회학적 관점, 현상학적 관점, (후기 구조주의에 입각한) 담론적 관행으로 보는 관점, 정신분석학적 관점으로 분류하고 개별 관점을 비판적으로 검토한다. 상세한 논평은 1장 참조.

20 마사 너스바움, 《감정의 격동》 1, 183~218쪽.

21 안토니오 다마지오, 《데카르트의 오류》, 117쪽.

22 William Reddy, "Sentimentalism and Its Era of the French Revolution", *The Journal of Modern History* 72(1), 2000. p.113.

보자면 감정, 느낌, 정서, 감각, 정동 등 감정을 둘러싼 용어(emotion, feeling, sentiment, sensation, affect)는 감정의 다면적 측면들, 본질적인 면모와 구성적인 면모, 구체화의 정도, 가시화의 정도 혹은 연구자가 강조하고자 하는 면모에 따라 각기 다르게 선택된 감정의 다른 규정들로 이해해도 무방하다.

감정에서 정동까지

일견 '기본 감정'을 전제하는 생물학적이고 심리학적 관점, 감정을 '가치에 대한 판단'으로 보는 관점,[23] '포스트-휴먼'의 지평을 상정하고 세계 전체의 존재론적 전이를 의미하는 힘 혹은 그 흐름을 강조하는 관점('affect'로의 전환을 강조하는 관점)[24] 사이에는 커다란 간극이 있는 것으로 보이고 어떤 면에서 같은 범주로 묶이기 어려운 대립적 의미가 담겨져 있는 것처럼 보이기도 한다.

특히 스피노자, 베르그송, 들뢰즈로 이어지는 철학적 밑그림 속에서 정동affect 개념을 취택한 연구는 탈-휴먼의 지향을 뚜렷하게 보

23　대표적으로는 감정을 '가치에 대한 판단'으로 즉 유사-사유로 이해하는 마사 너스바움의 입장을 거론할 수 있다.

24　물론 정동이론의 개설서 역할을 한 편서《정동이론》이 보여 주듯, 정동이론 자체가 다양한 분과학문의 융복합적 작업의 결과물일 뿐만 아니라 힘 혹은 힘들의 충돌을 통해 발생하는 것이자 그 리듬과 양태에 따라 등장하고 사라지는 일련의 흐름에 대한 이론화라는 점에서 정동이론affect theory의 범주는 감정연구 만큼이나 그 스펙트럼이 넓다. 멜리사 그레그·그레고리 시그워스, 〈미명의 목록[창안]〉(멜리사 그레그·그레고리 시그워스 엮음,《정동이론》, 최성희·김지영·박혜정 옮김, 갈무리, 2015), 14~54쪽.

여 준다는 점에서[25] 감정연구 범주 안에서도 결을 달리하는 듯 보인다. 그러나 정동 개념은 감정과의 범주 대결 속에서 유의미해지는 영역이 아니다. 오히려 정동이론affect theory은 감정연구의 폭을 확장한 시도로서 파악되어야 한다. 감정의 '유동적' 성격은 정동으로 재맥락화되는 과정에서 '운동성'으로 포착됨으로써, 개별적이고 지엽적이며 미시적 성격으로 한정되어 버리기 쉬운 감정 범주에 집합적이고 거시적 성격을 보강하는 결과를 낳는다. 정동 개념의 선택은 들리지 않거나 잡히지 않은 것 혹은 보이지 않은 것의 흐름과 그 흐름이 세계에 미치는 변화와 영향, 잠재적이지만 동시에 결정적인 힘이 기존의 감정 범주로 환원되어 버리는 것에 대한 경계를 내비친다. 안전을 생산하고자 하는 예비적 행동이 역설적으로 불안전한 상황을 생산하게 되는 메커니즘을 사례로 브라이언 마수미Brian Massumi가 강조했듯이, 정동 개념을 선택함으로써 이데올로기적 옳고 그름의 척도나 윤리적 정당성의 논리로서 포착할 수 없는 운동성/힘의 흐름을 현실화할 수 있다고 보기 때문이다.

---

25 가령, 다음과 같은 정동에 대한 기술을 통해서도 쉽게 확인할 수 있다. "정동은 무기적인 것과 무생물의 틈새 안팎으로, 힘줄·세포·내장의 경제의 세포 내적 누설 안팎으로, 그리고 비물질적인 것(사건·분위기·느낌-색조들)의 덧없는 소실의 안팎으로 뻗어 나간다. 내밀하면서도 동시에 비인격적인 정동은 관계 맺음과 관계의 단절 모두에 걸쳐 **축적되면서**, '몸들' 사이에 흐르는 강렬함의 썰물과 밀물의 가로지르는 어떤 힘-마주침들의 양피지가 된다(여기서 몸이란 바깥을 둘러싼 피부-표피나 다른 표면적 범주들에 따라 정의되는 것이 아니라, 정동의 이행에서 교환할 수 있는 잠재력에 따라, 또는 공동-참여할 수 있는 잠재력에 따라 정의된 것이다.: 강조는 원문)." 멜리사 그레그·그레고리 시그워스, 〈미명의 목록[창안]〉, 15~16쪽.

그것은 실재적이라고 느껴졌기 때문에 실재적이게 되어 있을 것이다. 위험이 존재했든 아니든 그 위협은 두려움의 형태로 느껴졌다. 실제로 실재하지 않는 것이 존재하는 것처럼 느껴질 수 있다. 위협은 현재에 임박한 현실성을 가진다. 이러한 실제적 현실성은 정동적이다. … 느껴진 실재로서의 위협은 일단 발생하면 선제적 행동에 영원히 정당성을 부여한다. 갓 부상하고 있는 위협을 선취하여 분명하고 현재적인 위험으로 바꾸는 것은 실재 사실과는 상관없이 두려움이라는 정동적 사실로 인해 합법화된다. 선제행동은 앞으로도 항상 옳을 것이다. 이러한 순환성은 논리의 실패가 아니라 다른 논리이다. 그것은 위협의 자기-원인됨과 동일한 정동 영역에서 작동한다.[26]

정동 개념에 입각해 보면, 전 세계를 공포로 몰아넣는 테러 위협은 말할 것도 없이 '북핵 위협'이라는 기호가 한국사회에 불러온 상황이 말해 주듯, 실제적 지시대상이 없는 위협적 상황이 안전을 위한 선제적 행동을 정당화하는 메커니즘을 파악할 수 있다. 어떤 실질적 경험이나 근거 없이도 위협을 둘러싼 '정보'의 신빙성과 실효성만으로도 이후에 벌어지는 사태 전부가 정당화될 수 있음을 정동 개념을 통해 추적/이해할 수 있는 것이다.[27] 국가 간의 대립이나 특정 지역의 사태로 제한되지 않는 테러나 공포, 위협과 같은 부정적

---

26 브라이언 마수미, 〈정동적 사실의 미래적 탄생: 위협의 정치적 존재론〉, 《정동이론》, 최성희 · 김지영 · 박혜정 옮김, 갈무리, 2015, 99~100쪽.

27 브라이언 마수미, 〈정동적 사실의 미래적 탄생: 위협의 정치적 존재론〉, 110~111쪽.

힘의 전 지구적 흐름이나 위협과 그에 대한 선제행동이 만들어 내
는 '감응하고, 감응되는 혹은 촉발하고, 촉발되는' 영향 관계에 대한
관심은 정동을 둘러싼 학문적 주목의 근거를 확인할 수 있게 한다.

감정은 주관적 내용으로, 경험의 질을 사회언어학적으로 고정하
는 것이다. 경험되는 순간부터 그것은 개인적인 것으로 제한된다. 감
정은 자격이 부여된 강렬함이며, 틀에 박힌 것이다. 그리고 의미론적
이며 기호학적으로 형성된 진행 과정 속으로, 내러티브화할 수 있는
작용-반작용의 회로 속으로, 기능과 의미 속으로 강렬함이 삽입되는
합의된 지점이다. 그것은 소유되고 인식된 강렬함이다.[28]

1990년대 말부터 정동에 대한 새로운 이론적 가능성을 탐색해
온 마수미는 정동과 감정이 손쉽게 동의어로 사용된 사정이 감정
관련된 어휘가 의미화 작업에서 파생된 때문임을 지적하고 '의미
화/고정화' 작업과 거리를 둔 정동의 배타적 이론화에 관심을 쏟았
다. 하지만 마수미의 이러한 작업이 결국 정동에 대한 적확한 정의
를 마련하는 쪽으로 귀결된 것은 아니다. 마수미에 따르면, 존재든
사물이든 행동하지 않을 때에만 '존재'할 수 있다. 사물 자체가 이미
"그것이 구체적으로 위치해 있는 장소"이며, "존재하는 바로 그것—
예를 들어 쏘아진 화살이 성공적으로 목표물에 꽂혀 있는 경우—이

---

28 브라이언 마수미,《가상계》, 조성훈 옮김, 갈무리, 2011, 54쪽.

며 정지되어 있는 상태"[29]이다. 구체성은 행동하지 않을 때에만 존재로서 획득될 뿐이다. 정동은 의미화, 고착화, 소유화, 환원화…를 반대하며 어떤 해법도 모색하지 않는다. 최종 답안에 도착하지 않은 채 문제를 품은 삶을 자체로 재배치하는 지속적 과정이자 탐색이라는 점에서,[30] 운동성/힘으로서의 정동은 모호하고 애매하며 불확정적인 것, 현실 직전의 현실이자 탈주체적 작용/반작용인 것이다. 그러나 바로 이런 이유로 마수미 자신의 지적처럼 정동을 설명할 맞춤한 문화적-이론적 어휘는 없다고 말하는 편이 정동의 규정에 관한 한 보다 정확한 기술일 수 있다.

정동 개념을 통해 감정연구가 새롭게 개척한 영역의 의미를 충분히 인정한 채로 살피자면, 운동성과 그것을 통해 포착 혹은 예측할 수 있는 정치성에 대한 논의야말로 새로운 감정연구가 집중하고자 하는 감정 범주의 새로운 가능성의 지점이 아닐 수 없다. 사실, 엄밀하게 따지자면 감정연구의 지향은 들리지 않고 보이지 않는 영향력과 그것이 사회의 구성과 인간의 성격에 미치는 영향 혹은 그것이 역으로 만들어 내는 변동의 힘에 대한 포착과 그리 멀지 않으며, 반대로 그런 힘이 미치는 범위에 관한 한 세계와 사물로까지 시야를 넓히는 정동에 대한 관심이 결과적으로 인간과 사회의 재구와 무관한 경우를 상상하기 어렵다.[31] 정동에 대한 관심의 계보 속에서 이전의 감

29 브라이언 마수미, 《가상계》, 19쪽.

30 Brian Massumi, *Politics of Affect*, Polity Press, 2015. 서문 참조.

31 Margaret Wetherell, *Affect and Emotion: a new social science understanding*, Sage Publications, 2002, pp.2~26.

정 범주가 포섭할 수 없었던 지점에 대한 포착이 가능해졌지만, 감정 연구의 지향이 바로 거기로 향해 있음을 되짚어 둘 필요가 있다.

학술장에 감정을 호명하고 재맥락화하게 한 동력이 세계에 대한 비판적 개입과 운동적 실천의 새로운 계기가 마련되어야 한다는 학술적 판단이었음을 돌이켜 강조하지 않더라도, 감정연구의 틀을 마련하는 자리에서 감정과 정동의 배타적 규정을 넘는 거시적 시야가 적극적으로 요청된다. 감정과 정동의 위치와 관계 설정을 위한 새 논의틀이 필요한 것이다. 보이지 않는 힘의 흐름을 포착하는 작업이 중요하다면, 그 힘의 흐름을 보이게 하고 다른 힘으로 변형시키는 작동을 따져 묻는 것 또한 중요하기 때문이다. 한국사회를 떠들썩하게 만든 여성혐오는 이전에 없었던 것도, 이전과 전적으로 다른 것도 아님에도 여성혐오의 범주로 가시화되었다. 연원이 오래되었으나 그간 (사회의 일원들에게) 보이지 않았거나 (사회가) 보지 않았던 젠더 위계와 성차별의 극심한 면모가 여성혐오의 이름으로 그 모습을 드러내게 되었다. 젠더 위계와 성차별의 면모가 여성혐오로, 동시에 여성혐오를 '통해' 가시화된 것이다. 볼 수 없는 것과 보이지 않는 것, 잡히지 않는 (정동으로도 불리는) 힘의 흐름이 여성혐오라는 구체적 감정의 얼굴로, 감정을 '통해' 포착되고 있으며 이러한 과정 속에서 힘의 흐름이 변형될 가능성이 열리고 있는 것이다.

덧붙여 짚어 두자면, 감정의 복원은 몸(신체)의 복원과 깊이 연관되어 있다. 감정과 마찬가지로 구성주의적 관점은 몸에 대한 인식에도 새로운 지대를 만들어 내고 있다. 공교롭게도 감정에 대한 관심을 몸에 대한 관심으로 연결시키는 접근법은, 여성의 복권을 통한 세계의 재편에 집중했던 페미니즘 분야에서 지속되어 왔다. 젠더에 대한 관심은 감정연구와 자연스럽게 결합되면서 심화되는 경향을 보여 주고 있다.[32] 윌리엄 레디William Reddy가 지적했듯, 인류학에서 출발한 감정 연구자 가운데 구성주의적 입장을 강력하게 옹호한 학자들은 대개 페미니즘을 지반으로 삼고 있으며, 역사학과 문예비평이 비교적 독립적으로 감정연구에 집중하게 된 근저에도 페미니즘적 관심이 놓여 있다.[33] 혐오에 대한 한국사회의 관심이 여성혐오 문제로 집중화되고 구체화되는 것도 이러한 학문적 흐름과 궤를 같이 한다.

감정 연구의 도전

물론 그간의 감정연구의 계보와 스펙트럼은 이러한 틀로는 다 포괄할 수 없을 정도로 방대하다. 1990년대 말부터 감정연구는 생리학, 심리학, 사회학, 인류학, 법철학, 역사학, 철학, 비판이론, 문화연구, 문학연구에 이르는 다양한 분야에서 다각도로 시도되었다. 감정에 대한 관심은 특정한 분과학문 내에서의 진일보한 이해에 의해 촉진되었다기보다, 분화된 분과학문 내에서 개별 학문이 직면해야 했던

---

32 사회학 전통에서 몸이 어떤 위치를 차지하고 어떻게 다루어졌는가에 대한 비판적 분석으로는 크리스 쉴링, 《몸의 사회학》, 임인숙 옮김, 나남, 1999. 참조.

33 윌리엄 레디, 《감정의 항해》, 473~474쪽.

학술적 난제들의 해결에 대한 모색 속에서 심화되었으며, 무엇보다 분과학문을 가로지르는 학문적 해법들의 협업에 의해 진일보하게 되었다. 감정연구는 분과학문을 가로지르는 경향으로서 주목되어야 한다.

간-학문적 지평과 집합감정의 정치성

분과학문이 직면한 난국을 돌파하기 위해 심리학과 인류학의 교차로라는 간-학문적 지평 위에서 감정연구를 수행한 윌리엄 레디의 작업을 보자. 레디는 심리학과 인류학에서 시도되었던 감정에 대한 연구를 비판적으로 검토하고 감정을 둘러싼 사회적 통념과 학술적 상식에 질문을 던지면서 감정을 '통해' 서구의 학문적 난점들과 정면으로 대결하고자 했다.

　심리학자들은 감정이 생물학적으로 몸에 내장된 반응이라는 설명을 버리고, 감정이 과잉학습된 인지 습관처럼 작동한다는 데 합의했다. 그들은 무의식적, 자동적, 잠재의식적 과정과 주의 사이의 경계를 연구하면서, 그 경계가 수많은 통로가 나 있는 넓은 회색지대라는 것을 발견했다. … 인류학의 감정연구를 지배한 것은 감정을 문화적 구성물로 간주하는 관점이었고, 이는 감정의 세계적 다양성에 대한 새롭고 설득력 있는 다양한 설명을 생산했다.[34]

34　윌리엄 레디, 《감정의 항해》, 93쪽.

레디는 심리학과 인류학이 활용한 감정에 대한 관점들의 유용성을 충분히 인정하면서도 결과적으로 감정을 둘러싼 보편적 이론화에 실패했으며 무엇보다 구성주의적 관점에 의해 정치성 논의가 소거되었음을 지적한다. "감정이 문화적 구성물이라는 관점은, 감정을 생물학적이고 여성적인 것으로 간주하는 서양의 상식을 정치적으로 비판할 수 있는 토대를 제공했"지만, 모든 감정을 사회문화적 조건에 따라 구성된 것으로 환원하는 그 관점이 결과적으로 "인류학자들이 연구하는 지역의 감정적 실천을 정치적으로 비판할 수 있는 토대"[35]까지 삭제해 버리게 되었다는 것이다. 이러한 비판적 검토를 통한 레디의 궁극적 질문은 인류학의 난국을 인지심리학의 발견을 통해 돌파할 수 있는가로 향한다. 심리 실험실에서 이루어진 발견을 민족지 연구에 이용할 수 있는 가능성을 검토하고, 거기에서 "정치적으로 참여적이고 역사적으로 근거 지워진 감정 인류학을 위한 새로운 이론적 접근"[36]을 시도한 것이다.

레디는 감정이 역사의 영향 아래 놓여 있지만 역사의 일부는 아닌 것으로 다루어지고 있음을 환기하고, 공동체의 감정에 대한 포착과 함께 공동체 내부에서 벌어지는 억압의 포착을 고민한다. 감정을 "정치적으로 유의미한 제도와 실천의 역사적 전개의 일부로서"[37] 파악할 수 있는 일관되고 보편적인 개념을 마련하고자 한 것

---

35 윌리엄 레디, 《감정의 항해》, 93쪽.
36 윌리엄 레디, 《감정의 항해》, 93쪽.
37 윌리엄 레디, 《감정의 항해》, 85쪽.

이다. 구체적으로 그는 인류학과 심리학의 간극을 메울 수 있는 개념으로 오스틴John Austin의 화행이론을 원용한 '이모티브emotive' 개념을 제안한다. 그는 이모티브 개념의 이해를 돕는 선행 개념으로 '번역translation'과 '주의attention'를 제시하는데, 사람들 '사이'뿐 아니라 개인의 '내부'에서도 일련의 과정으로 도해될 수 있는 '번역' 작용이 발생한다는 점, 사유의 원재료들 사이의 조합을 가능하게 하고 그것을 통해 외화 혹은 행위를 가능하게 하는 작동이 이루어진다는 점을 들어 번역 개념을 폭넓게 확장하고, 이를 통해 이성과 감성 사이의 넘나들 수 없는 간극이 있다는 서양 인식론의 전제와 그것에 입각한 민족지적 인류학의 난국을 돌파하고자 한다.

레디에 따르면, 이모티브는 "주의attention에 제공된, 즉 진행 중인 번역 과제를 언어적인 '기술'로 옮기는 번역인 동시에, 여타의 대기 중인, 주의의 역량을 초과해 흘러넘치는 번역 과제들을 기술로 옮기는 번역"[38]을 뜻한다. 그는 감정으로 외화되기 전의 각종 인식적, 감각적 질료들이 수행 작용을 통해 감정이 되는 과정을 이모티브 개념을 통해 설명하고자 시도한다. 이때 그가 강조하려 한 것은 그 과정 자체라기보다는 질료로부터 영향을 받는 동시에 그 질료들을 변화시키는 감정의 '수행적' 면모이다. 그는 이모티브 개념을 통해 감정이 세계(/현실)를 직접적으로 변화시키는 메커니즘, 감정을 구축하고 숨기거나 강화하는 메커니즘을 설명 가능한 것으로 만들고자 했다.

---

38 윌리엄 레디, 《감정의 항해》, 164쪽.

사실 레디의 반복적 설명에도 불구하고 이모티브 개념을 자체로 충분히 이해하기는 쉽지 않으며, 의도한 모색이 충분히 이루어졌는가에 대한 판단도 세심한 검토를 통해 조심스럽게 이루어질 필요가 있다. 그러나 이러한 한계에도 불구하고 레디의 작업은 여전히 흥미롭다. 그의 작업은 이모티브 개념을 통해 감정의 역사를 재구함으로써 감정이 품은 정치적 의미의 복원 가능성을 열어 주고 있기 때문이다.

감정연구는 새로운 방법론의 모색에도 불구하고 그간 감정의 역사에 그다지 많은 관심을 기울이지 않았으며, 감정의 역사라 부를 수 있는 시대적 변화를 거시적/미시적 역사의 국면 위에서 다룰 수 있는 이론적 틀 만들기에 무심했다. 이모티브 개념을 통해 레디가 실제로 감정의 역사를 들여다볼 수 있었는가의 여부와는 별도로, 레디의 도전은 역사의 지층이 담고 있는 시대적, 집합적 감정의 결을 읽어 내고자 한 시도로서 감정연구의 범주 확장에 기여한 바 크다고 해야 한다. 군중, 대중, 민중으로도 호명된 집합적 존재들에 대한 관심이 재점화되고 이데올로기적, 계급적 관점을 가로지르는 새로운 관점이 모색되는 때임을 환기하면[39] 집합감정의 정치성에 대한 주목이 요청된다고 할 것이다.

---

39 가령, 가브리엘 타르드Gabriel Tarde의 공중public에 대한 관심이 새롭게 일어난 현상은 집합적 주체를 이데올로기적, 계급적 관점으로 환원하지 않으면서 복원할 수 있는 가능성에 대한 모색의 일환으로 이해된다. 가브리엘 타르드, 《여론과 군중》, 이상률 옮김, 지도리, 2012, 15~73쪽; 이토 마모루, 《정동의 힘》, 김미정 옮김, 갈무리, 2015, 69~133쪽.

성찰의 운동성과 은폐된 미래

집합감정의 정치성에 대한 관심에서 보다 분명해졌듯이, 감정연구는 이전의 범주를 벗어나 정동으로 불리는 영역으로 그 연구 범위를 확장하고 있다. 정동에 대한 관심이 권력/힘의 현재적 변동에 대한 포착에 그치지 않고 은폐된 미래를 읽어 낼 수 있는 틀의 마련으로 이어지고 있다는 점에서, 정동이론이 감정연구의 폭을 한층 더 확장하고 있다고 말해도 좋다. 이런 점에서 '정동affect적 전환'[40]이 언급될 때 여기에는 감정이 학술적 연구 범위 안으로 들어왔다거나 감정에 대한 관심이 분과학문의 한계를 가로지르는 새로운 방법론의 개발로 이어졌다는 것 이상의 함의가 새겨져 있다고 해야 한다. 감정(정동)에 대한 관심은 학문적으로 문화연구와 비판이론이 직면한 난국을 돌파하기 위한 시도들과 연관되어 있기 때문이다.

문화적 혹은 사회적 구성에 관한 관념들은 막다른 길에 처했다. 왜냐하면 그들은 과정으로서의 자연에 괄호 치기를 고집해 왔기 때문이다. 자연을 생략하면, 문화의 생성, 즉 그 발생을 놓친다(물질의 역사는 말할 것도 없이). 또한 운동들이 서로를 포착하여 낡고, 새롭고, 셀 수 없이 많은 다른 결과로 서로를 전환시키는 쇄교interlinkage의 연속성, 즉 피드-포워드와 피드백도 놓친다. 세계는 끊임없이 질적 성

---

40 Patricia Clough ed., *The Affective Turn: theorizing the social*, Durham and London: Duke University Press, 2007, pp.1~33.

장의 상태에 있다. 모종의 구성주의는 범주의 분류를 넘어서 진행하고 있는 연속성을 설명할 것을, 그리고 그 질적 성장, 혹은 개체 발생의 실상, 즉 모든 움직임과 아울러, 모든 변화와 아울러, 세상에는 뭔가 새로운 것, 즉 첨가된 실재가 탄생한다는 사실을 해명할 것을 요구받는다.[41]

정동이론에 입각한 감정연구는 문화연구의 한계—담론의 구성물임을 비판적으로 검토함으로써 제도화되고 관습화된 세계의 은폐된 권력의 면모를 폭로하고 미시적 권력 그물망을 가시화할 수 있었음에도, 문화연구는 "신체 사이에서 '촉발하고, 촉발되는' 직접적이고 동적인 운동 작용의 문제"[42]를 소거해 왔다는 것—를 지적한다. 마수미에 따르면, 그간 비판이론과 문화연구가 활용한 '코드화, 격자화, 위치화는 지배 이데올로기에 대한 폭로를 가능하게 하는 매우 유용한 방법론임에도 불구하고, 문화의 다양한 운동성의 면모를 고정시키고 평면화해 왔다. 그러나 문화는 해석의 코드를 통해 의미화되거나 독해의 틀 속에서 고정되는 것이 아니라 오히려 쌍방향적 영향을 주고받으면서 변형하고 변형되는 운동성의 범주이다.' 비판이론과 문화연구가 세계에 대한 담론적 도해와 비판적 이해에 기여해 왔음에도 운동성의 면모를 삭제함으로써 다른 세계에 대한 상상과 그 실천성의 출구를 봉쇄해 왔다는 것이다.

41　브라이언 마수미, 《가상계》, 29쪽.
42　이토 마모루, 《정동의 힘》, 14~21쪽.

그렇다면, 구성주의적 관점이 소거한 운동성과 실천성의 복원은 어떻게 가능한가. 감정(/정동)에 대한 관심 속에서 행위의 동력에 대한 복원은 이성의 주체나 감정의 주체를 복원하는 일과는 거리가 멀다. 감정(/정동)을 통해 포착되는 것이 운동성이라면, 그것은 곧 보이지 않으며 잡히지 않는 세계와 존재를 규정하고 또 변화시키는 과정 자체이다. 유동하는 힘이 만들어 내는 변화와 그것이 조망하게 하는 다른 현실이야말로 '감정'연구가 가 닿고자 한 미래인 것이다. 비판이론과 문화연구가 의도와 무관하게 약화시켰던 근대 이후에 대한 상상과 정치적 변혁의 가능성이 거기서 지펴질 수 있기 때문이다. 요컨대, 감정연구는 문화연구과 비판이론이 처한 난점에 대한 대안으로서 성찰에 운동성을 부여하고 구성주의적 관점이 소거한 미래에 대한 상상의 가능성을 열고 있는 것이다.

가브리엘 타르드,《여론과 군중》, 이상률 옮김, 지도리, 2012.

강신주,《강신주의 감정수업: 스피노자와 함께 배우는 인간의 48가지 얼굴》, 민음
사, 2013.

강준만,《감정독재》, 인물과사상사, 2013.

구난희 외,《열풍의 한국사회》, 이학사, 2012.

권명아,《무한히 정치적인 외로움: 한국사회의 정동을 묻다》, 갈무리, 2012.

권명아,《음란과 혁명: 풍기문란의 계보와 정념의 정치학》, 책세상, 2013.

김찬호,《모멸감: 굴욕과 존엄의 감정사회학》, 문학과지성사, 2014.

김홍중, 〈사회적인 것의 합정성(合情性)을 찾아서: 사회 이론의 감정적 전환〉,
《사회와이론》 23, 2013.

김홍중, 〈마음의 사회학을 이론화하기: 기초개념들과 설명논리를 중심으로〉,《한
국사회학》 48(4), 2014.

데버러 럽턴,《감정적 자아: 나의 감정은 사회에서 어떻게 만들어지는가》, 박형신
옮김, 한울아카데미, 2016.

로버트 쉴러·조지 애커로프,《야성적 충동》, 김태훈 옮김, RHK, 2009.

마사 너스바움,《시적 정의》, 박용준 옮김, 궁리, 2013.

마사 너스바움,《혐오에서 인류애로: 성적 지향과 헌법》, 강동혁 옮김, 뿌리와이파
리, 2015.

마사 너스바움,《혐오와 수치심: 인간다움을 파괴하는 감정들》, 조계원 옮김, 민음
사, 2015.

마사 너스바움,《감정의 격동》 1·2·3, 조형준 옮김, 새물결, 2015.

멜리사 그레그·그레고리 J. 시그워스 엮음,《정동이론》, 최성희·김지영·박혜정
옮김, 갈무리, 2015.

박헌호 편,《센티멘탈 이광수: 감성과 이데올로기》, 소명출판, 2013.

박형신·정수남,《감정은 사회를 어떻게 움직이는가》, 한길사, 2015.

베네딕트 데 스피노자, 《에티카》, 강영계 옮김, 서광사, 1990.

벨 훅스, 《사랑은 사치일까?》, 양지하 옮김, 현실문화연구, 2015.

브라이언 마수미, 《가상계》, 조성훈 옮김, 갈무리, 2011.

소영현 외, 《감정의 인문학》, 봄아필, 2013.

손유경, 《고통과 동정: 한국 근대소설과 감정의 발견》, 역사비평사, 2008.

손유경, 《프로문학의 감성구조》, 소명출판, 2012.

손희정, 〈혐오의 시대: 2015년, 혐오는 어떻게 문제적 정동이 되었는가〉, 《여/성이론》 32, 2015.

송제숙, 《혼자 살아가기: 비혼여성, 임대주택, 민주화 이후의 정동》, 황성원 옮김, 동녘, 2016.

스테판 에셀, 《분노하라》, 임희근 옮김, 돌베개, 2011.

스테판 G. 메스트로비치, 《탈감정사회》, 박형신 옮김, 한울, 2014.

아담 스미스, 《도덕감정론》, 박세일 · 민경국 옮김, 비봉출판사, 2009.

안토니오 다마지오, 《데카르트의 오류: 감정, 이성, 그리고 인간의 뇌》, 김린 옮김, 중앙문화사, 1999.

안토니오 다마지오, 《스피노자의 뇌》, 임지원 옮김, 사이언스북스, 2007.

앨리 러셀 혹실드, 《감정노동》, 이가람 옮김, 이매진, 2009.

에바 일루즈, 《감정자본주의》, 김정아 옮김, 돌베개, 2010.

에바 일루즈, 《사랑은 왜 아픈가》, 김희상 옮김, 돌베개, 2013.

요시다 도오루, 《정치는 감정에 따라 움직인다》, 김상운 옮김, 바다출판사, 2015.

윌리엄 M. 레디, 《감정의 항해: 감정 이론, 감정사, 프랑스혁명》, 김학이 옮김, 문학과지성사, 2016.

윤보라, 〈일베와 여성 혐오: "일베는 어디에나 있고 어디에도 없다"〉, 《진보평론》 57, 2013.

이성식 · 전신현 편역, 《감정사회학》, 한울, 1995.

이토 마모루, 《정동의 힘》, 김미정 옮김, 갈무리, 2015.

임옥희, 《젠더 감정 정치: 페미니즘 원년, 감정의 모든 것》, 여이연, 2016.

임태훈, 《우애의 미디올로지》, 갈무리, 2012.

임홍빈, 《수치심과 죄책감: 감정론의 한 시도》, 바다출판사, 2013.

장하성,《왜 분노해야 하는가: 분배의 실패가 만든 한국의 불평등》, 헤이북스, 2015.

잭 바바렛,《감정의 거시사회학: 감정은 사회를 어떻게 움직이는가?》, 박형신 · 정수남 옮김, 일신사, 2007.

잭 바바렛,《감정과 사회학》, 박형신 옮김, 이학사, 2009.

정명중,《우리시대의 슬픔》, 전남대학교출판부, 2013.

정지우,《분노사회: 현대사회의 감정에 관한 철학 에세이》, 이경, 2014.

제임스 재스퍼 · 제프 굿윈 · 프란체스카 폴레타,《열정적 정치: 감정과 사회운동》, 박형신 · 이진희 옮김, 한울, 2012.

조정환,《예술인간의 탄생: 인지자본주의 시대의 감성혁명과 예술진화의 역량》, 갈무리, 2015.

최기숙 외,《감성사회: 감성은 어떻게 문화동력이 되었나》, 글항아리, 2014.

최유준,《우리시대의 분노》, 전남대학교출판부, 2013.

크리스 쉴링,《몸의 사회학》, 임인숙 옮김, 나남, 1999.

크리스티안 마라찌,《자본과 정동: 언어 경제의 정치학》, 서창현 옮김, 갈무리, 2014.

프랭크 푸레디,《우리는 왜 공포에 빠지는가?》, 박형신 · 박형진 옮김, 이학사, 2011.

한병철,《피로사회》, 김태환 옮김, 문학과지성사, 2012.

한순미,《우리시대의 사랑》, 전남대학교출판부, 2014.

Brian Massumi, *Politics of Affect*, Polity Press, 2015.

Margaret Wetherell, *Affect and Emotion: a new social science understanding*, Sage Publications, 2002.

Patricia Clough ed., *The Affective Turn: theorizing the social*, Durham and London: Duke University Press, 2007.

William Reddy, "Sentimentalism and Its Era of the French Revolution", *The Journal of Modern History* 72(1), 2000. pp. 109~152.

William Reddy, *The Navigation Of Feeling: a framework for the history of emotions*, Cambridge University Press, 2001.

드라마 〈미생〉과 〈송곳〉의 집단감성과 문화 교육

김해옥

* 이 글은 〈〈미생〉과 〈송곳〉에 나타난 집단 감성과 언어문화 교육 방안〉,《언어와 문화》13권 1호에 실린 글을 정리한 것이다.

드라마의 비평적 읽기와 문화 교육

이 글은 다국적 노동 현장에서 비정규직의 생존 문제를 재현하고 있는 드라마 〈미생〉[1]과 〈송곳〉[2]을 문화 교육 콘텐츠로 활용하여, 한국어 및 한국문화 교육에 응용하는 방안에 대해 살펴보고자 한다.

드라마는 실시간으로 시청자들과 쌍방향 소통이 가능한 대표적인 미디어 매체로서 한국어 의사소통 능력과 한국문화 이해 능력을 향상시키는 데 교육적 효과를 기대할 수 있다. 이러한 활용성에 기초하여 국제 통상 업무가 증가하고 있는 세계화 시대에, 대중문화 콘텐츠를 통하여 한국인의 집단감성과 조직문화를 이해하는 교육모형을 구성해 볼 것이다.

90년대까지 영화와 라디오가 미디어의 장에서 압도적인 위치를 차지했다면 텔레비전은 2000년대 이후로 케이블과 종편, IPTV 등의 등장으로 분화하며 인터넷의 발달과 함께 새로운 전환점을 맞이하였다. 〈미생〉과 〈송곳〉은 드라마 텍스트의 내적인 특성을 넘어 미디어 환경과 수용자의 재구성, 시대적 감성affect과의 만남이 펼쳐지는 복잡한 구조망을 이루고 있다.

현재 대중문화는 오락적 기능뿐만 아니라 일상생활 문화를 반영하고 있다는 점에서 문화 교육의 영향력 있는 매체로 떠오르고 있

---

1 2014년 10월 17일부터 12월 20일까지 tvN에서 김원석 연출, 정윤정 작으로 방영되었다.
2 2015년 10월 24일부터 11월 29일까지 JTBC에서 김석윤 연출, 이남규/김수진 작으로 방영되었다.

다. 최근 리터러시 교육을 강조하는 대중문화 분석은 문화권에서 통용되는 '언어'와 '문화'를 이해하고 비평하는 능력을 말한다. 드라마나 대중가요, 대중소설, 영화 등은 세상에 대한 특정 이미지를 만들어 내는데, 롤랑 바르트Roland Barthes는 이것을 텍스트나 실천 행위가 전할 수 있는 2차적, 무의식적인 의미로 해석하였다.[3]

이처럼 대중문화는 '집합적으로 사회를 이해하는 장'이며 '의미작용signification의 장치'로서 수용자에게 특별한 시각으로 세상을 보도록 한다. 특히 포스트모더니즘 시대의 대중문화는 문화 생산자와 수용자의 이념이 투쟁하는 각축장으로서, 한 사회 문화 구성원들의 다양한 욕망이 드러나는 감성 표현의 바로미터라고 할 수 있다.

드라마의 교육적 가치로 창의적으로 표현하는 자신감과 능력, 긍정적인 사회적 태도와 관계, 창의성 발달, 감정 표현 방식 및 추리력 발달, 언어적·비언어적 능력 발달, 의사소통 능력 발달' 등을 제안하고 있다.[4] 특히 준비 단계의 사전 시청을 통한 어휘 학습, 역할극을 통한 담화 놀이, 스토리텔링, 신체 표현 등은 의사소통의 사회적 기술들을 습득하는 데 도움을 줄 수 있다.

이러한 드라마의 매체적 특성을 중심으로, 홉스테드Hofstede의《세계의 문화와 조직》에서 한국문화의 특성으로서 논의된 문화적 지표들을 구체적으로 분석하여, 한국문화의 집단감성과 조직문화를 교육

---

3 존 스토리,《문화연구와 문화이론》, 박모 옮김, 현실문화연구, 1994, 18~32·118~119쪽.
4 임경순,《외국어로서의 한국어교육을 위한 한국문화론》, 155쪽.

하는 방안을 구상하고자 한다.[5]

미디어의 소통 방식과 문화적 감성

웹툰 〈미생〉이 드라마로 방영된 지 3년이 지났으나, 이에 대한 연구는 매우 활발히 진행되고 있다. 신입사원들이 조직이라는 새로운 공간에서 '문화' 기호들을 어떻게 학습하고 해석하며 어떠한 '문화인지적' 발달 과정을 거치는지를 분석한 결과는 흥미롭다. 즉, 신입사원은 사무실, 탕비실, 엘리베이터, 옥상, 회식 장소와 같은 특정 공간에서 발생하는 의미의 이항대립적 배치를 통해 의미작용의 조직문화를 학습하고 문화인지적으로 발달하게 된다고 한다. 문화 기호적 의미작용이 공간과 신체성, 공동체 의례 형성에 기반하여 어떻게 조직에서 문화를 역동적으로 유지시키고 변화시키는지를 추적한 것이다.[6]

이 드라마에서 언어와 이미지의 관련성, 카메라의 시점이 언어와 이미지를 구성하는 방법을 탐구해 볼 필요가 있다. 드라마는 인물의 발화를 통한 청각과 인물의 행동을 통한 시각의 지각 작용이 조화되어 관객의 감정이입을 자연스럽게 이끌어 내고 있다. 이러한 장치를 통해 관객은 드라마의 세계를 자신의 주위 세계로, '나'가 아

---

5 홉스테드, 《세계의 문화와 조직》, 차재호·나은영 옮김, 학지사, 1995.

6 이병준·이경아, 〈신입사원의 문화인지 발달에 관한 문화기호학적 연구 - 드라마 〈미생〉의 서사를 중심으로 - 〉, 《기호학 연구》, 43권, 한국기호학회, 2015, 192~226쪽.

닌 '우리'로 존재성을 자각하게 된다.[7]

드라마 〈송곳〉은 소쉬르Ferdinand de Saussure의 계열체, 통합체 개념으로 드라마의 서사적 구조와 스토리텔링을 기호학적으로 분석할 수 있다. 사회적 갑을 관계, 노동조합, 파업, 임금 협상 등의 시의성 있는 사회적 문제를 다룬 드라마 〈송곳〉은 비판적 다원주의 관점에서 저항 이데올로기를 분출하고 있다. 반면 남녀 성 역할의 고착화, 영웅적 주인공, 가족 이데올로기와 같은 고전적 이념도 드러나 진보와 보수적 관념을 복합적으로 보여 주고 있다.[8]

〈송곳〉은 '노동조합'이란 조직문화와 구성원 간 연대의 필요성을 리얼하게 재현한 드라마다. 〈미생〉은 자기만의 리듬을 갖고 사는 인간이 외부의 공식적 리듬과 부딪혔을 때 생겨난 균열과 마찰을 보여 준다. 입사 이후 일의 리듬과 의례를 몸에 익혀 정규직(우리)이 되고자 했던 장그래는 체제의 법칙을 넘어서지 못한 외부자로 남는다. 이러한 실패에도 불구하고 오 차장이 새로운 일터를 꾸려 장그래뿐만 아니라 내부자인 김 대리까지 합류하는 결말은 새로운 공동체의 가능성을 암시한다. 즉, 이제까지와는 다른 공동체의 가능성, 자발적이고 주체적인 리듬을 유지하면서 그 공동의 목표를 위해 각자의 역할에서 성장하는 새로운 가능성을 의미한다.[9]

---

7 양승국, 〈드라마에서 언어와 이미지의 구조와 작동원리 – 텔레비전드라마 〈미생〉(2014)을 중심으로〉, 《인문논총》, 제73권 제2호, 2016, 13~17쪽.

8 태보라·최민음, 〈드라마 〈송곳〉의 기호학적 분석: 이데올로기적 의미를 중심으로〉, 《한국콘텐츠학회논문집》, 16권 6호, 2016, 58~59쪽.

9 김원, 〈〈미생〉에서 〈송곳〉으로: 세대전쟁에서 시간 전쟁으로〉, 《실천문학》, 2015,

〈미생〉과 〈송곳〉은 삶과 노동, 세대의 경계를 아우르며 시청자들의 관심을 생활 세계의 중심으로 이동하여 즉각적으로 사회적 담론을 형성하는 미디어 매체로서의 역동성을 보여 주었다.

그동안 한국의 드라마는 가족관계와 애정 갈등, 출생의 비밀, 불치병, 자극적인 로맨스 등을 재생산하면서 콘텐츠의 빈약함을 드러냈다. 반면 〈미생〉과 〈송곳〉은 삶과 노동, 세대의 경계를 아우르며 시청자들의 관심을 생활 세계로 이동하여 사회적 담론을 형성하는 미디어 매체로서의 역동성과 주제의 참신함을 보여 주었다.

두 편의 드라마는 한국의 직장과 노동 현장의 현실성을 담보로 문화적 감성과 조직문화의 상관성을 설득력 있게 재현하고 있다. 특히 한국적 조직문화의 특성을 가족주의, 집단주의, 권위주의, 여성성, 장기지향성의 측면에서 사실적으로 재현하고 있어 〈미생〉과 〈송곳〉은 문화적 감성을 교육하는 현장에서 활용할 수 있다.

홉스테드의 문화 이해[10]와 집단감성

홉스테드의 IBM 연구는 국가 간 문화 차이를 설명하는 데 많은 도움을 준다. 홉스테드가 세계 문화를 이해하는 접근 방식인 양파 그림으로, 두 드라마에 나타난 문화적 감성을 분석해 볼 수 있다.

224~226쪽.

10 홉스테드, 《세계의 문화와 조직》, 30쪽.

표 1. 〈미생〉과 〈송곳〉의 문화 분석

	상징	영웅	의식(통과의례)	관행	가치
미생	원인터내셔널 로그, 바둑	장그래 *조력자: 오 과장	입사 PT 면접 재계약 오 과장 해고 새 회사 설립	회식 / 접대 뒷돈 / 청탁 재계약 연봉 조정 직원 평가	집단주의, 권위주의, 여성성, 불확실성의 회피 정도, 장기지향성
송곳	푸르미마트 로그, 작업복	이수인 *조력자: 구고신	인사이동 노조 결성 노조 활동 노조 해산	해고 지시 파견 / 정규직 비정규직 노조 가입 파업 직장 폐쇄 임금 협상 정규직 전환	가족적 집단주의, 여성성, 권위주의, 불확실성의 회피 정도

〈표 1〉에서 '상징'은 집단을 대표하는 표식, '영웅'은 문화 공동체에 의해 인정되는 숭고한 인물, '의식'은 문화 공동체에 의해 실행되는 의례를 말한다. 양파의 중앙에 위치한 가치는 문화의 핵으로서 정신적 태도, 가치, 신념, 관념들을 의미하는데 이것은 문화적 관행을 통하여 행동으로 표출된다.

드라마 〈미생〉은 원인터내셔널이라는 다국적회사에 낙하산으로 입사한 바둑기사 지망생 출신 장그래가, 회사라는 집단 조직에 적응하는 과정을 그린 드라마다. 이 드라마는 고졸 출신으로 조직 사회(대졸 출신의 집단)로부터 소외된 장그래가 오 과장이라는 조력자를 통해 대졸 인턴 사원들의 조직에 편입되어 자신의 능력을 발휘하는 적극적 인물로 성장해 가는 과정을 그린다.

이 과정에서 주인공 장그래는 대졸 출신 인턴 사원과 회사 동료들과의 적응, PT 면접시험, 재계약 의식, 조력자와의 동반 해고(몰락), 조력자의 희생(오 과장의 새로운 회사 설립) 등의 통과의례를 경험하게 된다. 이 통과의례에서 한국 집단 조직의 문화적 관행인 회식, 접대, 뒷돈, 청탁, 재계약, 연봉 조정, 직원 평가 등의 사건들이 사실적으로 그려지고 있다.

드라마 〈미생〉에서 문화 공동체로서 작가와 시청자를 소통시키는 문화적 가치(핵)는 한국 조직의 생태를 이루고 있는 가족적 집단주의, 권위주의, 여성성, 불확실성의 회피 정도, 장기지향성 등이다. 이 드라마에서 이러한 심층적인 문화 가치들이 신자유주의를 기반으로 하는 탈현대사회에서 어떻게 변화되어 나타나는지를 살펴볼 필요가 있다.

드라마 〈송곳〉은 프랑스 다국적회사의 국내 지점 푸르미마트의 젊은 관리직 직원인 이수인 과장이, 회사의 일방적인 비정규직 노동자들의 해고 통지에 저항하여 노동운동가로 변모하는 과정을 그리고 있다. 이 과정에서 평범한 사무직 노동자 이수인이 노동운동가였던 구고신의 도움으로 비정규직 노동자에 대한 회사의 부당한 압력 행사에 불복하고, 집단적 노조의 행동적 주인공으로 성장해 가는 과정이 서사의 중심에 있다. 이 과정의 통과의례로서 이수인은 노조를 통해 회사의 비정규직 판매직원 해고에 적극적으로 대응하게 된다.

회사는 노조 설립에 반대하여 노조를 붕괴시키고자 직원들을 회유할 뿐만 아니라, 비정규직 해고 문제로 거세지는 노조 활동을 막기 위해 직원들의 월급을 삭감한다. 이로 인해 노조는 내분이 일어나고 탈퇴하는 노조원과 잔류 노조원 사이의 갈등이 심화된다. 이수인 과장은 푸르미마트 노조의 파업을 결행하려 하지만, 구고신은 상황을 좀 더 지켜보자는 온건한 태도를 취한다. 회사와 노조의 임금 협상이 결렬되어 회사의 의도대로 파업이 일어나 노조는 내분이 격화되며 회사는 일방적으로 공장을 폐쇄하는 조치를 취하게 된다. 이로 인해 비정규직 직원들은 대량 해고 사태를 맞고 이수인은 다른 지점으로 좌천된다.

집단감성이란 집단이 그 자체를 효율적으로 운용하는 규범이나 가치를 의미한다. 집단감성은 집단의 구조적 요인과 구성원들이 다양한 능력, 역할, 지위, 권한을 가지고 조직 속에서 활동할 때 감성 경험을 공유하면서 발생한다. 집단감성은 조직 성과 향상을 위한 효율적인 협력 체계 구축의 기반이 되는데, 이때 조직적 맥락, 구조, 프로세스 등이 성공적으로 작동하기 위해서는 구성원들의 협력이 필요하다.[11]

한국과 같은 집단주의 사회에서는 집단감성이 조직에 미치는 영향력이 크다. 홉스테드의 문화 차원에 대한 타당성을 검증한 연구에서, 홉스테드가 IBM의 다국적 직원들을 대상으로 수행한 문화 연구가 현대 한국의 조직문화에서 여전히 유사한 문화 패턴으로 반복되고 있음을 보여 주고 있다.[12]

권력거리는 사회가 불평등을 다루는 방식이다. 권력이 작은 사람이나 집단이 불평등한 권력 배분 상태를 용인할수록 권력거리가 커진

---

11 주용환, 〈조직문화의 조직 몰입 간 관계에서의 집단 감성적 지성의 조절 효과 연구〉, 《한국자치행정학보》28권 1호, 한국자치행정학회 2014, 236~239쪽.

12 최성욱, 〈홉스테드의 문화차원에 대한 타당성 검증〉, 《한국행정논집》제27권 제4호, 한국정부학회, 2015, 1027쪽.

다고 한다. 가정에서는 부모와 자식, 학교에서는 선생과 학생, 직장에서는 상급자와 하급자, 그리고 국가에서는 정부와 국민 사이에 권력거리가 존재한다. 권력거리가 큰 문화권에서는 직장에서 부하가 상관에게 의존하는 정도가 높고, 소속 단위 구성원 사이에 갑을甲乙 관계가 형성되어 있는 경우가 있다. 현대 한국사회에서는 이 권력거리를 '갑을관계'로 표현한다.

　개인주의 사회는 집단보다 개인의 이익을 우선하는 반면, 집합주의 사회는 개인보다 집단 이익을 우선시한다. 집합주의 문화에서는 나 자신보다는 타인과 집단을 의식하는 체면face과 눈치shame가 중요하게 인식된다.

　홉스테드의 문화연구에서 남성성과 여성성은 생물학적 성이 아니라 사회학적 성을 의미한다. 남성성의 사회에서는 자기주장이 강하며 거칠고 물질적 성공에 초점을 둔다. 여성성의 사회에서는 남녀 역할이 명확히 구분되지 않고 남성과 여성 모두 겸손하고 부드러우며 삶의 질에 관심을 둔다고 한다. 남성성이 지배하는 조직은 결과를 강조하며 실적에 따라 보상하는 형평성equity 원리를 적용하는 경향이 있고, 여성성의 조직은 필요성과 욕구에 보상하는 평등성equality 원리를 바탕으로 한다. 정부 단위에서도 남성성의 국가는 성취 사회를 지향하는 반면에 여성성의 국가는 복지사회를 지향한다.

　불확실성의 회피는 "한 문화권에 속한 구성원들이 애매하거나 모르는 상황으로 인해 위협을 느끼는 정도"로서 정의한다. 불확실의 감정은 획득되고 학습되므로 불확실성과 이에 대응하는 방식은 문화적인 차이를 보인다. 불확실성의 회피지수UAI: Uncertainty Avoidance

Index는 직업 스트레스, 규칙에 대한 태도, 직장 몰입의 정도 등 세 가지 설문 응답을 기초로 산출되었다. 직업 스트레스는 불안으로 연결되고 불안은 규칙과 고용 안정성에 대한 관심으로 연결된다. 한국사회는 중간 정도의 권력거리, 집합주의, 여성성, 강한 불확실성의 회피 정도를 나타내는 문화로 이해할 수 있다.

1970년대 이후 한국인의 가치관에 변화가 나타나는데, 현대사회로 올수록 개인주의가 부각되면서 감정 노출이 많아지고 공동체 의식이 점차 소멸되면서 개인에 대한 가치 인식이 증가하고 있다. 구체적으로 집단보다는 자신과 가족이 중요하다는 개인주의 성향이 높아지고 있다. 여성들의 사회활동을 긍정적으로 인식하는 경향과 함께 성차별이 감소하고 성 의식이 개방적으로 변화하였다. 상하 구별보다는 직능 구분을 중시하는 탈권위주의 경향이 나타나고 있으며, 행복 추구를 위해 불만을 참기보다는 시정을 요구하는 자기주장성이 크게 증가하였다. 또한 물질주의로의 세속화가 급속히 진행되면서 다변화하는 사회로 인해 불확실성을 수용하는 정도가 향상되었다.

〈미생〉은 원인터내셔널 공동체 구성원들의 집단적 감성으로서 집단주의, 권위주의, 불확실성의 회피 정도, 여성성, 장기지향성 등을 눈여겨 볼 필요가 있다. 여기서 집단감성은 영업 3팀의 화합과 능률을 향상시키는 요인으로 작용하였다. 오 차장은 미래 지향적인 리더십으로 낡은 가치의 기존 조직에서 벗어나 새로운 조직 공동체을 만들어 기존 제도권(정규직)에 편입하지 못한 장그래에게 새로운 기회를 갖게 해 주었다.

〈송곳〉은 분화된 노동 일상(푸르미마트)을 대중적으로 담론화하고 전투적이고 희생적인 영웅의 남성 인물(이수인)을 그려 냈다. 특히 가족 집단주의의 전통적 이데올로기를 강화하고 의사 결정권자인 관리직을 다수 남성으로 설정한 반면, 여성 인물들은 하위 노동자 및 비정규직 노동자로서 사회적 주류에 지배당하는 타자로 형상화하여 가부장적이고 전통적인 유교 관념이 표현되었다. 이러한 낡은 질서는 관리직과 단순노동직 사이의 성차별이 존재하는 한국의 노동 상황을 사실적으로 재현한 것으로도 볼 수 있다.

〈미생〉과 〈송곳〉의 집단감성과 조직문화 교육

〈미생〉의 언어문화 교육 방안

드라마를 통한 언어문화 교육은 학습 계획(준비 단계)→학습 과정(발표 단계)→학습 결과(평가 단계)의 과정으로 구성할 수 있다. '준비 단계'는 도입 부분으로 교수자의 중요한 문화 개념 설명, 집단감성과 조직문화에 대한 기초적 이해, 학습자의 드라마 시청, 관련 어휘 검토가 필요하다. 본격적인 '학습 과정'은 실제 드라마 내용을 분석하여 토론 주제에 맞게 설명하는 과정으로, 모란Moran Patrick의 경험학습 주기에서 이해의 과정에 해당된다. '학습 결과'인 평가 단계는 드라마 내용에 대한 학습자의 이해도 및 자문화自文化와 비교·대조한 내용을 보고서로 작성하여 문화 학습 결과를 평가하는 단계이다. 이를 정리하면 〈표 2〉와 같다.

표 2. 드라마를 통한 언어 문화 교수 학습 단계

	학습 계획 (준비 단계)	학습 과정 (발표 단계)	학습 결과 (평가 단계)
교 수 자	• 홉스테드의 문화 개념 설명 • 학습자 수준별 문화 교육 내용 선정 • 집단감성과 조직문화 내용 선정	• 드라마 작품성에 대한 설명 • 문화 항목과 관련된 어휘 학습 • 문화 내용 선정 및 토론 이끌기	• 드라마 내용에 대한 토론, 평가 • 어휘 평가 • 학습자의 모문화와 목표문화의 비교 학습
학 습 자	• 학습자 필요에 의한 문화 의미 항목 선정 • 집단감성과 조직문화에 관련된 어휘 목록 검토 • 관련된 회차의 드라마 시청	• 매체 특성과 스토리텔링 • 집단감성과 조직문화에 대한 이해	• 토론 내용 정리 • 문화 학습 결과 보고서 작성

1단계: 한국 언어문화 교수 방안

학습 목표: 드라마의 매체적 특성을 이해하고 한국의 집단 감성과 조직문화의 관련성에 대해 고찰한다.

A. 준비 단계

- 학습자는 〈미생〉의 3, 4회를 시청하여 학습한다.
- 관련 어휘 검토 : 스펙, 인턴, 정규직/비정규직, 입사, 압박면접, 상사/선배/동기
- 관련된 집단감성과 조직문화 검토
- 권위주의: 낙하산, 백, 뒷돈, 갑질, 편을 가르다
- 집단주의: 혈연/지연주의, 청탁, 접대, 우리

B. 발표 단계

- 〈미생〉의 인물관계도를 통하여 한국 조직 사회의 서열과 인간관계를 권력거리를 통해 토론해 보자.

그림 1. 〈미생〉의 인물관계도

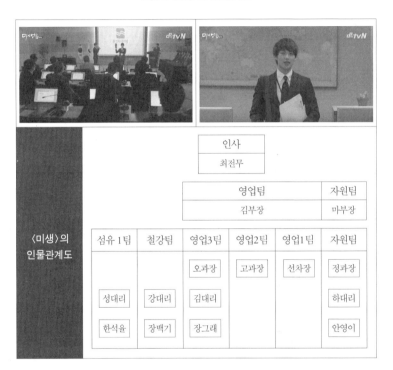

- 이 그림을 참조하여 〈미생〉의 장그래의 PT 면접 준비 과정과 실행 과정에서 한국의 집단감성으로서 권위주의 및 불확실성 회피 정도가 조직의 창의적 문제 해결 과정에 어떤 영향을 미치는가를 토론해 보자.

- 〈미생〉의 인물관계도를 통하여 한국 조직문화의 서열과 권력거리에 대해 토론하고, 이것이 조직의 의사소통과 문제 해결 과정에 미치는 영향에 대하여 토론해보자.
- 한국사회의 청년 실업, 비정규직과 인턴 양산 등의 사회 현상과 드라마가 반영하는 사회 현실의 상관성에 대하여 토론해보자.

C. 평가 단계

- 〈미생〉의 줄거리를 학습자가 잘 이해하고 있는지 상호 토론을 통해 점검한다.
- 외국인 학습자의 원천문화에서 조직문화의 특성에 대해 발표하고 〈미생〉에 반영된 한국 직장문화와의 차이점을 기술하여 자문화의 정체성에 대해 인지하도록 유도한다.[13]
- 문화 학습 결과를 보고서로 작성한다.

2단계: 〈미생〉의 비평적 읽기

- 미디어 다원주의의 네 가지 접근법에서 긍정적 다양성과 긍정적 다원주의를 참고하여(〈표 3〉) 드라마의 스토리를 분석하고(〈부록 1〉 참조) 〈미생〉이 현대 한국사회에 던지는 문화적 담론

---

13 드라마 체험은 Moran의 경험학습주기 이론을 적용할 때 드라마 시청(참여)→드라마 스토리텔링(대상 알기)→드라마 분석(해석)→자기문화와의 비교를 통한 인식(정체성 알기)의 과정으로 반복된다. Moran Patoric,《문화 교육》, 정동빈 옮김, 경문사, 2004, 19쪽.

의 의미에 대해 토론해 보자.

- 드라마 미디어가 현실을 반영하는 방법과 작가와 독자의 이데
  올로기 소통 방식에 대하여 토론해 보자.

표 3. 미디어 다원주의

| a) 긍정적 다양성 | 미디어가 사회의 진실성을 그대로 반영하여 표현하며 이러한 특징에 기인하여 '사회를 반영하는 거울'로 개념화된다. |
| b) 긍정적 다원주의 | 미디어가 사회적 다양성을 사실대로 전송하는 것이 아니라, 담론을 형성하는 과정에 미디어가 적극적으로 개입하여 일정 역할을 수행한다. |

〈송곳〉의 언어문화 교육 방안

1단계: 한국 언어문화 교수 방안

A. 준비 단계

- 〈송곳〉의 10, 11회, 12회를 시청한다.
- 관련 어휘 학습 : 체불 임금, 노조 가입, 교섭, 부당 해고, 파
  업, 임금 협상, 직장 폐쇄
- 관련된 집단감성과 조직문화 검토
  - 권위주의: 자르다, 해고하다
  - 집단주의 : 노조, 의리, 우리, 편을 가르다

B. 발표 단계

- 다음 그림과 인물관계도를 참조하여 스토리텔링으로 드라마

의 내용을 요약해 보자.

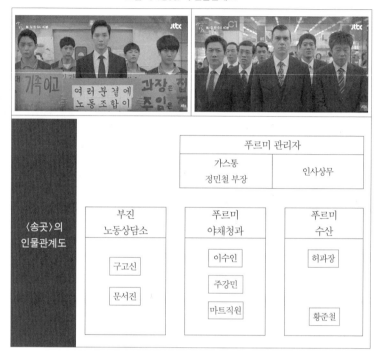

그림 2. 〈송곳〉의 인물관계도

- 한국 다국적기업의 비정규직 고용과 노동문제와 관련하여 드라마 〈송곳〉에 등장하는 노동운동, 임금 협상 결렬, 파업, 직장 폐쇄 등의 사건을 토론해 보자.
- 〈송곳〉에 나타난 가족적 집단주의, 권위주의, 불확실성의 회피 정도 등의 집단감성이, 조직문화의 효율성 및 창의적 문제해결 능력에 어떻게 작용하는지 토론해 보자.

C. 평가 단계

- 〈송곳〉의 줄거리를 학습자가 잘 이해하고 있는지 상호 토론을 통해 점검한다.
- 학습자의 원천문화에서 조직문화의 특성에 대해 발표하고 〈송곳〉에 반영된 노동문화와의 차이점을 기술하여 자문화의 정체성에 대해 인지하기
- 문화 학습 결과를 보고서로 작성한다.

2단계: 〈송곳〉의 비평적 읽기

- 미디어 다원주의의 네 가지 접근법에서 비판적 다양성과 비판적 다원주의를 참고하여(〈표 4〉) 드라마의 스토리를 분석하고(〈부록 2〉 참조) 드라마 〈송곳〉이 한국사회에 던지는 사회적 담론의 의미에 대해 토론해 보자.
- 드라마 미디어가 현실을 반영하는 방법과 작가와 독자의 이데올로기 소통 방식에 대하여 토론해 보자

표 4. 미디어 다원주의

c) 비판적 다양성	미디어가 사회의 모습을 반영하면서 사회가 경제구조를 비롯한 불평등한 구조 위에서 개념화된다고 생각하며 불평등이 미디어 재현에 부정적인 영향을 미친다.
d) 비판적 다원주의	미디어가 이데올로기에 대한 담론적 논쟁을 다루며, 사회는 미디어에 의해 재현되고 재생산된 이데올로기적 갈등, 논쟁, 투쟁으로 특징짓는다.

다양성의 시대와 미디어의 역할

현대사회는 전체성을 상실하고 파편화되면서 생활 세계가 다변화되고 다양성을 띠게 되었다는 것이 특징이다.[14] 하버마스는 문화적 다원주의는 합리적 이성만 작동한다면 상호 간의 의사소통을 불가능하게 하지는 않는다고 말한다. 즉, 생활 세계에서 사용되는 언어에는 이미 의사소통의 가능성이 함축되어 있다. 이때 언어적 차원에서는 소통 참여자들의 "실행적 태도"가 더욱 중요한 위치를 차지한다.[15]

미디어 매체에 나타난 의미 생산자와 수용자 사이의 의사소통을 위한 실행적 태도는, 다원성과 다양성을 특징으로 하는 현대사회에서 사회적 담론 형성에 미치는 영향력이 크다. 이러한 영향력만큼이나 미디어 매체의 담론 상황에 나타난 실행적 태도에 대한 비평적 이해와 분석이 필요하다. 이런 측면에서 〈미생〉과 〈송곳〉에 나타난 집단감성을 통해 홉스테드의 문화 지표를 기준으로 한국의 문화적 가치들이 어떻게 작동하고 있는지 살펴보는 작업은 의미 있는 일이다.

결론적으로 〈미생〉이 미디어의 확장성 측면에서 사회적 관심을 얻을 수 있었던 것은, 현대 조직문화에 나타난 변화를 역동적으로

---

14 위르겐 하버마스, 《현대성의 철학적 담론》, 이진우 옮김, 문예출판사, 1994, 443~446쪽.
15 위르겐 하버마스, 《현대성의 철학적 담론》, 462쪽.

담아 냈기 때문이다. 말하자면 현대사회에 나타난 공동체 의식의 변화, 개인주의 경향, 권위주의의 쇠퇴, 여성의 사회적 활동에 대한 인식 변화들을 리얼하게 반영하고 있다.

〈미생〉에서 장그래의 존재 방식은 이 시대 청년 취업 문제가 안고 있는 사회적 보편성과 개별성을 잘 조합하여 특수한 개인의 삶으로 구체적으로 형상화되었다. 〈송곳〉은 현대사회의 노동 환경이 직면한 다양한 사회적, 개인적 문제들을 성찰하였으며 노조 활동과 노동 일상의 특수성을 사실적으로 담보하여 사회적 담론으로 확장했다고 볼 수 있다. 〈송곳〉은 기존 권력구조의 지배 이데올로기 대응, 저항하는 비판적 다원주의 이데올로기의 영역에 존재한다고 볼 수 있다.[16] 드라마 〈미생〉은 미디어가 사회를 반영하는 거울 역할을 수행하고 있는 긍정적 다양성과 다원주의에 배치할 수 있다.

이상에서 드라마는 쌍방향 소통이 가능한 다매체로서 어휘력, 한국어 의사소통 능력과 한국사회와 문화 이해 능력을 향상시키는 데 교육적 효용성이 있다는 것을 알 수 있었다. 디지털 환경이 일상화된 현대사회에서 대중문화에 대한 리터러시 교육은 그 필요성이 점점 증대하고 있다. 대중매체를 활용한 문화 교육은 문화 생산자와 소비자 사이의 의사소통 능력을 향상시킬 수 있다는 점에서 교육적 효과를 기대할 수 있을 것이다.

---

16 태보라·최민음, 앞의 글, 58~59쪽.

■ 참고문헌

김원, 〈〈미생〉에서 〈송곳〉으로: 세대전쟁에서 시간 전쟁으로〉,《실천문학》, 2015,
　　73~85쪽.
김수환, 〈웹툰 〈미생〉이 말하는 것과 말할 수 있는 것들 – 우리 시대의 노동, 공동
　　체 그리고 성장〉,《안과밖》35호, 영미문학연구, 2015, 201~229쪽.
김해옥,《외국인을 위한 한국문화읽기》, 에피스테메, 2010.
김해옥, 〈언어문화 교육을 위한 한국 대중가요 분석〉,《언어와 문화》, 12권 12호,
　　한국언어문화교육학회, 2016, 29~52쪽.
송치혁, 〈세계의 절망과 위로의 드라마 〈미생〉과 〈송곳〉〉, https://brunch.co.kr/@
　　chichi/11, 2016년 2월.
양승국, 〈드라마에서 언어와 이미지의 구조와 작동원리 – 텔레비전드라마 〈미생〉
　　(2014)을 중심으로〉,《인문논총》, 제73권 제 2호, 2016, 13~37쪽.
위르겐 하버마스,《현대성의 철학적 담론》, 이진우 옮김, 문예출판사, 1994.
이병준 · 이경아, 〈신입사원의 문화인지 발달에 관한 문화기호학적 연구 – 드라
　　마 〈미생〉의 서사를 중심으로 –〉,《기호학 연구》43권, 한국기호학회, 2015,
　　192~226쪽.
이승재, 〈기호전이의 관점에서 살펴본 한국드라마의 특징과 문화 간 차이에 대한
　　연구〉,《커뮤니케이션학 연구》22권 4호, 한국커뮤니케이션학회, 2014, 157쪽.
임경순,《외국어로서의 한국어 교육을 위한 한국문화론》, 역락, 2015.
정현선,《다매체 시대의 국어교육과 문화 교육》, 역락, 2004.
존 스토리,《문화연구와 문화이론》, 박모 옮김, 현실문화연구, 1994.
주용환, 〈조직문화의 조직 몰입 간 관계에서의 집단 감성적 지성의 조절 효과 연
　　구〉,《한국자치행정학보》28권 1호, 한국자치행정학회, 2014, 236~255쪽.
최성욱, 〈홉스테드(G. Hofstede)의 문화차원에 대한 타당성 검증〉,《한국행정논
　　집》제27권 제4호, 한국정부학회, 2015, 1011~1032쪽.
태보라 · 최민음, 〈드라마 〈송곳〉의 기호학적 분석: 이데올로기적 의미를 중심으

로〉, 한국콘텐츠학회논문집 16권 6호, 한국콘텐츠학회, 2016, 54~62쪽.

홉스테드,《세계의 문화와 조직》, 차재호 · 나은영 옮김, 학지사, 1995.

Patrick. R Moran,《문화 교육》, 정동빈 외 옮김, 경문사, 2004.

Stewart, E. C. & J. Ohtake, Culture Hero in Intercultural Training, *Intercultural Sourcebook: Cross-Cultural Training Methods* Vol. 2, Intercultural Press, 1999.

Wight, A. R., Cross-Cultural Analysis as a Training Tool, *Intercultural Sourcebook: Cross-Cultural Training Methods* Vol. 2, Intercultural Press, 1999.

R. Danielle and M. Pieter, "Media, pluralism and democracy: what's in a name?," *Media, Culture & Society*, Vol. 37, No. 7, 2015, pp.1042-1059.

부록 1. 〈미생〉의 서사 분석

회	집단감성	내용	핵심어휘
1	권위주의 강한 불확실성 의 회피 정도	• 장그래는 전무의 개인적 청탁으로 대기업에 입사 • 낙하산에 고졸 검정고시 출신이라는 이유로 장그래는 다른 인턴들에게 소외당함	낙하산 백 스펙
2	권위주의와 권력거리 공동체 의식과 집단주의	• 영업 3팀으로 배정된 장그래는 회사의 매뉴얼을 따르지 않아 팀장인 오 과장의 냉담한 시선을 받게 됨 • 그러나 오 과장은 다른 인턴 직원의 실수를 잘못으로 뒤집어 쓴 장그래를 "우리 애"라고 감쌈 • 회식에서 우리 집단으로 받아들이는 가부장적 지도자로서의 오 과장	우리 인턴 활동
3	집단주의 여성성 유교적 역동성	• 장그래와 한석율은 한 팀이 되어 조별 PT를 준비하지만 한석율이 비협조적이며 이기적인 행동으로 장그래를 자극함 • 김 대리의 실수로 징계위원회에 회부될 위기에 처하자 오 과장이 전무에게 사정하여 구원함	협동 봐주다 수습
4	집단주의 권위주의	• 실습 사원을 정규직으로 채용하는 면접이 시작됨 • 장그래가 비정규직으로 채용돼 영업3팀의 일원이 됨	정규직 비정규직 채용
5	권위주의 유교적 역동성	• 정 과장의 실수로 중요한 서류가 누락되었으나 오 과장에게 잘못을 뒤집어씌움 • 육아 문제로 고민하는 워킹맘 선 차장과 남성 팀원들로부터 따돌림 당하는 안영이	워킹맘 성희롱
6	권위주의 (수직관계) 집단주의 (연고의식: 접대, 동창)	• 오 과장은 동창에게 영업 청탁을 위해 접대했으나 친구의 '갑질'과 배신 • 장백기와 장그래는 무능하게 취급받는 박 대리와 현장학습을 가게 됨,	갑질 동창
7	권위주의 유교적 역동성	• 선배의 보고서 내용을 지적한 안영이는 선배에게 혼이 남(서열주의) • 오 과장은 김 부장의 지시로 새 사업을 시작하지만 상대 국가의 상태가 좋지 않아 사업 실적이 나빠지자 상사 지시에 대한 책임을 짐	규율 책임 실적
8	권위주의 여성성 불확실성의 회피 정도	• 바이어 접대 건으로 부장 및 팀원들과 갈등을 겪는 오 과장 • 안영이는 본인의 기획안이 다음 분기 사업으로 결정되었으나 선배의 강요로 사업에서 빠지게 될 위기에 놓임	접대 청탁

9	불확실성의 회피정도 권위주의 (호칭)	• 영업3팀에 새로운 인력이 충원되나 들어오자마자 기존의 팀원들과 갈등을 보임(오 과장과 박 과장을 부르는 호칭의 문제)	고졸 출신
10	유교적 역동성 집단주의 권위주의	• 박 과장이 추진하는 요르단 사업 건에서 박 과장이 부당한 이익을 취하고 있다는 정황이 드러남 • 유 대리는 안영이에게 심부름을 시키며 "여자인 네가 할 수 있는 일을 아무것도 없다"고 말함	뒷돈 부정
11	집단주의와 연고의식 권위주의	• 요르단 부정 건으로 박 과장은 회사에서 해고당하게 되고 새로운 인력이 충원됨 • 오 차장은 회식에서 새로 충원된 전 과장과 투쟁보다 단합을 강조	비리
12	권위주의와 유교적 역동성 집단주의	• 오 과장은 새로운 아이디어를 제안하는 장그래의 의견을 받아들임 • '우리'의 것이니 마지막까지 지키고 싶어하는 장그래의 마음이 통하여 팀이 효율적 성과를 거둠	틀을 깨다 비상식적 파격적
13	불확실성의 회피 정도 여성성 유교적 역동성	• 장그래는 인턴 계약이 끝나가면서 정규직 채용 여부에 대해 기대 • 장백기와 안영이는 모험이나 도전에 대한 기회보다 자신의 영역에 순응	따르다 피하다
14	집단주의 권위주의 여성성	• 신입사원 공지사항, 연봉 조정, 계약, 평가에서 장그래는 정직원이 되고 싶다는 욕망을 느낌 • 오 차장은 장그래의 장래에 대해 책임감을 느낌	계약 업무 평가 정직원
15	집단주의와 연고의식 불확실성의 회피 정도	• 장그래는 정규직 채용 여부와는 관계없이 최선을 다해 일함. • 장그래와 장백기에게 일을 가르치고자 10만 원을 주며 모르는 사람에게 물건을 사서 팔아 보게 함	깡 노력하다
16	권위주의 (여성 비하) 여성성	• 본사에서 안영이의 아이디어를 채택하려 하지만 마 부장 등 남성 직원에 의해 무시당함 • 장그래의 아이디어가 채택되었으나 계약직이라는 이유로 다른 사람에게 업무를 넘김	아이디어 업무
17	여성성 불확실성의 회피 정도	• 과로로 인해 선 차장이 쓰러지자 남의 팀 업무임에도 불구하고 도와주려 오 과장이 나서게 됨	의리 동기
18	여성성 권위주의	• 오 과장은 장그래를 정규직으로 전환시키고자 내키지 않는 일을 떠맡음	위험 감수
19	권위주의 장기지향성	• 오 차장은 전무가 넘긴 일에서 전무의 부정을 발견하고 갈등에 놓임 • 오 차장은 결국 회사를 그만두게 됨	비리 관례

| 20 | 집단주의
장기지향성 | • 장그래는 결국 정규직이 되지 못하고 인턴 활동을 종료하게 됨
• 이후 장그래는 오 차장과 김 부장이 새로 차린 회사에서 새로운 회사 생활을 시작하게 됨 | 해고 |

부록 2. 〈송곳〉의 서사분석

회	집단감성	내용	핵심어휘
1	권위주의와 강한 권력거리 여성성	• 구고신은 노동자의 체불된 임금을 받는 데 도움을 줌 • 이수인은 정민철 부장으로부터 판매직원 해고 지시를 받음	체불 임금 자르다
2	권위주의와 강한 권력거리 여성성	• 구고신은 청소부 홍 씨가 산재 인정을 받을 수 있도록 도와줌 • 이수인, 직원들과 소원한 관계와 해고 지시에 응하지 않음	산재 기강
3	집단주의 여성성 불확실성의 회피 정도	• 이수인 과장은 구고신을 찾아가 노조 관련 상담을 받음 • 구고신은 이수인에게 노조 가입을 거부하는 직원을 회유하기 위해서 직원들과 친해질 것을 조언	노조 가입 노조 조직 교섭
4	권위주의 집단주의 불확실성의 회피 정도	• 황준철은 협력업체의 접대 사건으로 해고 위기에 직면하나 이수인의 도움으로 위기를 모면함	접대
5	권위주의 여성성	• 황준철은 징계위로 회부되고 이수인 과장은 증인과 진술서 작성을 하며 혐의를 벗을 수 있도록 도와줌	위로금 사직서 부당해고
6	집단주의 권위주의	• 회사가 노조 설립에 대해 반격을 준비함. 노조 붕괴 작업을 시작하고 부장이 사원들과 식사하면서 온갖 회유책을 던짐	합의를 보다 편을 가르다
7	집단주의 권위주의	• 점장은 보다 못해 이수인 과장에게 노조와 관련하여 경고를 하고, 점장의 도발에 이수인 과장은 본격적으로 회사 측과의 싸움을 시작함	공채 정규직 비정규직
8	집단주의 권위주의	• 노조 활동이 거세짐. 회사 측에서는 노조 활동을 막고자 여러 방편으로 모색하다 결국 직원들의 월급을 삭감 • 이 일로 노조는 내분이 일어나 탈퇴하는 노조원과 남아 있는 노조원들의 갈등이 격해짐	의리 탈퇴하다

9	집단주의 권위주의	• 회사 측의 허 과장이 좌천되어 노조에 가입하려고 했으나 노조원들이 반대함. 그러나 황준철의 결단 으로 허 과장을 받아들이게 됨	화합
10	권위주의 집단주의 여성성	• 이수인과 구고신의 갈등이 시작됨. 이수인 과장은 푸르미 노조의 파업을 진행하려고 하나 구고신은 너무 성급한 결정이라며 기다릴 것을 당부함	파업 복직 임금 협상
11	집단주의	• 회사 측에서는 노조의 파업을 유도함(임금 협상도 농락당하는 형식으로 결렬되면서 회사가 파업을 더욱 부추김)	파업
12	집단주의 권위주의 불확실성의 회피 정도	• 노조원들의 가압류 등에 의해 노조원들이 탈퇴를 감행하게 되고 노조 내 내분이 일어남. • 파업과 직장 폐쇄, 협상	협상 폐쇄

영화 〈카트〉의 감성 경험과 사회적 성찰

김해옥

* 이 글은 제 58차 사회인문학 포럼에서 〈〈카트〉의 여성 노동 운동의 감성 경험과 사회적 성찰〉의 제목으로 발표한 글을 정리한 것이다.

〈카트〉의 감성 체험으로서의 스펙터클

영화 〈카트〉는 2007년 7월로 예고된 비정규직법 시행을 앞두고, 그 해 6월 홈에버와 뉴코아에서 500여 명을 해고하면서 일어난 노동자들의 파업투쟁 과정의 실화를 바탕으로 재구성한 영화다. 국내 노동운동 영화로는 〈구로아리랑〉(박종원, 1989), 〈파업전야〉(이재구·장윤현·장동홍·이은, 1990), 〈아름다운 청년 전태일〉(박광수, 1995) 등의 기념비적인 작품들이 있다. 부지영 감독의 〈카트〉(2014)는 여성 감독이 여성 노동운동을 소재로 만든 국내 유일의 상업영화라는 점에 큰 의미가 있다.[1]

〈카트〉는 2009년 제작된 다큐멘터리 〈외박〉(김미례)과 동일 소재를 상업영화이다. 〈카트〉와 〈외박〉은 다큐멘터리와 상업영화라는 미디어의 차이로 인해 영화의 스토리 구성에 약간의 차이를 보여주고 있다. 〈외박〉에서는 여성이 공적 노동에서 경험하는 젠더와 계급적 차별뿐만 아니라 가족 내의 가부장적 남편과 겪게 되는 갈등도 포착되고 있는 반면, 〈카트〉는 남성이 부재하는 가정으로 설정되어 부부간 갈등은 배제되어 있다.

영화 〈카트〉는 계급과 젠더의 이중적 차별을 받는 여성노동자들의 노동운동을 스펙터클로 포착하여, 현대 자본주의사회의 노동시장에서 벌어지고 있는 첨예한 모순과 파국을 폭발적으로 드러내고

---

1 계운경, 〈〈외박〉과 〈카트〉의 여성노동운동과 공간〉, 《현대영화연구》, 23권 23호, 한양대학교 현대영화연구소, 2016, 229~256쪽.

있다.

〈카트〉는 여성 노동운동을 영화라는 대중적 상품 매체로 유포하면서 자본주의와 가부장제 체제 안에 공고화된 여성 억압의 실체에 대한 사회적 관심을 불러일으켰다. 특히 신자유주의 사회에서의 비정규직 여성 노동운동을 다루고 있는 영화 〈카트〉는 사회주의 리얼리즘 및 페미니즘 영화로서 주목받기도 하였다.

이 글에서는 〈카트〉가 영화라는 매체를 통해 여성 노동운동의 새로운 지평을 열었다는 점을 중요하게 평가하고, 감성 체험을 통해 사회적 성찰을 가능하게 하는 대중 미디어의 매체적 기능을 탐색하고자 한다. 이를 위해 노동운동의 의례와 인물관계도를 분석하여 적극적 주인공으로 변화하는 여성 주인공 '한선희'의 의식의 변모 과정을 살펴볼 것이다.

리얼리즘과 페미니즘의 관점에서 본 〈카트〉

김미례의 다큐멘터리 〈외박〉과 부지영의 극영화 〈카트〉를 비교하면 '여성 노동운동과 공간의 상호 구성적 관계'에서 재미있는 차이를 볼 수 있다. '마트'라는 공적 공간이 어떻게 여성의 사회적 정체성을 구성하고 재생산하며, 사회적 정체성은 공간을 통해 어떻게 재구조화되는지를 공간 중심으로 분석할 수 있다. 〈외박〉과 〈카트〉에서 '마트'는 여성에게 부여된 노동이 성차별에 기반으로 둔 남성 지배체제의 산물이라는 것, 또한 이 공간이 여성에게 사고·습성·태도로 체화되어 억압하는 기제로 기능하는 동시에 남성 지배의 억압과 폭력으로부터의 탈주이자 저항 공간으로 작용하고 있음을 알 수 있다. 다큐멘터리 〈외박〉과 극영화 〈카트〉는 미디어 차이를 통해, 여성노동자에게 자동하는 폭력의 재생산이 공간과 깊은 연관성이 있음을 알 수 있다.

한편, 영화 〈카트〉는 여성 노동운동을 소재로 다루고 있다는 점에서 사회주의 리얼리즘과 페미니즘의 관점에서 부각되기도 하였다. 사회주의 페미니즘의 시각에서 〈카트〉는 현대사회의 여성 억압을 신자유주의라는 자본주의 체제의 시대적 배경 속에서 탁월하게 묘사했다는 점이 강조되었다. '계급'과 '젠더'가 교차하면서 발생하는 차별을 세밀하게 묘사하고 있고 여성 해방투쟁의 방향을 제시한다는 점에서 사회주의 페미니즘 영화로 해석한 것이다. 영화 〈카트〉는 여성노동자들이 젠더와 계급이 교차되는 이중의 억압 속에서 '감정노동자'로서 당하는 차별과 부당한 대우들을 사실적으로 묘사하고 있다. 이는 여성 억압의 근본적 원인을 자본주의와 가부장제에서 찾는 사회주의 페미니즘적 시각이 반영된 것으로 볼 수 있다.

이 영화에서 여성노동자들이 상호 연대를 통해 자신들의 계급적 모순을 각성하고, 관객들이 자신의 위치에서 사회적인 문제를 인식하도록 유도하는 영화적 발상도 돋보인다. '저임금 비정규직 노동자'라는 지위와 '여성'이라는 지위에서 발생하는 교차적 차별을 경험하는 모습이, 오늘날 대다수 여성노동자들의 현실을 반영하고 있다.

〈카트〉가 이전의 노동계급 영화와 차이점을 보이는 것은, 비정규직 여성 노동자(선희)를 주인공으로 설정했다는 점이다. 또한 기존의 노동운동 소재의 영화에서 각인된 폭력적이고 파괴적인 노동운동의 이미지를, 축제와 같은 노조원들의 연대와 화합, 공감과 화해의 축제의 장으로 현실감 있게 재구성했다는 점에서 노동운동 영화의 새로운 지평을 열었다.

이 영화가 비정규직 여성노동자의 삶과 투쟁을 시각적 영상미학을 통해 어떻게 형상화하고 있는지는 서사 구조 분석을 통해 알 수 있다. 특히 이 영화 속에서 이미지로 재구성된 여성 노조원들의 삶과 연대로서의 노동운동은 스펙터클의 개념을 통해 조망할 수 있다. 계급과 성 차별을 자각하지 못하고 부당한 잔업과 야간 근무에 시달리던 주인공 한선희가 조력자의 도움으로 노동운동의 선봉에 선 영웅적 주인공으로 성장하는 모습은 사회주의 페미니즘 영화로서 〈카트〉의 가능성과 한계를 동시에 보여 주고 있다.

영화 속의 스펙터클

대중문화의 중요 영역인 텔레비전 드라마나 영화 등은 세상에 대한 특정 이미지를 만들어 낸다. 대중문화는 스튜어트 홀Stuart Hall의 말처럼 '집합적으로 사회를 이해하는 장'이며 '의미작용signification의 장치'로서 수용자나 독자들에게 특별한 시각으로 세상을 보도록 한다. 이처럼 대중문화는 여러 가지 서로 상응하는 문화적, 이데올로기적 가치들이 '뒤섞인' 두 문화의 타협 장소로서 둘 사이의 교환이

일어나는 영역이다.[2]

'스펙터클'의 사전적 의미는 '연극이나 영화의 웅장하고 화려한 장면'으로 정의할 수 있다. 시나 소설에서 느끼는 감정의 고조나 공감 같은 것과 달리 연극, 영화 등의 시각적 표현의 장대함에서 오는 압도감을 스펙터클이라고 한다.

기 드로브Guy Debord는 자본주의적 생산 조건이 지배하는 현대사회의 스펙터클[3]이 '대상화된 세계관'에 의해 만들어진다고 보았다. 스펙터클은 일체의 의식이 집중되는 영역으로 사회 전체의 한 부분으로 기능하면서 이미지들에 의해 매개된 사람들의 사회적 관계를 나타낸다. 현실적인 삶 속에서 스펙터클은 번쩍거리고 다양한 것 같지만, 단지 이미지를 변형한 현대사회의 진부함을 표현하고 있다. 스펙터클은 전문화된 다양한 매체(드라마, 영화 등)를 통해 세계를 바라보기 때문에 시각 체험이 주를 이룬다. 스펙터클은 사회적 관계 안에서 그 이미지를 총체적으로 파악할 수 있다면, 현재 생산양식의 결과와 기획을 알 수 있는 중요한 문화적 생산물이라 할 수 있다.

영화에서 서사의 스토리텔링이 한순간의 파국적인 스펙터클을 통해 제시될 때, 이 장면의 이미지 구성을 통해 제시된 인물들의 관계와 운명이 현실의 전형성을 획득하고 있는지를 비평적으로 독해할 수 있다. 영화 속 주인공의 삶이야말로 극적으로 디자인된 이미지로

---

2 스튜어트 홀 외, 《현대성과 현대문화》, 전효관 · 김수진 · 박병영 옮김, 현실문화 연구, 2001(1996), 32쪽.

3 김상숙, 〈시각문화, 스펙터클의 사회〉, 김영순 외(편), 《문화 미디어로 소통하기》, 논형. 2004, 393~405쪽.

만들어져 장면scene 속의 스펙터클로 관객에게 시청되거나 소비된다. 영화 속 장면은 감성 체험을 가능케 하는 대량생산과 소비의 매체 이미지다. 〈카트〉의 중심 장면의 스펙터클은 시각적인 감성 체험으로 여성 주인공이 처한 사회적 상황에 대한 공감을 만들어 내고 있다. 이런 면에서 이 영화는 현재의 노동운동과 정치적 시민운동에 미친 미디어로서의 영향력을 추적해 볼 수 있는 대표적인 사례이다.

서사 구조와 여성 노동운동 의례로서의 스펙터클

표 1. 〈카트〉의 서사 구조

서사 구조	작품 줄거리	노동운동 의례와 관행	스펙터클 장면
발단	• 한선희(여자 주인공)는 이 달의 우수 판매원으로 아침 조회 시간에 마트 여직원들 앞에서 남성 관리자에게 칭찬을 받고 고객 서비스센터에 근무하며 석 달 후면 정직원으로 전환될 것이라는 희소식을 듣는다. • 한편 고객들에게 불친절한 사원으로 낙인 찍힌 여성 판매원은 반성문을 쓰고, 이혜미는 여성 고객의 불만 신고로 무릎 꿇고 사과하는 수모를 당한다. • 홈에버는 회사 합병 절차로서 비정규직 여성 판매원들을 전원 해고하고 외주로 이 노동력을 대체하려는 계획을 발표한다.	• (S1)우수 판매사원 독려하기 • (S2)비정규직 해고 통지	

전개	• 일자리를 잃게 된 비정규직 여성 판매원들은 충격에 휩싸인다. • 정규직 사무원에서 비정규직 판매원으로 취업한 이혜미의 설득으로 여성 계산원들은 노조 참가서를 제출하고 노조를 결성한다. • 노조 회의에서 이혜미, 한선희, 강순례가 대표로 선출되고 회사 측과 협상에 돌입한다.	• (S3)해고 통지로 인한 집단 충격 • (S4)비정규직 노조 결성, 노조 대표 선출, 회사 측과 협상 논의	 노조원 대표로 나선 '선희(영정이)', '순례(김영애)', '혜미(문정희)'는 회사 측과의 대화를 거절 당하고
위기	• 회사가 노조의 협상 신청을 일방적으로 묵살하고 노조 임원들을 회유하여 조직을 와해하려 하자 노조 회의를 거쳐 파업을 결정한다. • 여성 비정규직 노조가 파업에 돌입할 무렵 회사 측에서 아르바이트 학생들을 동원하여 파업을 저지했으나 극렬한 몸싸움 끝에 파업 노동자들의 승리로 끝나게 된다.	• (S5) 회사의 협상 묵살, 노조 임원 회유, 노조 와해 공작과 파업 저지 • (S6) 파업 진행/점거 농성	
절정	• 결국 이들은 매장을 점거하여 밤샘 농성을 하게 되고 회사 측의 회유와 폭력 앞에서 끝까지 투쟁을 진행한다. 이때 강 대리가 노조에 합류할 것을 제안하며 노조위원장으로 선출된다. • 남자 노조원들과 연대하면서 합법적 투쟁을 이어가며 촛불집회를 연다. • 천막 농성 중에 회사가 경찰과 조직폭력배를 동원하여 천막을 철거하고 강제로 해산시키는 과정에서 이혜미의 아들이 심각한 부상을 입어 중태에 빠지게 된다.	• (S7) 촛불시위와 시민운동/ 천막 농성/경찰 조직폭력배 동원하여 강제 해산 • (S8)시위 노조원 가족 부상(이혜미 아들 중태)	

	• 이때 한선희는 이혜미와 감정적으로 소통하면서 자신의 위치를 성찰하며 노조원들을 개인적으로 방문하여 위로한다.	
대단원	• 한선희는 매장 안에서 마이크를 들고 파업투쟁의 정당성을 시민들에게 알리는 적극적인 주인공으로 변신한다. • 한선희는 강제연행되고 집단행동 투쟁의 선봉에서 남성 폭력을 상징하는 시위 진압대의 물대포에 맞선다. • 이혜미와 함께 카트를 밀고 진압 경찰에 저항하고 다른 여성 노조원들도 카트를 무기로 집단행동적으로 저항한다.	• (S9)마트 현장 농성에서 시위대의 선봉에 선 한선희 • (S10) 카트를 밀며 저항하는 여성 시위대의 집단 투쟁	

발단과 전개, 위기의 장면들

자본주의와 가부장제의 결합으로 남성의 노동은 사회라는 공적 영역으로, 여성의 가사노동은 사적 영역으로 분리되면서 성별 역할이 이념적·제도적으로 고착되었다. 그런데 1970년대 이후 여성들이 노동시장에 본격 진출하면서 이러한 사회 현상은 전혀 다른 결과로 나타난다. 남성들의 가사노동 분담에 대한 인식이 변하지 않은 현실에서, 여성들은 공적 영역에서의 생산노동과 사적 영역에서의 재생산노동이라는 이중적 부담을 안게 된 것이다.

　여성 노동의 대부분은 가정중심성domesticity, 여성성, 이성애적 섹슈얼리티, 인종적, 문화적 스테레오 타입들에 의해 형성된 이데올로기적 구성물이다. 즉, 〈카트〉의 계산원처럼 감정노동은 여성성에 걸맞는 노동으로 인식된다. 감정노동이란 '감정'을 노동과정 속에서 교환가치로 추상화하여 상품으로 판매하는 특별한 유형의 서비스 노동이다.

신자유주의 경제는 비상품적인 가치들의 상품화, 노동시장의 유연화, 정부의 규제 완화와 감세, 공적 영역의 민영화와 경쟁 도입, 자유무역과 관세 철폐 등을 시행하였다. 이러한 신자유주의 경제정책에서 여성노동자에게 악영향을 미친 것은 비상품적인 것의 상품화와 노동시장의 유연성이다. 여성들이 상품화될 수 없었던 '감정노동'을 수행하며 노동시장의 유연화로 인해 비정규직 노동자로서 노동시장에 대거 참여하게 된다. 영화 〈카트〉는 현대사회에서 다수의 여성노동자들이 이처럼 감정노동을 수행하는 비정규직 노동자의 처지에 놓이면서 계급과 젠더의 차별이 교차하는 이중적 통제와 억압을 사실적으로 포착하고 있다.

제조업 중심의 산업구조에서 서비스산업 위주로 변화한 현대사회에서 감정은 이미 그 자체가 상품이다. 〈카트〉의 여성 계산원들은 자신들의 감정과 상관없이 "감사합니다"를 연발하며 외모, 복장, 태도에 대해 일방적으로 회사의 통제를 받는다. 무한경쟁 사회에서 살아남기 위해 시장의 왕인 손님에게 자신의 감정까지 팔아야 하는 것이다. 자기로부터 소외되는 감정노동으로 고통받는 대표적인 인물이 이혜미다. 여성 고객이 내뱉은 "이 마트는 서비스가 엉망이구만"이란 질책 한마디에 이혜미는 최 과장(남성 관리직)에게 불려가

훈계를 듣고, 일이 끝난 후에 찾아온 여성 고객과 그녀의 남편에게 무릎을 꿇고 사죄하는 수모를 당한다.

한국사회에서 감정노동은 감성적이고 가정 내에서 돌봄노동에 익숙하므로 여성에게 적합하다는 편견이 고착되어 있다. 감정노동이 여성 노동으로 규정되고 평가절하되면서 고질적인 저임금 노동과 성차별 문제로 이어지고 있다. 기업의 노동력 통제에서도 성별 분업 이데올로기가 작용하여, 여성 감정노동자들을 관리하는 정규직 직원들은 모두 남성인 것으로 나타나 노동 현장의 성차별이 여전하다는 것을 보여 준다.

절정과 파국의 장면들

영화 속 여성노동자들은 신자유주의 자본주의 체제에서 비정규직 노동자와 외주화로 나타나는 노동시장의 유연화를 직접 경험하게 된다. 정규직 사무원이 임신으로 회사를 그만두고 출산 후 재취업 시에는 정규 채용이 불가능하다.

비정규직 노동자가 된 이혜미의 생애 주기별 노동 현황은, 여성 노동자 대부분 겪는 사회적 차별과 고통을 총체적으로 보여 주고 있다. 여성들이 노동시장에서 임신, 출산으로 인해 경력 단절과 불이익을 당하는 것이 일상적이다. 비정규직 노동자들 대부분이 경력 단절을 겪은 여성 노동자라는 점은 성차별이 만연한 신자유주의 노동시장의 열악함을 보여 주는 것이다.

여성노동자들은 파업투쟁 동안 공개 토론을 통해 '서로를 위안하고 상처를 치유하며 자신을 성찰'하는 기회를 경험한다. 마트 계산대 아래에 종이 박스를 놓고 함께 자고, 바닥에 둘러앉아 같이 밥을 먹으면서 식구처럼 의지한다. 마트는 '집'과 같은 공간이다. 여성노동자들은 그곳에서 서로 역할을 맡아 도와 가며 일하고 마음을 의지하는 진정한 의미의 '가족'이 된다.

파업투쟁이라는 집단 경험과 감성적 공유를 통해, 이들은 억압과 고통에 맞서 집단적 카타르시스를 경험한다. 이러한 심리적 정화를 통해 자신의 계급과 성적 차별에 대한 자각에 이르게 되고, 이 차별에 맞선 자발적인 실행으로서 파업과 노동운동에 적극적으로 동참하겠다는 결연한 의지를 보여 준다.

〈카트〉에서 경영합리화라는 미명 아래 자행되는 부당한 해고에 저항하는 선희와 혜미(문정희), 순례(김영애), 미진(천우희)은 서로 힘을 합쳐 노조를 결성한다. 회사 대표들의 무관심으로 협상이 결렬되면서 이에 대한 적극적인 항의 의사를 표현한다. 파업이 자신들이 가진 유일한 무기임을 깨닫고 즉각적인 행동에 나서게 된 것이다.

인간의 존엄성에 대한 자각은 노조원들이 억압과 고통의 굴레에서 벗어날 수 있다는 희망으로 춤추고 노래하며 축제의 상징성으로 표현된다. 이때 마트의 공간은 여성과 남성의 구별, 세대와 세대의 구분, 정규직과 비정규직의 차별이 사라지면서 기존의 체제와 권위로부터 해방된 카오스의 공간이 된다.

가부장적 질서를 교란하며 연대하는 도구 '카트'

부지영 감독에 의해 여성 노동운동의 무기로 호명된 '카트'는, 이 작품에서 남성적 폭력에 저항하고 가부장적 질서를 교란시키며 노조원들을 연결하는 해방의 도구로 탄생한다. 카트에 등장하는 남성 상징 폭력은 무관심 - 묵살 - 회유 - 언어 유희(여사-아줌마-여편네) - 공권력 투입 - 경찰 진압 - 폭력배 동원 등으로 현실화된다.

일상화된 남성 폭력에 대응하는 여성노동자들을 집단적으로 연결해 주는 행위자 네트워크로서 카트는, 계산원들에게 생계의 수단이면서 노동 그 자체다. 그러나 마트에서 시장을 보는 가족의 이미지를 떠올려 보면 카트가 가부장적 상징 기체임을 알 수 있다. 아버지는 보통 장을 볼 때 카트를 밀며 경제와 가정의 중심에서 가족을 이끄는 가부장제의 상징으로 표상된다.

그러나 이 영화에서 카트는 점거 농성 시에는 생필품을 나르고 저장하는 생명 연장의 도구로, 동맹 파업을 물리적으로 해산시키려는 전투경찰의 방패에 앞에서는 조직적으로 배열된 방어선으로 등장한다. 영화 마지막 장면에서 '카트'는 노동운동의 살아 있는 무기로 거듭난다. 한선희와 이혜미, 그를 따르는 노조원들은 시위대를 해산하기 위한 경찰의 물대포에 맞서 카트를 밀며 돌진한다.

여기서 카트라는 도구의 주인은 선희와 혜미와 집단적 행동에 참여한 여성 노조원들이다. 이미 그들은 가정에 부재하는 남성을 대신하여 가정과 사회의 주체로 부상한다. 선희와 혜미가 카트를 몰고 돌진하여 격파하려는 의경의 방패막은, 자본주의와 남성 중심의 체제 속에서 여성을 통제하고 억압했던 이데올로기이자 유리 천장과 같은 견고한 벽으로 읽혀질 수 있다.

인물관계도를 통해 본 여성 주인공의 전형성

그림 1. 영화 〈카트〉의 인물관계도

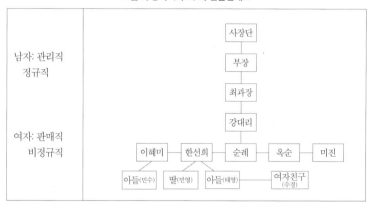

〈그림 1〉의 인물관계도에서 확인되듯이 남성은 관리직, 여성은 비정규직 단순노동자의 대립적인 인물 관계로 구성되어 있다. 기업의 노동력 통제에서 작동하는 성별 분업 이데올로기는, 감정노동을 하는 노동자는 모두 여성인 반면 이들을 관리하는 관리직 노동자는 대부분 남성인 것으로 설정되어 작동하고 있다.

마트 영업 시작 전, 전 직원이 모인 조례의 첫 장면은 이를 상징적으로 보여 준다. 계산원 노동자, 청소 노동자들을 비롯한 비정규직 노동자들을 마트의 관리직·정규직 노동자들과 마주보게 일렬로 줄

세운 이 장면은(〈표 1〉의 S1 참조), 성별 분업에 따라 여성의 영역으로 구분되어진 감정노동을 관리하고 감독하는 역할을 관리직 남성이 맡는 위계적 관계를 잘 보여 준다.[4]

인물관계도를 보면, 남성과 여성은 수직적이고 위계적인 인간관계로 구성되고 여성노동자들은 수평적인 평등한 관계로 설정되어 있음을 알 수 있다. 의사소통 기능에서 수직적 인간관계는 명령과 수행의 권위적이고 종속적인 관계로, 여성들의 관계는 상호소통이 가능한 수평적이고 민주적 인간관계로 구성되어 있다.

조력자인 이혜미와 강순례를 통해 무자각한 인물에서 거듭나는 주인공 한선희의 영웅적 운명을 살펴보면 다음과 같다.

- 한선희(50대): 남편의 부재로 두 자녀의 교육비와 생활비를 벌기 위해 노동하는 주부. 비정규직 노동자로서 위기에 대한 자각이 부재했으나 대량 해고에 맞선 파업투쟁에서 노조 간부로 활동하며 새로운 각성이 이루어짐
- 이혜미(40대): 정규직 경험이 있으나 둘째아이를 낳고 이혼한 뒤 아들을 양육하는 비정규직 여성노동자로, 정규직과 노조 활동 경험을 바탕으로 노조를 설립하고 조직을 구성
- 강순례(60대)): 해고 통지로 비정규직 노동자의 노동권이 상실된 현실에 회의를 느껴 노조 대표로 적극적으로 참여

---

4 김까뮈, 〈영화 〈카트〉의 사회주의 페미니즘적 해석과 비평〉, http://blog.naver.com/2531163

〈생애주기별 여성노동자의 노동조합 참여 연구〉[5]의 결과를 참조해 볼 때, 한선희는 노년기의 강순례(60대)와 유소년기 자녀를 둔 이혼녀 이혜미(40대)를 중개하는 중년 여성(50대)으로서 여성 노조의 핵심 역할을 담당해야 하는 전형적인 세대임을 알 수 있다.

사회주의 리얼리즘의 성취로 호평받는 고리끼의 〈어머니〉는 투옥된 노동자 아들을 대신하여 노동운동의 선봉에 서서 진정한 계급적 각성을 하게 된다. 한선희는 여성 노동운동의 집단 경험과 자아성찰을 통해 계급과 젠더라는 이중적 차별을 자각하는 적극적 주인공으로 성장한다. 즉, 고리끼의 〈어머니〉가 모성을 통해 계급적 모순을 자각하는 반면, 한선희는 계층과 젠더의 이중적 억압에 대한 자아성찰을 통해 저항적 행동으로 발전하는 인물이다. 이런 의미에서 영화 〈카트〉는 사회주의 리얼리즘을 넘어 페미니즘 영화로서의 확장된 의미로 읽어 볼 수 있다.

집단감성과 사회적 성찰

영화 〈카트〉는 계급과 젠더의 이중적 차별을 겪어야 하는 한국 여성 비정규직 노동자들의 실상을 전형적으로 보여 주고 있다. 〈카트〉

5　윤정향·황수옥·윤자호, 〈생애주기별 여성노동자의 노동조합 참여 연구: 노조 여성간부의 경험을 중심으로〉, 《노동사회》 192권 0호, 한국노동사회연구소, 2016, 128~143쪽.

의 여성노동자들이 서로 연대하며 수다를 통해 소통하면서 성찰하는 장면은, 여성 노동 영화로서 이 영화의 미덕을 말해 준다. 한선희와 이혜미가 함께 카트를 밀며 카메라를 향해 저돌적으로 돌진하는 장면은, 이들의 투쟁이 비록 복직에 성공하지 못했지만 계속될 것이라는 낙관적 전망을 제시하고 있다. 영화의 마지막 자막은 파업 다음 해에 노조 임원들을 제외한 비정규직 직원 대부분이 복직되었다는 긍정적인 결말을 제시하고 있다.

〈카트〉는 그동안 대중 미디어에서 상품적 기호로 소비되던 여성의 이미지를, 주체적인 행동적 저항을 통해 억압과 고통에서 해방되는 적극적이며 능동적인 인간의 이미지로 새롭게 재구성했다. 낭만적 사랑이나 흥미 위주의 에피소드와 성적 볼거리로 소비되었던 여성 이미지가 이 영화의 스펙터클을 통해 자본주의 체제를 전복하고 혁신하려는 주체적인 인간상으로 사회적 관계 안에서 새롭게 표상된 것이다.

〈카트〉는 부당한 잔업과 야간 근무, 비정규직이라는 불완전 고용, 남성 관리자의 지속적인 감정노동 강요 아래 놓인 여성 비정규직 노동자들이 집단적 감성 경험을 통해 자기성찰에 이르는 과정을 스크린을 통해 생생하게 재현했다. 〈카트〉가 비정규직 여성노동자들의 자각과 성찰을 영상 미디어의 시각 체험으로 포착하여, 정치·사회적인 담론의 장 속에 그들의 인권과 노동·환경 문제를 부각시킨 점은 중요한 성과로 볼 수 있다.

■참고문헌

계운경, 〈〈외박〉과 〈카트〉의 여성노동운동과 공간〉,《현대영화연구》, 23권 23호, 한양대학교 현대영화연구소, 2016, 229~256쪽.

김상숙, 〈시각문화, 스펙터클의 사회〉. 김영순 외(편),《문화 미디어로 소통하기》, 논형. 2004, 393~405쪽.

김까뮈, 〈영화 〈카트〉의 사회주의 페미니즘적 해석과 비평〉, http://blog.naver.com/2531163

김해옥,《페미니즘 이론과 한국 현대여성 소설》, 박이정, 2005

나탈리 소콜로프,《여성노동시장이론》, 이효재 옮김, 이화여자대학교출판부, 2002.

박정순·김훈순 편,《대중 매체와 성의 상징질서》, 나남출판, 1996.

부루노 라투르 외,《인간, 사물, 동맹》, 홍성욱 엮음, 이음, 2010.

윤정향·황수옥·윤자호, 〈생애주기별 여성노동자의 노동조합 참여 연구: 노조 여성간부의 경험을 중심으로〉,《노동사회》192권 0호, 한국노동사회연구소, 2016, 128~143쪽.

스튜어트 홀 외,《현대성과 현대문화》, 전효관·김수진·박병영 옮김, 현실문화연구, 2001(1996).

제임스 커런 외,《대중문화와 문화 연구》, 백선기 옮김, 한울, 1999.

한나 아렌트,《인간의 조건》, 이진우 옮김, 한길사, 2017.

M. J. Alexander and C. T. Mohanty(eds.), *Feminist Genealogies, Colonial Legacies, Democratic Futures*, 1997.

C. T. Mohanty. *Women Workers and Capitalist Scripts: Ideologies of domination, common interests, and the politics of solidarity》*, Routledge, 1997.

사회 조직 변화와 노동의 인식 양상 변화

조민정

* 이 글은 '영성클러스터'(국학연구원 HK사업단 후원)에서 책 읽기와 토론을 토대로
이루어진 것이다. 연구 모임을 지원해 주신 국학연구원 HK사업단에 감사를 전하
고, 개인적으로《독립신문》자료를 제공해 준 국립국어원의 최정도 연구원에게 지
면을 빌어 감사를 전한다.

최근세 자료에 비친 노동과 노동자 인식은?

본 글은 최근세 자료 중 특히 《서유견문》과 신소설을 중심으로 노동에 종사하는 사람을 지칭하는 인성명사와 이들의 결합 관계인 '급여 지칭어'를 토대로[1] 당시 사람들의 노동과 노동자에 대한 인식이 어떠했는가를 설명하고, 구체적으로 노동자를 지칭하기 위해 사용된 '군' 포함어의 생산성 변화와 개념 변화를 통해 당시 노동과 노동자 인식이 어떻게 변모되어 가는지 설명하고자 한다. 본 글에서 사용하는 최근세란 대략 1870년대 개항 시기부터 1894년 갑오경장을 거쳐 1910년 국권 상실 전후 시기(1890~1910)를 가리키며, 역사의 시대 구분과 달리 단지 근대 말기를 지칭한다. 또 이 시기에 중국을 대신해 일본의 정치적 영향력이 확대되고, 서구 사상과 문물이 대량으로 수입되며 봉건적 사회질서가 깨지는 등 정치·사회 구조에서 급격한 변화가 일어나 언어 외적 환경이 새로운 언어, 즉 현대 국어의 형성을 촉진하고 있는 특징을 보인다. 그중에서도 특히 기존의 사회 계급과 노동에서의 변화가 급격하게 발생하는 것을 볼 수 있다. 이때 노동은 인간의 생존을 위해 요구되는 가장 기본적인 행위 중 하나로 볼 수 있다(한나 아렌트 1958/2016:134).

---

1 신소설에서 추출된 파생어는 9,109개이고 단어 종류 수는 2,103개이다. 그중 가장 높은 빈도를 보인 파생어는 '사람'으로, '사름/사람/사름/사람/사람들/사름들'의 변이형으로 실현된다(총 2315회, 17.6퍼센트). 또 접미사 '-님'이 '하느님, 셔방님, 진사님, 하나님' 등처럼 아주 생산적으로 쓰였다. 더불어 접미사 '-들'도 '사름들, 사람들, 사람덜' 등으로 실현되면서 왕성한 생산성을 보여 준다.

"신어는 사회의 전반적인 발전 양상을 반영하게 되므로 신어들의 목록을 통해서 사회의 변동상을 읽을 수 있다"는 주장(김광해, 2009:181)을 고려해 볼 때, 사회의 변동상과 신어의 생산성 및 의미 변화가 긴밀한 상관성을 가질 것으로 가정할 수 있다. 정치·사회구조의 변화와 함께 사회 변동상의 하나로 당시 여성과 하층민을 독자로 상정한 신문의 등장과 '신소설'이란 새로운 장르의 등장을 꼽을 수 있다. 즉, 언어 외적 요인의 하나인 한국의 정치·사회구조의 변화와 새로운 양식의 신소설이 등장함에 따라 어휘 부문, 그중에서도 인성명사와 직업을 나타내는 어휘들에서 변화와 함께 노동과 노동을 담당하는 주체에 대한 인식(개념)의 변화를 목도할 수 있다(각주 1과 예문 2, 3 참조).

그렇지만 이 시기를 다룬 앞선 연구가 대부분《독립신문》으로 대표되는 신문류에 한정되어 있었고,《서유견문》과 신소설에 대한 연구는 드물었다. 최초의 국한문혼용체로 쓰인《서유견문》은 1894년 이전과 이후의 정치·사회구조에 따른 언어 변화를 그대로 보여 주고 있고, 신소설은 기사문의 성격을 가지고 있는 신문류와 달리 구어체적 요소를 많이 가지고 있으며, 또 대화가 다양한 상황과 맥락 속에서 제시됨으로써 당시의 살아 있는 언어를 잘 보여 준다는 측면에서 연구사적으로 의의가 있다. 다시 말해 이들 작품은 새로 들어온 어휘나 외래어, 외국어 등이 풍부하게 나타나 있어 당시 국어의 특성을 잘 나타내고, 여러 작가의 작품들을 통해 개화기를 둘러싼 시기에 당시 언중들의 언어 의식을 엿볼 수 있다는 면에서 연구 대상으로서 가치가 있다.

그중《서유견문》은 유길준이 신사유람단(1881)의 일원으로 일본을 처음 방문하면서 구상하였고, 미국 체류(1883년 9월부터 11월까지)와 귀국할 당시 유럽에서 넓힌 견문과 지식을 바탕으로 1890년에 완성한 것이다. 이후 연금에서 풀려난 1894년에 일본에서 출판되었다.[2] 최초의 본격적인 국한문혼용체로 쓰인 이 책에는 '遠語機(오늘날 전화기), 傳語線(전화선), 傳語筒(전화통), 용토수(pump의 직접의역어), 전신기ª telegraph, 기차로(중국 鐵路, 일본 鐵道)'와 같은 차용어가 다수 등장하는데, 이는 그가 먼저 보고 들었던 서양의 모습을 조정과 국민들에게 전하기 위해 차용한 것으로 이 말들이 당시 사회상을 보여 준다.[3]

또한 '신소설'은 구소설 또는 고대소설에 반대되는 새로운 소설이란 뜻으로, 고대소설에서 근대소설로 넘어가는 과도기적 양식의 소설을 뜻한다.[4] 이런 신소설에는 봉건적 요소와 근대적 요소가 동시에 담겨져 있는데, 고대소설이 문어체나 율문체의 문장인데 비해

---

2 후쿠자와에게 부탁하여 일본의 교순사交詢社에서 정식으로 출판하였다.

3 《서유견문》에서는 고유어로 쓸 만한 것을 철저히 한자어로 바꿔 쓰는 방식을 취했는데, 이러한 방식을《월인석보》와《논어언해》의 국한문체와 다른 것으로 판단하여 민현식(1999:172-173)은 '개화기 국한문체'로 지칭하였다. 고유어로 쓸 만한 것도 한자어로 바꿔 쓴 것은 유길준이 개화의 주체를 일반인이 아닌 조정의 관료와 임금으로 인식한 것에 기인한 것이 아닐까 생각해 본다.

4 '신소설'이라는 용어는, 개화기 이후 발표된 특정한 문학 양식을 지칭하는 고유한 문학사적 의미를 지닌 용어이다. 이 용어는 본래 일본에서 쓰이던 것인데, 1906년 2월 1일자《대한매일신보》의《중앙신보》발간 광고에서 '신소설'이란 용어가 처음으로 쓰였으며, 이후《만세보》에 연재되었던 이인직의 〈혈의 누〉가 단행본으로 출간될 때《신소설 혈의 누》라고 함에 따라 보편적인 명칭으로 굳어졌다. 신소설 작가와 작품에 대한 것은 김영민(2006:21-50)을 참고하여 정리하였다.

신소설은 평이한 일상용어인 이른바 구어체로 쓰여졌고, 또 내용 면에서 신소설의 주제는 친일성과 중국 비판, 자유결혼관의 주장, 남녀평등, 교육열과 향학열, 신문명의 도입과 독립 사상의 강조, 그리고 여성의 사회 참여를 유도하는 것으로 이를 위해 독자인 하층민과 부녀자들의 사용하는 고유어와 신어, 한자어(이후 이 한자어들은 사라진다)를 사용하였다. 연구 대상으로 한 신소설의 목록은 아래와 같다.

표 1. 연구 대상 신소설 목록

문헌 이름	출판 연도	저자	문헌 이름	출판 연도	저자
경세종	1908	김필수	송뢰금	1908	육정수
고목화	1908	이해조	완월루	1912?	작자 미상
구의산	1911	이해조	옥호긔연	1912	이해조
귀의성	1908	이인직	원앙도	1908	이해조
금수회의록	1908	안국선	월화가인	1911	이인직
동각한매	1911	현공렴 역	은세계	1908	이인직
두견성	1912	선우일 역	자유종	1910	이해조
마상루	1912	김교제	죽서루	1911	현공렴 역
만인계	1912	최창선 역	추월색	1912	최찬식
명월정	1912	박이양	치악산 상	1908	이인직
모란봉	1910	이해조	치악산 하	1911	이인직
목단화	1911	김교제	화의혈	1911	이해조
빈상설	1908	이해조	행락도	1912	작자 미상
산천초목	1910	남궁준	현미경	1908	김교제
설중매	1908	구연학	홍도화	1910	이해조
성산명경	1911	최병헌역	화중화	1912	작자 미상
쌍옥적	1911	이해조	황금탑	1912	김용준

본 글은 《서유견문》과 신소설을 대상으로 이들 자료에 출현한 당시 노동을 담당한 인성명사의 생성과 이들의 출현 빈도, 그리고 인성명사 형성 접미사의 의미 변화를 중심으로 최근세 시기의 정치·사회제도 하에서 노동의 분화와 함께 노동자에 대한 인식이 어떻게 달라지는가를 살펴보기 위해 명칭론적 분석과 상호교차 분석 방법, 그리고 복합학제간 연구 방법을 사용하였다. 명칭론적onomasiologisch 분석이란 한 대상 혹은 한 개념에 대한 다양한 지칭어들 및 동의어, 반의어 등의 유관 용어들을 통해 사실(실재)의 변화, 상황의 변화와 새로운 지칭어의 출현 과정(개념화 과정) 속에서 개념의 변화를 분석하는 데 사용되는 방법이다. 다음으로 상호교차 분석이란 당시 텍스트 자료, 그리고 이들의 신체 이미지가 각인된 삽화, 사진 등의 사료를 통합해서 분석하는 방법이다.[5] 노동자를 지칭하는 인성명사의 생산성과 개념의 변화를 객관적으로 설명하기 위해 당시 역사, 사회, 문학 텍스트를 고려하여 설명과 분석을 시도하였다. 개념 변화를 살피는 데에 있어서 상호교차 분석과 복합학제간multidisciplinary approach 방법을 사용하는 것은, 텍스트 자료에는 미처 담기지 못한 당시 사회상과 대중들의 의식의 변화를 직·간접적으로 유추할 수 있는 장점이 있기 때문이다.

5　개념 연구에 있어서 명칭론적 분석과 상호교차 분석법을 사용하는 것에 대해서 자세한 것은 조민정(2013:281)을 참조.

최근세 시기 정치·사회적 지형 변화

제국의 침탈과 농민 전쟁, 그리고 군사력 증강

1876년 개항으로 조선의 무역 구조에 많은 변화가 일어난다. 개항 이전에는 제한된 왜관무역을 통하여 견포, 약재 등을 수입하고 그 대가로 면포, 쌀, 콩 등을 지불하는 데 불과했다면, 개항 후에는 면직물이 거의 제한 없이 수입되고 그 대가로 쌀, 콩, 금과 같은 1차 산품이 제한 없이 수출되었다. 이로 인해 조선은 식량 부족을 겪고, 일본인들에게 높은 고리대를 주고 식량을 빌리게 된다. 이렇게 축적된 자금으로 일본인들은 조선 농민들의 토지를 매입하기 시작한다.

열강의 침탈에 이어 왕실도 토지 소유를 확대하는 한편 조선 정부의 근대화 사업에 필요한 세금을 농민들에게 부과하여 조세 부담이 가중되고,[6] 더욱이 정부가 위와 같은 조세 수취 구조의 모순을 해결하지 못한 결과, 군현 단위에서 농민들의 민란이 일어나게 된다. 이런 와중에 당시 민중들의 요구를 반영하면서 동학이 전국적으로 확장되었으며,[7] 동학을 매개로 결집한 농민들이 농민전쟁을 일으키게 된다(연갑수 외 2016:129). 전국적으로 확산되는 농민전쟁

---

6 안악군과 그 외 각도 각 군들이 칙령이 아닌 구습대로 무명잡세를 받고, 어떤 고을에서는 그보다 더하여 잡세를 받았다고 한다(《독립신문》, 1897년 3월 16일자 사설).

7 1894년 고부 군수 조병갑의 횡포로 농민 봉기가 발발하고, 정부는 이들과 타협하면서 각 지역 군현에 설치된 집강소를 중심으로 노비 문제, 무명잡세 폐지, 문벌 타파 및 인재 등용 등 정치·경제 부문에서 개혁에 착수하였다.

을 관군의 힘으로 제압할 수 없었던 조선 정부는 1894년 민영준을 통해 청군에 병력을 요청하였고, 이를 계기로 조선에 대한 청의 정치·경제적 영향력이 강화되면서 일본의 입지가 위협받게 되자, 일본 역시 텐진조약과 '공사관 및 국민을 보호한다'는 명목으로 1894년 5월 인천에 상륙한다.[8] 이어 일본군이 6월 23일 선전포고 없이 청군을 공격하면서 청일전쟁이 발발하게 된다. '강화조약(1895)'의 체결에서 청이 조선의 독립을 승인함으로써 그 동안 조선에 대해 행사한 청의 '종주권'이 사라지게 된다.[9]

그 다음 해 러시아는 아관파천(1896)에 의해 고종의 신병 보호를 명목으로 러시아 병력을 증원하고 일본을 견제한다. 이 시기부터 러일전쟁 때(1904)까지 조선은 상대적으로 자주성을 높일 수 있었고, 이 과정에서 대한제국이 탄생하게 된다. 정부는 구본신참舊本新參을 내세워 군주권을 강화하면서 근대화를 추구하는 방향으로 행정 및 법률 체계를 개편해 나간다. 그 기간 고종은 내각제와 예산 제도를 도입했고, 근위대와 훈련대를 설치했으며 한성사범학교와

---

8 갑신정변 실패 후 청과 일본은 텐진조약(1885)을 체결하였고, 이는 청의 조선 속국 론을 저지하고 일본이 군대를 파병할 수 있는 발판이 된다(연갑수 외 2016:120 재 인용).

9 이후 일본의 내정 간섭이 강화되는데, 예컨대 일본이 조선을 본격적으로 보호국화 하기 위해 이노우에 가오루를 주한 공사로 임명하고, 일본인 고문관을 각 부처에 의 무적으로 고용하도록 하며, 차관을 도입하게 함으로써 조선의 재정을 좌우하였다. 〈잠정합동조관〉을 통해 철도부설권, 전선가설권, 전라도 지역의 항구 개방을, 〈조일 양국맹약〉을 통해 군수물자의 지원을, 〈신식화폐발행장정〉을 통해 일본 화폐의 자 유 통용을 약속하게 했다(연갑수 외, 2016:161).

외국어학교 등을 설립했다.[10]

군사력 증강은 국내의 정변과 열강의 침략으로부터 정부를 수호하고 강력한 황제권을 행사하기 위한 것과 함께 독립협회, 만민공동회, 활빈당 등 민중운동의 확산으로 인해 그 어느 때보다 치안 확보의 필요성이 증가함에 따라 이루어졌다. '육군편제강령'(1895)에 의해 조선 육군은 중앙군으로서 서울의 왕성 수비를 전담하는 친위대(2개 대대에 8중대)와 지방군으로서 전국 주요 지역의 방위를 담당하는 진위대(평양부 1개, 전주부 1개의 2개 대대, 도합 4개 중대)로 편성되었다.

표 2. 1895년경 조선 육군 병력 규모

		친위대 (2개 대대, 8중대)	진위대 (2개 대대, 4중대)
편제	대대본부	장교 4×2=8명	장교 4×2=8명
	중대부	[중대장(1)+소대장(3) +병사(216)]×8 =총 1760명	[중대장(1)+소대장(3) +병사(216)]×2=880명
인원		총 1768명	총 888명

(서인한, 2000:57, 64 재인용)

이후 황제는 1898년 6월(아관파천 이후)에 자신이 대원수가 되고 황태자를 원수로 삼아 육군과 해군 일체를 총괄하고 통솔하게 하

---

10 그 밖에 전국의 행정구역을 재편하고, 재판소를 설치해 사법권을 행정권에서 분리시켰으며, 지방관의 권한을 축소시키고, 탁지부 아래에 관세사와 정세서를 설치해 세금 징수 업무를 담당하도록 했다.

고, 더 나아가 이듬해 6월에는 원수부를 설치하고 군부의 권한을 대폭 축소시킨다.[11] 〈표 3〉에서 보듯이 1902년경 대한제국의 군대는 친위대, 시위대, 호위대, 진위대로 세분화되고 병력 규모 역시 크게 늘어나게 된다. 군사력 증강의 결과 1901년 정부 세출 예산 총액이 802만여 원인데 그중 군비 예산이 44.8퍼센트를 차지하고, 이후에도 군비 예산은 늘어나 1904년까지 40퍼센트에 달하게 된다.

표 3. 1902년경 대한제국 병력 규모

	친위대	시위대	호위대	진위대
편제	2개 연대 (4개 보충대대) 및 공병중대, 차중중대	2개 연대 (4개 보병대대와 2개 포병대대) 및 시위기병대대	1개	6개 연대 (17개 대대) 및 제주 진위대대
인원	4,000명	5150명	730여 명	1만8000명

(연갑수 외, 2016:210 재인용)

토지제도의 변화와 소작농, 그리고 일용노동자의 증가

1894년 농민전쟁이 진압되고 양전·지계 사업이 실시되면서 지주의 토지 소유가 보호받을 뿐만 아니라 대량의 곡물 수출로 부를 축적한 지주들이 경쟁적으로 토지 소유를 늘려 나간다. 이들은 몰락한 농민들이 내놓은 토지를 매입하기도 했으나 주로 고리채를 통

---

11 군사제도의 변천에 관한 내용은 이진한 외(2014:380-394)와 서인한(2000:57-64)의 내용을 참고하여 정리하였다.

하여 토지를 소유해 갔다.[12] 대다수 농민은 높은 소작료로 말미암아 가난한 소작농일 수밖에 없었는데, 이를 반증하는 것으로 1910년 총 경지 면적은 246만 4904정보(1정보는 약 9917.4제곱미터)에 농가는 233만 6320호였다는 것을 생각해 볼 수 있다.

당시 총독부는 토지조사사업을 통해 누락된 경지를 찾아내고, 늪이나 황무지를 개간해 논밭으로 일구었으며, 또한 자연재해를 대비해 사방 공사를 실시하거나 저수지를 만들고 수해 방지를 위한 조림 사업에도 힘써 경지 면적이 1936년에 494만 1582정보로 2배 이상 늘어난다.[13] 총독부의 비호로 일본인 토지 점유율이 높아짐에 따라 일본인 대지주가 출현하였고, 그 결과 지주 호수도 증가하게 되었다. 그와 반대로 한국인 자작 및 자작 겸 소작농이 감소하고, 소작농이 빠른 속도로 늘어나게 되었다.

표 4. 1914~1930년간 조선 국내 농가 상황

년도	농가 호수				
	지주	자작	자작 겸 소작	소작	계
14	46,754	569,517	1,065,705	911,261	2,592,237

---

12 대표적으로 동아일보사·중앙고보·보성전문 등의 언론·교육 사업과 삼양농장·경성방직 등의 기업을 거느린 고부 김씨 집안도 이 시기에 약간의 전답으로 출발해 1200석을 추수하는 대지주가 된다. 지주들은 소작료를 인상하는 한편, 저수지 등 수리시설을 독점하고 수세를 징수하는 등 소작농의 권리를 제약하였다.

13 이를 통하여 조선총독부는 소위 국유지 13만 7천여 정보를 독점하였으며, 그 대부분을 일본인 회사와 지주들에게 불하하였다. 그 결과 1907년 동양척식주식회사는 1910년에 1만 1천여 정보의 토지를 소유하였고, 이후 토지조사사업으로 1924년에는 9만 6천여 정보의 토지를, 1930년에는 123만 5천여 정보의 토지를 소유한다.

:	:	:	:	:	:
20	90,930	529,177	1,017,780	1,082,842	2,720,819
25	103,567	544,536	910,178	1,184,422	2,742,703
:	:	:	:	:	:
30	104,004	504,009	890,291	1,334,139	2,832,443

(조선총독부생산국, 1932:172)

1914년부터 1930년까지 조선의 농가 상황을 보여 주는 조선총독부생산국 자료(1932:172)에 따르면, 1914년에는 지주가 4만 6천여 호에 불과하였으나 1930년에는 무려 10만 4천여 호로 증가한다. 반면 자작농은 56만 9천여 호에서 50만 4천 호로, 자작 겸 소작농은 106만 5천 호에서 89만 호로 감소하였다. 지주 호수의 증가와 자작농 및 자작 겸 소작농의 감소는 결국 소작농의 증가로 나타났는데, 소작농은 91만 천여 호에서 133만 4천여 호로 급증한다. 토지를 잃고 고리채에 쫓긴 소작농들은 고향을 떠나 도시나 만주로 이동하게 된다. 도시로 유입된 소작농 중 남자들은 인력거꾼 같은 일용노동자로, 여자들은 남의 집 일을 하는 안잠마누라, 반비앗치 등(예문 3 참조)으로 근근이 생활을 이어 간다.

당시 소작농으로 전락한 농민들이 결국 높은 고리채에 쪼들려 다른 곳으로 도망갈 수밖에 없는 상황(출주)을 《원앙도》를 포함한 아래 신소설(1)이 보여 주고 있다.

(1) ㄱ. 빅셩이나 사랑ᄒ고 **탐장**이나 업스면 〈원앙도, 2〉

　　ㄴ. 다른 곳으로 **이민**ᄒ야 농ᄉ도 지어 먹지 못ᄒ게 ᄒ니 〈구의산, 31〉

　　ㄷ. 져는 도적의 **외쥬**쯤 되야 언어의 디경에 갈는지 〈치악산 하 72〉

ㄹ. 다른 고을로 **출주**를 나가더라 〈현미경, 72〉[14]

이외에도 총독부가 1911년부터 실시한 '삼림령', 1912년에 공포
한 '국유삼림산야보호규칙', 그리고 1912년에 반포, 실시한 '火田地
課稅'로 삼림에서 불을 내거나 함부로 모닥불을 피운 자에 대해서
도 상술한 규정에 의하여 처벌하였다.[15] 이로 인해 생활난으로 어려
움을 겪던 화전민들이 고향을 떠나 도시나 만주로 이주하게 된다
(강만길, 1981).

더욱이 러일전쟁으로 한국에서 일본의 패권이 가시화되자 철도
용지, 군용지 확보를 명분으로 대규모 토지 약탈을 자행하고, 이외
에도 국유 미간지나 역둔토들도 약탈의 대상이 된다. 이렇듯 제국
주의 열강은 막대한 이익을 얻은 반면 농민들은 가난에 허덕일 수
밖에 없었고 이들은 도시로 이주해 자유노동자, 광산 노동자, 공장
노동자로 전락하거나 만주로 이주하게 된다.

위에서 상술한 이유로 한국인 노동자가 급증하게 되는데, 그중
제일 먼저 등장한 것은 자유노동자들이다. 자유노동자는 일본 자본
이 가장 먼저 침투한 무역업, 운수업, 건설업, 서비스업 분야에 종사
한 사람들을 지칭하며, 이들은 주로 부두에서 하역 노동, 토목 건설

---

14. (1)에 쓰인 단어의 뜻을 보면, ㄱ. 탐장貪贓: 관리가 나쁜 짓을 하여 재물을 탐함,
ㄴ. 이미移買: 가진 땅을 팔아서 다른 땅을 사는 일, ㄷ. 외주窩主: 도둑이나 노름꾼
소굴의 우두머리, ㄹ. 출주出走: 있던 곳을 떠나서 달아남 등이다.

15. 삼림령은 보호림에서 허가 없이는 낙엽, 잔디, 토석, 나무뿌리, 풀뿌리 채취를 금지
하고, 이를 위반 시 2백 원 이하의 벌금에 처한다고 규정하였다.

현장에서 일용노동에 종사했으며, 그 밖에 지게꾼과 인력거꾼 등이 포함된다. 김정인 외(2015:55)에 의하면 1910년대 말 부산에는 3천여 명의 부두노동자가 존재했다고 한다.

이와 같은 일련의 사회 변화와 함께 청일전쟁을 거치면서 세계 열강의 이권 침탈이 본격화되는데,[16] 정부가 미국, 영국 등 자본주의 열강에 광산 개발권을 양도함에 따라 일본 등 제국주의 열강이 공업 원료와 연료를 얻기 위해 일찍부터 광산 개발에 투자하면서 한국인 광업자, 지역민이 일자리를 잃고 광산 노동자가 된다.[17] 1910년에 등장한 광산 노동자는 약 3만 명 정도로, 이들의 임금은 하루 평균 82전(일본인 노동자는 2원 45전)으로 일본인에 비하면 3분의 1 수준에 불과하였다.

마지막으로 공장 노동자는 1911년 1만 2180명에서 1919년에 4만 1878명으로 3.4배 증가한다. 특히 1917년에 공장 노동자가 급

---

16 아관파천으로 조선왕조의 지지를 받던 러시아는 압록강 연안과 울릉도의 산림채벌권(1896), 경원과 종성의 금광채굴권(1896), 동해안 포경권(1899) 등을 차지했고, 일본은 서울-부산 간 철도부설권(1898), 경기도 연해 어업권(1900) 등을, 영국과 미국, 프랑스, 독일 등도 이 시기에 채굴권이나 철도부설권을 값싼 조건에 사서 막대한 이익을 남겼다. 이 내용은 이이화(2003)를 참고하여 정리하였다. 자세한 내용은 이이화(2003:104-120)를 참고하라.

17 1899년 운산 금광에서는 외국인의 광산 이권을 인정하지 않고 채굴을 계속하다가 미국인 광산 개발자의 발포로 죽거나 부상당한 사람이 발생했고, 1900년에는 운산 금광의 영국인 직원이 인근 금광의 덕대(광산 일부를 떠맡아 광물을 채취하고 광산 주인에게 수익 일부를 상납하는 광산업자)에 의해 피살되는 사태도 발생했다. 이로 인해 지역민들은 인권 유린, 목석 운반 과정에서의 전답 훼손, 돌과 모래 붕괴로 인한 전답의 황폐화, 분묘 지대 송림 벌목, 부녀자 성폭행 및 재물 늑탈, 한국인에게 가해지는 불법적 형벌과 징역, 저수지 수축 시 전답과 주택 가격 헐값 보상 등의 피해를 입었다고 한다.

속도로 증가하는데, 이는 조선방직, 조선제지 등의 회사가 들어서고 미쓰비시 재벌이 세운 겸이포 제철소가 본격적으로 가동을 시작한 데서 그 원인을 찾을 수 있다. 당시 진남포 제련소의 조선인 노동자 평균 임금은 52전으로 일본인 노동자 임금 1원 12전의 2분의 1 수준이었다고 한다(김정인 외, 2015:56-57). 이로 미루어 한국인 노동자의 삶의 어떠했는지 가늠해 볼 수 있다.

언어적 기호에 투영된 노동·노동자 인식

노동자 지칭어에 투영된 노동자 인식

당시 노동이나 노동에 종사하는 사람에 대한 인식을 《서유견문》과 신소설에 쓰인 표현을 통해 간접적으로 추정해 볼 수 있다.

> (2) ㄱ. 土農工商의 業에 貴賤의 區分을 不立ᄒ며 미 我의 事功을
> 各治ᄒ야 〈서, 122〉
> ㄴ. 暴行을 縱恣ᄒᄂᆫ 徒輩ᄂᆫ 皆不學無職 〈서, 99〉
> ㄷ. 下民의 無職無知홈을 由홈이라 〈서, 101〉
> ㄹ. 惑庸拙ᄒᄂᆫ者ᄂᆫ 有心人의 知是洪大ᄒᆫ功效를 不解ᄒ고 不學ᄒ
> 〈서, 102〉
> ㅁ. 器械學의 趣旨를 解悟ᄒᄂᆫ者ᄂᆫ 時變을 應ᄒ야 其業을 能改
> ᄒ나 不學無術ᄒᄂᆫ者ᄂᆫ 不然ᄒ여 變通ᄒᄂᆫ 道를 不知ᄒ고 自

己의 愚見을 是執ᄒ야 窮困 坐受홀ᄯ롬이니 (중략) 自己의 營業ᄒᄂ 외에 〈서, 103〉

서구의 제도와 사상을 소개하는 과정에서 사농공상의 직업에 귀천이 따로 없다고 주장하지만(2ㄱ), 실제로 당시 하층민 중 하나인 "동학도가 모두 불학무식하고"(2ㄴ), "하민(하층민)이 무식하고 무지하다"(2ㄷ-ㅁ)는 기술을 통해 유길준이 당시 하층민을 무지하고 폭력적인 집단으로 인식하고 있음을 확인할 수 있다.

한편 신소설에서 하층 계급이나 그들이 종사하는 일(노동 혹은 행위)을 지칭하던 한자어(3)가 지배층과 그들의 일을 대변하던 한자어(4 참조)와 비대칭적으로 사용되는 것을 볼 수 있다. 즉, 하층민을 지칭하는 한자어가 더 높은 빈도로 사용되고 있다. 이러한 비대칭적 어휘 사용은 당시 독자층인 서민과 부녀자를 계몽하고자 하는 신소설의 목적에서 본다면 당연한 현상이라 하겠다.

(3) ㄱ. 긔구寄口(남의 집에 붙어 사는 사람): 대감 긔구 두엇다 언제 부릴가요 〈**구의산, 27**〉

  ㄴ. 안잠마누라(가정부): 그 전에 최씨가 안잠마누라를 되고 〈**구의산, 24**〉

  ㄷ. 반비앗치飯婢(밥짓는 일을 맡아보는 계집종): 반비앗치는 반찬을 민갈고 〈**귀의성, 96**〉

  ㄹ. 교전비轎前婢(혼례 때 새색시를 모시고 따라가는 계집종): 그 씩는 구월이라 교전비로 보니랴 ᄒ고 〈**원앙도, 71**〉

ㅁ. 별빈別陪(벼슬아치 집에서 부리던 하인): 원릭 돌이가 별빈로

  왼급푼을 엇어 먹고 〈**빈상설, 148**〉

ㅂ. 하님(계집종이 서로 존대하여 부르는 말): 그듹 하님에 금분이

  라고 잇지오 〈**빈상설, 100**〉

ㅅ. 비부婢夫(계집종의 지아비): 네가 너의 듹안에셔의 비부라면

  서 〈**빈상설, 130**〉

ㅇ. 하례빈下隷輩, 下人輩: 말 전쥬 됴하ᄒᆞᆫ 하례빈들은 〈**홍도화 하,**

  19〉

ㅈ. 숙수熟手(잔치 때 음식을 만드는 사람): 그 늘붓터 침모 부른다

  숙수를안친하ᄒᆞ야 〈**추월색, 33**〉

ㅋ. 쥬파酒婆(술을 파는 늙은 여자): 아모 말 말고 슐이나 더먹세

  여보 쥬파 술한 슌빅 더 데여 오 〈**쌍옥적, 20**〉

ㅌ. 노주奴主(주인과 종): 노주가 마쥬 안져서 귀신 업샐 공론만

  〈**치악산, 193**〉

ㅍ. 시앗(첩): 시앗에 투긔ᄒᆞ기 친척에 이간ᄒᆞ기 〈**자유종, 3**〉

ㅎ. 고공雇工(머슴살이): 다른 식구가 모다 짜로 나서 고공스리라

  도 ᄒᆞ게 될 형편이 되깃스니 〈**동각한매, 9**〉

(4) ㄱ. 슌무ᄉᆞ巡撫使(전시의 군무를 맡아 보는 벼슬): 락동딕감은 슌무

  ᄉᆞ ᄌᆞ격이 되지마는 〈**화중화, 14**〉

ㄴ. 슈셔긔首書記(지방 관아에 딸린 서기의 우두머리): 늬외 샤촌이

  지금 우리 골 슈셔긔 단이지 안이ᄒᆞ나 〈**황금탑, 28**〉

ㄷ. 안렴ᄉᆞ按廉使(조선조 초의 지방장관): 늬야 안렴ᄉᆞ ᄌᆞ격이 되나

  그것은 엇지 되얏던지 〈**화중화, 14**〉

ㄹ. 츠함借銜(이름만을 비는 벼슬): 돈의 죠화로 은률군슈 츠함을
엇어흔 후 〈빈상설, 56〉

ㅁ. 옥사장獄鎖匠(옥에 갇힌 사람을 맡아 지키는 하례): 옥사장이ᄂ
검정 털뇨를 뒤집어 써느민 〈설중매, 33〉

ㅂ. 증샤인證師人(증명의 임무를 가진 법사): 옥단이 츈심이 츄월이
를 증샤인으로 압장을 세워 가면서 〈추풍감수록 하, 8〉

ㅅ. 소졸小卒(힘 없는 작은 졸병): 이 양반이 셔울 잇기 곳ㅎ면 소졸
흔 셜빅안이오 〈화중화, 76〉

ㅇ. 시ᄉ時仕(이속이나 기생이 그 매인 관아에서 봉사하는 일): 열세
살부터 시ᄉ를 ㅎ얏 ᄉ오니 〈화중화, 25〉

또 (3)에서 종을 지칭하는 단어가 아이를 보는 종부터 밥하는 종,
안주인을 모시는 종, 잔치 때 음식하는 종 등 다양하게 사용된 것
을 볼 수 있다. 대다수 종들은 주로 농촌에서 도시로 이주한 소작농
출신인 경우가 많았다. 반면 지배층을 지칭하는 한자어는 지방 관
아의 '말단 졸병'(4ㅅ)이나 '이름만 벼슬인 사람'(4ㄹ), '옥사장'(4ㅁ),
'증샤인'(4ㅂ) 정도에 그친다. '말단 졸병, 옥사장, 증샤인' 등은 당시
사회문제가 복잡해지면서 등장한 개인의 일탈과 이를 처리하기 위
해 등장한 직업군의 사람을 지칭하며,[18] 이를 통해 당시 노동이 세

---

18 당시 토지 사기 사건이나 물건 분실 등이 빈번하게 발생한 것은《제국신문》의 광
고를 통해 추론할 수 있다.《독립신문》이나《황성신문》과 달리 이러한 광고가《제
국신문》에 상대적으로 자주 게재되었다고 한다. 자세한 것은 장영숙(2012:329-
330)을 참고하라.

분화되어 가는 것을 볼 수 있다.

출현 빈도로 본 노동자 인식

일본 자본의 조선 진출과 함께 한국인 노동자가 급증했다고 앞에서 기술했는데, 《서유견문》에서는 '노동자'라는 말 대신 하층민을 뜻하는 '하민'이 사용되었다(2ㄷ 참조). 또 《독립신문》에는 '로동'이 동사꼴로 딱 한 번 출현하고 있고(5) 노동자라는 어휘는 사용되지 않는 것과 달리, 신소설에서는 '로동쟈'(다섯 번)와 '로동자'(네 번)의 형태로 출현하고 있다(6). 참고로 〈그림 1〉과 〈그림 2〉는 신소설 말뭉치를 깜짝새(한글 말뭉치 분석 프로그램)로 돌려 추출한 것이다.

(5) 지금 츄동교서예 혼란이 ᄆᆞᆺ지 못 ᄒᆞ니 ᄯᅢ 침야 로동ᄒᆞ시ᄂᆞᆫ 것이 〈**독립신문**〉

(6) ㄱ. 두루번두루번 ᄒᆞᄂᆞᆫ 쳥인 로동쟈 분주히 〈**송뢰금, 24**〉
ㄴ. 슈건으로 협슈룩ᄒᆞᆫ 머리를 질ᄭᅳᆫ질ᄭᅳᆫ 동힌 로동쟈 ᄉᆞ오명이 〈**목단화, 151**〉
ㄷ. 돌놈은 아모란 줄 몰으로 셧ᄂᆞᆫᄃᆡ 그 로동쟈들이 좌우로 〈**목단화, 151**〉
ㄹ. 각각 허여지고 장거수들과 로동자 몃만 남아잇도록 〈**고목화 하, 132**〉
ㅁ. 우리 동포ᄂᆞᆫ 안인데 로동자의 의복은 입엇으나 〈**비행선, 47**〉

그림 1. 신소설에서 '로동자' 출현 양상

번호	앞 어절	키워드	뒤 어절
1	소린 별출룡 쑤짓고# 잇는 스관 황겁히 셔셔 두루번두루번# 흐는 쳥인#	로동자	분주히
2	다리고 십산흉으로 뛰어가더니 슐빗# 쥭에 슈건으로 헙슈룩 흔 머리를 질은질은 동힌#	로동자	소오명이
3	어셔 이리룰# 오게 [/p]oo[p]롬놈은 아모란# 쥴 물으고 셧눈디 그#	로동자	둘이 좌우로
4	쏨 살# 쏨# 물으고 납씌며 그# 쥬리에셔 쥬이랴# 흐눈지라 [/p]oo[p](	로동자	) 여보게#
5	현판 건 것을 보면 룬션# 회사 지점도 굿터 보이고 몰두난밭에	로동자	$들이 방안에

그림 2. 신소설에서 '로동자' 출현 양상

앞 어절	키워드	뒤 어절
쳡가룰# 엇지 만나리오 그# 만흔 사룸이# 다 각각# 헤여지고 장거수룰과	로동자	몃만#
집은# 쥴 알겟슴닛가 어림# 업시 턴치# 모양으로 오락가락# 흐읍더니 엇던	로동자	한아이
쥼억덩이 # 갓흔 연통을 물엇스니 그 [pb n='16']흉측흔# 모양과 완뛰흔# 거동은	로동자	가# 안이면
하 이톡나는 무슨 인흉이 그러훈지 잠간# 보아도 우리 동포눈 안인데	로동자	의 의복은

거의 같은 시기에 간행되었음에도 불구하고, '노동자'라는 말이 《독립신문》에서는 출현하지 않은 반면 신소설에서 출현하고 있는 이유는, 이들 자료의 저술 목적으로 설명할 수 있다. 《독립신문》은 국제 열강의 지배에서 벗어나 자주독립과 정치 공동체 건설을 위해 모든 국민을 계몽하려는 목적으로 간행되었고, 간행 목적으로 볼 때 《독립신문》이 특정 계층이 아닌 전 국민을 독자로 상정한 데다가 또 자주독립과 정치 공동체 건설 고취를 위한 기사 배열로 인해 '노동자'라는 특정 지칭어가 사용되지 않은 것으로 본다.

반면 《제국신문》은 1898년 8월 10일 창간되어 1910년 3월 31일 폐간되기까지 상대적으로 사회적 약자인 여성과 하층 일반의 계몽을 위해 발행되었다. 신소설이 주로 《제국신문》에 실렸고, 하층민과 여성 계몽을 위해 신소설을 활용한 작가들이 하층민과 여성들이 익히 알고 있는 그들의 말을 사용하는 과정에서 '노동자'가 상대적으로 많이 사용된 것으로 보인다.

이 말은 〈네이버 뉴스라이브러리〉에 따르면 1920년에는 265건 출현하다가 점차 사용 빈도가 높아져 1934년에 875건으로 최고조에 달했다가 점차 감소하는 추세를 보인다. 그러다가 1940년부터 1945년까지는 이 말이 신문에서 한 번도 출현하지 않는데, 이는 이 기간 동안 신문이 정간되었다는 사실에서 그 이유를 찾을 수 있다. 1920년부터 이 말이 사용된 빈도는 〈표 5〉와 같다.

표 5. 노동자의 사용 추이 변화

연도	출현 빈도	연도	출현 빈도
1920	265	1932	288
1921	425	1933	601
1922	452	1934	875
1923	418	1935	746
1924	334	1936	667
1925	537	1937	406
1926	534	1938	696
1927	578	1939	746
1928	403	1940	405
1929	472	1941-1944	0
1930	359	1989	5234
1931	579	1999	2251

(네이버 뉴스라이브러리)

이 밖에도 당시 사회계층에 대해 달리 인식하고 있음을 《서유견문》과 신소설에 등장하는 인성명사 형성 접미사에서도 볼 수 있다.

접미사 사용 양상과 의미로 본 노동자 인식: '민, 인, 자, 군'을 중심으로

일반적으로 접미사 '인人'과 '자者'로 만들어진 인성명사 파생어는 개인을 지칭하고, '민民'이 붙은 파생어는 "집단"을 가리키나,《시유견문》에서는 이들 파생어가 의미상 거의 구분되지 않고 사용되고 있다.

표 6. 서유견문과 현대의 어휘 비교

서유견문			오늘날		
病人	病者	病民	病者		患者
商人	商者	商民		商人	
貧人	貧者	貧民		**貧民**	
×	農者	農民	農民		農夫
×	富者	富民		**富者**	
老人	老子	×		老人	
私人	×	私民	私人		個人
國人	×	國民(人民)		國民	
平人	×	平民		平民	
遊人	(遊者)	遊民		×	

(김형철, 1999:131 재인용)

어휘 체계를 고려할 경우 "부유한 사람"의 뜻으로는 '부자'를, 반대로 "가난한 사람"의 뜻을 가진 말로는 '빈자'('부자'의 반의어)를 가정할 수 있지만 실제로《서유견문》에서는 이 말 대신 '빈민'이 더 많이 사용되고 있다. 또 '농민農民'이 개인들의 무리인 집단을, '농부農夫'가 개인을 나타낸다고 가정할 수 있으나 그러한 구분이 무너진 채 사용되고 있다.

이처럼《서유견문》에서 동일한 뜻을 가진 어휘가 구분되지 않고 사용되는 불안정성을 보이는데, 이러한 불안정성은 서로 다른 형성 과정을 지닌 두 가지 이상의 어형이 충돌하여 경쟁 관계에 놓일 때 나타나는 것으로, 이러한 어휘들 간의 경합은 1894년 전후 조선을 둘러싼 세계 열강의 각축전의 투영으로 볼 수 있다(앞의 제국의 침탈과 농민전쟁, 그리고 군사력 증강을 참고하라). 그렇지만 오늘날에는 이러한 불안정성이 해소되어 일정한 형태로만 사용되는 것을 〈표 6〉 (오른쪽 항목)이 보여 준다.

이와 달리 신소설에서는 인성명사 형성 접미사로 '인, 자'가 주로 사용되는데, 이들 파생어를 보이면 아래 (7, 8)과 같다.

(7) ㄱ. 그 남ᄌᆞ는 청국 말을 ᄒᆞᄂᆞ 양인이라 〈**혈의누, 67**〉

ㄴ. 아즉 미결죄인으로 옥중에 뢰슈ᄒᆞ야 〈**구의산 하, 32**〉

ㄷ. 쏙지가 너덧장 붓고 영수인이 무ᄒᆞ야 반환함 〈**추월색, 62**〉

ㄹ. 가僂인, 각국인, 간ᄉᆞ인, 개인, 걸인, 고소인, 고인, 공인, 관사인, 관인, 구쥬인, 귀인, 나인, ᄂᆡ디인, 대인, 덕국인, 동방성인, 량인, 릭왕인, 로인, 무지인, 미국인, 미인, 범犯인, 병인, 보증인, 본인, 불교인, 샹인, 성인, 셔인, 수삼인, 악인, 양인, 예수교인, 유교인, 위인, 외국인, 은인, 의인, 작공인, 작인, 쟝인, 제작인, 죄인, 차인, 청인, 출가외인, 타인, 힝인, 호인, 황인, 흑인 (총 53개)

(8) ㄱ. 긔자의 붓긋을 따라 ᄌᆞ미가 진진ᄒᆞ 소설이 되나 〈**화의혈, 1**〉

ㄴ. 몽두난발에 로동쟈들이 방안에 들락날락ᄒᆞᄂᆞ 것을 보면 〈**송뢰금, 24**〉, 〈**목단화, 151**〉, 〈**두견성 하, 95**〉, 〈**비행선, 16**〉

ㄷ. 독자 제군의 신긔히 넉이는 고평을 임의만희 엇엇거니와 〈**화의혈, 1**〉

ㄹ. 왕씨는 셥셥흔 마음을 이긔지 못ᄒ여 보호자를 보니 〈**추월색, 109**〉

ㅁ. 일변 부상자를 운반ᄒ야 손이 절로 활동ᄒ고 〈**두견성 하, 45**〉

ㅂ. 사회의 션각쟈 〈**홍도화, 32**〉

ㅅ. 항ᄒ자가 쥬의치 안이ᄒ면 〈**송뢰금, 35**〉

ㅇ. 고발자, 관상자, 긔자, 남자, 독자, 로동자, 보호자, 부상자, 사자, 션각쟈, 션됴쟈, 션치자, 시자, 신문긔자, 위업자, 은군자, 작자, 칙자, 탐험자, 필자, 학자, 항ᄒ자, 호싀자 (총 23개)

신소설에서 인성명사를 만드는 데 '민'이 거의 사용되지 않는 반면 '인'과 '자'가 활발히 사용되는 것을 (7), (8)에서 볼 수 있다. 이는 개인이 정치와 사회의 전면에 등장한 당시 시대적 배경과 무관하지 않으며, 이때 개인은 자신의 마음과 뜻대로 행할 수 있는 주체이어야 함을 아래 사설에서 읽을 수 있다.

(9) "국민이 시국을 짐작ᄒ야 억지로 셔력에 부퇴겨 변ᄒ지 말고 져마다 미리 변ᄒ야", 이때 근대적 **사인私人**은 식민 조약을 체결한 "정부 관리의게 부탁흘 슈 업"으며 "언론과 그 힝동에 ᄌ유를 보젼ᄒ야 닉 마음과 뜻딕로 힝"할 수 있어야 한다.[19]

---

19 《제국신문》1905년 5월 17일자, 1907년 10월 6일자, 1907년 8월 15일자 논설.

이와 함께 신소설 작가군의 특징으로 설명할 수도 있다. 대표적인 신소설 작가인 이해조, 이인직, 김교제 등은 한자에 익숙한 지식인으로, 일본어보다는 중국 한자문화권의 영향을 더 받았던 것에서 '인'을 '자'보다 더 사용한 것으로 본다.

이 밖에 인성명사를 만드는 데 활발하게 사용되는 것으로 '군'이 있다. 어기 뒤에 '군'이 처음으로 등장한 문헌은 《한불자전》(1880)이지만, 선행 어기 뒤에서 새로운 단어를 만드는 데 활발하게 사용되는 것은 신소설에서다. 신소설은 주로 1908년부터 1912년 무렵까지 출판된 것으로 파악되는데, 신소설에 출현한 '군' 포함어를 보이면 (10)과 같다.

(10) ㄱ. 교군ㅅ군 〈쥭서루 권7, 2〉, 남녀구경ㅅ군 〈월하가인, 19〉, 인력거ㅅ군 〈구의산, 8〉 'ㅅ군'의 형태로 표기됨

ㄴ. 교군쑨 〈동각한매, 66〉, 구경쑨 〈은세계, 131〉, 나무쑨 〈화즁화, 5〉, 노름쑨 〈만인계, 71〉, 인력거쑨 〈두견성하, 87〉 '쑨' 형태로 표기됨

ㄷ. 교군군 〈명월정, 89〉, 구경군 〈빈상설, 154〉, 나무군 〈빈상설, 123〉, 노름군 〈황금탑, 34〉, 인력거군 〈구의산, 92〉, 죠방군 〈쌍옥적, 102〉, '군' 형태로 표기됨[20]

'군'을 파생어 형성 접미사로 처리한 논의(차준경, 2000:354)가 있지만, 어기 사이에 썼던 'ㅅ'의 표기(10ㄱ 참조)나, (10ㄴ)에서처럼 단어

---

20 지면관계상 책에 대한 자세한 서지 사항을 보이지 않고, 책의 라인만 보인다.

마지막 음의 초성자에 'ㅅ'을 병서해 표기한 것으로 볼 때, 이 시기 '군'을 파생어 형성 접미사로 보기는 어렵다. 또한 사이시옷에 대한 〈보통학교용 언문철자법 대요〉(1921)와[21] 홍윤표(1994:438)의 주장 ("15세기부터 19세기까지 사이시옷이 합성어 표지로 주로 사용되고 있다.") 을 고려하면, 이 시기 '군'을 파생어 형성 접미사로 보기는 어려운 것이다.[22]

《한불자전》과 달리 신소설에서 '군'의 생산성과 의미에서 주목할 만한 변화가 목격되는데, 이를 통해 노동자에 대한 인식에 변화가 있었던 것으로 추정해 볼 수 있다.

   (11) ㄱ. 어영군御營軍: Soluat du 〈17〉 / 역군役軍: travail-leur 〈한불, 27〉

       ㄴ. 륙군陸軍: foot-soldiers Opp. 히군海軍 〈한영, 504〉

   (12) 교군군, 뎡탐군, 피란군, 고공군, 거간군, 농군, 사냥군, 삭군, 삭
      마챠군, 이발군, 인력거군, 구경군, 노름군, 덜넝군, 마즁군, 선모
      슴군, 슐쥬정군, 시종군, 죠방군, 타령군, 직담군

---

21 사이시옷에 대해 최초로 명문화한 것으로, 여기서는 사이시옷을 "두 어휘가 결합
    하여 합성어를 이룰 때 그리고 그 사이에서 측음 현상이 일어날 때" 표기한다고
    서술하고 있다. 이때 사이시옷은 그것이 쓰이는 결합체가 주로 합성어임을 나타내
    는 것으로, 중세국어에서 다양하게 쓰이다가 성종 이후 'ㅅ' 하나로 통일되어 쓰인
    다. 물론 모든 합성어에서 사이시옷이 항상 출현하는 것은 아니지만 일반적으로
    두 어기가 결합하여 합성어를 이룰 때 별도의 조건이 없으면 사이시옷이 개재됨을
    알 수 있다.
22 이러한 입장은 이미 조민정(2009:21)에서 제기한 바 있다.

《한불자전》과 《한영자전》에 출현한 '군' 포함어는 약 4개로 다양하지 않을 뿐만 아니라, 이 말은 본래적인 의미("軍")으로 사용되고 있다. 그렇지만 신소설에서는 '군' 포함어가 《한불자전》보다 5배 이상 사용되고, 당시 새로이 등장하는 노동 종사자를 지칭하였다.

다음으로, 신소설에서 '군' 포함어의 의미가 달라지는데, 그 예를 보자.

(13) 동류 칠팔인이 작당하야 뒤를 밟아 싸르다가 쌍갈문이 으슥흔 곳에서 **교군군**을 결박ᄒ고 〈홍도화, 66〉[23]

(14) ㄱ. 교군군, 뎡탐군, 피란군 [軍士]

　　ㄴ. 고공군, 거간군,[24] 농군, 사냥군, 삭군, 삭마챠군, 이발군, 인력거군 [어기와 관련된 일을 직업적으로 하는 사람]

　　ㄷ. 구경군, 노름군, 덜넝군, 마중군, 선모습군, 슐쥬정군, 시종군, 죠방군, 타령군, 지담군[25] [어기와 관련된 일을 습관적으로 하는 사람, 낮춤]

(13)에서 당시 사람들이 '군인'에 대해 갖고 있던 부정적 인식을

23　교군군(객병): 다른 곳에서 온 졸병 ≒ 교군僑軍(《표준국어대사전》)

24　거간居間은 "사이에 들어 흥정을 붙임"를 뜻하고, 이 말은 "뇌집 뎐쟝 방믜 ᄒᄂᆞᆫ듸 거간ᄒ고"〈경세종, 38〉에 출현한다.

25　'군' 포함어 중 '교군군(9회, 0.099퍼센트), 삭군(6, 0.066퍼센트), 노름군(6, 0.066퍼센트), 도망군(5, 0.054퍼센트), 농군(5, 0.054퍼센트), 마중군(5, 0.054퍼센트), 시중군(1, 0.010퍼센트), 정탐군(1, 0.010퍼센트), 슐군(1, 0.010퍼센트) 순으로 사용되었다.

엿볼 수 있다. 대한제국 수립 후 군인의 수가 증가하면서, 다른 곳에서 전출되어 온 군인(교군군)들이 근무를 하게 되는데, 이들은 신식 군대 훈련을 받지 못해 전문성이 결여되었으며 고향이 아닌 근무지의 지리와 풍습에 어두워 실수가 잦고, 술에 취하여 문제를 일으키는 등 여러 가지 문제를 유발한다. 그로 인해 '군인'에 대한 사람들의 인식이 부정적으로 변하게 된다.

(12)에 제시한 '군' 포함어를 '군'의 의미에 따라 재분류해 보면 (14)와 같다. 이때 (14ㄱ)의 '교군군, 덩탐군, 피란군'에서 '군'은 "군인"을 뜻한다. 그렇지만 (ㄴ)의 '거간군, 인력거군, 삭마챠군, 나무군'에서는 "군인"보다는 "일 혹은 어기와 관련된 행위를 직업적으로 하는 사람"을 의미한다.[26] 그리고 (ㄷ)의 '구경군, 노름군, 술쥬정군'에서 이 말은 "어기에 관련된 일을 익숙하게 습관적으로 하는 사람"과 함께 [낮춤]의 의미도 함께 드러낸다.[27] 이때 [낮춤]의 의미는 어기인 구경, 노름, 술쥬정, 타령에 내포된 의미가 '군'으로 전이된 경우다(인접성의 의한 의미 변화가 어떻게 이루어지는지에 대한 자세한 논의는 홍사만, 1985:58-59 참조). 물론 (13)에서와 같이 '군인'에 대한 인식의 변화도 '군'의 의미 변화에 영향을 미쳤을 것으로 추정한다.

---

26 토지제도와 삼림령 실시 이후 농토를 잃은 사람들 다수가 도시로 이주한 후 이들은 자유노동자가 되는데, 이들이 종사한 일을 어기로 하여 '군'이 부가된 '삭군, 인력거군, 삭마챠군, 시중군' 등으로 이들을 지칭하게 된다.

27 도시로 이주한 소작농들이 일용직에서도 밀려나 범죄를 저지르고 도망하거나 노름에 빠지는 사람(예컨대, '도망군, 노름군, 마중군, 술쥬정군')을 지칭하는 데 '군'이 사용되면서, 이 말은 "어기와 관련된 행위를 습관적으로 하는 사람"에 [낮춤]의 의미까지 추가된다.

오늘날에는 군인을 지칭한 '교군군'이 '객병'으로 교체되거나, "어기에 관련된 일을 익숙하게 습관적으로 하는 사람"에 [+낮춤]의 의미가 첨가된 경우 '군 → 꾼'으로 표기법을 달리한다. 〈표 7〉에서 보듯이 '군' 결합어의 3분의 2가 다른 말로 교체되었고(〈표 7〉에서 진하게 표시), 표기법이 달라진 예로는 '삯꾼, 노름꾼, 술꾼'을 볼 수 있다.

표 7. 신소설에 출현한 어휘의 현대적 형태 비교

신소설	현대어	신소설	현대어
교군군	**객병**客兵	시중군	**시중드는 사람/** 시중꾼
삭군	삯꾼	정탐군	정탐군
노름군	노름꾼	슐군	술꾼
도망군	**도망자**	시종군	**시종**
농군	**농민**	장사군	**장사/장사치**
마중군	**마중나온 사람**	덜넝군	**덜렁쇠/덜렁꾼**

지금까지 《서유견문》에서는 인성명사를 만드는 데 '인, 자, 민'이 개인과 집단의 구분 없이 사용되는 한편, 신소설에서는 '인, 자, 군'이 주로 사용되나 '인, 군'이 더 활발히 사용되고, 또 '인, 자'가 파생어 접사인 것과 달리 '군'은 생산성, 표기법, 그리고 의미 변화 등을 고려할 때 합성어 형성 표지에서 파생어 형성 접사로 진행되어 가는 과정에 있다고 기술하였다. 또한 당시 노동자(하층민)를 '군' 포함어로 지칭했는데, '군'의 의미가 "군인"에서 "어기와 관련된 일을 익숙하게 습관적으로 하는 사람을 낮추어 이름"으로 달라진 점을 통해 당시 노동자에 대한 인식이 부정적이었다고 보았다.

당시 노동자에 대한 인식을 이들과 결합 관계를 이루는 '급여' 지칭어를 통해서도 가늠해 볼 수 있다.

'급여' 지칭어에 비친 노동자 인식

오늘날 노동의 대가를 '급여' 혹은 '품삯'으로 지칭한다. 이에 대한 어휘가《서유견문》에서는 '급료給料, 녹봉祿俸, 봉록俸祿, 봉금俸金, 월봉月俸, 월급月給, 표금俵金, 임금賃金, 임전賃錢, 임가賃價, 가임價賃, 가전價錢, 고임雇賃, 고전雇錢, 공전公錢, 공가工價, 태가駄價'처럼 다양하게 쓰인다.

> (15) ㄱ. 每人에 同等給料를 附與하는 事로〈서유견문, 160〉
>
> ㄴ. 官吏의 祿俸과 工匠의 雇賃은〈서, 259〉
>
> ㄷ. 各學校의 教師 俸祿을 他官人의 祿俸 給與ᄒᆞᄂᆞᆫ 法과 同ᄒᆞ게〈서, 210〉
>
> ㄹ. 一法을 設ᄒᆞ야 俸金을 給하고, 此ᄂᆞᆫ 泰西의 給俸ᄒᆞᄂᆞᆫ〈서, 334〉
>
> ㅁ. 比探報ᄒᆞᄂᆞᆫ 諸人은 新聞局의 月俸을 受ᄒᆞ야〈서, 461〉
>
> ㅂ. 이 사름들 월급月給은 나ᄂᆞᆫ 상관 안ᄒᆞᆫ다더라〈독립신문, 1권 2호〉
>
> ㅅ. 比輩人은 本來 自己 願으 看病ᄒᆞᄂᆞᆫ 職을 自擔ᄒᆞᆫ 故로 俸金을 不收ᄒᆞ고〈서, 443〉
>
> ㅇ. 每日 服勤한 賃金은 其半을 留貯하야〈서, 519〉
>
> ㅈ. 幾里의 道와 幾卜의 重에 賃錢 혹 駄價의 幾何를 受ᄒᆞ라

〈서, 177〉

ㅊ. 格外의 賃價를 貪ᄒᄂᆫ 者가〈서, 178〉

ㅋ. 政府가 民間의 雇錢과 工價를 酌定ᄒᆫ 즉 一日 工雇의 價

錢을 受ᄒ〈서, 160〉

ㅌ. 下等 匠人 半日 工錢에 不及ᄒ야〈서, 160〉

ㅍ. 役夫의 雇錢과 匠人의 工價를 酌定ᄒ고〈서, 155〉

ㅎ. 雇錢(품삯)과 工價ᄂᆫ 物價의 高下 役事의 大小(큰지작은

지)를 因ᄒ야其層等이 有ᄒᄂᆫ〈서, 155〉

(15)에서 (ㄱ)의 '급료'는 원래 관리들에게 주는 '녹祿'의 일종이고, (ㄴ-ㅁ)의 '녹祿, 봉俸'과 결합된 어휘들도 대개 '관리들의 급여'에 사용된 것들이며, (ㅅ)의 '표금俵金' 역시 관리들의 급여를 지칭한다. 반면 '고雇, 임賃, 공工'이 결합된 어휘들은 '노동자의 품삯'을 가리키기는 데 사용된 것들이고, (ㅋ)의 '가전價錢'도 노동자들의 품삯을 지칭하기 위해 사용한 어휘다. '급여' 지칭어를 통해 유길준이 당시 지배 계급과 노동자 계급을 달리 구분하고 있음을 확인할 수 있다.

(16) ㄱ. 各學校의 敎師 俸祿을 他官人의 祿俸 給與ᄒᄂᆫ 法과 同ᄒ

게〈서, 210〉

ㄴ. 一法을 設ᄒ야 俸金을 給하고, 此ᄂᆫ 泰西의 給俸ᄒᄂᆫ〈서,

334〉

또 (16 ㄱ-ㄴ)의 "급여ᄒᄂᆫ, 급봉ᄒᄂᆫ"에서 보듯이 '물건이나 돈을

주다'의 의미로 동사처럼 사용되다가, 이후 (16ㄴ)의 첫 음절과 둘째 음절이 도치된 '봉급'이 동사가 아닌 명사로《독립신문》에서 쓰이다가 현재까지 사용되고 있다.

《독립신문》과 신소설에서는 (17)에 제시된 네 가지 외에는 '급여' 지칭어가 사용되지 않고 있다.

(17) ㄱ. 전 개성부 참서관 이하 폐관 俸給 이백 오십 삼 원 오십 일 전 사리 〈독, 1권 2호, 26회〉

ㄴ. 사름을 엇어 품삭을 후히 쥬어가며 멋칠 두고 〈황금탑, 22〉, 〈추풍감수록, 43〉 / 무슨 일이던지 식힐 째에 품삭을 주는 것은 〈독립신문, 2회〉

ㄷ. 유모를 엇어 후히 월급을 주고 어린 ㅇ히를 잘 길너 달라 맛겻더라 〈구의산, 7〉 / 얼마 시험ㅎ 뒤에 일년에 오빅원 월급을 쥬기로 ㅎ고 고용ㅎ기로 ㅎ더라 〈만인계, 88〉 / 가을에 울릉도 도감 .. 당초에 월급도 업고 〈독립신문, 47회〉

ㄹ. 工價 〈털세계, 25〉 / 공전은 공가로 밧아 〈독립신문, 2회〉

《독립신문》에서 '월급'이 총 47회에 출현하고 있는데, 이 말이 사용된 예를 보이면 〈그림 3〉과 같다.[28] 이 시기에는 오늘날 사용되는 '일급日給, 일당日當, 주급週給, 월급月給, 연봉年俸'과 같이 급여의 주

---

28 이 예문은 국립국어원에서 구축한《독립신문》을 hwp.2bite로 변환한 뒤 '감짝새'에서 불러와 전문가 검색으로 추출한 것이다.

그림 3. 《독립신문》에서 키워드 '월급'의 출현 양상

번호	앞 어절	키워드	뒤 어절	페이지
32	알엇엿더니 몰</b>ㅇㅇ<p>디 뉘에 뜻당히 채분이 잇스리라 하시다</b>ㅇㅇ<h...	월급	부혁이	<p>
33	일이라더라</b>ㅇㅇ<p>· 식주 연문) 본샤 신문 젼호 잡보 첫머리에 별뎡의	월급	이라눈 흔출은	<p>
34	일이던지 식힐 쌔에 품삭을 주눈것은 썻썻혼 젼례라 과젼 군슈가 슝출의	월급	도 주지	<pb n='...
35	대쇼 관인을 훌게 호면 모도 二千여 인이라 칙 쥬입 관이	월급	은 十분에	<pb n='...
36	인이라 칙 쥬입 관이 월급은 十분에 二갑 후고 관입관의	월급	은 十분에	<pb n='...
37	병이 드눈지라 그런 고로 빅셩의게 거두운 돈으로 국고에서 지발 후야	월급	을 주어가며	<p>
38	긔엽 후긔 젼에눈 비록 十년이라도 공연히 국고에 돈문 허비 후야	월급	을문 타	<p>
39	김퇴원은 시위 급 대 一련되 대 二대(부를 보 후다</b>ㅇㅇ<head>잡보</head>...	월급	수건)	<p>
40	二대더부를 보 후다</b>ㅇㅇ<head>잡보</head><p>· 월급 수건) 아어 교...	월급	을 합동	<p>
41	됴약되로 二百五十五원으로 작덩 후엿더니 회교사가 말 후기를 엽어 교사 할	월급	과 깃치	<p>
42	아갑사 공수가 학부에 가셔 쏘 말 후기를 엽어 교사 할치신씨의 ·	월급	과 깃치	<p>
43	말이 잇다 후나 아죽 문젹이 업스니 혹 오젼이나 아닌지</b>ㅇㅇ<p>·	월급	가졍)	<p>
44	二十일에 아아 교사 미류고르씨가 쏘 학부에 가셔 말후기를 <pb n='3'>주긔의	월급	을 엽어	<pb n='...
45	아니 후엿다눈 말이 잇더라</b>ㅇㅇ<p>· 수세 부록이) 아아 교사 미류고프...	월급	을 二百五十원식으로	<p>
46	잇더더라</b>ㅇㅇ<p>· 둥쇼 졍부) 각부 대관들의 집에서 샤소로 부리는 구좀	월급	이 원시	<p>
47	<p>·구발(월급) 월에셔 대관들의 노동쇼롱이 위혹 후아	월급	을더	<p>

기에 따라 품삯이 구분되어 사용되지는 않은 듯하다.

현재는 '급료給料'를 대체해 '월급月給, 봉급俸給'이 급여의 주기에 구애받지 않고 자주 쓰인다. 또 월급月給이 '급여給與, 봉급俸給'과 함께 공무원과 근로자 모두에게, 즉 중화된 의미로 사용되고 있다.[29] 최근세 자료 중《서유견문》에서는 급여 지칭어가 일에 종사하는 계층에 따라 엄격하게 구분되어 사용된 반면,《독립신문》과 신소설에서는 '봉급〉품삯, 월급'으로 점차 구분없이 사용된 점이 특징적이다.

최근세 자료의 어휘에 투영된 노동·노동자 인식

본 글은《서유견문》과 신소설에 출현한 노동자 지칭어의 세분화와

---

29 오늘날 '급여, 월급, 봉급' 등은 공무원이나 노동자 구분 없이 중화된 의미로 가장 빈번하게 사용되는데, 이 말들을 일본어계 어휘이거나 일본의 영향을 받은 어휘로 보는 시각도 있다.

더불어 인성명사 형성 접미사 '민, 인, 자, 군'의 생산성 변화를 살펴보았다. 이와 함께 노동자를 지칭하는 데 사용되었던 '군'의 의미 변화와 '급여' 지칭어를 노동 계층에 따라 구분했던 것을 토대로, 당시 노동과 노동자에 대한 일반인들의 인식이 부정적이었음을 확인하였다.

먼저, 노동을 담당하는 '노동자'가 《서유견문》, 《독립신문》에서는 사용되지 않았으나, 신소설에서 사용이 점차 증가하다가 1919년 급증하는데, 이는 언어 외적인 요인 중 하나인 제국의 침탈로 인한 소작농과 일용직 노동에 종사하는 인구 증가에 기인하는 것으로 보았다.

또 인성명사를 만드는 접미사 중 '민'을 제외한 '인, 자, 군'은 기존의 결합 범위가 확장되는 것과 함께, 본래 자립어인 '군'이 접사화되는 과정에 있음을 볼 수 있었는데, 표기법의 혼란과 의미 변화 등을 통해 그러한 주장이 타당함을 간접적으로 확인할 수 있었다. 이 역시 정치·사회구조의 변화에 기인하는 것으로 해석하였다.

또한 노동계급에 따라 다른 급여 명칭을 사용한 《서유견문》과 달리 《독립신문》과 신소설에서는 '품삯'을 포함한 '봉급, 월급'이 주로 사용되고 노동자에게 준 급여인 '공가'가 딱 한 번 사용되고 있다. 이는 현대의 급여 유의어 사용과 유사함을 볼 수 있었다.

세계 열강의 세력 다툼이 벌어지는 최근세 시기 조선에서 기존의 사회제도와 구조가 변하면서 한편으로 새로운 국가 건설을 위한 담론에서 자신의 마음과 뜻대로 행하는 사인私人(개인)이 될 것을 요청받지만, 이런 주장과 달리 실제로는 그들이 처한 사회적·경제적 상황으로 인해 불학무식하고 폭력적이며 게으른 대상, 즉 부정적 사인(노동자)으로 인식되는 등 간극을 볼 수 있었다. 이러한 간극은 노동자 지칭어와 급여 지칭어 등 다양한 어휘 사용과 그 의미 변화에 그대로 반영되어 사용되는 것에서 간접적으로 확인할 수 있었다.

■ 참고문헌

강만길, 〈일제시대의 화전민 생활 상〉, 《동방학지》 27, 연세대학교 국학연구원, 1981, 155~203쪽.

강만길, 〈일제시대의 화전민 생활 하〉, 《동방학지》 28, 연세대학교 국학연구원, 1981, 165~217쪽.

강이수, 〈일제하 근대 여성 서비스직의 유형과 실태〉, 《페미니즘연구》 5, 한국여성연구소, 2005, 89~131쪽.

관건홍, 《일제의 노동정책과 조선노동자》, 신서원, 2001.

국립국어원, 《신소설의 언어 사용 실태 조사》, 국립국어원, 1994.

국립국어원, 《국어의 시대별 변천 연구2 – 근대국어》, 국립국어원, 1999.

국립국어원, 《국어의 시대별 변천 연구4 – 개화기국어》, 국립국어원, 1999.

국립국어원, 《20세기 전반기 어휘 조사 (1)》, 국립국어원, 2001.

고영근, 《한국어 변천사》, 수정 5쇄, 형설출판사, 2005.

기주연, 《근대국어 조어론 연구 1》 파생법편, 태학사, 1994.

김계곤, 《현대 국어 조어법 연구》, 박이정, 1996.

김경남, 《《신여성》 잡지를 통해 본 1920년대 여성관의 변화와 여자 교육〉, 《우리말글》 43, 우리말글학회, 2005, 237~259쪽.

김경일, 〈한국 근대 사회의 형성에서 전통과 근대〉, 《사회와 역사》 54, 한국사회사학회, 1998, 11~42쪽.

김광해, 《국어 어휘론 개설》, 집문당, 1993/2009.

김민영, 《일제의 조선인 노동력수탈 연구》, 한울아카데미, 1995.

김영민 〈근대 계몽기의 국민국가 담론: 근대계몽기 문학 연구의 성과와 과제 – '신소설'에 대한 논의를 중심으로〉, 《인문연구》 50, 영남대학교 인문과학연구소, 2006, 21~50쪽.

김정인 외, 《한국근대사 2 – 식민지 근대와 민족 해방 운동》, 푸른역사, 2015.

김춘선, 《북간도 한인사회의 형성과 민족운동》, 고려대학교 민족문화연구소, 2016.

김현주, 《〈제국신문〉에 나타난 세계 인식의 변주와 소설적 제현 양상 연구〉, 《대중서사연구》 21·2, 대중서사학회, 2015, 315~348쪽.

나인호, 〈개념사 : 역사와 언어의 새로운 만남〉, 《적층과 확산, 언어적 해석의 시도들》, 연세대학교 언어정보연구원 제28회 학술대회자료집, 연세대학교 언어정보연구원, 2011.

남기심, 〈새말의 생성과 사멸〉, 이기문 외, 《한국 어문의 제문제》, 일지사, 1983.

민현식, 〈개화기 국어의 어휘(2)〉, 《국어교육》 54·54, 국어교육학회, 1986, 107~134쪽.

민현식, 〈개화기 국어 문법〉, 《국어의 시대별 변천 연구4 - 개화기 국어》, 국립국어연구원.

박영섭, 《개화기 국어 어휘 자료집(2) - 증보 신소설 편》, 서광학술자료사, 1994.

박찬승, 《한국근대 정치사상사연구 - 민족주의 우파의 실력양성운동론》, 역사비평사, 1992.

서인한, 《대한제국의 군사제도》, 혜안, 2000.

손정목, 《일제강점기 도시사회상 연구》, 일지사, 1996.

손정목, 《일제강점기 도시화과정 연구》, 일지사, 1996.

송 민, 〈개화기 신문명어휘의 성립과정〉, 《어문학논총》 8, 국민대학교 어문학연구소, 1989, 69~88쪽.

송철의, 〈파생어〉, 《문법 연구와 자료》, 이익섭선생 회갑기념논총, 태학사, 1998, 717~751쪽.

연갑수 외, 《한국근대사 1》, 푸른역사, 2016.

유길준, 《서유견문》, 신원문화사, 2005.

유창돈, 《어휘사 연구》, 선명문화사, 1971.

이상의, 《일제하 조선의 노동정책 연구》, 혜안, 2006.

이이화, 《한국사 이야기 - 오백년 왕국의 종말》, 한길사, 2003.

이준식, 《일제강점기 사회와 문화》, 역사비평사, 2014.

이호승, 〈단어형성과정의 공시성과 통시성〉, 《형태론》 3·1, 형태론학회, 교보문고, 2001, 113~119쪽.

장영숙, 〈대한제국기 일반 독자층의 《제국신문》 광고게재와 사회상의 일면〉, 《중앙사론》35, 중앙대학교 중앙사학연구소, 2012, 323~359쪽.

차준경, 〈현대 국어 접미사의 변천〉,《현대국어의 형성과 변천》, 박이정, 2000, 347~383쪽.

최기숙, 〈'계몽'의 역설'과 '서사적 근대'의 다층성〉,《고소설 연구》42, 고소설학회, 2016, 279~331쪽.

최기영,《제국신문 연구》, 서강대학교 언론문화연구소, 1989.

한나 아렌트,《인간의 조건》, 이진우·태정호 옮김, 한길사, 2016.

허경진 역,《서유견문 – 조선지식인 유길준, 서양을 번역하다》, 서해문집, 2004.

허수열, 〈조선인 노동력의 강제동원의 실태 – 조선 내에서의 강제동원정책의 전개를 중심으로〉,《일제의 한국 식민통치》, 정음사, 1985.

홍사만,《국어어휘의미연구》, 학연사, 1985.

홍성찬,《한국근대농촌사회의 변동과 지주층》, 지식산업사, 1992.

홍윤표,《근대국어 연구(1)》, 태학사, 1994.

홍윤표, 〈최근세 국어문법의 연구〉, 기초학문육성, 인문사회분야지원사업과제 중간발표보고서, 한국연구재단, 2004.

홍종선 외,《후기 근대국어 형태의 연구》, 역락, 2006.

Ogden, C.K. & I.A. Richards,《의미의 의미》, 김영수 옮김, , 현암사, 1987.

Angelika Kratzer, "Stage-level and Individual-level Predicates", (edit.) Carson, G.N. & Pelletier, F. J., *The Generic Book*, The University of Chicago Press, Chicago, 1995, pp. 176-223.

Carlson, G. N., "A unified analysis of the English bare plurals", *Linguistics and Philosophy* 1, Linguistics and Philosophy, 1977, pp. 413-458.

Hopper, P.J. & E.C. Traugott, *Grammaticalization*, Cambridge University Press, 1993.

사전류

국립국어원,《표준국어대사전》, 두산동아, 1999.

Gale, J.S.,《韓英字典》, Yokohama: Kelly & Walsh, 1897.

Ridel, Felix-Clair,《한불자뎐》, Yokohama: C. Levy, Imprimeur-Libraire, 1880, 서울 : 國學資料院, 1994 인쇄.

인터넷 자료

http://newslibrary.naver.com/search.

맞장구 표현으로 본 상호작용 연구

조민정

* 이 글은 〈응답표현의 상호작용적 기능 고찰 - '잘됐네. 그렇지. 그러게, 글쎄'를 중심
으로〉, 《한말연구》 제44호, 한말연구학회, 2017에 게재된 원고를 수정하여 재수록
한 것이다.

상호작용성을 표상하는 기호, 응답표현

"이번에 세계적으로 유명한 문학상을 동양인으로는 최초로 한국 작가가 받게 되었대"라는 말에, 청자가 "그렇지/그러게" 또는 "잘됐네, 글쎄"로 응대하는 것을 볼 수 있다. 청자의 이런 반응은 두 사람의 상호작용을 드러내는 것으로, 상호작용을 드러내는 유형에는 위에서 언급한 것 외에도 '응/그래, 정말/진짜, 화자의 단어 반복' 같은 언어적 유형과 '머리 끄덕이기, 웃음, 미소, 손뼉, 신체 접촉' 같은 비언어적 유형이 있다.

그중에서 '그렇지, 그러게'는 애초 선행 발화나 단어를 대용하는 형태였으나, 이제는 대용의 기능보다는 '잘됐네, 글쎄'와 함께 화자(발화자1)의 발화를 듣고 그에 대한 태도를 드러내는 데 사용되고 있다.[1] '잘됐네, 글쎄'도 응답표현으로 자주 사용된다. 이러한 말들은 화자의 말을 잘 듣고 있다는 경청의 표시와 함께 발화 내용에 대하여 공감 또는 공감 유보와 같은 태도를 드러내고, 더 나아가 선행 발화에 응대함으로써 대화를 자연스럽게 이끌거나 끝내는 등 사회적이고 의례적인 행위를 수행한다.

선행 발화가 명령이나 요청과 같은 지시적 화행인 경우 응대는

1　이들 중 '잘됐네'는 동사 '잘되다'의 활용형이며, '그렇지, 그러게'는 '그러'계열 감탄사의 대용형이고, '글쎄요'는 감탄사 '글쎄'에 보조사 '요'가 결합한 형태이다. 이들의 형태에 관한 논의는 본 글의 목적에서 벗어나는 관계로 자세히 다루지 않겠다. 대화 참여자 중 화자는 '참여자1', 청자는 '참여자2'로 지칭한 논의도 있지만, 이 글에서는 대화에 참여하지만 발화하지 않는 이도 있어서 '발화자1', '발화자2'로 부르며 글의 흐름에 따라 '화자, 청자'도 번갈아 사용하겠다.

그러한 화행에 대한 실제 행위의 이행perlocutionary act을 의미하지만, 선행 발화가 진술이나 질문과 같은 사실 발화일 경우에 그에 대한 응대는 선행 발화가 전하는 전제에 대한 진위 여부와 함께 화자의 발화 내용에 대한 청자의 공감 여부를 드러낸다.[2] 가령,

(1) ㄱ. A1: 혜란아. 니가 선물한 양초 디게 이쁘더라. 어젯밤 켜 봤는
데 정말 예뻐. B1: (떨떠름①)...그래? **잘됐네.** A2: (살갑게 혜란
팔짱 끼며) 나 그거 또 살려구, 언제 한번 같이 가자.

ㄴ. A1: 자네는 농사 짓다가 와 잘 몰라서 그러는 모양인데 빨리
빨리 도망가세①?? B1: 암, **그렇지.** 나는 공주 아니라 임금 자
리를 준대도 골리앗과는 못 맞서겠네. 내 목숨 하나 없으면 세
상도 그만인 게지②.

ㄷ. A1: 저 소년 참 용감한데. 그러나 너무도 불쌍하다①?? B1: **그
러게** 말야. 소년이 죽으면 세상의 정의가 사라지는데②……

ㄹ. A1: 이틀만 더 하게 해 주시면 안 돼요? 내일 개교기념일이어
서 아침부터 할 수 있어요. 부탁드려요①. 아저씨. B1: **글쎄.** 다
른 학생이 먼저 하기로 했다니깐②. 바쁘니까 끊어.[3]

---

2 오스틴(Austin, J., 1962)에 따르면, 청자는 '요청, 부탁'에 '거절'이나 '수락'과 같은
행위로 응대하지만, '진술, 질문'과 같은 사실적 발화는 명시적인 행위는 아니지만
긍정, 부정 등의 응대를 전제한다. 그러한 전제는 대화라는 상호작용적 행위에서 참
여자가 지켜야 할 행위 규칙으로, 해당 언어권의 화자는 대화에서 전제되는 행위 규
칙을 언어 사용 상황에서 자연스럽게 습득하게 된다.

3 이 글에서 대상으로 삼은 자료(구어와 드라마, 영화의 대본)가 방언 또는 소리 나는
대로 전사되어 있어 맞춤법 규정에 벗어나지만 자료의 특성을 그대로 살린다는 취

(1)에서 '잘됐네'는 동사 '잘되다'의 활용형이고, '그렇지, 그러게'는 '그러'계열 감탄사의 대용형이며, '글쎄요'는 감탄사 '글쎄'에 보조사 '요'가 결합한 형태다. 이로 볼 때 '잘됐네'와 '그렇지, 그러게, 글쎄'의 품사는 다르다. 그렇지만 이들은 모두 선행 발화에 대한 응답으로 사용되고 있으며, 또한 상대방(발화자1)의 말을 듣고 있다는 것과 더불어, 상대의 얘기에 대한 청자 자신의 태도(공감이나 선행 발화에 대한 공감 유보)를 공통적으로 드러내고 있다. 아래에서 살펴보겠지만, 이들은 선행 발화에 대한 청자(발화자2)의 태도에서 동일하지 않다.

'글쎄'를 화자의 물음에 대한 의혹을 나타내는 의지감탄사로 분류한 고영근·남기심(1985/2011)을 시작으로, 한국어에서 응답표현의 기능은 이필영(1998)에서 본격적으로 다루어지기 시작했으며, 신현숙(1989)과 이기갑(1994)에서 '그러게'의 담화 대용 표지 및 응답표지로서의 기능을 다루었고, 또 '아니, 글쎄'가 담화 상에서 갖는 담화표지로서의 기능은 이원표(2001)가 다루었다. 이어서 응답 발화에 등장하는 표현을 '맞장구'로 보고, 그 기능을 다룬 논의로는 김순자(1999), 임규홍(2001), 노은희(2002)가 있다. 그 외에도 다양한 언어 형태가 대화에서 담화표지로서 기능하는 것을 이한규(1996, 2011, 2012), 안윤미(2012), 안주호(2014) 등에서 다룬 바 있다.

그리고 언어 형태의 담화적 연결 기능을 다룬 논의로는 할러데이 & 하산(1976), 서성교(1999), 이원표(2001)가 있다. 먼저, 할러데이 &

지에서 따로 수정하지 않았다. 또한 세종 구어의 경우에는 출처를 따로 밝히지 않고, 드라마와 영화 대본의 출처만 밝히겠다.

하산(1976: 238-243)은 영어의 'and, yet, so, then'이 앞선 담화에서 언급된 것을 전제하고 후행 담화를 연결함으로써 담화에서의 응집성을 향상시키는 기능을 가짐을 다루었고, 서성교(1999:395)는 한국어의 '그러니까'가 담화 상에서 그에 선행하는 모든 정보를 맥락적 배경지식으로 놓고, 후속되는 발화를 연결하는 '담화 연결표현' 즉 '담화 연결사'로서 갖는 화용적 기능을 다루었다. 이원표(2001: 36)는 부사 '이제'가 발화 시간이나 사건 시간을 나타내 주는 본래적 기능과 함께, 명제나 담화 또는 대화에서의 일관성(본고는 이를 응집성으로 보았다)을 이루기 위해 담화를 연결하는 데 사용되는 양상을 다루었다.

마지막으로, 언어 행위의 상호작용성과 의례적 기능에 대한 연구로 김하수(1989), 최승애(1998), 조민정(2010), 고프먼(2013) 등이 있다. 이 중 고프먼(2008/2013:25)은 의례를 한 사회에서 도덕적 질서를 보장하는 행위 규칙으로 보면서, 상대방 앞에서는 아무리 개인적인 행위라도 그 행동 방식을 조절하게 되는 특징을 가진다고 한 바 있다.

지금까지 앞선 연구에서 '그러게, 글쎄'를 포함해 '예, 아니, 그래' 등 다양한 언어 형태가 응답 화행에서 갖는 담화적 기능과 담화표지적 기능을 다루었다. 그렇지만 '그렇지, 그러게, 글쎄'와 '잘됐네'가 화자의 진술 및 질문에 대한 응답표현으로 사용되는 것과 담화 참여자 간의 상호작용을 포함해 해당 발화에 대한 발화자2의 태도(양태적 기능)를 나타내는 것에 대해서는 주목하지 않았다. 예컨대, 응답표현 중 어느 정도 심리적 거리감이 있는 대화 상황에서는 '잘됐네(1ㄱ)'가, 심리적으로 가까운 대화 상황에서는 '그렇지(ㄴ)'가, 그리고 상대방의 발화에 대한 응대뿐만 아니라 '아쉬움, 거절'을 하는 상황에서는 '그러게, 글쎄(ㄷ, ㄹ)'가 쓰이는데, 이들이 어떤 경우에는 사용되고 어떤 경우에는 사용되지 못하는지 그 차이를 따로 다루지 않은 감이 있다.[4]

발화에 대한 태도 표명을 양태적 기능이라 지칭하고,[5] 그것은 일견 개인적인 행위로 볼 수 있다. 그런데 선행 발화에 대한 태도 표명은 사회적 상호작용에서 전제되는 규칙을 따라야 하는 이유로, 그것은 언어가 통용되는 그 사회의 규범convention의 영향을 받을 수밖에 없다. 이러한 응답표현의 사회적이고 의례적 특성(행위 기능)에 대해서 앞선 연구에서는 다루지 않았다.

본 글에서는 앞선 연구에서 미처 다루지 않은 것을 중심으로 상호작용을 요구하는 대화 상황에서 '잘됐네, 그렇지, 그러게, 글쎄'의 출현 빈도와 공감을 드러내는 정도가 동일하지 않음과 함께, 이들이 어떠한 상황에서 사용되는가를 구명하고자 한다. 이를 위해 대화에 출현한 이들의 빈도와 선·후행어 결합, 화·청자 변인, 문말 억양 등을 포함한 분포적 특성을 고려하여 상호작용성에서 응답표현의 차이를 설명하겠다.

---

4 (ㄱ)에서 선행어 '떨떠름'과, (ㄴ)에서 선행어 '암'과 '내 목숨 하나 없으면 세상도 그만인 게지'로, (ㄷ, ㄹ)에서 후행 표현('소년이 죽으면 정의가 사라지는데…, 다른 학생이 하기로 했다니깐')에 의해 청자의 태도가 다르다고 보았다.

5 '그는 자식을 모두 잘 키웠다'는 '그가 자식을 모두 키운 것은 잘한 일이다'로 해석되고, 여기서 자식을 키운 그의 행위에 대한 화자의 태도(평가)를 엿볼 수 있다. 이러한 것을 부사의 양태적 기능이라 하는데, 이에 대해서는 최현배(1961:596), 이한규(1996:2), 서정수(2005:129-131), 김선희(2002:78), 조민정(2015가:192) 등에서 다루어진 바 있다.

'응답표현'의 범위, 그리고 이들의 사용 빈도는?

우선, '잘됐네, 그렇지, 그러게, 글쎄'가 별다른 형태 변화 없이 (1)에서와 달리 쓰이기도 하는데, 아래 예문 (2)에서 보듯이 '잘되다, 그렇지'가 본래적 의미로 쓰일 때 그것은 선행 발화에 대한 응답이 아니다. 이런 '잘되다, 그렇지'는 응답표현이 아닌 이유로 서술 범위에서 제외하였다.[6]

(2) ㄱ. 회사를 그만둔 것이 차라리 **잘됐다**는 기분이 들었다.

　　ㄴ. **그렇지**, 오늘이 바로 네 생일이구나.

(3) ㄱ. 없는 놈들은 그저 **그렇지**!　　　　'별 수 없다' 선행 맥락 대용

　　ㄴ. 말이 **그렇지**, 그런 사람이 어디 그리 쉬운가?　'쉽다' 역행 대용

　　ㄷ. 작년에 홍수가 나서 특용작물 재배가 엉망이었는데, 올해도 비가 저렇게 왔으니 또 **그러게** 생겼네.

뿐만 아니라 (3ㄱ)의 '그렇지'는 선행 맥락을 대용하고, (3ㄴ-ㄷ)에서 '그렇지, 그러게'는 후행절의 '쉽다'와 선행절의 '특용작물 재배가 엉망이었다'를 대용anaphora하고 있다. 이러한 용법도 응답표현이 아닌 이유로 서술 범위에서 제외하였다.

---

6 《표준국어대사전》에 '잘되다'가 "일, 현상, 물건 따위가 썩 좋게 이루어지다"로, '그렇지'가 "틀림없이 그렇다는 뜻으로 하는 말"로 풀이되어 있다. 이후의 논의에서 사전의 출처를 따로 제시하지 않는다.

아래의 '그러게(4ㄴ), 글쎄(5ㄱ)'도 대화의 시작 위치에서 대화 시작을 위해 쓰이고, 또 '글쎄(5ㄴ)'가 대화의 중간에서 대화가 끊어지지 않도록 잇고 있으며, 마지막으로 '글쎄(5ㄷ)'가 대화의 끝에 출현하여 대화를 끝내고 있다.

(4) ㄱ. 왜 그렇게 많이 먹어, **그러게**?

ㄴ. **그러게** 내가 뭐랬어?

(5) ㄱ. **글쎄**, 오늘은 (점심을) 뭘로 할까?

ㄴ. 내가 **글쎄**, 보니까 글쎄..

ㄷ. 달자: "야! 됐다! 끊자."... 달자: "됐다고, **글쎄**!!" 〈달자의 봄〉

대화를 시작하거나 대화를 접속 또는 끝내기 위해 쓰이는 이들은 상대방의 발화가 선행되지 않는 위치에서 출현하는 이유로 응답표현으로 볼 수 없다.[7] 이런 이유로 상대의 발화에 대한 응답으로 쓰이지 않은 (2-5)의 표현들은 이 글의 목적에서 벗어나는 관계로 서술 범위에서 제하였다.[8]

응답표현이 대화를 포함한 담화에서 보이는 기능 및 차이를 밝히

---

7 안윤미(2012:92)에서 발화의 시작 부분에 등장하는 '그러게'와 응대형으로 쓰이는 것을 '담화 대용 표지'와 '응답표지'로 구분하였는데, 발화자2가 발화자1의 선행 발화의 내용을 다시 대용하면서 응답하고 있는 실제 대화(1ㄷ, 6ㄱ) 상황을 볼 때 그 둘을 엄밀하게 구분하는 것이 그렇게 쉽지는 않다.

8 '응, 그래, 아니'가 대화에서 맞장구로 쓰인 것에 대해서 김하수(1989), 이한규(1996, 2011)에서 다루었기 때문에, 이 글에서는 이들의 맞장구 기능에 대해서는 따로 기술하지 않겠다.

기 위해, 본 글은 구어 말뭉치와 준구어 말뭉치를 사용하였다. 구어 말뭉치는 세종말뭉치 외에 추가로 말뭉치를 사용하였는데, 이는 세종말뭉치 중 구어의 양이 적을 뿐더러 실제 검색 결과 일상 대화가 충분히 드러나지 않은 이유로, 일상 대화가 소개된 드라마와 영화 대본을 사용하였다. 드라마와 영화 대본은 흔히 준구어로 분류되는데, 준구어는 대화의 전형적 특성을 드러내며 대사 앞에 주어진 괄호나 지문을 통해 등장인물들의 발화 의도를 쉽게 파악할 수 있는 장점이 있다.[9] 본 연구에서 사용한 준구어 목록은 총 52편의 국내 드라마 1,228회 대본과 총 56편의 영화 대본으로, 이는 약 701만 3,918어절에 해당한다.

표 1. 드라마 대본 및 말뭉치 현황

말뭉치 유형		말뭉치 규모	텍스트 표본수
구어	세종	422,863	98회
준구어	드라마	701만 3918어절	1228회
	영화		56회

　일상 대화에 등장하는 응답표현은 다양하다. 그럼에도 불구하고 네 가지 유형만을 대상으로 선정하고 이들의 상호작용성을 고찰하게 된 이유는, 먼저 이 네 가지 유형이 응답표현으로 가장 많이 쓰일 뿐만 아니라 응답표현의 본래적 의미와 상관없이 대화를 이어 가기

9　준구어 말뭉치의 장점은 강현화(2008:24)에서 자세히 기술되었고, 드라마와 영화 목록은 이 글의 부록에 따로 제시하였다.

위해 쓰인다는 점에서 특징적이기 때문이다. 이들 네 유형이 다른 언어 형태보다 고빈도로 사용되기는 하지만, 구체적인 사용 빈도에서는 차이를 보인다. 대화에서 '그렇지'가 가장 높은 빈도로 쓰이고, 다음으로 '글쎄〉그러게〉잘됐네' 순으로 사용되는 것을 볼 수 있다.[10]

표 2. 말뭉치에서 응답표현의 출현 빈도

말뭉치 유형	잘됐네(4)	그렇지(1)	그러게(3)	글쎄(2)
세종 구어	3회	84회	25회	111회
드라마	83회	1651회	725회	1249회
영화	5회	128회	57회	70회

이들은 응답표현으로 사용된다는 공통점도 있지만, 사용 빈도와 화·청자의 상호작용적 양상에서 차이점을 드러낸다. 앞에서 간략하게 언급했지만 다시 인용해 보면, 응답표현 중 어느 정도의 거리감이 있는 대화 상황에서는 '잘됐네(1ㄱ)'가, 심리적으로 가까운 대화 상황에서는 '그렇지(ㄴ)'가, 그리고 상대방의 발화에 대한 응대뿐만 아니라 '아쉬움, 거절'과 같은 상황에서는 '그러게, 글쎄(ㄷ, ㄹ)'가 쓰이는 점들이 앞선 연구에서 다루어지지 않아 논의가 필요하다.

또한 사회적이고 의례적인 상황에서 행위 규칙의 하나로 사용되

---

10 서상규(2014:448)에서 '잘되다'가 본래적 의미("일, 현상, 물건 따위가 썩 좋게 이루어지다.")로는 34.5퍼센트, 응대형으로는 20.7퍼센트의 사용 빈도를 보인다. '글쎄'가 응대형으로 46.5퍼센트, '글쎄 말이다'꼴은 10.4퍼센트의 빈도를, 담화표지로서 대화시작은 18.7퍼센트, 화제전환은 13.3퍼센트, 대화접속은 11.2퍼센트를 보이는 한편 '그러게'의 빈도는 따로 제시되지 않았다.

고 있는 이들은, 이언어 학습자에게는 전혀 생소한 그래서 습득하기 어려운 학습 항목 중의 하나이다. 한국어 교육 측면에서 한국어 학습자의 의사소통 능력 향상을 위해 우리의 언어 사용 습관을 고찰하고 그 특징을 객관적으로 기술하는 하나의 경우로 응답표현의 기능 및 사용 환경 등의 규명이 필요함을 들 수 있다.

이러한 필요성에 의해 본 글은 위의 응답표현이 상호작용성에서 갖는 차이점(즉, 참여자의 공감 여부에서 공감, 공감 유보(혹은 회피) 등으로 동일하지 않음)과 이를 사용함으로써 달성하고자 하는 궁극적인 목적이 무엇인지 설명하고자 한다.

응답표현이란 무엇이고 어떤 특징을 갖는가?

'응답표현'의 개념과 그 하위 유형

발화자1의 발화에 대한 발화자2의 응답표현은 주로 대화 분석을 포함한 화용론에서 말이 겹치는 현상에 대해 다루면서부터 시작되었다. 초기에 이러한 기능을 갖는 표현을 '말중복, 말겹침, 동시발화' 등으로 지칭하였다. 이러한 용어들은 발화자1과 2의 발화가 함께 이루어지는 상황에서 출현하는 언어 표현에 대한 포괄적인 용어로, 발화자1의 발화가 끝나고 그에 대한 반응이 기대되는 지점에서 발화되는 것에 대한 정확한 명칭으로 보기는 어렵다.

발화자1의 발화가 끝나고 그것에 응대하는 형태를 끼어들기와 구분하여 맞장구로 지칭하며, 이 말은 "화자의 말차례를 지지하거나 동의하기 위해 청자가 하는 표현"(김순자, 1999:49)이나 "청자가 현 화자의 발언권을 인정하면서 화자와 그 발화를 거드는 언어적·비언어적 호응"(노은희, 2002:248)이라고 정의되기도 했다. 그렇지만 김순자(1999)와 노은희(2002)는 '그러게'가 공감에서 드러내는 차이, 그리고 이 말이 왜 사용되는지를 설명하지 못하고 있다. 즉 아래 대화(6)에서 '그러게'가 공통적으로 사용되고 있지만 화자의 태도에서 같지 않다.

(6) ㄱ. A1: 차라리 큰 걸 빌릴 걸 그랬나①? 치수가 딱 맞는 게 없어서 작은 걸 빌렸더니 영 불편하네②. B1: **그러게**, 봉이 결혼식 때 했던 한복 입으면 되지 뭘 빌려.(안윤미, 2002:92 재인용)

ㄴ. A1: 봄인가 싶더니 벌써 여름이야. B1: **그러게**.

(6)에서 '그러게'는 발화자1의 발화가 끝나고 응답이 기대되는 지점에서 출현한다는 점에서 응답표현이라는 공통점을 가진다. 그렇지만 (6ㄱ)에서는 이 말이 ②에는 공감하나 ①에 대해서는 발화자1과 다른 의견—"봉이 결혼식 때 했던 한복 입으면 되지 뭘 빌려"—을 전하는 반면, (ㄴ)에서는 이 말이 발화자1의 발화 내용에 공감하는 것 이외에 다른 의견을 전하지는 않고 있다. 이로 볼 때 (ㄱ)과 (ㄴ)에서 '그러게'가 선행 발화에 대한 공감 정도(또는 태도)가 다름을 전하고 있는데, 이러한 점이 김순자(1999)와 노은희(2002)에서는 설명하지 못하고 있다.

이러한 이유로 응답 유형을 선행 발화에 대한 발화자2의 태도에 따라 구분하고자 하였다. 먼저, 임규홍(2001:14-20)은 발화자2의 태도가 긍정인가 부정적인가에 따라 끼어들기(본고의 응답표현에 해당된다)를 '호응하는 끼어들기'와 '부정하는 끼어들기'로 나누었고, 이원표(2001: 285)는 발화자2의 태도가 다양함을 근거로 '청자 반응 신호, 우발적 말 끼어들기, 우호적 말 끼어들기, 비우호적 말 끼어들기'로 구분하였으며, 사회학자인 고프먼(2013:301)은 '연출의례(긍정)'와 '회피의례(부정)'로 나누기도 했다.[11]

이들 논의들은 선행 발화를 수용하는 발화자2의 태도 혹은 공감에 따라 끼어들기(혹은 응답표현)를 구분했다는 면에서 의의가 있다. 그러나 발화자2가 발화 상황에서 선행 발화에 대한 태도를 즉각적으로 드러내지 않고 유보하는 상황에서 '그러게, 글쎄'가 사용되는 것을 임규홍과 이원표의 논의로는 설명하기 어렵다. 공감 유보(즉 회피)는 상대의 발화에 공감하지 않지만 발화 내용에 대한 즉각적 표명을 유보하는 것으로, 임규홍과 이원표의 어느 유형에도 포함되지 않는다. 오히려 이것은 상호작용에서 하지 말아야 할 것을 규정한 고프먼의 '회피의례'에 가깝다고 하겠다.

더 나아가 (1ㄱ)에서 '잘됐네'가 한편으로 발화자1의 발화 내용에

---

11 '연출의례'는 상호작용에서 상대를 존중한다는 뜻을 구체적으로 보이는 의례 형태로서 사람들이 서로 마주칠 때 나누는 인사, 상대의 사회적 지위와 상황, 상대와의 친소 관계에 따라 적절한 호칭 및 언어 사용, 상대에게 찬사하기, 만나고 헤어질 때 나누는 작별인사 등이 그 예이다. '회피의례'는 상대의 권리를 침해하지 않으려는 의례 형태로서 상호작용에서 하지 말아야 할 일을 규정하는 금지 또는 금기 규칙으로 구성된다. 자세한 것은 고프먼(2008/2013)을 참조.

공감하기는 하지만 다른 한편 발화 내용 및 발화자1에 대한 심리적 거리가 있는 상황에서도 사용되는 것을 볼 때, '호응하는' 혹은 '우호적 끼어들기'로만 분류하는 것은 해당 응답표현의 기능과 사용되는 조건에 대한 정확한 설명이라고 보기 이렵다.

지금까지 논의를 통해 본 글의 응답표현은 첫째, '끼어들기(임규홍, 2001:330; 이원표, 2001:284)'와 출현 지점에서 차이가 있다. 다음의 (7)을 보자.

(7) ㄱ. A---------

        [B---------]

                A----------   '끼어들기'의 출현 위치

  ㄴ. A[--------]B[-------]   본고의 '응답표현'의 출현 위치

끼어들기는 발화자1의 발화가 끝나지 않은 발화 중간에 출현하여 발화자2의 말과 겹치는(7ㄱ) 반면, 응답표현은 발화자1의 말이 끝나고 그 반응이 기대되는 지점에서 실현되고 있다(7ㄴ). 이처럼 출현 지점으로 볼 때 이 둘은 다르다.

다음으로, '끼어들기'는 선행 발화에 대해 태도 표명을 유보하거나 회피하는 상황에서 사용되지 않으며, '맞장구' 역시 이 말의 정의("화자의 말에 동의하"거나 "화자의 발화를 거드는 언어적 호응")에서 보듯이 선행 발화에 대해 공감을 유보하는 상황에서 사용되지 않는다. 사용 상황에서 '응답표현'과 '끼어들기, 맞장구'는 서로 다르다.

지금까지의 논의를 토대로, '잘됐네, 그렇지, 그러게, 글쎄'는 선행 발화가 끝나고 응답이 기대되는 지점(즉 말이 겹치지 않는)에서 사용되며, 그것은 "담화 상황에서 의례적으로 요구되는 상호작용의 규범, 즉 대화가 지속되도록 하는 협동 원리를 따르는 동시에 대화 상대의 말을 경청하고 있다는 표시와 함께 그 발화에 대한 입장 혹은 태도를 드러내는 언어 형태"로, 본 연구자는 이를 '응답표현'이라고 지칭하겠다. 응답표현은 다시 상대의 발화 내용에 공감을 표시하는 '맞장구'와 공감을 유보하거나 회피하는 '회피'(공감 유보)의 두 유형으로 구분된다. 맞장구와 회피의 응답표현이 자료에서 출현하는 구체적인 형태와 그것이 선택되는 조건을 좀 더 살펴보자.

응답표현은 언제, 그리고 왜 사용하는가?

본 글에서 다루는 응답표현들은 (8)에서 보듯이 구어와 일상 대화에서 다양한 꼴(형태, 혹은 변이형)로 쓰이는데, 이러한 꼴(변이형)의 선택은 전적으로 말 듣는 사람의 나이와 지위, 그리고 참여자들 간의 관계, 때로는 시대에 따라 달라지는 것으로 확인되었다.

(8) ㄱ. 잘됐다(92), 잘됐네(66), 잘됐네요(24), 잘됐군요(6), 잘됐구나
(4), 잘됐군(4), 잘됐소(1)

ㄴ. 그렇지 뭐(70), 그렇지 그렇지(24), 뭐 그렇지(요)(10), 그건 그
렇지(6), 그렇지 그래(4)

ㄷ. 그러게(807), 그러게 말(이)야(44), 그러게 말입니다(36), 그러
게 말이다(28), 그러게 말이에요(10)/그러게 말예요(9)

ㄹ. 글쎄(1430), 글쎄요(385), 글쎄다(10), 글쎄 말이에요(5), 글쎄
   말입니다(1)

위에서 (8ㄱ)의 '잘됐네'는 다른 것과 달리 품사가 동사이면서 주
로 낮춤의 활용꼴로만 쓰이고, 감탄사인 '그렇지, 그러게, 글쎄'는 본
래 활용을 하지 않는 불변어로 분류되나 (8ㄴ-ㄷ)의 꼴(변이형)로 실
현되며, 더욱이 특정 단어와 함께 굳어진 표현(상투어)으로 쓰인다.

대화에서 사용 빈도('그렇지 〉 글쎄 〉 그러게 〉 잘됐네' 순, 〈표 2〉 참고)
와 변이형으로 볼 때 이들은 상호작용적 측면에서 동일하지 않고,
이들의 형태가 굳어져 화석화되고 기능이 더욱 정교해진다면 '안녕
하세요, 감사합니다, 실례합니다'와 같은 의례적 기능의 상투어가
될 수 있다. 상투어란 한국어와 관련하여 조민정(2010:178)에서 처
음 다룬 것으로, 이 말을 "정형화된 형태로 실현되며, 담화에서 발화
를 분리하는 기능을 가지고, 대화 참여자의 인간관계와 사회적 상
호작용을 드러내며, 형태(꼴, 변이형)와 사용 맥락 등의 규범이 사회
적으로 정해진 언어 형태"로 재정의한 바 있다. 만일 당신이 한국어
화자라면 처음 만나는 상대에게 말을 걸기 전에 '실례지만'을, 자리
에서 상대보다 먼저 일어날 때는 '실례하겠습니다'를, 같이 있다가
먼저 일어날 때 '저는 이만 실례합니다/실례하겠습니다'를 사용하
는 것은 적절하나 '저는 이만 미안합니다'는 사용상 적절하지 않다
는 것을 안다. 이를 언어 사용상의 적절성이라 하는데, 이런 적절성
은 바로 상투어의 형태(꼴)와 사용 맥락이 규범적으로 정해졌다는
것을 보여 주는 단적인 예라 하겠다. 해당 언어 사용자는 이러한 규

범을 가정교육 및 학교교육을 포함한 사회화를 통해 습득한다. 이와 마찬가지로 응답표현의 꼴(형태)과 사용 맥락 등이 사회적 약속인 규범convention을 따르는 것으로 보인다.

'잘됐다'가 주로 낮춤의 활용꼴로만 쓰이는 것으로 볼 때, 이 말은 나이 많은 발화자1과 어린 발화자 간에 사용될 것으로 추정할 수 있는데, 실제 20대 이상의 발화자2가 개인적 혹은 공적인 상황에서 가장 많이, 그리고 10대 친구 사이의 개인적 발화에서 그 다음으로 많이 사용되는 것을 볼 수 있었다.[12] 기본적으로 참여자의 나이에 따라 응답표현이 선택되는 것을 (10ㄱ)에서 볼 수 있다.

뿐만 아니라 두 참여자들 간의 관계에 따라 선택되는 것(11)과 함께, 나이와 발화자 간의 관계가 동일함에도 선행 발화 내용에 대한 발화자2의 태도에 따라 다른 형태가 선택되는 것(12ㄴ)도 볼 수 있다.

위에서 말한 조건 외에도 응답표현의 형태가 시대에 따라 달라지기도 한다. 예컨대 2009년까지 나온 드라마 대본에서 응답표현으로 '대단하다'가 쓰인다. 이 말이 그 이후에는 '잘됐네'로 교체되어 쓰이는 것을 볼 수 있고, 최근에는 20·30대 초반을 중심으로 '대박'으로 대체되는 것을 볼 수 있다.[13]

---

12 '그렇지'는 30대 이상, '그러게'는 20대 이상이며 '글쎄'는 거의 모든 연령대에서 사용되어 연령대를 특정하기 어려움을 밝힌다.

13 20대 남녀의 대화에서 '대단하다, 대단한데, 대단해'의 꼴로 4회 사용되고, 그 밖의 형태로 2회 사용되었다. 이후 '대단하다'가 쓰일 자리에 '잘됐다'가 쓰이다가 최근에는 거의 '대박'으로 교체되어 쓰이고 있다. 통닭 회사('노랑통닭') 광고에서도 '대박'이 응대형으로 사용되는 것을 볼 수 있다.

(9) ㄱ. 팀장: 아이들의 시선을 모으기 위해서 HIT나 SOS등 인기 가
　　　수들을 이미 섭외했습니다. 모두들: "오호, 대단한데..."

　　ㄴ. 윤희: (앞으로 다시 나와 앉으며) 이번에 만난 사람들만 스무 명
　　　이 넘을걸? 영재: 대단하구나! 김윤희. 〈호텔리어〉

(10) ㄱ. 송영희: 이 정도면 대박 치겠어요 부장님! (하면서 표정 환해
　　　진다) 남대수: 대박? 하하하[14] 〈달자의 봄〉

　　ㄴ. 은심: 하루에 2만 원씩만 벌어도 일주일이면 14만 원. 한
　　　달이면? 지승: (얼른) 60만 원. 선화: 완전 대박이다. 대박!
　　〈반올림〉

　'대박'은 본래 '대박 가게, 대박 사건'처럼 후행 명사를 수식하는
관형사로 쓰였으나, '대박 치다 대박이다'에서 보듯이 점차 '치다,
이다'의 어기로 쓰이다 최근에는 '치다, 이다' 없이 단독으로 응답
상황에서 사용된다.

　이러한 응답표현은 앞의 (1, 6)의 대화에서 갖는 의미(즉 함축)와
공감도, 그리고 심리적 거리에서 차이가 남을 보였다. 본 글은 그러
한 차이를 기본적으로 대화 구조, 선·후행어와의 결합 양상, 대화자
변인, 문말 억양, 화자의 의도를 기술한 것(대본에서 ( ) 안에 표현된)
을 고려하여 판정하였다. 또한 한국어 고급 모어 화자로 Y, K 대학

---

14 '대박'은 주로 20~30대의 젊은층에서 '박수를 치거나 눈을 동그랗게 뜨는' 등 비언
　어적 표현과 함께 사용되면서 환호하는 감정이 실려 적극적 공감을 나타낸다. 이
　러한 '대박'은 2만4475건의 블로그에 등장하지만, '맞장구'로서의 쓰임은 그다지
　많지 않았다.

의 교원 6명에게 '잘됐다, 그렇지, 그러게, 글쎄'를 공감도와 심리적
거리 순으로 나열하게 하고, 그렇게 판단한 이유를 요청하여 도출
된 결과를 판정에 반영하여 확정하였다.[15]

맞장구와 회피가 담화에서 수행하는 기능은?

'잘됐다'는 주로 20대 회사 동료끼리 나누는 대화에서 사용되는데,
어떠한 태도를 드러내는지 아래 예를 통해 살펴보자.

> (11) ㄱ. 동준: 축하해요. 시안이 통과했어요. 정은: 정말요?〉_〈 정말
> 요? 실장님: 〉_잘됐다_〈♥[16] 〈황금사과〉
>
> ㄴ. 의원: 조금만 참아요. 다 됐으니까. 큰아들은 고등학교 시험
> 봤다더니 됐습니까? 어머니: 네에, 됐습니다. 의원: 저런, **잘**
> **됐군요**. 잠깐 양말 좀 벗으세요.

(11ㄱ)은 문자메시지 상의 대화로 '잘되다'와 이모티콘으로 이루
어졌다. 이때 실장(화자3)이 해당 사태에 공감하면서, 심리적으로 가
깝게 생각한다고 가정할 수 있다. 이는 이 말과 이모티콘이 함께 사
용되는 것으로 확인할 수 있다. 만일 '잘되다'가 [+심리적 거리]를

---

15 실험 참가자의 인적 정보는 '생명윤리및안전에관한법률IRB'(보건복지부 2013년 2
월 시행)에 의거해 글에서 밝히지 않았다.

16 이모티콘에서 〉_〈 은 웃는 모습을, ♥는 사랑 혹은 좋은 감정을 의미한다.

나타낸다면 심리적으로 가깝다고 느낄 때 사용하는 ♥과 함께 쓸수 없을 것이기 때문이다. 그래서 이 '잘되다'는 [+긍정 공감]과 [-심리적 거리]를 나타낸다고 판정하였다.[17]

(11ㄴ)은 의사와 환자 간에 이루어진 대화로, 의사와 환자는 친밀한 사적 관계가 아닌 공적 관계를 이룬다. 그리고 (ㄴ)에서 의사는 '잘되다' 다음에 바로 화제(고등학교 합격에서 양말을 벗기)를 전환하고 있으며, 이를 통해 의사가 환자에게 진료 전 의례적인 수준의 대화를 하는 것으로 볼 수 있다. 그래서 공적 상황에서 사용된 '잘되다'가 '잘되다' 이후 바로 화제가 바뀌는 것으로 볼 때, 발화자2가 선행 발화 내용에 긍정적으로 인정(공감)하면서도 발화자 또는 발화 내용에 심리적 거리감을 가질 때 사용되는 '맞장구'로 판단하였다.

위에서 응답표현의 사용 조건의 하나로 심리적 거리감을 언급하였다. 이 경우 심리적 거리에 대한 판단이 다분히 주관적일 수 있다는 문제 제기가 가능하다. 이러한 주관성을 극복하기 위해 본 글에서는 맞장구의 후속 발화와 화·청자 간의 관계 등을 토대로 판정하였다. 이는 발화자2가 선행 발화에 대한 자신의 감정(심리적 거리)을 해당 응답표현 뒤에 덧붙임으로써 드러내거나 두 참여자가 사적 혹은 공적인 관계를 맺는가에 따라 해당 발화에 대한 심리적 거리가 달라지기 때문이다.

---

17 기존 연구에서 대화 참여자들이 공적 혹은 사적 관계를 맺는가에 따라 거리distance를 결정하였으나, 본 글은 참여자의 관계와 발화자가 발화 내용에 갖는 관심(혹은 의도)에 의해서도 그 거리가 달라질 수 있어 거리를 결정하는 요소로 참여자 관계와 발화 내용에 대한 태도도 고려하였다. 이에 대한 자세한 것은 후고로 미룬다.

'잘되다'가 물론 (11ㄴ)과 같이 쓰이기도 하지만, 그 비율이 1퍼센트도 안 되는 점을 감안할 때 주로 〔+긍정 공감〕〔−심리적 거리〕인 상황에서 쓰인다고 하겠다.

다음으로 '그렇지'와 '그러게'가 공감에서 어떠한 태도를 드러내는지 대화 내용을 통해 살펴보자.

(12) ㄱ. 경민: 이런 이야기는 만나서 해야되는데. 비록 우리가 헤어지긴 했어도...친구는 친구잖아. 정은: 틀림없이 **그렇지**. 〈**옥탑방 고양이**〉

　　 ㄴ. 송자: 우리 승미두 스물여섯 아냐 인제. 봉희: **그렇죠**(그렇지요). 송자: 잘 됐으면 좋겠어. 봉희: **그러게 말예요**. 〈**보고 또 보고**〉

(12)에서 '그렇지'와 '그러게' 모두 "상대의 말이 그렇다는, 즉 찬성하는 뜻"(《표준국어대사전》 뜻풀이 참조)을 나타내는 면에서 동일하다. 그렇지만 '그렇지'가 '그러게'보다 상대의 말에 '공감'하는 정도에서 강하다고 판정하였는데(〔+강한 공감〕) 그 근거로는, 첫째 '그렇지'와 함께 하는 말, 즉 이 말의 결합 관계와, 둘째 이 말이 쓰인 상황을 들 수 있다. 즉, '그렇지'가 (12ㄱ)에서 "틀림없이"라는 선행어(앞에 오는 말)와 함께 '틀림없고 확실한 상황'에서 주로 사용된다.

게다가 (12ㄴ)에서 "승미두 스물여섯 아냐"라는 말에는 봉희가 '그렇죠'로 응답을 하는 반면, "(승미와) 잘 됐으면 좋겠어"라는 승미 엄마의 말에는 '그러게 말예요'처럼 다른 말로 대꾸하고 있다. 동일한 발화자2가 다른 형태를 선택한 이유를 설명할 필요가 있다. 극

중에서 승미와 봉희는 동갑이며, 승미의 어머니인 송자는 봉희가 좋아하는 사람과 결혼시키려는 의도를 가진 반면 봉희는 자신이 좋아하는 사람과 승미가 연결되는 것을 원치 않고 있다. 발화자2인 봉희가 나이에 대한 발화에는 '그렇지(요)'를, 자신의 의도와 상반되는 발화에 대해서는 '그러게'를 선택하는 것으로 볼 때, '그렇지'와 '그러게'가 상대의 발화 내용에 대한 공감도에서 다르다고 할 수 있다.

위의 세 응답표현과 달리 아래의 '글쎄'는 공감도에서 상당히 다른 면모를 보여 준다.

(13) 가재: 캬~ 더워~ 더워~ 이러다간 연못의 물도 다 말라 버리겠어~. 메기: **그러게/글쎄/?*그렇지**… 말야….

(14) ㄱ. 준희: 왜? 엄마가 가 볼려구? 어머니: **글쎄다.** 가 볼래두 할 일두 많구, 발표를 한 건지 안 한 건지두 모르겠구 〈여우야 뭐하니〉

ㄴ. 경민: 정은아, 나야, 오늘 늦어? 정은: **글쎄.** 경민: 언제 오는데? 정은: 왜? 경민: 그냥 궁금해서. 〈옥탑방 고양이〉

ㄷ. 남희: 정말 니가 선물한 거 아니라구? 만수: **글쎄!!** 아니라니까요!

(13)의 '그러게'는 발화자2가 한편으로 선행 발화에 공감을 나타내면서도 후속 발화가 이어지지 않는 상황, 즉 대화를 더 이상 지속시키고 싶지 않은 회피 상황에서 사용되고 있다. 이러한 '그러게'는 '그렇지'로 교체하면 비문법적이거나 어색하다. 그렇지만 이 말은 '글쎄'와는 교체될 수 있다. 만일 두 단어의 의미가 상충된다면 두

말은 교체되기 어려울 것이다. 이는 '그러게'를 '그렇지'로 교체한 대화가 적절하지 않은 것에서도 확인할 수 있다. '그러게'와 '글쎄'의 교체로 볼 때, 이 둘이 상대 발화에 대한 공감 정도에서 '그렇지'와는 다르다고 가정해 볼 수 있다.

(14ㄱ)의 '글쎄'가 상대의 발화에 대해 "가지 않겠다는 거절" 상황에서 사용되고 있다(후행 표현 "할 일도 많구, ~도 모르겠구"를 통해 그러한 함축implicature을 파악할 수 있다). 더욱이 (14ㄴ)에서 이 말은 선행 발화에 대해 분명한 입장을 드러내지 않는 채 사용되고 있다.

위의 예문에서의 사용을 통해 '글쎄'가 (13)처럼 공감도가 낮은 상황, 또는 발화자1의 발화에 대한 거절 상황(14ㄱ), 그리고 회피 상황 또는 공감 유보적인 상황(14ㄴ)에서 쓰이는 응답표현임일 알 수 있다. 마지막으로, 선행 발화 내용에 공감하지 않는 상황에서 사용되는 '글쎄'의 용법을 통해, 이 말이 응답표현이긴 하지만 맞장구라기보다는 회피(또는 공감 유보적인) 상황에서 사용되는 회피 표현으로 보아야 한다. 또 이 말의 사용 상황을 토대로 '글쎄'가 [+심리적 거리]를 자질로 가진다고 볼 수 있다.[18]

지금까지 공감과 심리적 거리를 포함한 상호작용성에서 보이는 차이를 토대로 응답표현의 특징을 정리하면 〈표 3〉과 같다.

---

18 친한 친구 혹은 사적인 관계를 맺고 있는 사람과의 대화임에도 관심이 없거나 관여하고 싶지 않은 상황에서 '글쎄'로 응답하는 것을 통해 화자의 태도가 심리적 거리감에 영향을 미치는 것으로 보았다.

표 3. 상호작용에서 응답표현의 정도성

형태	그렇지	잘됐네	그러게	글쎄
품사	감탄사	동사	감탄사	감탄사
음성	음절 끝이 내려감	끝이 짧고 내려감	끝을 길게 끌면서 내려감	끝을 짧게 끌면서 내려감
의미 (함축)	선행 발화에 능동적으로 동의	선행 발화에 능동적으로 동의	선행 발화에 수동적으로 동의, 회피	선행 발화에 동의하기 어려움, 반대
상호작용 공감	◄──────────────────────────────► 〔적극적 공감〕 소극적 공감 혹은 회피〕			
상호작용 거리	〔-거리감〕[19]	〔±거리감〕	〔+거리감〕	〔+거리감〕

〈표 3〉에서[19] 보듯이 좀 더 강한 공감을 하는 상황에서는 '그렇지 (12ㄱ)'를, 소극적으로 공감하는 상황 또는 공감을 유보하는 상황에서는 '그러게(12ㄴ)'를, 공감을 유보하거나 회피, 그리고 반대하는 상황에서는 '글쎄'를 사용하는 것(13. 14)을 토대로, 이들 응답표현이 공감과 심리적 거리에서 정도성을 가지는 것으로 볼 수 있다. 이어서 맞장구와 회피의 응답표현이 담화 상에서 갖는 담화적 기능에 대해 설명하고자 한다.

---

19 이때 해당 응답표현이 가장 많이 쓰이는 용법에 대해 〔-거리감〕으로 판단하였고, 문말 억양이 달라짐에 따라 거리감이 달라질 수 있다. 그러나 〔+거리감〕의 함축으로는 사용 빈도가 낮아 〈표 3〉에서 따로 제시하지 않았다.

응답표현이 담화에서 갖는 기능은?

'그렇지'의 담화적 기능은?

'그렇지'가 "틀림없이 그렇다는 뜻으로 하는 말"(《표준국어대사전》참조)로 쓰일 때, 그 말은 주로 대화의 시작 위치에 분포한다.

(15) ㄱ. 심심: 용주도 검사 받아 봐야 되는 거 아녜요? 봄이랑 그렇게 죽자구 붙어 다녔는데? 석현모: **그렇지** 참!...우리 용주...어디 갔어? 심심: 석현이랑 농구하러 갔어요. 〈고맙습니다〉

ㄴ. 옥림 부: 임마! 니네 그것밖에 안 돼? 옥림: 뭐가? 옥림 부: 아무리 싸웠어도 **그렇지** 그런 게 고민되서 화해 못 할 정도면 니들 친구도 아냐! 안 그래? 〈반올림〉

실제 대화에서 이 말은 화자가 혼잣말을 하면서 자신이 이전에 생각했던 것이 맞았음을 인정하면서 후행 발화를 도입할 때 사용되며, '그렇지 참/그래 그렇지/그럼 그렇지'(15ㄱ)와 같은 꼴(변이형)로 쓰인다. 또 (ㄴ)의 '–어야 그렇지, –어도 그렇지'에서 양보의 연결어미 다음에 '그렇지'가 함께 가정이나 조건의 선행절을 소개하고, 그와 반대되는 상황을 나타내는 발화를 이어 가고 있다. 이 경우 '그렇지'는 맞장구 표현이 아닌 발화자1에게 쉽게 인지될 수 있는 사태를 지시indicate하는, 즉 가리키는 기능을 담당한다.

이와 달리 (16), (17)에서 '그렇지'는 발화자2의 응답표현으로 사용될 뿐 아니라 선행 발화 내용에 상반되는 발화가 이루어지지 않는다는 점에서 맞장구 표현에 해당된다.

(16) ㄱ. 지원: 아저씨가 전산 실장님이시라구요? 강실장: **그렇지**. 그렇지 내가 강병천이야

ㄴ. 유진: 우리 아버지 그런 식으로 책임 회피하실 분 아니야. 영훈: **그래. 그렇지**. 만약 자신이 안 하셨어도 책임을 지실 분이었지. 〈겨울연가〉

(17) ㄱ. 유진: (상혁을 보며) 내 느낌엔... 걔 방송반 든 거 너 때문인 것 같애. 상혁: (피식 웃으며) 말도 안 돼. 오늘 처음 봤는데? 유진: (고개를 갸우뚱하다가) **하긴...그렇지**. 〈겨울연가〉

ㄴ. 은서: 다 암으로 죽는 거지? 강희: **대부분 그렇지**. 왜? 하나 골라 줄까? 은서:...저기... 그럼 그 영화에 혹시 치료비가 얼마쯤 되는지 그런 건 안 나오니? 〈가을동화〉

ㄷ. 은서: 언제는 우리 오빠 보러 학교 다닌다며? 강희: **그건 그렇지만...**

예문 (16)에서 '그렇지, 그렇지' 또는 '그래 그렇지' 꼴로 쓰인 이 말이 상대의 말에 대한 강한 공감을 나타내고 있다. 그렇지만 (17)에서는 이 말의 공감 정도가 약화되고 있다. 이는 이 말에 선행하는 '하긴, 대부분, 그건'의 의미에 영향을 받은 것으로,[20] 그러한 선행어

---

20 '하긴'은 "썩 내키지 않지만 그럭저럭", '대부분'은 "모두 죽는 것은 아니다"를, '그

없이 '그렇지' 단독으로 쓰인다면 그것은 '공감'을 드러내는 것으로 보아야 한다. 그런데 이 말이 대화에서 공감이 아닌 것처럼 쓰이기도 한다. 아래 예를 보자.

(18) ㄱ. 은경: 근데 너, 좋아 보인다. (팔짱을 끼며) 그 동안 무슨 좋은 일 있었니? 숙희: 맨날 **그렇지 뭐**, 좋은 일은? 애들은 다 잘 있지?
ㄴ. 배여: 넌 어쩜 그렇게 손이 곱니? 송자: (웃으며) 물일을 안 해 **그렇지 뭐**.

선행 발화 내용에 대해 공감하는 상황임에도 불구하고, 사람들이 (18)에서처럼 '그렇지 뭐'로 응답하면서 공감보다는 중립적인 태도를 보인다. 그 이유는 무엇 때문인가? 일반적으로 사람들은 상대가 칭찬하는 발화에 공감하지만 그것을 사실대로 인정할 경우 자칫 자랑으로 비칠 수 있기 때문에 후행하는 '뭐'를 써서 공감의 강도를 낮추는 것으로 보인다. 이와 같이 사용된 응답표현은 공손성의 원리를 따르는 사회적 상호작용 행위로 볼 수 있다.

(19) ㄱ. 현태: 대륙공사 진대인과 우리 회장님이 친분이 있었나? 박 실장: 글쎄요, 금시초문인데요. 현태: **그렇지**? 금시초문이지?

건 그렇지만'은 "다른 것은 몰라도 그것만은 수긍하다"를 의미하는 관계로 이들 표현에 의해 [+긍정 공감]의 정도가 약화된 것으로 본다.

〈그린로즈〉

　ㄴ. 박 교수: 자아 이거 하나씩 갖고 가서 각자 프로그램을 짜 봐.

　　남희: 각자요? 박 교수: **그렇지** 각자 짜는 거지 그럼 〈카이스트〉

　(19)처럼 '그렇지'의 끝을 올려 말할 경우 이 말은 선행 발화에 공감과 함께 자신의 추측이 맞았음을 확인하는데, '금시초문이지'를 통해 재차 확인하고 있다. 뿐만 아니라 이 말은 선행 발화를 맥락적 전제로 하여 이후 발화를 연결하는 기능도 가진다. 즉, '그렇지'가 본래적인 응답표현으로써 선행 발화에 공감을 표현하고, 더 나아가 후속 발화를 연결하는 '담화 연결사'로서의 기능에 해당된다(19ㄴ).

　이상의 고찰을 통해 '그렇지'가 본래 '그렇다'의 어휘·의미적 용법에서 선행 발화자에 대한 맞장구와 함께 담화를 자연스럽게 연결하는 '담화 연결사'로서의 기능적인 용법으로 문법화가 진행되고 있다고 볼 수 있다.

소극적 공감의 응답표현이 담화에서 갖는 기능은?

　선·후행어와 참여자간의 관계 등을 토대로 응답표현이 상호작용 (공감, 심리적 거리감)에서 다름을 앞에서 살펴보았다. 그중 맞장구 인 '잘되다'는 본래 활용에 제약을 갖지 않는 규칙동사에 해당한 다. 그러나 실제 대화에서 '잘됐다, 잘됐구나'(해라체), '잘됐네'(하게

체), '잘됐어'(해체), '잘됐소'(하오체) 순으로 쓰이며,[21] 고영근·남기심(1985/2011)에서 제시된 종결어미 체계에서 빈 칸으로 남아 있는 부분이 많다. 응답표현의 하나인 '잘되다'의 담화적 기능을 아래에서 구체적으로 살펴보자.

(20) ㄱ. 민형: 사랑하는 사람 마음에 짓는 집이야. 채린: (흐뭇- 미소를 감추며) **잘됐네!**... 지금 당장 만들면 되잖아. 〈겨울연가〉

ㄴ. 명애: 제 동생 지은이 말인데요....지은이두 요즘 저랑 같이 지내요. 찬식: 그러냐? (쓸쓸히) 그거 **잘됐구나**....명애가 마음을 잘 썼구나. 〈겨울연가〉

ㄷ. 노 소장: 금순이 합격했대? 정심: (심란하다)...그렇다네요. 노 소장: **잘됐네. 잘됐어.** 야 당신 말대루 금순이... 〈굳세어라 금순아〉

ㄹ. 옥림: 학생회 임원 연수여행 갔어, 일본으루. 앞으로 일주일 동안 방 혼자? 쓴단 말야. 윤정: (좋아서) 그래? **잘됐다** 아~ 완전 맞춤이네~! 근데 아줌마, 아저씨도 허락하실까?

〈반올림〉

---

21 〈상대높임법에 따른 종결어미 체계〉, 고영근·남기심(1985/2011:157) 재인용.

	해라	하게	하오	합쇼	해	해요
평서형	잘됐다 92	잘됐네 66	잘됐소 1		잘됐어 0	잘됐어요 0
의문형						
감탄형	잘됐구나 4			○*	잘됐군 4	잘됐군요 6
명령형						
청유형			○			

*○은 본래 상대높임법의 종결어미 체계에서 활용형이 없어 빈 칸으로 남아 있었다.

먼저 (20ㄱ-ㄷ)에서 '잘됐다'에 이어지는 '지금 당장 만들면 되잖아, 명애가 마음을 잘 썼구나, 잘됐어'의 내용으로, (ㄹ)에서는 '잘됐다아~'처럼 해당 단어를 길게 발음하는 것으로 발화자2가 선행 발화에 공감하는 것과 동시에 발화자1 및 대화 내용에 심리적으로 가까움을 드러내고 있다. 그리고 (20)에서 발화자들은 실제 친구, 가족처럼 친밀한 사적 관계를 맺고 있다.[22] 반면

(21) ㄱ. 서 비서: 어음 만기일까진 별 문제가 없을 것 같습니다. 덕수: **잘됐군.** (결재서류 넘겨 주면서)...우혁이 출근했나? 〈비탄향꽃무〉

ㄴ. 메리; 그러지 말구, 제가 5백 원에 (단무지 꺼내며) 이거 얹어 드릴게 저한테 파세요. 대구; 아, 그거 **잘됐네.** 내가 백 원 더 드릴게 그 단무지 나한테 파세요. 〈메리대구 공방전〉

ㄷ. 여명: 내가 우리 아빠 이겼어...처음이야. 옥림:.... (마지못해) **잘됐네**...갈게. 〈반올림〉

(21)에서는 '공감'을 나타내지만 그것의 진정성이 의심되는데, 먼저 (ㄱ)에서는 그 말에 이어서 '우혁이 출근했니?'를 말함으로써 다른 화제로 전환을, (ㄴ-ㄷ)에서는 발화자1의 거래에 발화자2가 '그

---

22 출현 형태로만 볼 때 이 말은 나이 많은 화자가 어리거나 사회적 지위가 낮은 발화자2에게 주로 사용하는 것으로 가정해 볼 수 있으나, 실제 이 말은 나이 차이가 있어도 친밀한 사이에서 주로 사용되는 것으로 보아야 한다.

거 잘됐네, 거 잘됐소'에 이어서 자신의 의도를 드러내는 후속 발화를 볼 때 [+심리적 거리]를, 또한 선행 발화를 맥락적 전제로 하고 후행 대화를 이어가는 것으로 이 말이 담화를 연결하는 기능을 부가적으로 가짐을 확인할 수 있다.

(22) 박 교수: 전에 비디오 편집을 해 봤다고 했지? 지원: 네 몇 번... 그냥 학교 방송국에서... 박 교수: **잘됐어/오 케이**/?그렇군/?*그래/. 이따가 물리과 서 교수님을 찾아가 봐. 〈카이스트〉

또 본인의 질문에 대한 상대의 대답에 '잘됐어'로 대꾸하면서 후행 발화를 이어가고 있다(22). 이때 '잘됐어'는 '오 케이'와 교체될 수 있으나 '그렇군/그래'와의 교체는 후속 발화 내용을 고려할 경우 좀 부적절하다. 이 경우 '잘됐어'는 박 교수의 질문에 '그냥 학교 방송국에서 비디오 편집을 해 봤다'는 지원의 말에 대한 맞장구이면서 동시에 그런 일을 해 본 사람을 구하는 자신의 질문에 대한 대답이 만족스럽다는, 즉 평가가 포함되어 있다. 그런 이유로 비슷한 의미를 가진 '오 케이'로의 교체는 자연스러우나 '그렇군/그래'와의 교체는 어색하다.

또한 (22)의 '잘됐어'는 선행 발화 내용을 맥락적 전제로 하여 이후 발화를 연결하는 '담화 연결사'로 쓰인 반면, 맞장구인 '그렇군, 그래'는 선행 발화 내용에 대한 공감을 표현하지만 후행 발화가 이어지지 않는 상황에서 주로 쓰이는 관계로 교체할 경우 이상하다.

'오 케이'가 '잘됐어'와 교체되기는 하지만, '오 케이'는 참여자 간의 관계가 가까운 상황에서 주로 사용되나, '잘됐어'는 교수 – 학생이라는 공적 관계에서 사용되어 이 둘은 사용 면에서 차이를 보인다. 공적 상황에서 사용된 '잘됐어'가 상황에 의해 심리적 거리를 보인다고 보아서 [+공감, +심리적 거리]로 표시하였다.

'그러게'는 '그러기에'의 준말로, 주로 비격식적 상황에서 쓰이는 맞장구이다. 이 말은 기본적으로 상대방의 발화에 대한 '공감, 동조', 즉 선행 발화자의 발화 내용에 대한 긍정의 맞장구로 쓰인다.

(23) 은서: 너무 많이 오네? 준서: **그러게** (보다가 전화기 들고) 여보세요.

(23)′ 은서: 너무 많이 오네? 준서: **그러게**/??응

'공감, 동조'를 나타내는 이 말을 상대방의 발화에 대한 긍정의 응답표현인 '응/네'로 교체해 보면, 전하는 내용이 같지 않음을 볼 수 있다(23′). 이는 '응'은 정보를 얻고자 하는 상대편의 질문에 대한 답변으로 쓰이기 때문에 혼잣말하는 은서의 대답으로 어색한 반면 '그러게'는 혼잣말에 대한 응답이기보다는 발화자2가 상대방을 의식하면서 상대의 발화를 듣고, 이해하며, 그것에 대한 관심 및 공감하는 것을 표현하기 때문으로 보인다.

또, 이 말은 상대방의 말에 대해 공감하면서도 대화를 계속 할 마음이 없지만 대화가 끊어지지 않게 할 의례적 상황에서 사용되기도 한다.

(24) 나 사장: (넋 놓고 계속 걸으면서) 뉘 댁 자식이 저리 잘 생겼을꼬.

윤 비서: (마찬가지) **그러게요.**(╲) ⟨**내 이름은 김삼순**⟩

(24)′ 나 사장: (넋 놓고 계속 걸으면서) 뉘 댁 자식이 저리 잘 생겼을꼬.

윤 비서: (마찬가지) **그러게요.**/??네

위 (24)에서 나 사장이 질문이 아니라 자신의 생각을 말하기 때문에 군이 '그러게'로 대꾸하지 않아도 되는데, 이 말로 대꾸를 하고 있다. '네("윗사람의 묻는 말에 대답하는 말")'로 교체하면 어색한데, 이는 '네'가 질문에 대한 대답으로 쓰이기 때문이다. 이러한 상황에서 '그러게'를 사용하는 것은 상대를 무시하지 않고 배려하는 사회적 상호작용을 위해, 즉 의례적인 목적을 위해서로 설명할 수 있다.

더욱이 (24)에서 '그러게'가 끝이 내려가는 하강 문말 억양으로 실현되고 있는데, 이는 일견 나 사장의 대화에 공감하는 것, 즉 '공손한 공감'을 전하는 것처럼 보이지만 공감보다는 대화를 더 이상 지속시키고 싶지 않은 '회피'의 의도(극 중에서 시선을 다른 데로 돌린다)를 전하기도 한다.[23]

동일한 형태가 (23)에서는 공감으로, (24)에서는 공감 회피처럼 다른 뜻(함축)으로 해석되는데, 그렇다면 함축을 결정하는 조건이 무엇인지 예를 통해 좀 더 살펴보자.

---

23 대화를 지속하거나 답을 하고 싶지 않을 때 사용되는 '그러게'를 '회피 및 반항'으로 본 입장도 있다.

(25) ㄱ. A1: 너 왜 말도 안 하고 야자 빼 먹었어? B1: **그러게요**(＼)²⁴

ㄴ. A1: 너 왜 말도 안 하고 야자 빼 먹었어? B1: **그러게요**(／)

상대를 질책하는 발화 이후에 발화자2가 다른 표현 없이 '그러게'로만 응대하고 있다. (ㄱ)처럼 길게 끌면서 하강조로 발음하는 경우 상대의 발화를 인정하면서도 남의 일처럼 객관화시켜 전달하고, 더 나아가 대화를 서둘러 끝내고자 하는 '회피' 함축을 전한다. 반면 (ㄴ)처럼 짧으면서 문말 억양이 낮았다가 높아지며 끝나는 경우 상대의 말을 인정하는 데서 나아가 다른 의도('다른 사정이 있어서 그렇게 되었다.' 경우에 따라 상대에 대한 비난)를 간접적으로 전한다. 이 경우 함축을 결정하는 조건은 문말 억양이라고 볼 수 있다.²⁵

(24)에서와 같은 '회피'는 발화자 간의 심리적 거리, 발화자의 의도, 발화자2가 발화 내용에 대한 감정을 즉각적으로 드러내는 것을 꺼리는 문화적 이유 등에 의해 '거절' 대신 사용되기도 한다.

(24)에서와 같은 '그러게'가 대화에서 자주 쓰이면서 그 형태가 어느 정도 화석화되어 '그러게 말이에요, 그러게 말입니다'(세종 12회, 드라마 124회)의 꼴로 쓰이는데, 이때 '말이야'는 강조적 표현 혹

---

24 이때 '그러게(요)'는 일견 공감처럼 보이나 상대의 발화에 대해 다른 사람의 일처럼 객체화시켜 말하기 때문에 상대를 더 화나게 할 수도 있다.

25 '누가 왔어요'를 의문문과 서술문으로 말할 때의 문장 끝의 소리가 상승上昇과 하강下降으로 구별되는데 그것이 바로 '문말 억양'이다. 이를 '문말음조'(이익섭, 1986/2000:69)나 '음조'(이한규, 1996:10)로 지칭하기도 한다. 문말 억양과 그에 따른 함축의 차이는 그것이 실현된 드라마 화면을 통해 직접 확인하였다.

은 구어에서 굳어진 표현의 하나로 볼 수 있다.[26] 이들이 대화에서 구체적으로 사용된 것을 보면 (26)과 같다.

(26) ㄱ. 동 교감: 말도 안 됩니다! 담임이라니요! 그런 날라리 양아
치를 선생을 시키는 것도 천부당만부당한 일인데, 어떻게
담임을 맡긴단 말입니까? 교장: (묵묵히 웃고만 있다) **그러게**
말입니다. 〈건빵선생과 별사탕〉

ㄴ. 훈: 물품이 락커에서 발견됐으면 어쩔 수 없는 거죠. 독고 진:
(OL) **그러게 말이예요!** (해 놓고 아차 싶어 눈치 살피며 착한 척)
그러게 어떻게 청소 같은 걸 하냐구 하지 말라구 〈귀여운 여인〉

'글쎄'가 담화에서 갖는 기능은?

'글쎄'는 상대방의 발언에 관심이나 흥미, 공감 등을 소극적으로 표시하는 데 사용된다는 점(27)과 더불어, 화자의 질문이나 진술에 대해 공감하지 못하고 망설임을 나타내는 점(28)에서 상호작용을 드러내는 언어 형태의 하나로 볼 수 있다. 또한 이 말은 상대방의 질문에 대해 소극적인 공감으로 응대한다는 면에서 맞장구로서의 기능과 함께, 청자 자신이 화자의 발언 내용에 공감하지 못하는 것을 직접적으로 표현하지 않고 에둘러서 표현한다는 면에서 맞장구가 아닌 '회피'(공감 유보)에 해당된다.

---

26 임규홍(1998:172)은 '말이야'가 선행 정보에 대한 '확인, 강조'를 뜻한다고 한다.

(27) ㄱ. 태인: 왜 헤어졌어요? 외삼촌이랑? 은성: ...**글쎄**... 잘 모르겠

는데? 외삼촌한테 물어 봐. 외삼촌이 알고 있으니까. 〈**건빵선생**

과 별사탕〉

ㄴ. 성구: 봄이네 귤 밭이 몇 평쯤 되냐? 한 천 평은 된다딘데...

그래? 미스 정: **글쎄** 그건 나두 모르겠는데... 〈**고맙습니다**〉

(28) ㄱ. 남자1: 어디에 설치할까요? 정심: (남편과 금순과 보다가) 글

쎄...내가 주문한 게 아니라서...이거 일단 그냥 두세요 〈**굳세어**

라 금순아〉

ㄴ. A1: 누구지? B1: **글쎄**...우리 동아리 사람 아닌 거 같은데! 이

봐요?

'글쎄'의 가장 대표적인 기능은 (27)에서 물음에 대해 잘 몰라서
분명한 태도를 취할 수 없을 때 사용되며, 주로 '잘 모르겠는데'와
함께 쓰인다. 다음으로 (28)에서 발화자1이 발화자2에게 분명한 대
답을 요구하는 상황에서 발화자2가 '글쎄'와 함께 "내가 주문한 게
아니라서" 등을 써서 발화 내용에 일정한 거리를 나타내는 상황에
서 쓰인다.

이 외에도 발화자1의 발화 내용에 대한 의견의 불일치 상황(29),
상대방의 제안에 대한 거절 상황(30)에서 쓰이는데, 이 경우 '글쎄'
는 상대방의 의견이 자신의 생각에 부합하지 않거나 상대방의 요구
를 수용할 수 없는 상황에서 사용된 것이다.

(29) ㄱ. 유진: 채린아... 고맙다...너 많이 달라졌다? 채린: **글쎄**... 달라

진 건가...? 어쨌든 칭찬인 거지? 〈겨울연가〉

ㄴ. 준휘: (시선 다시 떨구며) 저와 함께할 사람은... 제가 찾고 싶습니다. 그리고. 어떠한 경우라도. 제가 책임질 겁니다. 회장: **글쎄. 니가 무슨 재주로.** 〈귀여운 여인〉

(30) ㄱ. 정현: **글쎄.** 그러다 괜히 너까지... **글쎄** 괜찮다니까. 그래 알았다. 고마워... 〈그린로즈〉

ㄴ. A1: 이미 정한 일이야. 그런다고 달라지지 않아. 약혼할 거야. B1: **글쎄.** 안 된다구!! 〈귀여운 여인〉

상대방의 의견에 대한 불일치, 불만족, 거절을 표현해야만 하는 상황에서 화자가 불일치나 거절과 같은 발화 내용을 직접 언급하는 것은 자칫 상대의 체면을 손상하고 둘의 관계를 위협할 수 있다. 이와 같은 상황에서 발화자2는 '의혹이나 망설임'의 '글쎄'를 사용하여 위협적인 상황을 전략적으로 차단하고자 한다.[27] 이러한 '글쎄'는 사회적이고 관계적인 의례를 지키기 위한 '의례적 기능'(아메카, 1992:108) 혹은 '회피의례'(고프먼, 2008/2013:301)와 같은 유형에 속한다. 어떠한 형태가 의례적 기능을 가진다고 할 때 그것은 분포 및 형태, 그리고 기능이 관습화의 과정을 거쳐서 고정화되고 대중성을 획득해야 한다.[28]

---

27 '불일치와 거절', '시간 벌기'는 상대의 제안과 요청을 거절하는 상황, 상대의 의견에 대한 불일치 상황이나 공감을 표현하기 어렵거나 혹은 대화를 더 이상 지속시키고 싶지 않은 상황에서 사용하는 기능으로 이들은 '회피의례'로 볼 수 있다.

28 그러한 대중성을 획득했을 때 사전에 부표제어 혹은 굳은 표현으로 등재된다.

(31) ㄱ. A1: 왜 그렇게 화가 났어요? B1: 아 **글쎄**, 얘가 거짓말을 하

　　　잖아.

　　ㄴ. A1: 너 그 줄 사용하는 방법 알아? B1: **글쎄**, 아니 몰라.

　　ㄷ. 옥림: (버럭) 그럼 선생님이 갑자기 왜 그래! 갑자기 건의 사

　　　항 적어 내라? 그러구, 차렷 경례도 안 받구, 하루 종일 나 쳐

　　　다보지도 않구우~!! 윤정: (울상) 아니 **글쎄** 그걸 내가 어떻

　　　게 아냐구 〈반올림〉

　(31)에서 '글쎄'가 선행 발화와 후행 발화의 경계에서 발화자1의
질문이나 진술에 대해 대답할 자리에 출현한다는 공통점 외에도
(ㄱ-ㄴ)에서는 발화자1의 질문에 대한 응답에서, (ㄷ)에서는 발화자
1의 짜증에 대한 응대 자리에서 사용되고 있어서 크게 보면 맞장구
로 묶을 수 있다. 그러나 이러한 '글쎄'는 그 이후에 이어지는 '얘가
거짓말을 하잖아, 아니 몰라, 내가 그걸 어떻게 아느냐구'처럼 분명
하고 명시적인 이유나 태도로 보건대 "화자의 물음이나 요구에 대
하여 분명하지 않은 태도를 나타내"거나 또는 "의혹이나 망설임"을
나타내는 것으로 보기도 어렵다. 오히려 이것은 선행 발화에서 언
급된 것을 맥락적 전제로 하면서 이후에 발화되는 후행 발화를 긴
밀하게 연결하는 응집성 장치의 하나인 '담화 연결사'로 보는 게 타
당해 보인다. 이러한 기능이 더욱 구조화되고 화석화되면 (32)의 담
화표지처럼 발화를 시작하기 전이나 화제를 변환할 때, 그리고 마
지막으로 발화를 끝낼 때 담화표지로 쓰인다.

(32) ㄱ. 하림: (옥림이 안아 보며) 아니? 이번 사고를 보고 내가 느낀
건데, 말괄량이 길들이는 덴 아픈 게 최고더라. **글쎄/ ∅ /그게**
개가 친구들 준다구 (우습다) 십자수를 해요 〈반올림〉

ㄴ. 윤철: 그래서 안 막히는 길로 일부러 돌아왔는데 **글쎄/ ∅ /게**
다가 거긴 또 공사 중인 거예요 〈고맙습니다〉

ㄷ. 정정애: 하이구 달자 저두 태봉이 아니었으면 어디서 연애
한번이나 변변히 할 수나 있었겠니? 주제를 알아야지 해외
연수가 왠말이냐구 **글쎄/ ∅** ! 〈달자의 봄〉

'글쎄'가 순수하게 담화표지 기능, 즉 대화를 시작하거나(32ㄱ) 화
제를 전환하고(ㄴ), 대화를 끝내는(ㄷ) 지점에서 의례적으로 사용하
고 있다. 이때 '글쎄'를 생략해도 대화가 어색하지 않고 자연스러움
을 볼 때, 이 말이 어휘적 기능보다는 형식적 기능인 담화표지적 용
법으로 쓰였다고 볼 수 있다.[29] 또한 (32)에서 '글쎄'가 다른 형태로
의 교체와 대화의 시작, 중간, 끝에 위치하는 등 분포가 자유롭다는
점 역시 이들이 어휘적 기능이 아닌 형식적 기능의 표지라고 판단
할 근거가 된다.

지금까지 응답표현의 출현 빈도, 사용 양상을 살핀 결과, 이들이
상호작용인 공감도와 심리적 거리에서 동일하지 않음과 그것이 대

---

29 본 글에서 담화적 기능은 응답표현이 담화에서의 함축 및 담화 연결 기능을 가리
   키고indicate, 담화표지적 기능은 담화 구조 즉 담화의 시작, 중간, 끝에서 담화를
   시작하거나 화제를 전환하고 담화를 끝내는 등의 형식적 기능을 지시하여 이 둘을
   구분하였다.

화에서 대화 연결, 화제 변환, 종결 등 다른 기능을 가짐을 살펴보았는데, 그것을 정리해 보면 〈표 4〉와 같다.

표 4. 응답표현의 분포와 기능 유형

표현	그렇지(요)	잘됐다	그러게(요)	글쎄(요)
제스처	얼굴을 가까이 하면서	고개 끄덕이면서	다른 곳을 응시하거나 무표정에 가깝게	고개를 갸웃하거나 끄덕이면서
후행 서법	서술(긍정적 내용의 부연 설명)	명령, 서술	서술, 의문	부정, 의문, 명령
의례적 사용 상황			대화 회피	불일치/거절
부가기능	연결〉종결	연결〉(화제전환)	연결〉종결	연결〉(화제전환)〉종결

후속 연구를 기약하며

상호작용적 행위를 전제하는 대화에서 응답표현으로 사용되는 '잘됐네, 그렇지, 그러게, 글쎄'가 출현 빈도 및 공감하는 정도가 동일하지 않음과 함께, 다양한 의미·화용적 상황에서 '공감(혹은 회피)'과 더불어 대화가 끊어지지 않고 연결하기 위해 의례적으로 쓰이는 기능('담화 연결사')을 가지는 점에 착안하여, 그것들이 어떤 조건에서 사용되고 어떤 의미(함축)를 가지는지 살펴보고자 하였다.

 이를 위해 세종 구어 말뭉치를 기본으로 하되, 그것의 규모가 적고 일상 대화가 많지 않다는 한계로 인해 드라마와 영화 대본을 추가하여 각 형태의 출현 빈도 및 대화 구조에서 드러내는 기능을 설명하고자 하였다.

이들은 대화에서 동일한 형태로 사용됨에도 대화 맥락 혹은 대화자 변인, 더 나아가 화자의 의도에 따라 본래적인 의미가 달라지는 것을 확인할 수 있었다. 지금까지 대화 함축을 결정하는 데 화자의 의도를 중요하게 다루지 않았던 연구와 달리, 본 글에서는 대화 맥락과 대화자 변인뿐만 아니라 화자의 의도가 언어 형태의 의미, 화행(담화상의) 기능 규명에서 중요한 요인임을 확인할 수 있었다.

상호작용적 대화에서 이들의 기능에 의해 본 글에서는 네 가지 응답표현을 ①맞장구형, ②회피형으로 나누었고, '공감'과 '심리적 거리'와 더불어 의례적인 기능에서 이들의 기능 부담량이 동일하지 않은 것을 사전의 뜻풀이와 선·후행어와의 결합 관계, 화·청자 간의 사회적 관계, 그리고 부가적으로 단어나 문장 끝에 얹히는 문말 억양을 토대로 판정하였다. 또한 판정의 주관성을 피하기 위해 고급 한국어 모어 화자 6명에게 질문지 형태로 평가하도록 한 뒤 판정단의 판단을 참고하였다.

이상의 기술을 통해 응답표현이 선행 발화를 듣고, 그 발화에 대한 자신의 태도를 드러내는 것과 동시에 후행 발화를 연결해 대화를 원활히 이어 가고자 하는 상호작용적 기능을 드러내고, 그러한 기능을 통해 사람 간에 공감 이상의 사회적 공동 의식을 형성하는 데 기여하는 언어 형태임을 살펴보았다.

〈가을동화〉, 〈건빵선생과 별사탕〉, 〈겨울연가〉, 〈고맙습니다〉, 〈굳세어라 금순아〉, 〈궁〉, 〈귀여운 여인〉, 〈그린로즈〉, 〈내 이름은 김삼순〉, 〈네 멋대로 해라〉, 〈네 자매 이야기〉, 〈눈사람〉, 〈달자의 봄〉, 〈마왕〉, 〈마지막 전쟁〉, 〈메리대구공방전〉, 〈반올림〉, 〈반올림 2탄〉, 〈반올림 3탄〉, 〈변호사들〉, 〈불꽃〉, 〈불새〉, 〈비단향꽃무〉, 〈비밀〉, 〈아들과 딸〉, 〈여우야 뭐하니〉, 〈연애시대〉, 〈연인〉, 〈오 필승 봉순영〉, 〈옥탑방 고양이〉, 〈올인〉, 〈이브의 모든 것〉, 〈이 죽일 놈의 사랑〉, 〈장밋빛 인생〉, 〈쩐의 전쟁〉, 〈첫사랑〉, 〈최강 울엄마〉, 〈카이스트〉, 〈커피프린스 1호점〉, 〈케세라세라〉, 〈토마토〉, 〈파리의 연인〉, 〈풀하우스〉, 〈피아노〉, 〈하얀거탑〉, 〈학교〉, 〈학교 2〉, 〈학교 3〉, 〈해바라기〉, 〈햇빛 속으로〉, 〈호텔리어〉, 〈환상의 커플〉, 〈황금사과〉

■참고문헌

강현화,〈어휘접근적 문법교수를 위한 표현문형의 화행기능 분석〉,《한국어 의미
　　학》26, 한국어 의미학회, 2008, 21~46쪽.

고영근 · 남기심,《표준국어문법론(개정판)》, 탑출판사, 1985/2011.

김순자,〈대화의 맞장구 수행 형식과 기능〉,《텍스트언어학》6, 텍스트언어학회,
　　1999, 45~69쪽.

김하수,〈언어 행위와 듣는 이의 신호에 관한 화용론적 분석 시도 - 담화 속에
　　'네'〉,《말》14, 연세대학교 언어교육연구원, 1989, 55~70쪽.

김하수,〈화행의 개별 언어적 현상 - 한국어에서 나무라기와 사과하기〉,《인문과
　　학》65, 연세대학교 인문과학연구소, 1991, 29~62쪽.

노은희,〈청자의 맞장구 유형과 기능 연구〉,《전통 화법과 화법교육》4, 화법교육
　　학회, 2002, 245~269쪽.

로널드 래너캐,《인지문법의 토대 2》, 김종도 옮김, 박이정, 1998.

배진영 외,《구어 문어 통합 문법 기술 2》, 박이정, 2014.

서성교,〈담화 연결사 '그러니까'에 관한 연구〉,《언어학》7 · 3, 한국언어학회,
　　1999, 379~398쪽.

서정수,《한국어의 부사》, 서울대학교 출판부, 2005.

신현숙,〈담화대용표지어의 의미 연구〉,《국어학》19, 국어학회, 1989, 427~451쪽.

안윤미,〈담화 표지 '그러게'에 대한 연구〉,《한국어학》56, 한국어학회, 2012,
　　91~118쪽.

안주호,〈응답표지 기능의 '됐어'류에 대한 연구〉,《한국어 의미학》46, 한국어 의
　　미학회, 2014, 407~426쪽.

양정석,〈교호성과 '-와'〉,《배달말》35, 배달말연구회, 2004, 369~409쪽.

어빙 고프먼,《상호작용 의례》, 진수미 옮김, 아카넷, 2013.

에밀 뒤르켐,《종교생활의 원초적 형태》, 노치준 · 민혜숙 옮김, 민영사, 1992.

이기갑,〈'그러하-'의 지시와 대용, 그리고 그 역사〉,《언어》19 · 2, 한국언어학회,

1994, 455~488쪽.

이원표,《담화분석》, 한국문화사, 2001.

이익섭,《국어학개설》, 학연사, 1986/2000.

이필영, 〈국어의 응답 표현에 대한 연구〉,《텍스트언어학》 6, 한국텍스트 언어학회, 1999, 71~105쪽.

이한규, 〈한국어 담화 표지어 '그래'의 의미 연구〉,《담화와 인지》 3, 담화와인지언어학회, 1996, 1~26쪽.

이한규, 〈한국어 담화표지어 '예'의 의미〉,《현대문법연구》 65, 2011, 171~197쪽.

임규홍, 〈부사 '정말' 류의 담화적 의미〉,《한국어 의미학》 2, 한국어 의미학회, 1998, 237~254쪽.

임규홍, 〈국어 담화의 '끼어들기' 유형에 대한 연구〉,《언어과학연구》 20, 언어과학회, 2001, 321~352쪽.

조경순, 〈상호작용성 발화동사 구문에 대한 연구〉,《한국어학》 66, 한국어학회, 2015, 279~308쪽.

조민정, 〈문장과 단어 층위에서 본 상투어의 기능 – 사과, 감사, 환영하기를 중심으로〉,《어문논총》 53, 한국문학언어학회, 2010, 169~207쪽.

조민정, 〈기능과 긴밀도에 따른 부사 처리 방안 모색 – '잘, 못 – 서술어' 구성을 중심으로〉,《한말연구》 36, 한말연구회, 2015가, 191~219쪽.

조민정, 〈'좀'의 의미와 기능 변화 양상 연구〉,《한국어 의미학》 49, 한국어 의미학회, 2015나, 1~32쪽.

최승애, 〈한국어의 상투적 표현 연구〉, 연세대학교 대학원 석사학위 논문, 1998.

최현배,《우리말본: 세 번째 고침》, 정음문화사, 1937/1989.

홍종선, 〈국어 대용언 연구〉,《국어국문학》 109, 국어국문학회, 1993, 83~101쪽.

Ameka, F., "Interjections: The Universal yet neglected part of speech", *Journal of Pragmatics* 18, 1992, pp. 101-118.

Austin, J., *How to Do Things with Words*, Oxford University Press, 1962.

Brown, P. & Levinson, S. C., *Politeness: some universals in language usage*,

Cambridge: Cambridge University Press, 1987.

Cruse, A., *Meaning in Language: An Introduction to Semantics and Pragmatics*, Oxford University Press, 2000.

Halliday, M. A. K. & Hasan, R., *Cohesion in English*, Longman, 1978.

한국학과 감성 교육

2018년 6월 25일 초판 1쇄 발행

지은이 | 최기숙 이진형 소영현 서동진 김해옥 조민정
펴낸이 | 노경인 · 김주영

펴낸곳 | 도서출판 앨피
출판등록 | 2004년 11월 23일 제2011-000087호
주소 | 우)120-842 서울시 영등포구 영등포로 5길 19(양평동2가, 동아프라임밸리)
      1202-1호
전화 | 02-336-2776 팩스 | 0505-115-0525
전자우편 | lpbook12@naver.com

ISBN 979-11-87430-28-5 93800

이 저서는 2008년도 정부재원(교육과학기술부 학술연구조성사업비)으로 한국연구재단
의 지원을 받아 연구되었음(NRF-2008-361-A00003)